Psychiatre, scénariste, écrivain, Tim Willocks est l'auteur de plusieurs polars atypiques, dans lesquels il affirme une écriture puissante, un réalisme et une intensité rarement atteints dans le roman noir, dont *Bad City blues*, qui est disponible en Points.

DU MÊME AUTEUR

L'Odeur de la haine
Plon, 1995
et « Pocket », n° 10090

Bad City blues
Éditions de l'Olivier, « Marges », 1999
« Petite bibliothèque de l'Olivier », n° 44
et « Points », n° P1816

La Religion
Sonatine éditions, 2009

Tim Willocks

LES ROIS ÉCARLATES

ROMAN

Traduit de l'anglais
par Élisabeth Peellaert

Éditions de l'Olivier

Le texte original de cet ouvrage,
paru chez Jonathan Cape, Londres, a été légèrement remanié
pour l'édition en langue française
avec l'accord de l'auteur.

TEXTE INTÉGRAL

TITRE ORIGINAL
Bloodstained Kings
ÉDITEUR ORIGINAL
Jonathan Cape, Londres

ISBN 978-2-7578-1277-8
(ISBN 2-87929-175-5, 1re publication
ISBN 2-87929-345-6, 2e publication)

À la mémoire et en l'honneur de mon grand-père
FRANCK COUSIL
qui chantait pour moi
et qui m'a montré combien le monde était vaste.

Yahvé dit alors à Satan,
D'où viens-tu ? De parcourir la terre,
répondit-il, et de m'y promener.

Job, I, 7

Première partie

Il gèle en enfer

Une plantation dans le delta du Mississippi
Il y a vingt ans

Voyez l'obèse. Voyez comme il court.

Voyez comme ses jambes – massives dans leur puissance, dans leur élan – plongent, s'embourbent et s'arrachent aux terres boueuses du delta. Sentez le poids visqueux de l'argile gorgée d'eau, la pluie cinglante, la nuit, l'obscurité fumante. Devinez les spasmes qui lui tordent les tripes quand il sent le regard de l'esprit ancestral : atterré par ce que l'obèse abandonne derrière lui. L'éclair courroucé du vieux père déchire le ciel. Il balaie la plaine nocturne de son œil incandescent : l'obèse est là.

Il court. Il court.

Mais la terre ne peut l'arrêter, ni ses dieux, ni les âmes des morts dont le vent emporte la plainte. Car nul ne peut le tuer, l'obèse. Non. Pas cette nuit. Nul ne peut l'arrêter. Et les pulsations de son sang, la pression à l'intérieur de son crâne, les convulsions de ses entrailles ne viennent pas de la peur. Comme l'orage inutile, enragé, meurt, les cris renaissent. Les cris d'une femme. Ils le poursuivent à travers le champ dévasté. Mais ces cris eux aussi – nés d'une douleur trop vaste et trop profonde pour l'entendement humain – ces cris eux aussi doivent rester ignorés, trébucher et tomber. Ils ne transpercent pas le cœur de l'obèse. Ils ne peuvent l'arrêter dans sa course. Le sang sur ses mains – et les éclaboussures dont les gouttes se répandent et se diluent sur son manteau trempé – n'est pas son propre sang, car il ne saigne pas, l'obèse. Pour l'instant, répandre le sang est une tâche réservée à d'autres : d'autres surgis du passé ; d'autres qui viendront.

Et il avance toujours ; il s'enfonce et s'extirpe.

Son bras gauche tient un paquet de chiffons trempés étroitement serré contre la muraille de sa poitrine. Son bras est épais, musclé ; il le presse ; et pourtant, malgré toute la violence du monde, son étreinte est tendre. Si tendre. Une clôture en bois se dessine devant lui : des poteaux en noyer brut maintenus par un entrelacs de barbelés. De la main droite, l'obèse se saisit du bâton qui lui barre le chemin, le tire et l'arrache d'un seul mouvement ; car il est fort, l'obèse. Il écrase les barbelés tordus et s'éloigne. Ses pieds emprisonnés dans une gangue de boue se posent à présent sur une route goudronnée. Devant lui apparaissent des pinceaux de lumière jaune : un véhicule dans la nuit. Automobile. Une voiture.

Les lèvres de l'obèse sont belles. Elles sont pleines. Elles sourient.

Le vent a emporté les cris de la femme.

La voiture ralentit et s'arrête devant sa silhouette massive. Un visage pâle, jeune et maigre, lui rend son sourire. Inconscient. Il ne sait pas. Il ignore toute vérité. Le jeune regard se pose sur le paquet que tient l'obèse, emmailloté, déchiré et détrempé. Sa bouche s'ouvre toute grande. La main qui arrache les poteaux de noyer lui entoure le cou, une main si large que les doigts rejoignent presque le pouce derrière la nuque. Les blancs des jeunes yeux roulent : constellés l'espace d'un instant d'étoiles rouges, les explosions de minuscules veines. Le véhicule oscille et se soulève au rythme d'une lutte, de membres qui se débattent, saisis de panique. L'odeur des excréments et de la mort. Une autre âme expire et trépasse, glisse entre les doigts serrés de l'obèse et pourtant, tout ce temps-là, le berceau de ses bras musclés demeure tendre. Le jeune homme pâle et maigre est traîné – et piétiné aussi – dans un fossé au bord de la route.

Il n'était donc pas écrit, non plus, qu'il serait un témoin.

L'obèse marque un temps d'arrêt ; il se tourne.

Est-ce là le cri – le cri lointain, vaste et sans fond – que l'obèse saisit en vol ? Soufflé par le vent – jusqu'ici – tandis qu'il écrase le jeune homme pâle sous ses pieds ?

Il n'y attache aucune importance.

Son étreinte est tendre. Il ne court plus. Le véhicule abrite son corps gigantesque, rugit, et emporte l'obèse et son paquet, loin d'ici. Vers quelle destination, il ne sait pas, il ne s'en soucie pas encore.

Car, bien qu'il ignore pourquoi, il l'aime, l'obèse.

Il la chérit.

1

Lenna Parillaud le savait, la haine avait desséché son âme. Y penser lui donnait la nausée. En se rendant à la Maison de Pierre sous un ciel bleu d'avril, elle s'efforçait de se convaincre que ce n'était pas vrai ; mais elle avait beau être desséchée – ou bien était-ce parce qu'elle était desséchée ? –, son âme lui affirmait le contraire. C'était la vérité et pire que la vérité : sa haine constituait son destin ; elle était la raison même de son existence. Alors qu'autrefois, déité vengeresse, sa haine réclamait des horizons en flammes et des cités dévastées, elle était à présent une créature qui lui collait dans le dos, dont les bras lui entouraient le cou et dont l'haleine acide lui bourdonnait à l'oreille une litanie dont elle ne se souciait plus de comprendre le sens. Lenna était fatiguée de l'entendre, fatiguée de la supporter ; mais qui d'autre le pourrait, qui d'autre le voudrait ? La haine lui appartenait, et n'appartenait qu'à elle seule. Aujourd'hui – même si elle lui était nécessaire – elle avait envie que la haine fût aussi lasse qu'elle.

Son garde du corps, Bobby Frechette, la conduisait pratiquement partout ; mais pour aller à la Maison de Pierre, elle prenait le volant, et partait toujours seule. Maintenant que Clarence Jefferson était mort, il n'y avait plus dans sa vie que Frechette avec qui elle se sentît sur un pied d'égalité. L'idée que Frechette fût l'assassin de Clarence Jefferson et qu'il ait brûlé son corps sur un bûcher dans les marais lui avait déjà traversé l'esprit. Pour elle, et avec son assentiment, il avait fait pire que ça, voire d'autres choses sans même l'avoir demandé. Frechette comptait parmi les rares hommes capables de faire disparaître Jefferson. Sans l'exprimer ouvertement, il n'avait jamais caché le mépris qu'il lui inspirait. Et, s'il n'avait jamais compris le besoin qu'elle avait de l'étreinte ignoble de Jefferson, il l'avait accepté : il ne l'en aurait pas privée sans son ordre. Frechette ne connaissait pas le secret de la Maison de Pierre. Depuis la mort de Jefferson, personne en dehors d'elle ne le connaissait, pas même les gardiens ou son misérable occupant. La Maison de Pierre était le réceptacle – la cathédrale trapue et grise – de sa honte. Elle apparut au loin derrière le pare-brise : un cube banal dans un paysage banal.

Lenna ne tirait plus aucun plaisir de ces visites, si toutefois elle avait cru en avoir un jour. Elles constituaient un rituel auquel elle ne pouvait se soustraire, le premier de chaque mois, depuis plus de douze ans. Et elle devait se rendre à une désagréable évidence : sans ces visites, les mois n'auraient eu absolument aucun sens. Elle se demanda quelle sorte d'œuvre aurait pu voir le jour si un autre dessein avait bénéficié de ces vastes énergies dissoutes dans la haine ; mais elle ne pouvait imaginer cet autre dessein. Elle n'était pas aveugle. Elle ne manquait ni d'intelligence ni d'intuition ; au contraire, elle avait saisi l'essence du monde et de son fonctionnement avec une finesse aiguë, féroce. Mais c'était un monde obscur, habité par le mal et la souffrance. Elle savait qu'il existait un autre monde, plus éclatant – dans lequel des êtres avaient la chance de pouvoir consacrer leurs forces à créer quelque chose dont la beauté les dépassait – mais ce monde-là ne lui était pas plus familier que les pays lointains et les mers étincelantes de n'importe quel atlas. Elle n'irait jamais, et elle n'y était jamais allée ; ou plutôt, elle y était allée, mais dans un passé si lointain qu'il était comme un paysage perdu, un souvenir flou, et inaccessible en dépit de tous ses efforts pour y retourner.

Elle conduisait une Mercedes noire cinq portes, la manœuvrant d'une seule main dans le large virage que dessinait la route goudronnée. De part et d'autre, s'étendaient de vastes champs marécageux, jaunes comme les blés sous le soleil printanier et plats – comme seul le delta savait l'être – aussi loin que les puissantes digues qui barraient l'horizon bleu et contenaient les eaux de la Grosse Boueuse. Son limon noir avait autrefois produit de riches récoltes de coton, de tabac et de maïs, mais depuis treize ans qu'elle était la gardienne de ce domaine, elle l'avait rendu aux caprices du vent et de la pluie, et le marais avait maintenant entièrement repris. Elle ne tirerait aucun profit de cette terre, et n'en avait nul besoin. Une concession pétrolière de douze mille acres en Louisiane, une compagnie pharmaceutique, une licence de casino et un bon morceau de La Nouvelle-Orléans, à quoi s'ajoutaient des biens immobiliers en Floride et dans le Kentucky, suffisaient à gonfler ses revenus et à lui fournir tout cet argent qu'elle n'avait même pas le temps de compter. Elle n'en dépenserait jamais le dixième ; elle n'aurait même pas su comment. Que cette terre au moins devienne ce à quoi elle était destinée, puisque pour elle c'était impossible.

Elle quitta la route pour s'engager dans un chemin de terre. Tout au bout se dressait un bâtiment sans fenêtre construit en béton. Les murs gris étaient pâles et marqués par l'érosion du soleil et de la pluie. Sous la coquille de béton, le cœur était en pierre, c'est pourquoi aux yeux de Lenna il demeurait ce qu'il avait toujours été, la Maison de Pierre. En face, il y avait un pavillon de banlieue avec un jardin, un garage et une camionnette. Entre les deux bâtiments, une grande cour goudronnée ouvrait sur les champs d'un côté, et de l'autre était bordée d'un rideau de bouleaux argentés. Dans le pavillon vivaient Harvill et Woodrow Jessup.

Les Jessup étaient frères, d'une famille paysanne du comté Mingo, au nord du Mississippi. Jeune homme, Woodrow avait été infirmier psychiatrique à Tupelo, mais la fréquentation de ses collègues et « la vie citadine » lui avaient tant déplu qu'il avait tout laissé tomber pour revenir élever du bétail et s'occuper d'une distillerie. Harvill, son cadet de dix ans, était presque débile. Ni l'un ni l'autre ne s'étaient mariés ni, pour ce qu'en savait Lenna, intéressés à quelque espèce de relations sexuelles humaines. Ils travaillaient pour elle à la Maison de Pierre depuis sa construction et, à leur façon, étaient aussi fiables que Bobby Frechette. Eux aussi lui devaient tout. Leur maison n'existait ni dans les registres de la commune ni dans ceux des services publics. Ils étaient inconnus du fisc comme de toute société, publique ou privée.

Il y a quatorze ans, bien avant qu'ils viennent travailler ici, Harvill avait égorgé sa mère, veuve « comme le dernier porcelet après un long hiver » ainsi que l'avait dit Woodrow. Il avait seize ans. Grâce à l'intervention de Clarence Jefferson, sur la demande de Lenna, Harvill n'avait jamais été condamné pour ce crime, ni même accusé de l'avoir commis. Harvill ne quittait jamais la propriété et ne semblait guère en avoir envie, et s'il était hanté par des sentiments liés à ce matricide adolescent, il les cachait bien.

Les besoins de Woodrow n'étaient guère plus vastes que ceux de son frère. Buveur dans sa jeunesse, il était Nouveau Chrétien depuis la mort de sa mère et préférait l'Ancien au Nouveau Testament. Une fois par semaine, il descendait en ville, se rendait dans un centre commercial situé sur la Route 51 où il faisait ses provisions et s'offrait un film au multiplexe. Sa passion, c'était l'élevage des chiens, des bergers allemands, dont il avait le droit de vendre des portées une fois par an, sous un faux nom et hors des limites de l'état. Il élevait également des sangliers. Comme Lenna garait la Mercedes et descendait, deux chiens de la dernière portée de bergers allemands que Woodrow avait gardés bondirent vers elle en grondant et en aboyant à pleine gorge. Ils avaient à peine un an mais c'étaient déjà de gros molosses qui promettaient d'être massifs, au poil long et noir avec quelques taches mordorées. Lenna sourit et tendit les mains pour leur dire bonjour. Les chiens étaient encore trop jeunes pour être méchants – le moment venu, Woodrow les dresserait pour en faire des modèles d'obéissance farouche – et ils dansaient autour d'elle jusqu'à sa taille, en soulevant un petit nuage de poussière. L'un d'eux se dressa sur son arrière-train et jeta ses pattes sur ses épaules, lui léchant le cou et bavant sur la veste de son tailleur noir Dona Karan. Lenna saisit deux poignées d'épaisse fourrure et le secoua d'avant en arrière tandis qu'il faisait rouler de joie le blanc de ses yeux. Au son d'un cri guttural, les deux chiens s'écartèrent et l'abandonnèrent pour bondir vers un homme, grand et lugubre, qui avançait d'un pas souple.

Il portait une combinaison blanche impeccable et des Red Wings sang de bœuf bien cirées. Sur ses talons, le ventre et le poitrail se balançant au rythme de chaque pas, trottait un monstre languide aux yeux froids. L'homme était Woodrow Jessup. Le chien, le père des chiots ; il s'appelait Gul. Gul lança un unique regard en direction des chiots, qui se turent aussitôt et lui emboîtèrent le pas. Woodrow hocha sa longue tête.

– Ils vous ont pas embêtée, j'espère, Miss Par-low ?

« Par-low » était ce qui pour Woodrow se rapprochait le plus de « Parillaud ». Lenna n'y attachait aucune importance. Gul, qui la connaissait pourtant bien, l'observait sans souffler ni cligner de l'œil. Elle savait qu'il fallait éviter de soutenir ce regard trop longtemps. Elle se dit qu'elle n'avait jamais entendu Gul aboyer ; mieux valait que cela n'arrive pas. Elle se tourna vers Woodrow.

– Ils grandissent vite.

– Oh, ils ont encore du chemin à faire, répondit

Woodrow en désignant l'un des chiots. Les pattes de Seth sont plus grosses que celles de son papa. Encore un an, et il aura une sacrée taille.

– Ça fait peur, dit Lenna.

Woodrow ne sourit pas. Il leva la main, Seth bondit et happa le poing dans sa gueule en grondant avec une menace feinte.

– Pas encore. Mais ça viendra.

Il repoussa Seth, regarda la lourde porte blindée de la Maison de Pierre.

– Le Sourire est prêt, là-dedans, Miss Par-low, c'est quand vous voulez.

Lenna acquiesça. Le bien-être qu'elle avait tiré de la présence des chiens fut aussitôt chassé de sa poitrine. Comme ils marchaient vers la porte blindée, Woodrow sortit des clefs de sa poche. Il ouvrit la porte et la fit glisser sur des rails si bien huilés qu'ils laissaient échapper juste un murmure. De l'autre côté, un chemin traversait une montagne de caisses remplies d'outils agricoles. Les caisses étaient poussiéreuses, la pièce éclairée par des barres de néon blanc aveuglantes. Woodrow se retourna vers les chiens.

– Assis.

Gul se posa sur son arrière-train. Les plus jeunes l'imitèrent aussitôt.

– Restez là.

Woodrow entra le premier et Lenna le suivit dans le labyrinthe de caisses. Ils s'arrêtèrent devant une deuxième porte découpée dans un mur nu et pénétrèrent dans une antichambre : 1,80 mètre sur 2,50 mètres, murs en acier dépoli ; plafond de trois mètres avec un éclairage derrière un grillage métallique. L'antichambre était étouffante. À l'autre extrémité se trouvait une troisième porte trouée d'un judas. Sur le mur, près de la porte, était installé un interphone. Lenna frissonna malgré la chaleur. Woodrow poussa un bouton.

– Harvill ? Je suis avec Miss Par-low ! Prêt ?

Un silence. L'interphone fit entendre une voix chevrotante.

– Prêt, Wood.

Woodrow ouvrit la porte et recula. Derrière se tenait Harvill Jessup, plus petit et plus lourd que son frère, le torse gros comme une barrique, le visage large. À ses pieds, la chienne, Dot, était noire et mordorée comme les chiots ; sans avoir le regard de psychopathe de son compagnon, elle inspirait la même terreur. Harvill carra les épaules, fit une petite révérence et sourit à Lenna. *Comme le dernier porcelet à la fin d'un long hiver*, pensa-t-elle. Elle lui rendit son sourire.

– 'jour, Miss Parillaud, dit Harvill.

Il semblait fier d'avoir prononcé son nom correctement.

– Bonjour, Harvill.

Harvill passa dans l'antichambre.

– Je suis là, si vous avez besoin de quelque chose, dit Woodrow.

Lenna hocha la tête et passa devant Harvill.

La pièce était immense, traversée par deux cônes de lumière provenant d'une paire de lucarnes dans la pente du toit. Un gigantesque mur de barres d'acier d'environ cinq centimètres montait du sol carrelé jusqu'à des fixations boulonnées à neuf mètres de hauteur. Derrière les barreaux, au centre de la pièce, se trouvait une cabane : une hutte en bardeaux vermoulus avec un toit en métal corrodé, un logis qu'un métayer eût pu, il y a longtemps, voire aujourd'hui encore, appeler sa maison. La cabane avait été méticuleusement déplacée, en bloc, et installée sur une estrade en bois, à l'intérieur de la chambre de béton, là où se croisaient les cônes de lumière. Quelques marches menaient à la porte de la cabane. Entre la cabane et le mur de barreaux, un homme était assis dans un fauteuil en caoutchouc rembourré. Il la regardait.

Lenna alla s'installer dans le fauteuil prévu pour elle. Elle croisa les jambes, posa les mains sur les genoux. L'homme avait cinquante-six ans, quinze de plus qu'elle, et le visage bouffi et pâle. Son torse, habillé d'une chemise propre en jean bleu clair, était gonflé ; ses jambes, en jeans et chaussures à semelle de corde, aussi fines que des roseaux. Jusqu'à la quarantaine, il avait été un homme beau, vigoureux, voire vaniteux ; maintenant, quand il était debout, il ressemblait à une pomme de terre bouillie hérissée de piques à cocktail. Pour l'instant, il lui était impossible de se tenir debout : Harvill l'avait attaché au fauteuil, des liens de cuir lui sanglaient le torse, les poignets et les chevilles. Les entraves ne visaient pas à le rendre inoffensif – même si, à cet instant précis, il aurait sans doute aimé la mutiler et la faire mourir lentement en déployant toute l'imagination qui lui restait – mais à exacerber le sentiment d'humiliation et d'impuissance qu'elle voulait lui infliger. De ces profondeurs, qui ne seraient jamais assez abyssales, ses yeux gris la fixaient avec la hargne calme et glaciale du reptile.

Lenna savait que le regard qu'elle lui renvoyait était de la même nature. Il s'appelait Filmore Eastman Faroe et il était encore – bien qu'elle et lui fûssent les seuls à le savoir – son mari.

– Bonjour, Fil, dit Lenna.

Faroe dit :

– Magdalena. Il marqua un temps d'arrêt, puis ajouta perfidement : Tu ne vieillis pas.

– Je t'apporterai mon programme d'exercices physiques, répliqua Lenna.

Faroe parlait d'une voix monocorde et sans passion. Comme la bouffissure de sa chair et la raideur de ses traits, c'était la conséquence des neuroleptiques qu'on lui administrait, en quantités considérables, depuis plus d'une décennie. Une semaine avant la venue programmée de Lenna, les Jessup interrompaient le traitement et le système nerveux central de Faroe était autorisé à s'extirper de la stupeur dans laquelle il était généralement maintenu. Le matin de sa visite, ils le sanglaient au fauteuil et lui administraient de la méthédrine – du pur speed – afin d'aiguiser sa conscience au maximum, jusqu'à l'amener à celle d'un quaterback au soir du Championnat. Dans cet état de superstimulation, il endurerait sa présence aussi longtemps qu'elle le déciderait. Après son départ, Faroe resterait dans le fauteuil – seul ; paralysé ; bourré de produits chimiques, afin de se représenter, avec la plus grande acuité possible, toute l'étendue de son sort, et se souiller en fonction des besoins de sa vessie et de ses intestins – jusqu'au matin suivant, où il serait renvoyé sous tranquillisants à son état d'inconscience puis libéré de ses sangles et abandonné dans sa cage, trébuchant – zombie inarticulé et débile, plus légume qu'humain – pendant trois semaines encore.

Peut-être que seules les drogues l'empêchaient de devenir fou.

Avant d'être exilé dans cette chambre, Filmore Faroe avait vu son nom inscrit au bas de la liste du *Forbes*, parmi les quatre cents hommes les plus riches des États-Unis. Voilà ce qu'était devenue sa vie. Lenna Parillaud l'avait conçue et construite pour lui ; et faisait en sorte qu'elle ne variât pas.

À présent, elle le regardait et ne trouvait rien à dire. Les rencontres avaient changé au cours des années. Faroe n'écumait plus, ne fulminait plus, ne hurlait plus, possédé par la rage et le désespoir frénétiques nourris de speed comme au début ; et Lenna ne hurlait plus et ne riait plus en soulevant lentement sa robe pour lui montrer sa chatte et le tourmenter avec des inventions pornographiques. Quand tout cela avait perdu sa saveur – et il avait fallu beaucoup de temps – elle lui avait passé des vidéos la montrant avec Clarence Jefferson dans des ébats sauvages et agréables. Les lèvres de Faroe avaient saigné, ses ongles avaient arraché la peau de ses propres mains, il avait supplié qu'on le tue dans l'instant. *Jamais. Jamais. Il en sera toujours ainsi*, lui avait-elle alors répondu. Lorsque cela aussi avait perdu sa saveur, Lenna s'était appliquée à rappeler à Faroe que le vaste empire qu'il avait bâti et conquis était à présent le sien, que sous sa direction il rapportait plus d'argent que jamais et que toutes ses chères activités se poursuivaient et prospéraient au sein de ce qui avait autrefois été son monde, tandis qu'il était réduit à rester assis dans son fauteuil de caoutchouc – à l'épicentre de tout ce qu'il avait créé – et à pisser dans son pantalon pendant qu'elle souriait.

Maintenant, tels deux junkies incapables de se rappeler pourquoi ils s'étaient mis à prendre de la poudre et de retrouver le sentiment d'exaltation qu'elle procurait, ils étaient assis à se regarder de part et d'autre des barreaux, avec un dégoût muet et partagé.

– As-tu baisé un nègre récemment ? interrogea Faroe au bout d'un moment.

Dans son regard, elle vit luire l'intelligence reptilienne qui l'avait autrefois placé au nombre des tueurs à gages les plus redoutés du Sud. Son effort pathétique pour engager un dialogue était à la mesure de la bassesse à laquelle elle l'avait réduit, et sa réponse à celle de la bassesse à laquelle elle-même s'était réduite.

– Ça te plaît, ça, en ce moment, hein, Fil ? dit-elle. Ça t'excite vraiment.

Les yeux de lézard clignèrent.

– Harvill t'a vu, tu sais, dit Lenna, en train d'essayer de prendre ta queue pour te branler dès que je suis partie. Si tu veux, je peux lui demander de le faire pour toi.

Faroe abaissa son regard sur la peau de sa gorge et sur la naissance des seins. Les plis au coin de ses yeux se creusèrent. Son regard perdit son acuité et devint vitreux.

– *Faute d'un clou, le fer fut perdu,* dit Faroe. *Faute d'un fer, le cheval fut perdu.*

Lenna avait déjà entendu ça, comme elle avait déjà entendu tout ce qui constituait son répertoire limité. D'après Woodrow, au cours de sa nuit sous speed, Faroe laissait parfois entendre des gémissements et des balancements pendant qu'il hurlait cette comptine, sanglé dans son fauteuil, et qu'il la reprenait encore et encore jusqu'aux petites heures du matin. Peut-être lui apportait-elle quelque réconfort. Elle le laissa finir.

– *Faute d'un cheval, le cavalier fut perdu. Faute d'un cavalier, la bataille fut perdue. Faute d'une bataille, le royaume fut perdu.*

Faroe posa à nouveau son regard sur Lenna, plus clair à présent.

– *Et tout cela, faute d'un clou au fer du sabot du cheval.*

Lenna se leva. Elle en avait assez. L'air commençait à devenir étouffant. Elle se demanda, comme souvent, pourquoi elle n'avait pas fait tuer Faroe et raser la Maison de Pierre. C'eût été plus facile et plus sûr que de le garder en vie. Elle regarda, derrière Faroe, la vieille cabane au toit en tôle, posée sur son estrade telle une installation surréaliste au milieu du béton gris et du soleil jaune. Son cœur se serra. Tout au fond, son instinct lui répétait que, tant que Faroe vivrait, il resterait l'infime possibilité, aussi inaccessible fût-elle, d'un achèvement, d'un terme. Ce que c'était, elle l'ignorait et elle ne parvenait pas à lui trouver un sens quelconque ; elle savait seulement qu'en le tuant elle se condamnerait elle aussi, pour l'éternité, à rester dans la Maison de Pierre. Elle se détourna de la cabane en bois, et de Faroe.

– Au revoir, Fil.

– Je t'aimais, Magdalena, dit Fil comme elle s'éloignait. Ne l'oublie jamais.

Lenna s'immobilisa. Il avait déjà joué ce numéro, celui du noble pénitent qui subit un châtiment injuste et cruel. Elle n'avait que mépris pour cela. Et elle se méprisait aussi elle-même, en partie à cause de la comédie de l'amour qu'elle avait prolongée, des années durant et à son grand dégoût, afin de s'emparer de son pouvoir. Mais ce qui était fait était fait, et lui vint à l'esprit ce que Clarence Jefferson lui avait chuchoté de sa voix crémeuse : « Réfléchis bien aux actes les plus fous qu'écrit l'histoire, Lenna : c'est la haine, et non l'amour, qui fournit l'encre la plus noire. »

Lenna regarda Faroe derrière elle, par-dessus son épaule.

– Mais souviens-toi, Fil, que moi, je ne t'ai jamais aimé. C'est ce qui fait la différence entre nous : tu n'as jamais su faire semblant. Moi, si.

Sans attendre sa réaction, Lenna sortit dans l'antichambre, entre les murailles de caisses puis dans la cour. Là, l'air était plus respirable. Elle inspira profondément, la main sur la poitrine. Comme elle entendait Woodrow Jessup s'éclaircir la gorge derrière elle, elle laissa retomber sa main.

– Ça va, Miss Par-low ?

– Très bien.

– J'attendais que vous ayez fini pour vous remettre ça. J'espère qu'y a pas de problème.

Il lui tendit une enveloppe blanche scellée. Le verso était vide. Sur le recto était écrit « Lenna » à la main. Elle sentit un tremblement le long de son échine. Elle reconnaissait cette écriture élégante et extravagante.

– D'où vient-elle ?

– C'est un gars qui l'a apportée ce matin. Jamais vu, dit Woodrow en hochant la tête en direction de la lettre. Je lui ai demandé, il a dit qu'il savait pas ce qu'y avait dedans ni pour qui c'était, il a juste dit qu'il devait venir la remettre ici. Il a dit que c'étaient les ordres. Il a pas voulu donner son nom ni dire qui l'avait envoyé, et il est reparti. Il est même pas descendu de sa voiture, mais c'était peut-être à cause des chiens.

– Tu peux me le décrire ?

– Un type vieux, dans les soixante ans. Maigre comme une trique et sapé en costume-cravate. Mais je crois pas qu'il venait de la ville.

– Pourquoi pas ?

– Ben, d'abord, il était poli. Et élégant, je dirais, mais pas du genre malin, vous voyez ? Franc du collier, je vous dis ce que je crois. Et calme. Ses yeux m'ont fait penser à un de ces vieux marchands de chevaux qu'il y avait chez moi, ou peut-être un avocat. Je sais pas exactement d'où, mais il est de la campagne, c'est sûr.

Lenna fronça les sourcils et regarda à nouveau son nom tracé sur l'enveloppe.

– Ça aurait fait du grabuge de l'empêcher de partir, Miss Par-low. J'ai estimé que ça vous plairait pas.

– Tu as fait ce qu'il fallait, dit Lenna. Est-ce que quelqu'un d'autre est venu ?

– Non, m'dame.

– Rien de particulier ?

Woodrow secoua la tête :

– C'est le calme plat. Les chiens auraient flairé les fouineurs.

Lenna hocha la tête et leva l'enveloppe.

– Harvill et toi, vous faites comme s'il ne s'était rien passé.

– Il ne s'est rien passé.

– Tu as fait ce qu'il fallait faire. Merci.

Woodrow rougit et dansa d'un pied sur l'autre.

– S'il arrive quelque chose, vous m'appelez tout de suite. Entendu ?

– Sûr, Miss Par-low.

Lenna regagna la Mercedes. Elle posa l'enveloppe sur le siège à côté d'elle puis démarra. Maintenant qu'elle était seule, la terreur que lui inspirait la lettre atteignait une telle intensité qu'elle était incapable de penser. Elle tourna sur la route goudronnée, laissant derrière elle un nuage de poussière rouge, roula tout droit. Au bout de deux kilomètres, elle s'arrêta. Elle décacheta l'enveloppe et en sortit une feuille de papier. La même écriture élégante.

Tandis qu'elle lisait, les mots semblaient traverser son cerveau conscient pour ouvrir la voie à un océan d'émotions dont elle ignorait le nom et qu'elle croyait mortes depuis longtemps. Au milieu de la lettre, elle se mit à sangloter. La feuille lui tomba des mains. Agrippée au volant, Lenna s'abandonna alors à un déchaînement de forces si puissantes qu'il eût été impossible que son corps les contienne et continue à vivre. Mais si elles l'écrasaient aujourd'hui, c'était parce qu'elle les avait connues autrefois, et refoulées, voilà pourquoi elle pleurait comme elle n'avait plus pleuré depuis vingt ans.

Le temps passa. Son chagrin s'échappait bruyamment de la voiture et allait se perdre dans les murmures du marais. Au bout d'un moment, le silence retomba dans la voiture.

Quand l'ouragan fut calmé, Lenna se couvrit le visage des mains et tout s'obscurcit. Pendant un moment, elle n'eut conscience que de ses paumes mouillées, de sa respiration dont les saccades s'apaisaient, des petites flammes jaunes et dansantes sur l'écran noir que la pression créait devant ses yeux. Le temps passa encore, dans un néant si limpide, si totalement vide, qu'elle aurait pu rester là éternellement. Mais la peur pénétra dans le vide, une peur d'abord sans objet particulier, rien que la peur elle-même ; la peur de qui ne connaît pas la peur. Puis ce fut le tour d'une sensation pire : l'espoir. Avec l'espoir vint la certitude – l'horreur – que, si elle échouait, alors tout cela – *tout cela* et pire que cela – recommencerait à nouveau.

Quelque chose de sage, qui lui échappait, tira le rideau, fit tout disparaître. Sa respiration redevint régulière. Elle écarta les mains de son visage et cligna des yeux. Devant elle, elle vit le ciel bleu d'avril et l'étendue mouvante d'eau brun jaune coupée par un ruban de bitume. Elle ne se souvenait pas de ce qu'elle venait de lire ; ou plutôt, elle ne pouvait pas se permettre de s'en souvenir. Pas encore. Elle devait agir et, pour agir, il lui fallait se protéger du message de la lettre – et du terrible néant dans lequel il risquait de la précipiter – jusqu'au moment où elle serait prête.

Lenna se saisit du téléphone et pressa des boutons. On répondit, par un silence, dès la première sonnerie.

– Bobby ? demanda-t-elle.

– Dites-moi ce qui ne va pas, dit Frechette.

La voix de Frechette, à la fois douce et sur le qui-vive, la rasséréna. Elle inspira profondément, sentit ses forces revenues l'inonder, ses mâchoires se contracter jusqu'à la douleur. Enfin, elle avait quelque chose qui valait la peine de se battre pour elle. Elle se lança.

– Tout va bien, dit-elle. Je rentre. Appelle Rufus Atwater. Demande-lui de chercher des renseignements sur un type – un médecin – du nom de Grimes, tout de suite. Dis-lui que je veux le voir dès qu'il aura fini.

– Vous me répétez ce nom ? dit Frechette.

Lenna ramassa la lettre. Le papier était mouillé à certains endroits, l'encre noyée. Sans la relire, elle parcourut les paragraphes jusqu'à ce qu'elle ait trouvé les mots dont elle avait besoin.

– Grimes. Eugene Cicero Grimes.

– Dr Eugene Cicero Grimes, dit Bobby Frechette. C'est bon.

Lenna raccrocha. Puis elle replia la lettre et la glissa dans sa veste.

Elle est vivante. Elle sentit le fragile espoir s'ouvrir comme un abîme sous ses pieds. *Et si ce n'est pas vrai ?* Elle fit un immense effort pour se ressaisir. *Plus tard.* Elle obligea cette pensée à rentrer dans sa boîte et ferma le couvercle. Puis Lenna Parillaud fit vrombir le moteur de la Mercedes et reprit le chemin d'Arcadie.

2

Cicero Grimes souleva la tête de quelques centimètres au-dessus de ses bras repliés en guise d'oreiller et ouvrit les yeux. Dans son champ de vision flottaient quelques grains de poussière léthargiques. Un sol jonché d'ordures ondulait jusqu'à l'autre extrémité de la pièce, dont le mur portait les stigmates noirs de l'incendie et de la fumée. C'était un spectacle sordide mais familier. Grimes laissa sa tête retomber et attendit que naisse une pensée qui méritât l'effort nécessaire à son élaboration. À en croire son expérience, il pouvait attendre longtemps.

Il était affalé, les membres en désordre, sur le parquet de son salon. La chaleur irradiante qui pénétrait jusqu'au fond de son crâne lui indiquait que le soleil était assez haut pour se déverser par la fenêtre donnant sur la rue et que, de ce fait, il devait être midi passé. Du fond de sa poitrine monta un grognement.

Grimes était plus ou moins inconscient depuis treize heures et, si on lui en avait laissé le choix, il serait resté dans le même état treize heures de plus. Il eût mieux aimé dormir, mais le sommeil impliquait un certain degré de confort, de satiété des centres nerveux, dont son cerveau ne semblait plus capable. De temps à autre, il remontait à la surface, s'extirpant de sa torpeur avec l'impression désagréable qu'il ferait mieux de se mettre debout et de se conduire comme un homme. Au lieu de cela, il aspirait à retomber dans son hébétude et, quand il avait de la chance, il errait à nouveau dans le bienheureux brouillard de rêves et de soubresauts noyés de sueur dont il ne gardait que des lambeaux. Maintenant que le soleil le tourmentait depuis un point éloigné du cosmos indifférent, il savait que c'était inutile ; il attendait donc, avec la patience d'un homme pour qui le temps ne possède ni sens ni valeur, l'apparition de la pensée avec laquelle la journée, sa journée, allait pouvoir commencer.

Quand la pensée se présenta enfin, elle n'était pas le produit de son pauvre intellect dévasté mais, si ses souvenirs étaient exacts, de celui de l'audacieux métaphysicien Arthur Schopenhauer. La personne humaine, selon Schopenhauer, n'était pas une chose qui méritât d'être glorifiée ou exaltée, c'était au contraire un donjon incrusté de sang dans lequel l'horreur futile de l'existence se manifestait sous la forme de souffrances sordides et stupides et, dans de rares cas – chez des spécimens peu nombreux –, sous la forme d'une tragédie.

Grimes était aujourd'hui bien trop familier de sa souille pour caresser l'idée qu'il comptait parmi les rares élus tragiques. Il savait qu'il n'était qu'un pauvre type accroché au dégoût qu'il s'inspirait comme à une épave jetée sur une lointaine plage de désespoir. Oui, l'idée le traversa, tandis qu'il gisait là, par terre, dans un océan d'emballages de pizza à moitié vides, de paquets de cigarettes écrasés, de vêtements sales et d'ordures diverses, que s'il avait jamais prétendu au noble désespoir, il avait fini par perdre jusqu'à cette illusion. La petite plage de galets sur laquelle il gisait était loin de ressembler à l'océan majestueux du désespoir. Maintenant que lui était revenue la description réconfortante de la condition humaine par Schopenhauer, Grimes découvrait qu'il n'éprouvait même pas de pitié pour lui-même. C'était inquiétant : il avait perdu jusqu'à la capacité de se haïr. Il devenait un vieux sac de fonctions vitales alourdi par une conscience qui connaissait le désir – mais manquait de la volonté – d'en finir dignement.

Ces réflexions étaient suffisamment humiliantes pour obliger Grimes à se mettre au moins à genoux. Il posa le front sur les planches nues. Puis il marmonna quelques paroles adressées à Jésus, profanes pour la plus grande part, et se dressa, en clignant des yeux, sur ses pattes arrière.

Le soleil était une plaie, mais il ne pouvait pas fermer les stores pour en arrêter les rayons. Grimes les avaient arrachés à leurs enrouleurs au cours d'une de ces crises de rage aveugle qui, de façon périodique, venaient interrompre sa torpeur et détruire tout ce qui lui tombait sous la main. Les stores cassés se trouvaient quelque part au milieu des ordures dans lesquelles le pied s'enfonçait et qui tapissaient le sol. Debout dans la souille, Grimes chercha ce qu'il allait faire.

Il habitait le deuxième étage d'une ancienne caserne de pompiers de La Nouvelle-Orléans qu'il considérait comme son domicile depuis huit ans. Dans les années 80, les pompiers avaient abandonné le bâtiment pour des installations plus modernes et il était resté désaffecté jusqu'à ce que Grimes le prenne en location. Au milieu du salon, un poteau de cuivre terni passait par un trou pratiqué dans le sol et descendait dans ce qui était autrefois la salle des machines. À présent, celle-ci contenait un sac de sable, que Grimes, quand il était en bonne santé, frappait trente minutes par jour, et un jeu d'haltères en fer ; les haltères et le sac de sable étaient désormais aussi oisifs que lui. Derrière le salon, se trouvaient deux chambres et une salle de bains. Il avait décoré les lieux sans le moindre souci d'harmonie ou de style : il s'asseyait dans les fauteuils, il posait des objets sur deux tables abîmées, les étagères accueillaient des livres ; le coin cuisine était petit et rarement utilisé. À l'autre bout de la pièce, les murs et le plafond avaient été endommagés par le feu. L'atmosphère ainsi créée évoquait à Grimes des images de Berlin après les bombardements. À ce jour, il n'avait jamais essayé de réparer les dégâts. Ici, Grimes avait connu de bons et de mauvais moments. Il avait écouté de la musique, siroté du whisky et passé des nuits à bavarder avec des amis. Ici, il avait fait l'amour avec des femmes qu'il aimait, avec des femmes qu'il n'aimait pas. Et ici aussi il avait été brisé sur la roue de sa propre psyché.

À cet instant précis, il considérait cet endroit – son intérieur – comme sa prison ou sa tombe. La porte était ouverte ; il était libre ; mais il ne sortait jamais plus de quelques minutes par jour, pour aller acheter des cigarettes, du jus de fruits et quelques provisions qui, en général, se gâtaient avant qu'il se décide à les manger. Après quoi, il regagnait l'immeuble, grimpait la volée de marches et claquait la porte derrière lui pour vingt-quatre heures d'isolement indifférent de plus. Il décrochait le téléphone. Il n'avait pas de télévision. Il n'allumait jamais la radio. De temps à autre, il écoutait de la musique ; mais elle lui rappelait trop souvent des choses qu'il préférait oublier.

Il ne travaillait plus depuis des mois et ne pouvait pas même imaginer recommencer ; en réalité, le simple fait d'avoir pu rester dans une telle inaction le terrifiait. Grimes était médecin, chirurgien de formation, devenu psychiatre sur le tard. Quelque part dans le brouillard de ses souvenirs, il se rappelait que son métier avait eu pour lui une valeur inestimable, qu'il avait été la passion et l'œuvre de sa vie. Il semblait qu'un jour ces choses-là avaient existé. Mais le passé était le passé et le présent, le présent. C'était comme si ses mains étaient mortes, car c'était à elles que tenaient sa passion et son œuvre. Il avait trahi cette passion et cette œuvre avant de se trahir lui-même, ou qui que ce fût d'autre ; les détails de la trahison grouillaient et tourbillonnaient dans un nuage de regrets futiles rendus depuis longtemps indiscernables par une mélancolie stérile.

Grimes évitait l'alcool et l'influence de toute autre

drogue que celles des neurotransmetteurs générés par son cerveau instable. Il aurait pu donner le nom de certaines d'entre elles. Il aurait pu spéculer à loisir sur la nature – biologique, psychologique et spirituelle – de son affection ; et même donner de sages conseils sur la manière de la traiter ; de temps à autre, ce qui lui restait d'ego et de jugement s'y employait. Mais son cœur préférait ne pas savoir. Quelque chose dans son âme continuait à vouloir aller jusqu'au bout de cette traversée du désert, quelles qu'en soient l'issue et la destination.

Grimes s'étira. Il avait le sentiment que son corps était empoisonné. Il ignorait combien de kilos il avait perdus mais ses vêtements flottaient sur son squelette. Quand pour la dernière fois avait-il été en pleine forme physique ? Quoi qu'il en soit, il pouvait alors soulever quatre-vingt-quinze kilos et effectuer des développés de deux cent vingt. Il mesurait plus d'un mètre quatre-vingt-huit et il était toujours colossal, mais il avait sans doute perdu plusieurs vertèbres. Il avait trente-huit ans, l'impression d'en avoir soixante et il s'en fichait. Il avait abandonné le combat qui à chaque sursaut l'épuisait davantage. Il était là, et il y serait tant qu'il ne serait pas ailleurs. Aujourd'hui, de même qu'hier et que les jours et les mois précédents, il ne ferait rien : pas un rien détendu, pas un rien reconstituant, non, absolument rien. Un rien sidéral. Jusqu'au bout.

Il ne ferait rien – il s'efforcerait d'atteindre au rien – avec la même opiniâtreté qu'il avait montrée au cours des autres étapes de sa vie. Comme il se tenait là debout – comme il serait là plus tard, couché sur le ventre, injecté et imprégné jusqu'à la moelle d'une douleur psychique sans objet –, il comprit qu'il se trouvait en un lieu où il n'était jamais allé encore, un lieu où personne d'autre n'était allé et ne pourrait jamais aller : car il n'appartenait qu'à lui seul, et lui seul pouvait le connaître. Il n'était plus rien : ni homme, ni déprimé, ni psychiatre, ni psychotique. Simplement il était ; et il ne pouvait pas échapper à cela. Il s'était dépouillé de tout ce qu'il lui semblait être ; il était allé en quête de sa propre inanité, d'une extinction plus absolue que celle qu'entraîne l'explosion d'une balle dans la tête ; et, à l'ultime frontière de ce rien, il découvrait maintenant – en dépit de tout – qu'il était. Bon gré mal gré, il était.

En faisant cette découverte – il *était* – Grimes sentit un frémissement, un éveil : quelque chose qui vaguement lui rappelait le battement de cœur de l'excitation. Et tout disparut. Le soleil, une fois de plus, agressait ses yeux ; ses membres intoxiqués semblèrent perdre leur capacité à le soutenir ; la souille au milieu de laquelle il se tenait l'appelait doucement.

On sonna à la porte.

Pendant un moment, Grimes n'eut aucune réaction. Il était déconnecté du monde extérieur depuis si longtemps que la tentative de communiquer induite par la sonnerie lui semblait une hallucination. Puis le bruit se répéta, le pouce ou le doigt appuyant plus longtemps cette fois. Grimes s'approcha de la fenêtre et l'ouvrit largement. L'air humide et le vacarme de la rue le frappèrent au visage. Il se pencha pour voir le trottoir.

Debout devant la porte se tenait un homme maigre, en costume d'été gris, un chapeau de paille plat orné d'un ruban rayé – un canotier – dissimulant son visage. Il se tenait droit, les épaules carrées, avec, à la main gauche, une mallette au cuir patiné. Grimes attendit. L'homme maigre recula d'un pas et leva la tête. Il avait un visage osseux, en bonne santé, un visage qui avait beaucoup fréquenté le soleil. Le regard – bleu – était à la fois ouvert et pénétrant. Grimes lui donna une petite soixantaine d'années. Quand il parla, l'homme le fit d'une voix colorée par l'accent paysan d'un autre état. L'Alabama, peut-être. Ou la Géorgie.

– Bonjour.

Grimes ouvrit la bouche, mais sa voix, rouillée à force de rester inemployée, n'émit qu'un son rauque et incohérent. Il hocha la tête, s'éclaircit la gorge, essaya encore.

– Qu'est-ce que vous voulez ?

L'homme maigre encaissa ce manque de courtoisie comme s'il s'y était attendu.

– Je désirerais parler au Dr Grimes. Docteur Eugene Grimes.

– Qui êtes-vous ?

– Holden Daggett. Je suis avocat.

Grimes réfléchit.

– Est-ce que cela signifie que j'ai des ennuis ?

Daggett demeura imperturbable.

– Pas que je sache. Je ne suis envoyé par aucune cour de justice, fédérale, ou autre. Un client m'a demandé de vous remettre une lettre.

– Un client, dit Grimes.

Daggett hocha la tête puis lança un bref coup d'œil dans la rue.

– Puis-je entrer ?

Un petit instant, Grimes fixa le regard clair et pénétrant. Il rentra la tête à l'intérieur. Et la sensation se renouvela : le grondement d'un battement de cœur. Quelque chose d'autre aussi : un pressentiment sinistre, une pointe de peur. Avant que le pressentiment ne l'emporte sur le battement de cœur, il alla presser le bouton placé sur le mur près de la porte. La serrure de l'entrée céda avec un grésillement et un bruit métallique.

Du haut de l'escalier, Grimes regarda Daggett refermer derrière lui la porte blindée et marcher sur le courrier non ouvert qui jonchait le sol du couloir. Daggett grimpa d'un pas régulier, la couronne plate de son chapeau de paille dessinant une trajectoire droite, et parvint en haut de l'escalier sans haleter. Grimes sentit une légère jalousie. Daggett l'examina des pieds à la tête. Soudain conscient de son aspect, Grimes dansa d'un pied sur l'autre. Il avait dormi dans son costume noir, qui était par conséquent tout froissé et, çà et là, taché de gris par la cendre de cigarette. Sa chemise blanche pendait, crasseuse. Il ne portait ni chaussures ni chaussettes. Grimes se demanda pourquoi il avait laissé cet inconnu entrer et le voir ainsi. *Parce que tu n'as aucune fierté*. Mais, de toute façon, Daggett ne resterait pas plus longtemps que nécessaire.

Daggett, impassible, lui tendit la main. Grimes la prit et remarqua que son visiteur avait, à la tempe gauche, une petite tache granuleuse.

– Je n'ai pas l'habitude de me présenter sans prévenir, dit Daggett. Mais vous n'êtes pas facile à contacter, Dr Grimes.

– Ça me plaît comme ça.

À la grande surprise de Grimes, sa remarque fit sourire Daggett, qui se tourna vers l'escalier et les enveloppes éparpillées sur le sol.

– J'ai essayé de vous proposer un rendez-vous. Il doit y avoir quelques lettres de moi en bas.

Le pressentiment revint, frappant Grimes à l'estomac. Il le ravala.

– Mais pas celle que vous avez sur vous.

Daggett secoua la tête.

– Celle-là, il me faut la remettre en mains propres ou pas du tout.

Il regarda derrière l'épaule de Grimes en direction de la porte qui donnait sur le salon. Grimes l'imita, comme avec des yeux neufs. Le Berlin d'après les bombardements lui semblait à présent une vision romantique. La pièce évoquait plutôt une usine de crack d'Iberville qui aurait été incendiée par un gang rival. Là encore, Daggett ne laissa rien paraître de ce qu'il pensait de ce spectacle. Grimes prit note mentalement de ne jamais jouer au poker avec lui. Il s'éclaircit la gorge.

– Il y a eu le feu ici, il y a quelque temps.

– C'est ce que je vois, dit Daggett d'un ton neutre.

– Entrez, je vous prie.

– Merci. Ce n'est pas nécessaire, répondit Daggett. J'ai un avion à prendre.

Il ouvrit sa mallette et en sortit une enveloppe blanche. Au verso, en lettres sophistiquées, on avait écrit le mot « Grimes ».

– Je ne suis venu que pour ça.

Daggett marqua une pause.

– Je ne voudrais pas vous offenser, voyez-vous, mais je suis obligé de vous demander une pièce d'identité. Pour m'assurer que vous êtes bien le Dr Eugene Grimes.

Grimes regarda l'enveloppe, puis Daggett.

– Et si je n'en veux pas ?

– Si vous désirez la brûler sans la lire, c'est votre droit le plus absolu.

Grimes hésita.

– Je viens de loin pour vous la remettre, précisa Daggett. Mais je suppose que cela vous est égal.

Grimes fouilla dans les poches de sa veste et trouva son portefeuille. Il en sortit son permis de conduire. Daggett regarda la photo apposée sur le document, puis le visage de Grimes, et recommença trois fois de suite. Grimes se demandait de quoi il pouvait bien avoir l'air maintenant. Avait-il changé à ce point ? Il leva inconsciemment la main et la posa sur les poils qui lui couvraient les joues et le cou. Comme s'ils ne lui appartenaient pas. Nom de Dieu. Daggett lui rendit le permis de conduire avec l'enveloppe.

– Vous n'attendez pas de réponse ?

Daggett secoua la tête.

– J'ai seulement pour mission de vous la remettre.

Il referma sa mallette et tendit la main.

– Merci de m'avoir accordé un peu de votre temps.

L'espace d'un instant, les yeux clairs s'illuminèrent d'une chaleur inattendue.

– Ce fut un plaisir.

Pendant un étrange moment, Grimes eut la sensation d'étouffer. Daggett semblait penser ce qu'il disait ; et Grimes avait envie de le prendre au mot. *Mon vieux, c'est beaucoup plus grave que tu ne crois.* Il se ressaisit, cligna des yeux.

– Pour moi aussi, monsieur.

Ils se serrèrent la main. Grimes eut la sensation que la main sèche et ferme lui serrait le cœur. Daggett hocha la tête et se dirigea vers l'escalier. Grimes n'avait pas envie de le voir partir. Avec un sentiment proche de la honte, il ressentit un besoin pressant de compagnie.

– Mr Daggett ?

Daggett se retourna.

– Je n'ai pas pu m'empêcher de remarquer, dit Grimes en indiquant la tache sur la tempe de Daggett. Si je ne me trompe, il s'agit d'un carcinome basal, une espèce de cancer de la peau.

– Cette petite chose-là ? fit Daggett en touchant la nodosité. J'ai passé une visite médicale il y a un mois. Mon médecin ne m'a rien signalé.

– Elles échappent facilement, dit Grimes. Elles grossissent lentement, mais s'aggravent si on les laisse sans soins. La guérison est garantie.

– Je vais suivre vos conseils, dit Daggett en le regardant de côté. Vous venez du Nord, si je ne m'abuse ?

– De Chicago.

– Une ville violente, à ce qu'on dit.

Daggett sortit une carte de sa poche de poitrine.

– J'habite en Géorgie, dans un trou à alligators dont vous n'avez jamais entendu parler : Jordan's Crossroads, sur l'Ohoopee. Si un jour vous vous retrouvez au milieu de nulle part, passez dire bonjour, dit Daggett en souriant. Pas grand-chose à faire le samedi soir, sauf si vous êtes bouilleur de cru, mais la vallée de l'Ohoopee est belle, surtout au printemps. Quand on aime ce genre d'endroit.

– C'est mon cas, dit Grimes. Merci.

Il glissa la carte dans son portefeuille avec son permis de conduire. Daggett passa en revue le corps de Grimes : les pieds nus, le costume noir poussiéreux, la barbe hirsute.

– Prenez soin de vous, dit Holden Daggett.

– Vous aussi.

Grimes regarda Daggett descendre l'escalier et fermer la porte. Pendant un moment, à la fois au-dedans et au-dehors, Grimes se sentit balayé par un immense silence. Il était perdu plus que jamais. Et pourtant, ce rapide contact – la pression de la main, la rencontre des yeux, le son des voix, la sienne en premier lieu – avait insufflé de l'oxygène dans son sang, un léger souffle, rien de plus, mais suffisant pour le tirer de sa torpeur.

Grimes fit de la place sur la table de la cuisine en jetant par terre une brassée de débris. Entre ses doigts, l'enveloppe pesait plus lourd qu'elle n'aurait dû. « Grimes. » Rien d'autre. Il alluma une cigarette. Il s'assit à la table et l'ouvrit. À l'intérieur, il y avait trois feuillets et un billet d'avion d'American Airlines. Grimes déplia les feuillets, sans regarder le dernier : il ne voulait pas lire la signature. Dès le milieu de la première phrase, il comprit que ce serait inutile : il entendait la voix – aussi riche qu'un caramel brûlé – qui, en souriant, murmurait à son oreille :

Cher Grimes,

Si vous êtes en train de lire cette lettre, c'est donc que je suis mort ; et qui sait – peut-être même enterré. Félicitations. Vous m'avez certainement traité avec tous les honneurs. Mais, même ainsi, je m'inquiète pour vous : je me demande, tandis que j'écris d'une main de mort, comment vous vous en sortirez sans moi, quand je ne serai plus. Et je ne peux m'empêcher de me demander aussi s'il vous arrive de penser à moi.

J'en suis convaincu.

Alors laissez-moi vous dire ce qu'il en est : ceci est mon testament et mes dernières volontés. Quels mots magnifiques. Testament. Dernières volontés. Des mots qui valent leur pesant d'or. Et, au train où vont les choses entre nous, je ne connais qu'une façon de les dépenser : pour vous. Je crois que le terme qui convient est « bénéficiaire ».

Vous ne riez pas encore ? Écoutez donc ceci.

Je vais vous donner l'opportunité d'être l'instrument – le marteau – d'une justice apocalyptique. Je répète : apocalyptique.

Maintenant, vous riez.

Mais je vous entends aussi vous demander, à travers les larmes qui inondent vos joues, comment diable je vais m'y prendre. C'est très simple : je vais vous donner l'enclume sur laquelle vous pourrez forger cette justice. La fabrication de cette enclume a nécessité vingt années et elle m'appartient. Je suis désespéré d'avoir attendu trop longtemps pour voir le métal chauffer au rouge et les étincelles voler dans les airs. Mais qu'il en soit ainsi ; et si les temps sont venus, c'est donc que vous êtes l'homme désigné. Voici l'histoire.

Il était une fois un policier qui connaissait l'humain. Il savait que les hommes de pouvoir, excités par d'irrésistibles et extravagants appétits, entraînent leur propre ruine. Il savait qu'ils volent ceux qu'ils sont supposés servir, qu'ils se graissent la patte entre eux, qu'ils corrompent, par tous les moyens imaginables, les lois qu'ils ont eux-mêmes établies et dont on les a fait gardiens, qu'ils ont baisé des enfants, des bêtes et des putes ; qu'ils ont commandité la mort de ceux qui se sont dressés contre eux. Ces hommes se sont hissés au sommet du pays ; mais ils étaient la lie de l'humanité.

Quant au policier, il a également été puissant, à leur manière ainsi qu'à d'autres qu'ils ne comprendront jamais. Il a eu plus que sa part de crimes, de tortures et de tout autres vilenies accessibles à l'homme ; et il a fourré dans ses poches la fortune de ceux qui croyaient être ses maîtres. Mais cet homme – peut-être, se plaisait-il parfois à penser, cet homme seul –, cet homme connaissait la nature cachée de ses actes et ne demandait aucune absolution, ni de Dieu ni de lui-même. Et si ses appétits étaient également ruineux et énormes, ils n'ont pas réussi à l'entraver. Il a vu, au-delà de ces désirs, la possibilité d'une gratification plus profonde – un délire de ruine et de destruction, un chaos, une anarchie explosive à même de réduire à néant les fondations de cette cité corrompue afin que la terre l'engloutisse, elle, les égouts et les rues sordides qu'il connaissait si bien, et mieux – tellement mieux – qu'eux.

C'est ainsi qu'au cours de ses pérégrinations, cet homme – ce policier – est devenu collecteur de témoignages, rassemblant des aveux irrécusables et des preuves irréfutables de toute espèce. Il a réuni des papiers et des déclarations, des photos, des films, des chiffres, des disquettes. Il a enregistré les voix des coupables. Il a volé en bloc leurs crimes secrets. Un *corpus delicti* fabuleux. Et il a tout conservé. Il a tout gardé en attendant le moment où les sénateurs et les membres du Congrès trembleraient ; le moment où les juges seraient abattus sur le pas de leur porte par les malfrats qui avaient acheté leurs maisons et qui savaient qu'ils en savaient trop ; le moment où les noms des familles fatricienne seraient souillés par leurs propres excréments tandis que leurs descendants bouffis seraient jetés en prison. Toute l'élite politique de l'état de Louisiane pulvérisée, un milliard de dollars de scandales et un million d'années de prison pour ceux qui s'étaient crus au-dessus des lois.

Tel était le rêve du policier.

Vous riez toujours, Grimes ? J'espère bien, car tout est pour vous, mon frère. C'est le legs que je vous laisse. Vous allez lancer la sarabande à ma mémoire. Mais attention où vous mettez les pieds : ils sont sur le qui-vive. C'est peu dire que la panique doit courir les rues. Quelqu'un sait que mon enclume se trouve quelque part ; c'est le lot de tout secret. Vous le savez bien. Quand j'étais en vie, ces quelques courageux qui ont osé flairé trop près sont morts – de mort violente, je l'avoue – mais, maintenant que je ne suis plus, les chiens sont lâchés et ils veulent du sang. Tout ce que vous avez à faire, c'est venir chercher mon sac à merveilles et répandre son contenu avant que les chiens ne flairent votre piste.

Vous avez besoin de connaître le chemin jusqu'à mes friandises. Je ne vais vous fournir qu'une partie des renseignements. L'autre partie, il vous faudra l'obtenir de quelqu'un d'autre : d'une femme ; d'une fille, pour être exact. Elle a dix-neuf ans. Elle s'appelle Ella MacDaniels. Vous la trouverez au 175, Willow Street. Traitez-la bien, Grimes. En dehors de vous, c'est la seule personne qui compte pour moi. Elle me connaît sous le nom de « Charlie ». Occupez-vous d'elle. Tôt ou tard, les chiens seront aussi sur sa piste, et elle n'a jamais eu part à tout ça, excepté qu'elle est une part de moi. Dites-lui seulement que Charlie veut qu'elle vous conduise à la Vieille Maison. Vous avez compris ? La Vieille Maison. Dans la cave, vous trouverez deux valises ; à l'intérieur, vous trouverez mon trésor. Ne le dilapidez pas auprès de mes anciens collègues de la police ou des autorités fédérales ; les uns le vendraient, les autres l'enterreraient. Pour les mettre à genoux, vous avez besoin des médias. Là est le pouvoir. Remettez-le au *Washington Post*, et achetez-vous une télévision pour vous délecter du spectacle.

C'est tout, Grimes. Bonne chance. À propos, vous devez vous demander à quoi sert ce billet d'avion. Je suis un homme juste et je ne voudrais pas vous donner le sentiment de ne pas avoir d'alternative. Le billet vous laisse le choix. Si vous décidez de ne pas accepter mon legs, prenez le billet et partez ; quittez la ville ; n'y remettez plus les pieds ; jamais. Mais écoutez-moi bien et croyez-moi, mon garçon : faites-le vite. Faites-le tout de suite.

Si vous acceptez, ne vous fiez qu'à vous-même.

Bonne chance, Grimes. Il va bientôt geler en enfer, alors habillez-vous chaudement.

Affectueusement,

Clarence Seymour Jefferson.

Grimes contempla ses mains. À sa grande surprise, elles ne tremblaient pas. Il avait l'esprit vide. Son corps était en proie à une irrépressible envie de dormir, une fatigue musculaire intense se répandait entre ses omoplates. Il prit conscience de ce que son corps lui disait : *Tu ne peux pas entrer dans ce jeu, mon vieux. Rends-toi service et passe ton tour.* Il regarda la fosse creusée au milieu des ordures sur le sol. Jamais lit de fleurs, jamais berceau de feuillage, jamais bras de femme ne lui avaient paru aussi prometteurs. Son cerveau fonctionnait à vitesse réduite. *Ils viendront, et tu le sais : c'est le Capitaine qui le dit.*

Grimes connaissait le Capitaine Jefferson depuis un peu plus de vingt-quatre heures que déjà nul instant de son existence n'avait été marqué au fer rouge dans son être de manière plus indélébile. Six mois auparavant, le frère aîné de Grimes, Luther, avait délesté la Louisiana Mercantile Trust d'une petite fortune ; le Capitaine Jefferson, sur la piste de ladite fortune, avait capturé et gardé prisonnier Cicero Grimes, ici-même, dans cette pièce, il l'avait interrogé ; sans offrir, demander, ni accorder grâce. Bec et ongles, face à face, ils s'étaient injuriés et battus : de l'interrogatoire à la torture, de la torture à l'odyssée, et de l'odyssée à un terme final, douloureux, quelque part dans l'espace invisible entre la vie et la mort.

C'est cette expérience – et l'expérience que Grimes avait eue de lui-même, de choses qu'il eût préféré ignorer – qui l'avait plongé dans cette mélancolie psychotique d'où il commençait seulement à sortir : avec les dernières volontés de Clarence Seymour Jefferson et ce testament qu'il serrait entre ses doigts.

Grimes posa la lettre et prit le billet d'avion. C'était un aller simple, en première classe, pour Buenos Aires, open. Grimes se rappela que, dans sa jeunesse, le dicton affirmant que, dans un monde absurde, on avait le devoir de vivre une vie absurde, l'avait réconforté. Mais cela n'était pas absurde, c'était ridicule. Entre les feuilles cartonnées du billet, il découvrit un autre papier. Dessus, de l'écriture fleurie de Jefferson, était inscrit :

P.-S. : Toutes mes amitiés à votre père.

Grimes sentit un vent de panique.

Jefferson était un joueur-né, un drogué à la roulette russe, qui forçait les autres au jeu et laissait généralement leurs cadavres sur son sillage. Au-delà de la tombe, son corps bouffi avait fait rouler le cylindre et placé le revolver sur la tempe de Grimes. Grimes était trop abruti par sa mélancolie pour se soucier de savoir si la chambre contenait une balle ou non, mais la référence à son père lui donnait le sentiment d'avoir été jeté dans l'océan Arctique. Après six mois de stagnation, Grimes se sentait terriblement vivant. Il mit une main sur ses yeux et se pressa le visage. Des poils drus crissèrent sous ses doigts ; et, du fond de la terreur qui se répandait dans ses entrailles, monta une peur plus grande : il ne pouvait laisser son père le voir ainsi réduit à l'état de clochard.

Quelque part, se souvenait-il, il possédait un autre costume noir, moins sale que celui qu'il portait. Avec un peu de chance, il pourrait trouver aussi une chemise à moitié propre, et peut-être même une cravate. George aimait les cravates. George était son père. Et George était peut-être en danger.

Le bon vieux temps – celui passé dans la souille – était terminé.

Cicero Grimes ôta la main de son visage et marcha péniblement jusqu'à la salle de bains pour chercher un rasoir.

3

Rufus Atwater avait trente-deux ans et était procureur de La Nouvelle-Orléans. Il avait choisi d'embrasser cette carrière plutôt que d'ouvrir un cabinet privé d'avocat pour deux raisons. D'une part, si Dieu l'avait doté d'un cerveau, il l'avait aussi frappé d'un coup de méchante baguette : cheveux roux très clairs, visage asymétrique couvert de taches de rousseur, trop de front et de menton et pas assez de lèvres, et des muscles semblables à des nœuds sur une ficelle, en dépit de toutes les séances de gymnastique auxquelles il s'astreignait et de toutes les potions magiques qu'il ingurgitait. Chez un avocat, la laideur faisait fuir les clients, et pour la même raison il ne siégerait jamais au fauteuil de D.A. D'autre part, il confessait une forte inclination naturelle à se montrer désagréable, et poursuivre en justice lui permettait de sonder, menacer, humilier et emprisonner sous l'œil bienveillant de la loi sans risquer d'être abattu comme les pauvres imbéciles des services de police. Jusque-là, il avait gardé les mains propres. D'accord, il avait empoché cinq cents par-ci et mille par-là, mais c'étaient des putains de pourboires, presque une insulte à l'ambition immense qui sous-tendait ce qui passait pour sa dignité. Quand Magdalena Parillaud l'avait contacté pour enquêter sur la disparition de Clarence Jefferson, les antennes d'Atwater, nourries de toutes ces années passées à plonger dans les vies des autres, lui avaient dit qu'on l'invitait enfin à s'asseoir à la table du plus gros jeu de la ville.

Atwater venait d'écouter un enregistrement que Jack Seed lui avait apporté le matin même. Il éjecta la cassette, ôta les écouteurs et regarda Jack, qui était affalé sur son siège, à côté de lui. Ils roulaient vers le nord dans l'Impala de Seed et le soleil de fin d'après-midi se répandait sur les contours gras de la tête de Jack avant de pénétrer ses yeux. Atwater chaussa ses Ray Ban. Jack fit briller sa dent en or dans un sourire satisfait.

– Alors ? dit Jack Seed.

– Qu'est-ce que tu as fait ? répondit Atwater. Mis sa chatte sur écoute ?

Jack eut un rire amusé.

– Non, mon vieux. La Mercedes. J'ai placé des micros dans la Mercedes. Elle a la quadriphonie là-dedans. J'ai mis un de mes modèles dans le haut-parleur avant gauche.

– Si Frechette le trouve, on n'est pas près de rentrer chez nous.

– Frechette, grogna Seed, serait même pas capable de retrouver sa queue noire en plein jour. De toute façon, ce qu'il y a de bien, c'est que je peux le déconnecter, le micro. En ce moment par exemple, il est débranché. Frechette peut inspecter cette putain de voiture avec un microscope électronique, il trouvera pas de signal, parce qu'il y en pas. Tu vois, je me suis dit, à quoi bon mettre la voiture sur écoute vingt-quatre heures sur vingt-quatre ? Elle y dort pas, dans sa tire. Seulement, aujourd'hui, c'est le premier du mois, alors je me suis dit aussi : elle va peut-être rendre visite à ce drôle de hangar en béton, avec les péquenots et les chiens, alors je le branche et voilà, elle se sert de la radio.

– Tu as été parfait, Jack.

– Qu'est-ce que tu crois qu'elle faisait là-dedans ? Qu'elle se branlait ? Parce qu'il aurait fallu que ce soit un sacré putain de vibromasseur.

– La dame était toute retournée, dit Atwater.
– Tu serais étonné de savoir ce que les gens sont capables de faire dans une voiture. J'en sais quelque chose. Et les chiens ? Y a un gars pour qui j'ai travaillé une fois. Laborantin dans un cabinet privé de dépistage, dans le district. Il m'a raconté que dix pour cent des femmes qui viennent se faire examiner ont du sperme de chien dans la cramouille. Tu peux croire ça ? Dix pour cent. Nom d'une pipe, le choc. Bon, quatre, cinq pour cent, d'accord. Mais dix ? Et ce sont des poules de luxe, pas des thons. Tu vois, le cabinet fait ce qu'il appelle du « récurage vaginal »…
– Merci, Jack, je vois le tableau.
– Eh bien, la femme de ce laborantin se faisait faire son récurage vaginal par ce vendeur de machines à laver qui venait de lui vendre une…
– Jack, l'interrompit Atwater. J'ai besoin de réfléchir. Laisse-moi souffler un peu.

Jack haussa les épaules et, nullement offensé, fixa le paysage derrière le pare-brise. Atwater prit l'enveloppe posée sur ses genoux et en sortit un paquet de photos noir et blanc de mauvaise qualité.

Atwater n'avait rien contre les inépuisables anecdotes de Seed sur les comportements sexuels de l'espèce humaine. C'était l'obsession qui constituait son génie véritable, avec sa devise : « Si tu peux prendre en photo un type marié – avec des gosses à l'école privée et un revenu de trois cent mille par an – à genoux, les pouces enfoncés dans le cul d'un Chinois et une paille en acier déjà dans la bouche, tu peux tout faire. » Seed avait tenu à lui montrer ladite photo ; Atwater avait refusé.

Le vrai nom de Seed était Jack Santini. Il avait appris son métier dans la CIA, mais l'Agence avait été contrainte de le mettre discrètement à la retraite après qu'un colonel de l'armée du Panama avait surpris Jack en train de faire à sa femme des choses innommables. Jack avait tué le colonel et sa femme de ses propres mains. Avec ses indemnités, Jack Santini s'était installé à La Nouvelle-Orléans comme détective privé mais au prix qu'il estimait ses talents, les affaires n'avaient jamais décollé. Et puis, il avait eu la brillante idée de changer de nom. « Tu sais bien, comme Archibald Leach qui se rebaptise Cary Grant. » Devenu Jack Seed – « Avec moi, votre secret est en lieu sûr » – il n'avait jamais connu le désœuvrement.

Atwater avait déjà fait appel à Seed pour le compte de la ville, lorsqu'un résultat s'avérait particulièrement vital ; par exemple, au cours de la campagne de réélection du D.A. Jack trouvait toujours et sa discrétion était absolue. S'il se laissait aller à parler avec Atwater, c'était parce qu'il le considérait comme un confrère et un professionnel, et, pensait Atwater, parce que garder tous ces secrets devait provoquer une pression trop forte. Sur cette affaire, Jack travaillait pour Atwater à titre privé. Ses frais de deux mille dollars par jour étaient payés, via Atwater, par Parillaud. Tandis qu'Atwater passait en revue les photos que Jack avait prises d'elle, l'ironie de cet arrangement financier l'amusait beaucoup.

La série de photos montrait Parillaud descendant de sa Mercedes noire, parlant à un type sorti de *Délivrance*, aux épaules maigres, vêtu d'une salopette blanche et entouré de chiens vicieux, puis pénétrant à l'intérieur de ce qui ressemblait, comme l'avait dit Jack, à un hangar en béton, mais qui était probablement un entrepôt. Un autre péquenot émergeant du hangar... D'autres clichés des ploucs jouant avec leurs chiens... Et enfin Parillaud qui ressortait.

– Combien de temps reste-t-elle à l'intérieur ? demanda Atwater.

– Dix, vingt minutes. Elle rentre les mains vides, elle ressort les mains vides.

Atwater examina une photo de Parillaud en tailleur-pantalon noir marchant vers sa voiture. Ses cheveux blonds étaient resserrés en chignon. La photo avait été prise de loin et ses traits étaient un peu flous, mais Atwater se les rappelait très bien. Il eut une moue de mépris. Il n'aimait pas celle qui l'employait. Sans trop préciser, il la considérait comme une pute de haut vol, riche et arrogante, qu'il aurait aimé mettre sur le trottoir et obliger à faire des pipes aux vagabonds. Sur la photo, on lui donnait trente ans ; elle faisait trente-cinq ; en réalité, elle en avait quarante et un. Non seulement elle avait de superbes nichons – par la grâce de la chirurgie ou pas, c'était sans importance pour Atwater – mais elle était capable de conclure des marchés qui s'étalaient dans le *Wall Street Journal* et parlait de ses actifs en « unités ». Dans la langue de ces riches enfoirés, une « unité » représentait cent millions de dollars. Pour ne rien arranger, Atwater aurait bien aimé la sauter. Le dégoût viscéral qu'elle lui inspirait avait pour effet d'augmenter son sex-appeal, son désir insatisfait nourrissait d'autant plus la haine qu'il lui vouait, ce qui rendait son érection plus douloureuse encore. C'était une spirale totalement absurde à laquelle il ne comprenait rien.

À la différence de Parillaud, la femme d'Atwater avait vingt-huit ans et ressemblait à un sac d'oignons depuis la naissance du deuxième. Atwater avait beau l'aimer, la sauter exigeait depuis longtemps de gros efforts d'imagination. Depuis que Parillaud l'avait engagé, Atwater pensait souvent à elle en baisant sa femme ; il se représentait parfois Parillaud en train de sucer des vagabonds dans la rue ; et aimant ça. Atwater s'était juré que, si un jour elle l'invitait à la lui mettre, il refuserait et la planterait là. Il ne lui ferait pas ce plaisir, à cette salope. Il lui dirait, désolé, chérie, t'es vraiment trop vieille. Atwater se ressaisit ; il devenait comme Jack Seed. Il passa à la photo suivante, qui était un agrandissement de Parillaud à qui l'un des deux ploucs remettait une enveloppe blanche. Il aurait payé cher pour connaître le contenu de cette enveloppe. Il devait y avoir un lien avec ce Grimes dont il avait passé la matinée à éplucher le dossier sur l'ordinateur.

Jack Seed jeta un regard en direction de l'agrandissement et lut dans ses pensées.

– Qu'est-ce que tu as pu trouver sur ce Grimes ?

– Pas grand-chose, dit Atwater sans quitter le cliché des yeux. C'est un genre de psy, un spécialiste des toxicomanies.

– Drogues ? Peut-être qu'elle est devenue gourmande, suggéra Jack.

Atwater secoua la tête.

– Pas elle. Il faut avoir du sang dans les veines pour prendre des drogues dures. Elle n'en a pas.

– Si elle est aussi froide qu'un putain de serpent, pourquoi elle a craqué comme ça ce matin ?

– Je ne sais pas. Mais je veux savoir.

Atwater parcourut le jeu de photos. Il les avait toutes regardées. Il avait l'estomac en proie à une tension frénétique qui lui déplaisait souverainement. Le train commençait à s'ébranler et, s'il n'y prenait pas garde, il allait rester sur le quai sans rien de plus que ses émoluments. Encore un de ces putains de pourboires. Atwater voulait plus. Beaucoup plus. Il voulait une maison à la campagne, un dressing-room tapissé de costumes de couturiers étrangers, un bateau à moteur et des jeunes filles pour maîtresses. Il ferma les yeux et se repassa tout le film dans la tête pour la centième fois.

Treize ans auparavant, sur cette même route, Filmore Faroe avait percuté un chêne au volant de sa Porsche, aux côtés de son épouse assise dans l'autre siège-baquet. Faroe n'était pas attaché et avait laissé la majeure partie de son visage collée au tronc de l'arbre ; Lenna Parillaud s'était cassé un bras et quelques côtes. Un gâchis stupide et banal ; pas d'intention criminelle soupçonnée ou recherchée. Parillaud avait hérité de la plantation où se rendaient à présent Atwater et Seed, ainsi que de l'immense fortune de Faroe. Au lieu de passer son temps dans les magasins ou à se faire coiffer par des pédés surpayés – comme auraient fait la plupart des femmes dans sa situation –, Parillaud avait repris son nom de jeune fille et lancé une succession d'OPA et de rachats hostiles qui avaient stupéfié les vieux routards convaincus que la Louisiane et ses richesses leur appartenaient de droit divin. Respectée, sinon aimée, Parillaud s'était imposée, sa force fut reconnue. Les choses étaient devenues plus excitantes quand l'état avait légalisé le jeu : Parillaud avait demandé une licence de casino et certains avaient tenté de l'en dissuader.

Selon Jack Seed, les restes de quatre hommes envoyés à cette fin avaient été retrouvés, pieds et poings liés, dans une souille du bayou. Ils avaient été dévorés vivants par les porcs. Atwater eut la vision fugitive de ces hommes se voyant mutuellement se tordre dans la boue et le purin, hurlant tandis que les porcs les déchiquetaient. La mort par les porcs était une forme d'exécution frappée du sceau du Capitaine Clarence Jefferson, un flic géant qui n'obéissait qu'à sa propre loi et qui était connu dans les mauvais cercles sous le nom de Marteau-pilon. Jefferson avait disparu depuis six mois sans laisser de trace et beaucoup commençaient à chier dans leur froc. Atwater, n'ayant jamais eu affaire au Capitaine, ne faisait pas partie de ceux-là. C'était sans doute l'une des raisons pour lesquelles Lenna Parillaud l'avait engagé.

– Dis-moi, Jack, tu as déjà travaillé pour Clarence Jefferson, non ?

Seed hocha la tête.

– Assez pour avoir une petite idée de ce que tout le monde cherche. Tu te souviens du gars qui enfonçait la paille en acier dans le cul du Chinois ? C'était le fils aîné de notre sénateur. Le Capitaine avait les négatifs. Il m'a également demandé de retrouver des comptes bancaires aux îles Caïman ouverts par des représentants d'un cartel qui avaient acheté des concessions juteuses dans le Golfe. Les comptes sont contrôlés par le gouverneur de l'état et sa femme. Et je peux te dire que c'est juste le bout d'une grosse queue bien infectée. J'te jure, si cette merde remonte un jour à la surface, Court TV devra ouvrir dix nouvelles chaînes.

Atwater fit la grimace. Jefferson était une véritable énigme. Les preuves qu'il avait accumulées sur la corruption des autres lui avaient permis d'avoir pratiquement les coudées franches. Pourtant, il avait vécu sans fastes et, autant qu'on le sache, dans les strictes limites de son salaire. Il possédait une maison modeste, pas plus grande que celle d'Atwater, une Eldorado, et c'était tout. Bien sûr, un homme tel que Jefferson aurait pu planquer des millions en un lieu que même Seed ne saurait retrouver ; mais, s'il l'avait fait, il n'avait jamais rien dépensé qui pût le trahir : pas d'actions, pas de chevaux de course ni de biens immobiliers, pas de jeu, des chemises hawaïennes plutôt que des costumes griffés. En enquêtant sur la vie de Jefferson, Atwater était remonté à sa carrière dans les services de police, à une période passée dans l'armée de l'air et jusqu'à une école privée d'Atlanta où il était allé à partir de l'âge de douze ans. La piste s'arrêtait là. Atwater n'avait pas réussi à apprendre la moindre chose sur sa famille ou sur son enfance. C'était comme s'il était tombé, à la puberté, d'une autre planète. Mais, là encore, il aurait été parfaitement dans les cordes du Capitaine d'effacer son propre passé.

– Je n'ai jamais rencontré Jefferson, dit Atwater.

– Estime-toi heureux. Avoir affaire à lui, c'est comme de baiser un serpent à sonnette malade du sida et sans capote. Tu croises J. Edgar Hoover avec George Foreman, tu ajoutes un QI de quatre chiffres et les pires morceaux du serpent, tu as le Capitaine.

– Tu parles comme s'il était toujours vivant.

Atwater regarda au-dessus de ses Ray Ban. C'était peut-être son imagination, mais la peau de Jack semblait avoir légèrement pâli.

– Tu me caches quelque chose, Jack ?

Jack serra le volant et roula les épaules. Sa bonhomie avait disparu. Il ne répondit pas. Atwater attendit. Pour finir, Jack émit un grognement, fouilla dans la poche de la portière et sortit une autre photo. Il la donna à Atwater.

Celle-ci montrait l'un des paysans portant quelque chose dans le hangar en béton. Atwater plissa les yeux pour mieux distinguer la forme floue entre les mains du paysan.

– Qu'est-ce qu'il tient ?

– Le déjeuner, répondit Seed. Un plateau, avec deux assiettes et un gobelet en plastique.

Seed sortit une loupe, le genre d'instrument dont se servent les bijoutiers, et la posa à plat sur la photo. Atwater ajusta la lentille sur le plateau, observa de près. Seed disait vrai. Il le regarda.

– Tu veux dire qu'ils ont quelqu'un là-dedans ?

Jack Seed hocha la tête.

– À mon avis, ce truc, c'est une prison de haute sécurité. Pour un seul prisonnier.

– Pourquoi tu ne me l'as pas dit avant ?

– Parce que je connais mes limites. Et je veux pas avoir affaire au Marteau-pilon.

L'esprit d'Atwater était en ébullition. Jefferson était mort.

– Elle a enfermé Jefferson là-dedans ?

– Qui d'autre mériterait tant d'efforts ?

Atwater sortit un paquet de Kool et en glissa une dans sa bouche. Seed approcha la flamme d'un Zippo. Atwater tira profondément sur la cigarette.

– Parillaud nous paie pour retrouver Jefferson alors qu'elle, elle le garde prisonnier ?

– C'est un subterfuge. Elle veut le trésor du Capitaine mais elle n'arrive pas à le faire cracher, ce qui ne m'étonne pas.

– Je croyais que Jefferson était intouchable.

– Il y en a un certain nombre qui essaient depuis des années. C'est comme si le Capitaine avait un don de sorcier. Les plus terribles donnent toujours cette impression. Physiquement, c'était l'homme le plus fort que j'aie jamais vu mais, si on regarde bien, c'est rien qu'un homme, et s'il y a de la chatte dans le tableau, rien n'est impossible, surtout de la chatte riche et blonde. Et nom d'une pipe, même moi je n'ai jamais rencontré de chatte qui vaille cent millions de dollars.

Atwater était tout retourné. Impossible de décider s'il s'agissait là d'une bonne ou d'une mauvaise nouvelle. Jusqu'ici, Jack et lui avaient gardé leur enquête strictement pour eux. Et le fait qu'Atwater n'avait aucun lien personnel avec Jefferson leur avait permis de rester discrets. Ils étaient tombés sur les traces d'autres chasseurs lancés sur la piste du magot du Capitaine : la mafia, qui s'était toujours tenue à l'écart ; les hommes du gouverneur, des nuls, deux balourds travaillant pour le Bureau à Washington DC qui s'étaient fait agresser et démolir dans un club de strip-tease du quartier dès la première semaine ; et quelques flics de la ville qui, s'ils n'étaient pas en principe malheureux de le voir disparaître, chiaient des briques à l'idée d'échanger leurs uniformes contre les pyjamas rayés du pénitencier d'état d'Angola. Il régnait une certaine panique, mais Atwater, essentiellement parce qu'il sortait du cadre, avait conservé sa tête. D'après lui, les autres ignoraient que Jack et lui travaillaient pour Parillaud. Une question se posait : Fallait-il qu'ils travaillent pour eux-mêmes ?

– Bon, dit Atwater. Si Parillaud voulait, elle pourrait engager les marines. Et si Jefferson s'évade – ce qui n'est pas impossible –, il sera de très mauvaise humeur. Et puis, il y a nous deux : de la matière grise à brûler, mais pas de muscle. En d'autres termes, nous ne pouvons pas lutter contre ces gens-là sur leur propre terrain.

– Ravi que tu sois parvenu à cette conclusion.

– Mais nous pouvons choisir un camp et nous rendre indispensables à quiconque sera prêt à payer. Est-ce que je me fais comprendre ?

– Tu peux te faire comprendre autant que tu voudras, mon pote, mais laisse tomber ce « nous ».

– La fortune sourit aux braves, Jack.

– Mais pas aux imbéciles. Écoute, Rufus, je t'aime beaucoup. Tu as du flair et, dans cette vie, le flair te mènera loin. Mais tu n'as pas l'expérience de la rue. Tu ne sais pas évaluer la température.

– Jour et nuit, j'ai affaire à des ordures, dit Atwater, piqué au vif.

– C'est différent. Le temps que tu les reconnaisses, ils sont déjà entourés de flics et de barreaux d'acier.

Atwater se sentit rougir. Ce que disait Jack était vrai dans une certaine mesure. Pour se rassurer, Atwater se rappela sa rapidité et son habileté dans l'usage des armes à feu. La semaine dernière, justement, il avait percé de cinq trous une carte de vingt centimètres à dix mètres en six secondes. De quoi le rendre heureux. Certes, il n'avait jamais tué ; ni, il fallait bien le reconnaître, jamais pointé une arme sur aucun homme ; mais il pourrait le faire si besoin était. Il y était préparé, mentalement et physiquement. Il avait gardé le carton en souvenir.

– Jack, dit-il, avec une assurance renouvelée, je sais que je ne suis pas un dur comme toi ou le Capitaine, mais il y a du poisson, et du gros, je le sens. Par exemple, pourquoi elle aurait enlevé Jefferson, pour commencer ? Il devait avoir un tuyau sur elle, un méga tuyau.

– C'est son problème, et le tien aussi, si tu insistes. Il est temps pour nous d'empocher nos chèques et de nous retirer. Rappelle-toi : personne ne sait que nous savons qu'il se trouve là-dedans. S'il sort, je ne tiens pas à ce qu'il apprenne un jour que nous l'avons laissé là. Je n'ai aucune envie de respirer de la merde de cochon.

Seed la boucla et arrêta l'Impala devant une double grille de fer forgé encastrée dans un mur de brique rouge de trois mètres cinquante de haut. Derrière la grille, la route passait, sur environ cent mètres, sous un tunnel feuillu de chênes et de mousse espagnole. Atwater descendit et marcha jusqu'à un interphone serti dans l'un des montants. Deux caméras vidéo installées sur le mur l'observaient. Atwater appuya sur le bouton.

Une voix profonde, étonnamment claire, répondit : « Déclinez votre identité. »

C'était Bobby Frechette. Atwater ne se considérait pas comme raciste. Il travaillait avec une foule de noirs, hommes ou femmes. Mais, quand un noir ne lui plaisait pas, celui-ci, en toute logique selon Atwater, devenait un nègre, tout comme un homme ayant perdu ses cheveux devenait un enfoiré de chauve. Les pédés, il fallait le préciser, c'était un cas particulier. Frechette, sans aucune hésitation, était un nègre et, tout nègre qu'il était, il les faisait chier avec son « Déclinez votre identité », alors qu'il voyait forcément Atwater, qu'il connaissait très bien, regarder les caméras l'œil mauvais.

La Kool dans la bouche, Atwater dit dans le haut-parleur : « Mr Rufus Atwater, pour Miss Parillaud. »

Frechette ne répondit pas. Au bout d'un moment, les grilles de fer s'ouvrirent en bourdonnant et Atwater remonta en voiture. Comme ils roulaient sans mot dire sous la voûte de feuillage, Atwater rumina les paroles de Jack Seed. Jack avait dépassé la quarantaine et était trop confortablement installé dans la vie qu'il s'était construite. Le tunnel feuillu s'acheva et la route traversa une immense pelouse parfaitement entretenue.

Deux fontaines de marbre blanc, une roseraie, des arbres

artistiquement placés et des arbustes floraux décoraient une vaste esplanade qui conduisait à la demeure de Parillaud. Elle s'appelait « Arcadie » et avait été construite en 1872 par l'arrière-grand-père de Filmore Faroe, un profiteur de guerre et fumeur d'opium descendu de Baltimore dans les derniers jours de la guerre de Sécession pour s'attaquer aux derniers biens de l'aristocratie locale. Lors de sa première visite, quand son esprit se plaisait à s'imaginer en indispensable, fidèle et unique conseiller de Parillaud, Atwater avait été estomaqué par la beauté de cette maison. Une expression avait toujours exercé sur lui un certain attrait : *éminence grise*. Eh oui, il avait rêvé d'être l'*éminence grise* de Parillaud, décidant de tout pour elle, placé derrière son trône, voire la sautant de temps à autre. Depuis que son attitude lui avait montré qu'il s'agissait là d'un fantasme irréalisable, voire gênant, il considérait la demeure avec la haine qu'engendrent la jalousie et la frustration. Ils ne mettraient jamais la main sur les putains de dossiers secrets de Jefferson, vivant ou non, et, s'ils les trouvaient, ils n'en tireraient jamais aucun profit. Le pouvoir de ces dossiers serait aspiré par la bouche grande ouverte de Parillaud et de sa fortune, après quoi lui, Atwater, serait dédommagé, avec un merci-beaucoup méprisant, et renvoyé à la ville comme un plongeur mexicain quand les invités sont rentrés chez eux.

Et Jack Seed aussi voulait le laisser tomber. Seed arrêta l'Impala sur les cailloux blancs, ratissés, devant l'entrée palladienne. Atwater poussa la porte et jeta le mégot de sa cigarette. De derrière sa ceinture, il tira son étui Galco SOB avec son Glock 9 mm et le rangea dans la boîte à gants. Quand son pied droit toucha le gravier, il hésita, ôta ses Ray Ban et se tourna vers Seed.

– Jack, si on libérait le Capitaine de sa prison de haute sécurité ?

Seed plissa les yeux, les dirigea brièvement au loin puis les ramena sur Atwater :

– Je t'ai dit de faire attention aux serpents à sonnette.

– C'est virtuellement ton idée, mon vieux. S'il apprend qu'on l'a laissé là-dedans, on sera en haut de sa liste. Mais si on le fait sortir… Un ami dans le besoin, Jack. Il nous serait redevable.

Seed tira sur sa moustache.

– Je ne suis pas certain de vouloir qu'il nous soit redevable.

Atwater pressa l'épaule de Jack.

– Réfléchis pendant que je suis à l'intérieur. Tu ferais ça pour moi ?

Seed hocha la tête d'un air maussade.

Atwater grimpa les marches de la maison. Comme il approchait, la porte s'ouvrit et Bobby Frechette apparut. Le grand nègre au visage impassible portait un costume gris foncé qui donna à Atwater l'impression d'avoir taillé le sien lui-même. Atwater pénétra dans le hall en faisant claquer ses souliers sur les dalles de marbre. Dans la lumière ambrée qui descendait des vitraux du dôme de verre au-dessus de sa tête, le hall paraissait sinistre. C'était un endroit mort. Frechette gardait sur Atwater un regard fixe et Atwater se surprit à contempler son nœud de cravate. Frechette fit un geste signifiant qu'il voulait le fouiller. D'ordinaire, Atwater se pliait au rituel. Cette fois, quelque chose en lui se rebellait.

– À quel jeu jouez-vous, Frechette ? Vous savez bien que je ne porte jamais de flingue.

Atwater s'était contenté d'observer le nœud de cravate. Il risqua un regard sur le visage de Frechette : il était imperturbable. Dans le moule des pommettes se nichait un mépris auquel Atwater savait qu'il ne pourrait jamais répondre. Il baissa les yeux.

– Simple routine, Mr Atwater, dit doucement Frechette. Sans vouloir vous offenser.

– Je me fous de ce que vous voulez ou pas. Je suis le conseiller de votre patronne, pas un putain de tueur.

Les mains de Frechette étaient toujours levées à hauteur de la taille. Il ne bougeait pas. Atwater lutta contre le réflexe de lever les bras et de se soumettre à la fouille. Il passa devant Frechette en hochant la tête.

– Bon. Allez demander à Miss Parillaud si elle veut qu'on me fouille. Elle dit oui, c'est d'accord. J'attends. Mon temps ne semble pas coûter bien cher ici.

Cette fois, Frechette cligna des yeux. Il scruta le costume d'Atwater à la recherche d'une protubérance. Atwater sentit l'allégresse d'une victoire minuscule, certes, mais significative.

– Miss Parillaud se trouve dans le bureau, dit Frechette en se tournant pour le précéder.

Atwater suivit. Il avait l'impression d'avoir gagné quelques centimètres. En remontant le couloir, il s'interrogea sur l'effet que toute cette merde de super riche pouvait avoir sur un type comme lui. C'était étrange. Sur son propre terrain, Atwater était quelqu'un qu'on prenait au sérieux. Il engueulait les porteurs de badges dorés, les experts médicaux, et les commissaires de police quand ils merdaient ; dans leurs cellules, il soutenait le regard d'assassins à moins de cinq centimètres et leur assurait de les flanquer de co-détenus qui les enculeraient jusqu'au sang s'ils ne passaient pas aux aveux. Et au tribunal, il savait se défendre contre ses adversaires mous et surpayés. Mais à l'instant où il franchissait cette porte, cela lui tombait dessus comme un linceul : une timidité écrasante, induite par la présence diffuse de la richesse dans ce qu'elle avait de plus absolu et de plus obscène. Il avait le sentiment d'avoir été entraîné, depuis la naissance et sans en avoir conscience, à s'agenouiller devant ce que représentait cette abondance de marbre, de teck et de feuilles d'or. La règle, chez les pénalistes, consistait à penser qu'il était plus ou moins impossible d'empocher un revenu net supérieur à 500 000 dollars par an sans violer la loi délibérément. Ici pourtant, à Arcadie, Atwater se sentait pénétré par le sentiment qu'il s'agissait là d'une richesse légitime. C'était comme si les murs et le sol eux-mêmes savaient qu'une telle fortune était forcément honnête. Comment de telles quantités d'argent pouvaient-elles se trouver réunies en un seul lieu et être de l'argent sale ? *Sois en paix*, disait l'argent, *sache que je suis Dieu.*

Atwater s'obligea à penser à Parillaud en train de sangloter, aux photos et à la façon dont il avait défié Frechette. Il parvint à réduire son effroi à des proportions raisonnables. Il n'allait plus se laisser faire. Parillaud avait eu l'occasion de lui donner sa confiance et elle l'avait laissée passer. Toute cette vie de luxe dans laquelle son cerveau baignait nuit et jour l'avait rendue moins dure et moins prudente ; Frechette aussi, en dépit de sa mécanique bien huilée. Jack en avait apporté la preuve aujourd'hui même avec ses micros et ses téléobjectifs. Et Atwater aussi, quand, de son regard fixe, il avait obtenu que Frechette laisse tomber la fouille : voilà qui pourrait servir. Oui. Ils avaient baissé leur garde. Ils étaient faibles. Et Rufus Atwater était tout aiguisé, fin prêt.

Frechette ouvrit une porte et annonça dans la pièce :

– Rufus Atwater, madame.

– Faites-le entrer, Bobby.

Frechette fit face à Atwater, avant de le laisser passer et pénétrer dans le bureau. Les persiennes étaient rabattues sur les fenêtres et la pièce, tapissée de boiseries sombres, à peine éclairée. Derrière un bureau aussi grand que la chambre d'Atwater, et sans doute plus cher que sa maison, se tenait Lenna Parillaud. Elle portait apparemment le même tailleur noir que sur la photo de Seed et son visage restait dans l'ombre. Cette fois, remarqua-t-il soulagé, elle n'offrait pas le spectacle de son décolleté. Quelque part, une horloge tictaquait. Atwater se rappela de ne pas se laisser impressionner par ces conneries à la Vincent Price. Il salua le visage dans l'ombre avec une courtoisie et une assurance bien dosées.

– Miss Parillaud.

– Rufus, venez vous asseoir.

Atwater entendit la porte se refermer derrière lui avec un bruit sourd. Il s'assit dans le fauteuil. Sa main chercha sa poche. Il la détourna sur ses genoux.

– Vous pouvez fumer, dit Parillaud.

– Ça ira, merci, dit Atwater.

Il croisa les jambes, regrettant aussitôt d'avoir oublié qu'il risquait de perdre contenance en les décroisant. Parillaud s'approcha du bord de la table et son visage se fit plus distinct. Il eut un choc. À l'époque où il l'avait connue, elle n'était jamais bronzée ; sa peau était au contraire toujours blanche, d'une blancheur artificielle, comme si elle appliquait du fond de teint. À présent, sa pâleur ne semblait pas provenir d'un maquillage : elle paraissait exténuée, ses yeux vert clair étaient cernés, avec des rides qu'il n'avait jamais remarquées. Elle mesurait dans les un mètre soixante-quinze, un corps de femme mûre mais ferme. Il savait qu'elle était capable, au besoin, de se montrer plus vulnérable qu'elle ne l'était, de négocier à coups de « mon-petit-papa-s'il-te-plaît » pour obtenir ce qu'elle voulait, et qu'elle en avait usé toute sa vie. En d'autres circonstances, c'est tout juste si elle ne tapait pas du pied. Une ordure gâtée. Aujourd'hui, il sentait que, au moins en partie, sa vulnérabilité n'était pas feinte.

– Qu'avez-vous appris sur le Dr Grimes ? demanda-t-elle.

Atwater avait toujours le sentiment que Parillaud ne parlait pas naturellement d'une voix douce, que son rythme soyeux était travaillé. Sa voix normale devait avoir un timbre plus rugueux et plus grossier. Un peu de cet accent-là pointait aujourd'hui. Elle s'efforçait de paraître plus calme qu'elle ne l'était. Parfait. Atwater prit le paquet de Kool dans sa poche.

– Je crois que je vais fumer une cigarette, finalement.

Parillaud poussa vers lui un cendrier de cristal et attendit qu'il l'ait allumée. Atwater la regarda à travers la fumée. Pour une fois, il se sentait supérieur à elle. C'était une impression agréable.

– Dans les temps impartis, je n'ai rien trouvé de très probant.

– Dites-moi quand même.

Atwater parla sans consulter les notes qu'il avait dans sa poche.

– Grimes a trente-huit ans, il vit seul, dans une caserne de pompiers désaffectée, dans le Channel. Il n'a pas de casier judiciaire et pas d'états de service. Diplômé de médecine de l'université de Chicago. Spécialisation en chirurgie générale et traumatique, puis disparu en Amérique centrale – au Nicaragua ou au Salvador, peut-être les deux – pendant deux ans.

– Pourquoi ?

– Il a dû faire de l'humanitaire là-bas – pour la Croix-Rouge ou quelque chose de ce genre. J'espère en apprendre davantage là-dessus. Il est rentré aux États-Unis il y a huit ans; a laissé tomber la chirurgie, et repris une spécialité en psychiatrie, cette fois à Tulane. On m'a dit que c'est fréquent chez les médecins de changer de spécialité en plein internat, mais que ça l'est moins d'en finir une pour en recommencer une autre. Maintenant il est spécialisé dans le traitement des drogués, surtout des héroïnomanes.

Une angoisse fugitive – une question – passa sur le visage de Parillaud. Atwater s'interrompit, mais elle se tut.

– Autant que je sache, Grimes est respecté mais considéré comme un marginal dans le milieu médical.

– Pourquoi s'est-il installé à La Nouvelle-Orléans ?

– Je l'ignore. Comme je n'avais pas trouvé grand-chose sur lui, j'ai fait une contre-enquête sur sa famille. Il a un frère, Luther, très mauvais sujet : héros de la guerre du Viêtnam dans la catégorie cinglés, il a purgé une peine au pénitencier d'Angola pour avoir failli tuer deux types à coups de poing. On ne sait rien d'autre de lui. Le père, George, vit à Algiers, ce qui peut expliquer pourquoi Grimes est venu habiter ici. George est un vieux syndicaliste rouge, il a travaillé pour la Fédération américaine du travail dans les années cinquante et soixante. La liste de ses arrestations est longue, toutes liées à ses activités syndicales, dont huit ans de prison dans l'Illinois pour coups et blessures à agent au cours d'une grève. Mais plus d'ardoise depuis trente ans.

Aucune de ces découvertes ne suggérait le moindre rapport avec Clarence Jefferson, mais il ne dit rien. Il se pencha pour secouer la cendre de sa cigarette.

– Je crains que ce ne soit tout, Miss Parillaud.

Parillaud était restée debout. Elle croisa les mains, calmement, mais Atwater eut l'impression que ce geste était destiné à les empêcher de trembler.

– Vous avez été très efficace, merci.

Atwater aspira sur sa Kool pour souffler un peu de fumée. Il choisit ses mots avec soin.

– Je suppose que tout cela concerne nos recherches sur la petite bibliothèque du Capitaine Jefferson.

– Non, répondit-elle un peu trop vite. Il s'agit d'autre chose. Une affaire privée.

Atwater la regarda. *Espèce de garce, petite menteuse à la gueule enfarinée, je finirai bien par te mettre à genoux.* Il attendit qu'elle lui demande où en était son enquête à propos de Jefferson. Si elle ne posait pas de question, Atwater saurait à quoi s'en tenir.

– J'ai besoin de parler au Dr Grimes. En tête à tête, dit Parillaud.

Atwater sourit intérieurement, mais ne put réprimer une grimace soucieuse.

– Je suis sûr qu'il en serait enchanté. J'espère que ce n'est rien de grave.

– Comme je l'ai dit, c'est une affaire privée.

– Naturellement. Je ne voudrais pas être indiscret.

– Je veux que vous ameniez Grimes ici ce soir. Maintenant. Dès que vous l'aurez trouvé.

Le sourire quitta le visage intérieur d'Atwater. Il avait d'autres projets pour ce soir. Elle lut son hésitation.

– Je vous le demande parce que vous êtes efficace et totalement discret. Vous êtes aussi capable de la plus grande délicatesse.

Il était obligé de s'incliner : elle avait même réussi à esquisser ce sourire de petite fille perdue qui, il le devinait, avait dû ébranler les hommes d'affaires les plus impitoyables. En se faisant cette réflexion, il se surprit à rougir de plaisir.

– Bien sûr, Miss Parillaud, tout ce que vous voudrez.

– Alors, à plus tard, avec le Dr Grimes. Merci, Mr Atwater.

Elle attendait qu'il se lève et disparaisse comme s'il avait fini de cirer ses chaussures. Elle était extraordinaire. Atwater avait envie de répondre « oui, mon commandant, non, mon commandant ». Au lieu de cela, il quitta son fauteuil et écrasa sa cigarette dans le cendrier.

– Je m'en occupe tout de suite.

– Si c'est possible, je voudrais que le Dr Grimes vienne ici de son plein gré. Ne le brutalisez pas. Demandez-lui poliment et promettez-lui ma gratitude.

– Et si c'est impossible ?

– Eh bien, à vous de juger. Mais faites en sorte de me l'amener.

– Je ne peux pas vous assurer de le trouver ce soir.

Cette fois, la véritable voix se fraya un passage dans son armure protectrice.

– Faites-le-moi savoir et continuez à chercher, Mr Atwater.

Ses yeux le transperçaient. Des yeux de tigresse. À son grand désarroi, Atwater ressentit une peur physique. Il recula d'un pas et bredouilla : « Tout ce que vous voudrez, Miss Parillaud. »

Là-dessus, Atwater la salua et quitta la pièce. Dans le couloir, il trouva Bobby Frechette. Il rajusta sa veste et passa devant lui sans mot dire. Il sentit la présence du nègre dans son dos jusqu'à la porte d'entrée mais ne lui fit pas le plaisir de le flatter avec un regard ou un mot d'adieu. En descendant le vaste perron pour rejoindre l'Impala de Jack Seed, Atwater s'interrogea sur l'étrange attitude de Parillaud. Peut-être s'agissait-il seulement, comme elle le disait, d'une affaire privée. Peut-être la lettre reçue ce matin lui apprenait-elle qu'elle avait un cancer du sein ou une chose similaire. Mais, dans ce cas, pourquoi un psychiatre ? Et pourquoi une enquête à son sujet ? Il se rappela le mensonge qu'il avait détecté dans sa voix. Non, il lui fallait prendre l'affaire Grimes au sérieux et la traiter comme elle le méritait. Pendant ce temps, Jack lancerait le bal. Ce soir. Intérieurement, Atwater en était convaincu. Il ne pouvait pas attendre. Quelque chose mijotait. Il fallait commencer dès ce soir ; mais, seul, il ne pourrait pas faire sortir Jefferson de sa prison de béton. Atwater ouvrit la portière de la voiture et grimpa à l'intérieur. Il se tourna vers Jack.

– Alors, Jack, tu marches ?

– Et si ce n'est pas Jefferson qui est là-dedans ?

– Tu sais que c'est lui.

– Oui, mais si ce n'est pas lui ?

Atwater répondit la première chose qui lui vint à l'esprit.

– Dans ce cas, on ne laissera aucune trace derrière nous.

Ce n'est qu'après avoir refermé la bouche qu'il comprit le sens de ses paroles. Il était procureur, il avait solennellement juré de défendre la loi. Maintenant, il suggérait un assassinat, au moins celui des péquenots employés par Parillaud. Brusquement, la réalité était là : c'était une ligne qu'il n'aurait jamais pensé franchir. Il déglutit. Un jour, il était encore à l'école, il avait grimpé au sommet d'un plongeoir olympique et s'était aventuré jusqu'au bout. Il n'avait pas regardé l'eau en dessous. C'était inutile : la terreur le faisait trembler des pieds à la tête. Redescendre l'échelle sans vomir – sous les quolibets de ses camarades – fut tout ce qu'il réussit à faire ce jour-là. C'est exactement ce qu'il ressentait aujourd'hui : il n'avait pas envie de regarder en bas. Il était sur le point de reculer et de nuancer ce qu'il venait de dire lorsque son regard se posa sur le visage de Seed : Jack le contemplait comme s'il était Vito Corleone. Atwater ferma la bouche. Et Jack dit, parfaitement tranquille :

– Il me faudra des gars.

Là-dessus, Atwater sentit un pétillement lui parcourir l'échine et remonter en spirale dans son ventre. La tête lui tournait. C'était ça. C'était le même effet quand on passait de la marijuana à l'héroïne. Toutes ses angoisses se dissipèrent dans l'excitation née de ce sentiment de puissance et d'audace. Lui, Rufus Atwater, était un putain de cauchemar sur roues. Le poing glissé dans le gant d'acier de la loi, et les doigts dans le con de cette garce bourrée de fric. Pour la première fois, il comprenait d'où Jefferson tenait son pouvoir : un mot de lui décidait de la vie ou de la mort. Merde. Et, nom d'un chien, mort ou vif, le Capitaine était un homme fini. C'est Rufus Atwater désormais qui avait les choses en main. Il réprima l'envie d'inspirer profondément, se contenta de sourire, à peine, en direction de Jack.

– L'argent ne pose pas de problème. D'une façon ou d'une autre, je l'aurai. Mais trouve-moi ce qu'il faut.

Seed mit le moteur en marche et s'éloigna de la maison.

– Mais pas de mafieux, précisa Atwater. Des indépendants.

Jack Seed renifla et se passa les doigts sous le nez.

– Deux péquenots et quatre chiens, fit Seed. Deux types de plus ?

– Disons quatre. Je veux assurer nos arrières. Des gars que personne ne viendra réclamer s'il y a des pertes.

Atwater ne savait pas où il allait chercher ces mots, mais ils lui plaisaient.

– Je connais des Cubains, dit Jack. Des anciens de l'armée. Fâchés contre Castro.

– Bon. Je veux y aller dès ce soir.

Seed hocha la tête :

– Je suppose que, si on attendait demain, on verrait que nos putains de cervelles sont totalement détraquées.

Ils roulaient à présent vers le tunnel de chênes menant aux grilles en fer forgé. Le cœur d'Atwater battait. Il regarda par la vitre. Vers l'ouest, au bout de la pelouse impeccable, le soleil était un demi-disque jaune pâle et le ciel était traversé de rouge.

– Et pour le psy, on fait quoi ? dit Seed.

– De quoi parles-tu ?

– Du psy, Grimes.

Jack avait raison, songea Atwater. Plus que jamais, il ne pouvait se permettre de négliger le moindre détail. Tout pouvait cacher quelque chose. La voiture s'assombrit au moment où ils s'engouffrèrent sous les arbres aux feuilles chargées de mousse.

– Toi, tu nous dégotes ces Cubains, dit Atwater. Le Dr Grimes, je m'en occupe.

4

Cicero Grimes regardait son père, George, au-dessus de la table en aluminium poli, et malgré lui, malgré tout ce qui le rendait sombre, il souriait. Ils étaient assis dans un vieux wagon de chemin de fer aménagé en restaurant, où l'on servait une nourriture française et américaine simple, sans foutaises ni obséquiosité. Grimes souriait parce qu'il aimait la façon dont son père attaquait son steak, engloutissait de grosses bouchées avec trop de moutarde et pas assez de mastication. Cela n'avait rien de drôle, rien qui eût fait sourire tout autre que lui, mais c'était un spectacle qui plaisait à Grimes. George se radossa à sa chaise pour s'essuyer la bouche à sa serviette et regarda l'assiette de Grimes avec son steak abandonné à moitié entamé.

– Tu as salement mauvaise mine, Gene, dit George. Tu devrais avaler le reste de cette viande.

Son père l'avait appelé Eugene à cause d'Eugene Debs, l'Américain qui, du fond de sa cellule, avait été candidat à l'investiture présidentielle. « Cicero » était un surnom dont Grimes s'était trouvé affublé étant gosse, non pas pour sa rapidité d'esprit ou quelque talent oratoire, mais parce que « Cicero Grimes » était le nom du méchant dans un western avec Paul Newman. En privé, son père aimait bien « Cicero », mais il trouvait également ce surnom ridicule. Devant la plupart des gens, il l'appelait par son prénom.

– Tout va bien, papa.

George émit un grognement. Il avait fait un effort pour s'habiller, et portait un costume en popeline bleu foncé, une chemise blanche et une fine cravate rouge. Sa chevelure gris acier était taillée, depuis plus d'un demi-siècle, à la mode des marines. Ses yeux étaient aussi gris que ses cheveux, et profondément incrustés dans un visage large aux pommettes saillantes. Ses mains tenaient son couteau et sa fourchette comme des pinces, leurs articulations étaient aussi grosses que des noix et leur dos traversé d'épais tendons et de veines apparentes. Les mains de Grimes ressemblaient aux siennes, mais ses doigts étaient moitié moins gros que ceux de son père. George avait passé des dizaines d'années à décharger des carcasses de viande et des caisses, et encore aujourd'hui il acceptait du travail sur les docks quand on lui en proposait. Les milliers de tonnes de poids mort qu'il avait soulevées au cours des années se manifestaient dans les avant-bras épais et la carrure arrondie des épaules qu'il penchait au-dessus de son assiette.

– Tu étais dans ta tanière, dit George.

– Exact, répondit Grimes.

– Sûr, tu n'étais pas malade ?

Quelle réponse attendait-il de lui ? Oui, papa, j'ai été au bord du suicide pendant six mois, mais j'étais trop bousillé pour passer à l'acte.

– Les docteurs ne sont jamais malades.

George n'insista pas. Il hocha la tête.

– Tu permets que je fume ? demanda Grimes.

– Tes poumons sont à toi.

Grimes alluma une Pall Mall. George finit son steak, essuya le sang et la sauce avec un morceau de pain et fit descendre le pain avec une gorgée de Dos Equis. Il regarda autour de lui. On était au début de la soirée et le restaurant était à moitié plein, surtout de jeunes qui la jouaient cool, des types tatoués en T-shirt et des filles au nez percé vêtues de lycra.

– Ça a changé ici, dit George. Autrefois, c'était un restaurant d'habitués où venaient les ouvriers.

– J'aime bien, dit Grimes. Il aurait fermé pour de bon s'il n'avait pas monté d'un cran vers le haut.

– Je ne dis pas que ça me déplaît. C'est au-dessus de mes moyens, mais les femmes ont fait de sacrés progrès, si tu veux mon avis.

Du menton, il désigna le costume de Grimes puis le sien.

– On doit nous prendre pour deux ringards.

– Qui, nous ? dit Grimes. Harvey Keitel et Robert Mitchum ?

– On croirait entendre Luther, rit George.

Grimes força un sourire et hocha la tête. La tristesse qui l'étreignit se refléta dans les yeux de son père. Luther, le frère aîné de Grimes et le fils aîné de George, était mort six mois auparavant. Devant lui. Les quelques meilleurs moments de sa vie étaient ceux où ils allaient tous les trois au cinéma ou s'installaient devant la télévision pour regarder des durs aux yeux tendres accomplir d'héroïques exploits. Mais c'était quand ils étaient beaucoup, beaucoup plus jeunes.

– On peut dire que Luther adorait ces films, dit George.

Grimes détourna le regard, la gorge serrée. La mort de Luther expliquait en grande partie pourquoi il était resté couché par terre ces derniers mois. Grimes tourna la tête comme si des doigts épais lui pressaient le bras.

– Hé, dit George, Luther, s'il était encore là, ne s'embarrasserait pas d'excuses. Nous devrions en faire autant.

– Oui, articula Grimes.

George, comprenant que le moment était mal choisi, lança un regard en direction d'une femme vêtue d'une mini robe qui se limitait à quelques chaînes en imitation argent. Sous la robe, elle portait un soutien-gorge et une culotte d'un blanc neigeux. George se tourna vers Grimes.

– Ce qu'il y a de bien, à mon âge, c'est qu'on peut se rincer l'œil sans souffrir.

Il sourit.

– Dieu, ce que j'ai souffert. Mais ne va pas t'imaginer que j'échangerais cela contre une montre en or.

Grimes lui était reconnaissant d'avoir changé de sujet.

– Je crois qu'Aristote a dit quelque chose d'approchant.

– Socrate.

– Va pour Socrate.

George se pencha en avant, l'œil luisant et l'index dressé, comme s'il dévoilait un secret d'importance. Grimes connaissait très bien ce geste.

– « Les hommes ne deviennent pas des tyrans juste pour ne pas souffrir du froid. »

George eut un sourire déterminé. Il laissa l'aphorisme faire son effet.

Mais son silence était inutile. Grimes sentait déjà comme une brûlure la présence de la lettre dans sa poche intérieure. C'était comme si son père avait capté son contenu, « les hommes de pouvoir » dont parlait Jefferson, le fantôme de Jefferson lui-même flottant au-dessus des épaules de Grimes.

– Voilà de l'Aristote pour ta gouverne, dit George. *Politique.* Ces vieux briscards connaissaient la musique.

Grimes était prêt à accepter les conseils de n'importe qui.

– Est-ce qu'ils ont trouvé une solution ?

George roula les épaules avec panache. C'était là toute sa vie.

– Oui, lutter pied à pied contre ces salauds, quoi d'autre ? C'est l'histoire de l'humanité, n'est-ce pas ?

Et le *New York* putain de *Times* a beau dire, l'histoire a un long passé.

C'était absurde d'être venu voir son père dans l'espoir d'obtenir de l'aide dans cette affaire. Le mieux qu'il pourrait faire, ce serait de prendre un air faussement faible et, avec un peu de chance, éviter une violente dispute. Il se faisait l'effet d'un poids moyen grimpant sur le ring avec John L. Sullivan. Il l'avait déjà vaincu, mais il s'agissait de victoires à la Pyrrhus, ce qui signifiait que George avait beau être envoyé au tapis, il l'emportait toujours sur le terrain moral. La psyché de George était dominée par la lutte pour la justice universelle, comme il disait. Officiellement, il n'avait gagné aucune guerre depuis 1945, mais il ne semblait pas craindre de perdre du moment qu'il laissait un peu de sang par terre. Ce n'était pas du sang que voulait Grimes.

– Tu as raison, papa.

Il décida de ne pas lui montrer la lettre ; mais le scorpion que Jefferson avait glissé dans sa poche continuait à instiller son poison : « Toutes mes amitiés à votre père. » Qu'est-ce que cela voulait dire ? Avait-il aussi écrit à George ? Aristote était-il un signe ou une coïncidence télépathique ? D'ordinaire, George n'était pas aussi subtil.

– Papa, est-ce qu'il est arrivé quelque chose d'inhabituel ces derniers jours ?

– Tu veux dire, à part ton invitation à dîner ?

– Oui. N'importe quoi. Des dépanneurs de téléphone, des vendeurs de bibles au porte-à-porte, des chats errants…

George réfléchit à la question.

– Non. Pourquoi ?

– Comme ça.

George grommela et lui lança un regard inquisiteur.

– J'avais l'intention de partir un peu, dit Grimes l'air de rien. À l'étranger. Je me demandais si tu aimerais venir avec moi.

George le fixa du regard tout en ôtant un bout de viande d'entre ses dents. Grimes sentit qu'il se noyait dans l'eau gris acier de ses yeux.

– J'ai pensé, peut-être l'Amérique du Sud…

Grimes commença à couler.

– Ou l'Europe.

George dégagea la viande et l'avala.

– Je n'ai pas de passeport.

– Oh, dit Grimes Et si on allait quelque part en voiture ? Pourquoi pas dans le Wyoming ? Ou à Chicago, revisiter les souvenirs.

– Pourquoi ? Tu veux que j'attrape une pneumonie ?

– Tu n'as jamais été très porté sur les vacances, hein, papa ?

– Je n'ai jamais compris l'intérêt qu'il y a à parcourir des milliers de kilomètres pour ne rien faire.

Une image fugitive traversa l'esprit de Grimes, celle d'un George plus jeune, debout, les manches de chemise roulées, les poings sur la table de la cuisine, en train d'expliquer à un groupe de syndicalistes comment agir pour empêcher la grève de tourner court, les étourdissant de sa conviction que l'unique façon de réussir était la sienne. Grimes se détourna et tenta d'attirer l'attention de la serveuse. Il voulait l'addition. Il sentit à nouveau l'étreinte de la main au dos traversé de veines et replongea son regard dans le piège.

– Raconte-moi juste de quoi il retourne, dit George. Je te donnerai mon conseil le plus avisé.

Grimes regarda George pendant un temps qui lui parut long. Les bruits du restaurant s'estompèrent. Les yeux gris qui lui rendaient son regard avaient souffert, immensément ; avaient vécu, immensément. Grimes sentit tout l'amour de son père avec le sentiment qu'il pesait sur lui plus lourdement que ses peurs les plus enfouies, plus précieusement que ses rêves perdus les plus beaux. Mais il voyait autre chose encore, quelque chose de dangereux et d'entraînant, à l'origine du respect que Grimes lui vouait. Il voyait, et ne doutait pas, que derrière cet amour incommensurable, et au-delà, siégeait un tribunal plus haut, et que c'était à cette autorité que George Grimes se soumettait, pas à l'amour. C'était à sa seule conscience – celle qui *savait avec* lui – que George était fidèle, et il y avait là de la fatalité, voire du désespoir – quoi que sût sa conscience et quel que fût le jugement d'un autre tribunal. C'était cela, Grimes le savait, qui faisait de lui un homme rare et dangereux. George vivait seul dans une maison aux pièces en enfilade parcourues de courants d'air, portait un costume acheté chez le fripier et une cravate des années cinquante et il avait soixante-treize ans. Cela faisait longtemps qu'il n'avait plus donné un ordre et plus encore qu'il n'avait pas été obéi, y compris par Grimes. Le destin et le temps l'avaient affaibli. Mais pour Grimes il demeurait un roi ; le souverain d'un temps où les géants parcouraient une terre plus vaste.

Grimes prit deux feuilles de papier de sa poche et les tendit à George. Pendant que celui-ci chaussait ses lunettes, Grimes éteignit sa cigarette et en alluma une deuxième, observant son père plongé dans la lecture avec une telle concentration qu'il en rayonnait. Avec de petits hochements de tête rapides, de haut en bas, George s'imprégna des mots et passa à la seconde page. Il s'arrêta au milieu, montra le feuillet à Grimes et lui montra une expression du doigt.

– Qu'est-ce que c'est ?

– *Corpus delicti*, dit Grimes. Ça désigne l'ensemble des faits en rapport avec un crime.

– Je sais ce que cela signifie. C'est juste que je n'arrivais pas à lire.

George reprit sa lecture. Parvenu au bas de la page, il regarda Grimes par-dessus le bord de ses lunettes.

– Où est le reste ?

La dernière page, dans laquelle Jefferson donnait ses

instructions pour retrouver ses valises, était restée à l'intérieur de l'enveloppe dans la poche de Grimes. Il l'avait séparée des autres avant de sortir de chez lui.

– Le reste ne te concerne pas.

Dans le silence qui suivit, il se prépara à affronter la réaction de George.

– Je n'ai jamais cru qu'il me faudrait un jour traiter mon propre fils de petit salaud…

Il n'y avait aucun humour dans la voix de George ; au contraire, elle bouillonnait d'une rage sur le point d'exploser.

– … mais c'est exactement ce que tu es.

– Tu as dit que tu me donnerais ton conseil le plus avisé.

– Pour cela, il faudrait que je puisse lire la suite, nom de Dieu.

Des têtes se tournèrent, y compris celle de la serveuse. Grimes lui fit signe. Il regarda George : chez lui, l'âge avait arrondi les angles de façon considérable mais, partant d'un caractère aussi nerveux et belliqueux, ce n'était pas toujours perceptible.

– On en parlera en route, dit Grimes.

George lui lança un regard furieux, détecta un entêtement au moins égal au sien, et replia les feuillets. Il les rendit comme s'il avait envie de les lui enfoncer dans la gorge, puis ôta ses lunettes. La serveuse arriva.

– Tout va bien ? interrogea-t-elle, hésitante.

– Sensationnel, dit Grimes. Pourrions-nous avoir l'addition ?

Comme elle s'éloignait, George se leva :

– Je vais aux toilettes. Je te retrouve dehors.

Après la climatisation, l'air de la rue semblait d'autant plus lourd et humide. Grimes attendait. Il jeta sa veste sur ses épaules. Les lampadaires étaient allumés, la circulation, à cette heure de la soirée, bourdonnait sans interruption. Le vieux quartier Ward 15 avait beaucoup évolué ces dix dernières années, depuis que des gens intéressants mais fauchés, suivis de gens moins intéressants mais riches, avaient colonisé les lieux. Grimes ne trouvait rien à redire à la présence de quelques boutiques d'artisanat et de restaurants. Il scruta le ciel, aperçut des nuages et se demanda s'il allait pleuvoir. Puis son père émergea du wagon de chemin de fer derrière lui et ils reprirent la direction de la maison où habitait George, quatre blocs plus loin.

Ils passèrent les deux premiers en silence. La circulation se faisait moins dense à mesure qu'ils s'éloignaient de l'artère principale. Ils étaient assez près pour sentir l'odeur du fleuve. Grimes mesurait la colère de son père au bruit de ses pas à ses côtés.

– Gene, dit-il pour finir, je sais que tu n'as pas le…

Une réserve fugitive à l'égard de Grimes le fit hésiter ; mais, bien entendu, il alla quand même jusqu'au bout.

– Je veux dire, je comprends que tu n'aies pas le cran nécessaire.

– Merci, papa.

– Après tout, tu es jeune, tu as un métier. Tu as ta vie.

Il ajouta, comme pour se rattraper :

– Nom d'un chien, je ne vois pas pourquoi il faudrait avoir honte.

– Je n'ai pas honte, dit Grimes. Je suis inquiet. Je n'ai aucune envie de subir les tortures d'un psychopathe.

Grimes estimait qu'avoir été torturé auparavant par son défunt bienfaiteur Clarence Jefferson lui donnait le droit de se refuser à ce petit jeu. De cette expérience – cette humiliation dernière –, il avait honte, oui, et de façon irrationnelle. Il n'en avait parlé à personne et pensait bien ne jamais le faire.

– Et je n'ai aucune envie de mourir.

George garda le silence un temps, puis adopta une autre tactique.

– Nous sommes une grande nation. Tu sais pourquoi ?

Grimes ne répondit pas.

– Parce que nous avons toujours eu le cran de regarder la vérité en face.

– Je n'en crois rien, dit Grimes. Tu as passé la plus grande part de ta vie à dire à qui voulait l'entendre que nous vivions dans un royaume pourri.

– Parfaitement. Et suis-je en prison pour ça ? Non. Tu crois que je crois que le type qui n'est pas de mon avis devrait y être ? Non. Que chacun se batte et que le meilleur gagne. Mais les ordures qui pillent nos propres poches tous les jours et nous baisent avec leurs mensonges et leur hypocrisie ? Tu parles, si je veux les voir enchaînés. Nos plaies ouvertes saignent parce que les gens voient qu'un tas de connards à qui ils ne confieraient même pas un stand de hot-dogs dirigent leurs vies. C'est comme si ce n'était pas leur pays. Dans le temps, c'était encore pire, c'était même plus facile pour ces ordures de se cacher derrière leur faux prestige. Maintenant, on peut les exposer aux yeux du monde et les obliger à baisser leurs pantalons. On peut leur montrer que peut-être – peut-être seulement – notre pays nous appartient.

– Papa, dit Grimes, je ne suis pas un connard et, crois-le ou non, je t'écoute depuis une bonne trentaine d'années. Je sais que le royaume est pourri. Je sais que le juge qui envoie des gars au pénitencier d'Angola sniffe sa coke après le dessert. Je sais que nous sommes gouvernés par des arnaqueurs et des voleurs et des hommes sans honneur. Mais écoute-moi bien : je m'en fous.

George refusait de le regarder.

– Quelle que soit ma dette, envers toi ou envers tes idées, j'ai payé depuis longtemps. J'ai ma vie, je ne demande rien à personne et personne ne décide rien à ma place. Si cette ville, ou cet État, veut aller en enfer en première classe, ce n'est pas mon problème. Nous avons le monde que nous méritons. Je ne vais pas me faire couper les couilles en essayant de changer ce dont je me fous complètement.

George s'arrêta sous un lampadaire. Grimes s'arrêta aussi. Son père était au bord d'une explosion dont il avait déjà été le témoin à plusieurs reprises.

– Alors laisse-moi faire, dit George.

– Non.

Au prix d'un effort gigantesque et peu habituel, pour garder son sang-froid, George se détourna, les larges épaules rentrées, la tête baissée. Sous la brosse de cheveux gris qui tapissait sa nuque, les muscles se contractaient en deux grosses sangles. Sa voix, quand il parla, grinçait comme du gravier.

– Je le veux, Gene. Tu comprends…

Il secoua la tête, comme étourdi lui-même par la violence de son désir.

– Je le veux.

Grimes glissa la main sous le bras de George, la popeline de sa veste était tendue à craquer.

– Et je ne veux pas non plus que tu meures.

George tourna la tête et regarda par-dessus son épaule.

– Mourir ? Sais-tu seulement ce que signifie ce mot ?

Grimes s'attendait à une leçon, à une querelle, à une attaque méprisante sur son manque de cran ; il ne s'attendait pas à ça. Le regard de son père était hanté par un désespoir que Grimes ne lui avait jamais vu, pas même – et le souvenir le frappa comme un coup de poignard – quand il avait tenté de le dissuader de partir à la recherche de Luther ; pas même quand Grimes lui avait annoncé la mort de Luther. S'il avait été dans son caractère de tendre la main et de supplier, son regard disait qu'aujourd'hui George était prêt à le faire. Au lieu de s'ouvrir, ses mains se crispèrent en deux poings serrés, deux boules d'os roulant l'une sur l'autre qu'il enfonçait dans sa poitrine. Et parce qu'il n'était pas non plus dans son caractère d'exploiter la douleur qui l'étreignait, George se détourna à nouveau.

Grimes se sentait impuissant. Il savait que, si chaque génération n'avait pas produit son quota de George, le monde serait devenu une jungle inhabitable. Mais pouvait-il laisser un vieil homme se jeter dans une mêlée avec des ordures de la plus haute espèce ? Il pressa le bras épais qu'il tenait encore.

– Rentrons à la maison boire un verre.

Le corps de George sembla se détendre un peu. Sa voix se stabilisa.

– Je lis beaucoup, comme tu le sais, depuis toujours. Alors je me lève le matin, je me rase, je mange et je fais un peu de ménage, je vais faire un tour, je vais même voir s'il y a de l'embauche sur les quais, j'achète le journal et je rentre. Et là, il est à peine dix heures.

Grimes écarta le tableau du misérable emploi du temps qui était le sien. Il écouta.

– Comme je n'ai pas l'intention de me rendre aveugle, ou pire, en regardant la télévision, je lis, surtout des types que j'ai déjà lus, je relis, je trouve des trucs que j'ai manqués la fois d'avant. Et il y en a un qui dit : « La mort met un terme à tout. »

George le regardait à présent.

– « Mais quelque chose avant la fin, quelque noble tâche peut être encore entreprise, qui ne déparerait pas les hommes qui ont marché aux côtés des dieux. »

Au-dedans de lui, Grimes tremblait : de culpabilité, de compassion, d'adoration et de Dieu sait quoi d'autre. Et puis, dans sa tête, une voix dit : *Comment oses-tu me réciter cette merde de vieux maître à un moment pareil ? Ce ne sont plus des chevaux qui passent dans la rue, mais des voitures. On peut faire assassiner quelqu'un pour deux mille dollars, faire élire un juge pour vingt mille, et baiser n'importe qui, vivant ou mort, pour beaucoup moins que ça, toutes taxes comprises. Il n'y a plus de dieux aux côtés de qui marcher, mon vieux.* Et puis une autre voix s'éleva : *Cet homme s'est battu contre les Japonais, contre Taft-Hartley, contre Joe McCarthy, contre le FBI et contre John Kennedy, il a respiré à Selma des gaz lacrymogènes quand la populace des campus croyait que le KKK désignait une drogue hallucinogène. Il a gagné le droit de citer qui il veut.*

George mit un terme à la conversation en disant :

– Laisse tomber, fiston. Allons prendre ce verre.

Il lâcha son bras et commença à s'éloigner.

Grimes sentit un flot de colère monter en lui.

– Hé, dit-il en le rattrapant et en marchant avec lui. Je laisse tomber quoi ? Je t'ai demandé ton avis parce qu'un étron grand comme la Chine m'est tombé sur les genoux et tu me réponds que je dois te laisser régler ça. Qu'est-ce que je dois faire ? Ne plus m'inquiéter, tout va bien, mon papa s'occupe de tout ?

– C'est mon avis, si ça ne te convient pas, ne le suis pas. Et si tu ne voulais pas que je sache, il ne fallait pas me faire lire cette fichue lettre pour commencer.

– Tout ce que je te demandais, c'est si tu avais envie de faire un petit voyage avec moi.

– Si tu as envie de tourner en rond comme un chien mécanique, ça te regarde.

En tant que chirurgien, Grimes avait eu sa part d'action sur les théâtres de guerre, sous le feu, dans les hauts plateaux du Nicaragua et dans les champs de bataille du Salvador. George le savait. Et Grimes n'avait nul besoin de lui rafraîchir la mémoire.

– S'ils viennent fouiller et qu'ils ne me trouvent pas, c'est toi qu'ils iront chercher, dit Grimes pour toute réponse.

– Ils me rendront un grand service. Ne me dis surtout pas où tu vas et tu seras en sécurité.

Ce chantage éhonté coupa le souffle de Grimes.

– Et tu as le culot de me traiter de petit salaud.

George le regarda droit dans les yeux et demanda pardon :

– Je regrette.

Grimes ignorait s'il devait éclater de rire ou prendre son père par le cou et l'étrangler. Il se rendit compte brusquement qu'il n'avait pas eu le sentiment d'être aussi vivant depuis des mois. Il marchait, il parlait, il faisait des moulinets avec ses bras, au lieu de resté vautré sur un monceau d'ordures. Il décida de se garder cette révélation. C'est alors qu'il aperçut une voiture – dans la lumière des lampadaires il avait du mal à distinguer de quelle marque, une Nova peut-être – garée au coin de la rue où habitait son père. À l'intérieur se trouvaient deux hommes ; deux blancs d'une trentaine d'années, l'un en sweat-shirt, barbu, l'autre en veste de sport, occupé à lire le journal. Les hommes semblaient totalement indifférents et sourds au bruit que faisaient Grimes et George en approchant.

L'envie de rire de Grimes, ainsi que son fugitif sentiment de bien-être, furent emportés par une attaque de paranoïa viscérale. Il lutta contre la tentation d'observer les hommes ou de les montrer à George. George passa devant la voiture sans remarquer ses passagers, qui ne le remarquaient pas davantage, et traversa la rue pavée. Grimes continua à marcher du même pas en s'efforçant de paraître naturel. Il n'avait aucune expérience de ce genre de situation. Seul son instinct le plus primitif – et à cet instant précis, il était particulièrement porté à l'angoisse, à la méfiance et à la peur – pourrait le guider. Si une petite fille avait surgi, un ballon à la main, Grimes l'aurait soupçonnée de faire signe aux deux individus dans la Nova, qui était à présent à une centaine de mètres derrière lui.

Il pensa aussitôt à la fille dont il était question dans la lettre de Jefferson, pensée qu'il avait réussi à écarter jusque-là. *Elle a dix-neuf ans.* Grimes ne se rappelait pas son nom. Ella ? L'idée que des prédateurs l'encerclaient aussi le troublait, lui retournait l'estomac plus exactement, mais au moins il ne la connaissait pas, les images de son visage ne pouvaient pas nourrir son sentiment de culpabilité. Il était fort possible qu'elle fût le fruit de l'imagination, que la lettre de Jefferson fût une dernière plaisanterie macabre et posthume, lancée pour s'amuser tandis que Grimes se tordait à ses pieds sur la moquette du salon. Jefferson possédait ce genre de dispositions. L'adresse de la fille était probablement celle d'un dépôt d'héroïne gardé par des gangsters vietnamiens armés de Mach 10 et encore plus paranoïaques que lui : Dr Grimes frappe à la porte et son compte est bon. Encore une histoire drôle que Jefferson pourra raconter à ses potes en enfer ; ou « là-haut », comme il disait.

Les rouages laborieux de son cerveau calèrent soudain sur une idée : cette Ella était la fille de Jefferson. Qui d'autre pouvait-elle être ? Sinon, pourquoi s'intéresserait-il à elle ?

– Entre, dit George.

Ils étaient parvenus chez lui : une porte étroite et une unique fenêtre à gauche. À l'intérieur, les pièces se succédaient comme dans un compartiment de train. Garée devant, il y avait son Oldsmobile 88. Il constata avec tristesse à quel point elle était voyante. Il ferait bien de la changer pour une Nova ou une Hyundai. George grimpa les marches, ouvrit la porte, et Grimes le suivit à l'intérieur.

La porte donnait directement sur le salon. George la referma et, sans allumer la lumière, alla droit à la fenêtre pour regarder dehors, dans la rue.

– Toi aussi, tu as remarqué ces types ?

George recula et tira les rideaux. Sans la lumière jaune de la rue, la pièce se retrouva dans l'obscurité.

– Ils sont partis, dit George dans le noir. Tu peux allumer.

Grimes obéit. Avec cette soudaine lumière, il se sentit bête.

– J'ai cru un moment que ces types étaient là pour nous.

– Tu ne t'es pas trompé.

– Comment le sais-tu ?

– Par expérience. Avec le syndicat, j'ai passé vingt ans à regarder par-dessus mon épaule. Les hommes de main et les employés de la Pinkerton ? Fichtre, j'ai été piégé, battu, enregistré, suivi et photographié plus souvent qu'à mon tour. D'ailleurs, je te portais sur mes épaules plus d'une fois, mais tu étais trop jeune pour te rendre compte de tout ça.

Grimes lança sa veste noire sur le dossier du canapé. Il s'aperçut que sa chemise était trempée.

– Qu'allons-nous faire ?

– J'imagine que tout dépend de toi.

– Ne commence pas, dit Grimes. Nous n'allons pas nous faire tuer juste pour que tu puisses retrouver le bon vieux temps. On est dans une autre époque, et une sale époque. Décide tout de suite : le Wyoming, Chicago ou, si tu crains le froid, la Floride. Il faut que j'aille aux toilettes.

– Tu connais le chemin.

Aux toilettes, Grimes pissa un bon coup. Il ferma les yeux. Son père était pire que fou. Le bon vieux temps remontait à trente ans, il était dépassé. Les types dans la Nova étaient sans doute en train de vendre de l'herbe ou de commettre quelque autre infraction mineure. D'où la mauvaise vibration. George frimait. C'était bien naturel. Tout ce que Grimes avait à faire, c'était de le sortir de la ville pendant un moment, le temps que tout rentre dans l'ordre. Dans ses longues méditations à l'horizontale, Grimes s'était promis cent fois de quitter ce patelin puant dès qu'il irait mieux. D'ailleurs, il ne s'y était installé que pour être près de son père. Grimes n'avait aucune envie de mourir ici dans le Sud. Ce serait bien de revoir la neige, de sentir le froid de temps en temps. La fille ? Ella ? Elle avait survécu dix-neuf ans sans lui. Et puis, s'il frappait à sa porte, il pouvait être sûr de lui apporter la merde dont il essayait encore de se sortir lui-même. Il tira la chasse et regagna le salon.

George servait deux verres de Wild Turkey. Il en tendit un à Grimes et semblait rasséréné. Il leva le sien en souriant.

– Au bon vieux temps.

– Au bon vieux temps, fit Grimes en levant son verre, espèce de vieux salaud.

Grimes vida son whisky cul sec. Il en eut le souffle coupé et ses yeux se mouillèrent. George prit la bouteille et servit une autre rasade.

– Je t'ai parlé durement tout à l'heure, Gene. Tu me pardonnes ?

– Pas avant que nous soyons au sud de la Floride.

– Tu sais, je pensais à ce que tu disais à propos de Chicago.

Grimes leva son verre à nouveau :

– Ce sera donc Chicago.

– Chicago.

Ils burent encore et Grimes commença à se sentir un être humain.

Et, pour la deuxième fois de la journée, on sonna à la porte pour Cicero Grimes.

Il posa son verre et lança un regard de défi à son père.

– J'y vais.

– Attends, dit George.

Il prit le couloir et disparut au fond de la maison.

Grimes fit les cent pas. Il évita de regarder entre les rideaux. Au bout de la maison, il entendit des claquements secs. On sonna une deuxième fois. Grimes attendit. Il remit sa veste et se demanda s'il ressemblait toujours à Harvey Keitel. Il n'avait aucune familiarité avec lui.

George reparut armé, lui, de deux pistolets automatiques. Grimes n'était pas un amateur d'armes à feu, mais il les reconnut : un Luger 9 mm et un Colt .45. George lui tendit le Luger.

– Chargé et sans le cran de sûreté, dit-il. Celui-là, je l'ai pris à un officier de l'armée japonaise à Tarawa. Il a fallu que je rampe sous les racines d'un cocotier pour le taquiner – il soupesa le Colt – avec ça.

Grimes tendit les mains et refusa l'arme. Sa chemise saturée d'humidité le gênait.

– Pas si vite, papa.

– À ta guise.

George fourra le Luger dans l'arrière de son pantalon. Cette fois, on frappa à coups de poing. George glissa le long du mur derrière la porte, tenant le .45 d'une main souple, sans emphase, et hocha la tête en direction de Grimes. Grimes alla ouvrir.

Debout sur le seuil se tenait un rouquin maigriot vêtu d'un costume croisé un peu trop grand pour sa carrure, couvert de taches de rousseur, la pomme d'Adam proéminente et le regard craintif. Mais les yeux avaient aussi quelque chose de sauvage et de perçant. Il était rare que Grimes détestât quelqu'un au premier coup d'œil ; lorsque c'était le cas, le sentiment était toujours partagé. C'était peut-être ce qui expliquait pourquoi le sourire du rouquin semblait artificiel et forcé ; ou peut-être souriait-il toujours ainsi ; comme il arrivait à d'autres. Plus ils s'efforçaient de se rendre sympathiques, plus ils vous donnaient la chair de poule.

– 'soir, dit le rouquin.

Il montra à Grimes un portefeuille en cuir avec, à l'intérieur, une carte d'identité munie d'une photo.

– Rufus Atwater, procureur adjoint de la ville.

Il s'exprimait comme un émissaire papal, comme si Grimes devait s'agenouiller et baiser sa bague. Grimes tendit la main vers le portefeuille.

– Je peux voir ?

Un battement, le rouquin plus vexé que blessé, puis :

– Sûr. On n'est jamais trop prudent de nos jours.

Les intonations du nord de l'État mâtinées d'une pointe d'accent de la ville. Un pauvre qui avait grimpé l'échelle. Grimes ne se laissa pas attendrir. Il examina la carte d'identité. Comme la plupart d'entre elles, elle ne signifiait que ce que vous vouliez bien croire. Néanmoins, elle n'affichait pas le blason de la mafia et Grimes se sentit un peu soulagé. Il lui rendit le portefeuille et jeta un bref coup d'œil dans la rue. Le rouquin était seul ; bien sûr.

– Que puis-je pour vous, monsieur Atwater ?

Le rouquin lui offrit son sourire complice.

– Je voudrais parler au Dr Eugene Grimes.

– Il n'habite pas ici.

– Je sais, monsieur. Disons que je devrais préciser que je suis envoyé par un client privé, pas par le procureur. Je vous ai montré ma carte afin que vous sachiez que je suis un homme honorable.

– Un homme honorable.

– La seule chose qui compte dans ce bas monde. Du moins, c'est ainsi que je vois les choses.

Le mot « mafia » commença à transparaître, faiblement, sous la sueur qui perlait au front d'Atwater.

– Je suis heureux de vous l'entendre dire. Je suis le Dr Grimes.

Il n'avait pas pour habitude de se qualifier lui-même de docteur mais, dans certaines circonstances, il en tirait au moins l'illusion d'y gagner un peu de dignité. Il tendit la main. Atwater la prit.

– Puis-je entrer, Docteur ?

De l'autre côté de la planche de bois, Grimes sentait la présence de son père, prêt à se servir d'armes à feu dont il était presque sûr qu'elles étaient illégales.

– Pardonnez-moi, mais mon père est alité, dit Grimes. Il a mangé quelque chose. Je préfère ne pas le déranger.

– Je suis désolé.
– Vous disiez être envoyé par un client.
– Exact. Miss Magdalena Parillaud. Je suis son conseiller particulier. Vous avez certainement entendu parler d'elle.
Grimes avait le vague souvenir d'avoir vu son nom dans la section financière des journaux qu'il jetait à la poubelle. Les mots « riche » et « solitaire » flottaient dans son esprit.
– Howard Hugues et Barbara Stanwyck réunis.
Atwater allait demander « Barbara qui ? », puis il se ravisa.
– Miss Parillaud serait heureuse si vous vouliez bien passer la voir, dit-il.
Grimes éprouva un certain malaise. C'était ça : les premiers fils de la toile tendue par Jefferson partaient d'un lieu dont il n'avait pas idée.
– Pourquoi ?
Le visage d'Atwater se tordit, bizarrement, comme s'il jugeait cette question stupide et s'apprêtait à le dire.
– Je ne sais pas.
La sincérité nue de sa réponse soulagea Grimes. Il faillit demander à Atwater s'il avait récemment enquêté sur de grosses affaires.
– Elle a dit que c'était une affaire privée. Peut-être un problème médical. Elle veut vous voir ce soir.
– Il s'agit donc d'une urgence médicale, dit Grimes.
– Je ne sais pas si je peux dire cela.
Atwater passa d'un pied sur l'autre, puis se pencha en avant, avec un mouvement d'épaule signifiant : C'est entre vous et moi.
– Vous savez ce que c'est avec ces gens riches, Doc. Ils veulent tout, tout de suite. Des névrosés, tous autant qu'ils sont. Mais vous devez avoir l'habitude. Elle vous paiera, naturellement. À cette heure-ci, c'est l'affaire de trente, quarante minutes.

Atwater sourit.
– On pourra bavarder.
Même dans cette situation délicate, Grimes n'imaginait rien de plus immonde qu'une conversation de quarante minutes avec cette créature. Atwater devait probablement être le mouchard de la classe, le genre à dénoncer ses parents pour avoir fumé de l'herbe et à les accuser de lui avoir fait subir un traumatisme affectif. Grimes se força à prendre une décision. S'ils l'emmenaient, lui, au moins son père ne serait pas mêlé à cette histoire. Cela suffirait déjà à diminuer de moitié son taux d'adrénaline. S'il devait se retrouver la queue branchée à un générateur électrique, rien ne pourrait l'empêcher. Et puis, une milliardaire ne serait pas du genre à enfouir trop d'inconnus dans sa cave. À quoi bon demander pourquoi il lui fallait un procureur pour lui trouver un médecin ; il n'avait aucune envie de voir le visage d'Atwater se tordre à nouveau pour inventer une réponse.
– Où est votre voiture ?
Soulagé, Atwater rejeta brièvement la tête en arrière. Derrière l'Oldsmobile 88 était garée une Monte Carlo verte sérieusement abîmée.
– Accordez-moi cinq minutes, dit Grimes. Je vous suis.
Atwater trahit sa déception par un tressaillement de ses lèvres. Il dut lutter à son tour pour parvenir à une décision.
– Oui. Pourquoi pas ?
Grimes hocha la tête et referma la porte sur Atwater et la rue. Il se tourna vers son père.
– Tu veux que je vienne avec toi ? dit George.
– Tu as mal au ventre, non ?
George sortit le Luger de sous sa veste et le lui tendit pour la deuxième fois.
– Si je devais faire une petite promenade seul dans la campagne, je le prendrais.

Grimes secoua la tête.

– Je n'ai pas l'intention de tirer sur un procureur.

– Procureur, mon cul.

Ces paroles firent germer une idée dont Grimes s'empara : donner à son père de quoi le calmer.

– Je voudrais que tu te renseignes pendant mon absence. Appelle le bureau du D.A. Note son numéro d'immatriculation.

George grommela comme pour dire qu'il n'était pas dupe.

– Et que vas-tu faire ?

– Jouer l'innocent. Je ne sais rien. Pas d'arme, pas de peur. Rien qu'un psychiatre appelé auprès d'une milliardaire folle.

– Pas folle au point de ne pas pouvoir diriger un empire fondé sur l'esclavage et l'avidité.

– Tu devrais connaître quelques détails sur elle, non ?

George plissa les yeux.

– Tout ce que je sais, c'est qu'elle était mariée à Filmore Eastman Faroe et que c'était un salaud et un fils de salauds. Tous membres du Ku Klux Klan et fascistes sans exception, depuis la toute première croix en flammes. La seule fois où Faroe a correctement payé des hommes, c'étaient des tueurs armés de haches et de pistolets. Dieu merci, il n'a pas eu d'enfant. Si une lignée méritait de s'éteindre, c'était bien la sienne.

Grimes écoutait d'une oreille distraite. Il n'avait pas de temps à perdre avec une leçon de politique.

– Je ferais mieux d'y aller.

George tendit la main. Au grand étonnement de Grimes, il affichait une gravité à laquelle se mêlait une émotion difficilement contenue.

– Bonne chance, fiston.

Grimes prit la main et lui rendit sa pression sèche du mieux qu'il put.

– Hé, dit Grimes, je suis là dans deux heures. Ne t'inquiète pas.

George hocha la tête une fois. Grimes lâcha sa main, alla jusqu'à la porte et l'ouvrit. Dehors, les phares de la Monte Carlo s'allumèrent et le moteur se mit à tourner. Grimes regarda en arrière et sourit à son père avec un sérieux exagéré :

– Et ne tue personne.

Grimes grimpa dans son Oldsmobile, la Monte Carlo fit demi-tour et il la suivit sur les pavés. En tournant au bout de la rue, Grimes leva la main en signe d'adieu. Et Cicero Grimes eut l'absurde conviction que c'était la dernière fois qu'il voyait George.

5

Au moment où Grimes entendit le bourdonnement des grilles et pénétra, à la suite de la Monte Carlo, dans la forteresse de Parillaud, il avait enfin réussi à s'enfoncer dans le crâne qu'il était un médecin en visite auprès de quelqu'un réclamant un psychiatre. Et rien de plus.

Tout au long du trajet, à force de colère, de menace et de persuasion, il s'était convaincu qu'il n'avait jamais entendu parler de Clarence Jefferson ni d'aucune de ses œuvres, grande ou petite. Il donnerait son avis le plus scrupuleux sur n'importe quoi sous le soleil, mais à ce sujet, il ne savait rien, rien de rien. Grimes se concentra sur la route qui dessinait un grand virage sous un tunnel d'arbres. De gros troncs noueux apparaissaient et disparaissaient dans le pinceau de ses phares et dans les écheveaux de mousse espagnole. Des chênes. Lorsque la route redevint droite, Grimes vit dans l'éclat des phares la tête d'Atwater, du même orange qu'un crayon d'écolier, flotter devant lui dans la Monte Carlo. Il se demanda quel rôle jouait le procureur. Une sorte d'informateur. Quiconque pouvait faire planter ce genre d'arbres dans son jardin devait disposer de connexions partout. « Ne vous fiez à personne », avait dit Jefferson. C'était bien tout ce que Grimes voulait se rappeler de cette fichue lettre. *Tu ne sais rien*, rugissait son esprit. Rien. Dénégation absolue. Paranoïa contrôlée. La bordure d'arbres disparut brusquement et les yeux de Grimes s'écarquillèrent.

Devant lui s'étendait un jardin grand comme un pâté de maisons. Ici, nulle fleur sauvage ni buisson indiscipliné, mais une mosaïque immobile de parterres à l'harmonie parfaite, d'arbustes taillés et d'allées symétriques aussi lisses que des rubans de satin. Des fontaines illuminées lançaient dans la nuit leurs jets d'eau pailletée. Des statues de marbre blanc méditaient sur des pelouses tondues aux ciseaux à ongles. Au bout du jardin se dressait la façade, éclairée avec art et animée par d'invisibles faisceaux, d'un palais Renaissance qui aurait envoyé Cosimo de Médicis à genoux chez le marchand de biens le plus proche. Une dizaine de fenêtres en ogive répandaient l'éclat des lustres accrochés aux plafonds de six mètres de haut. L'entrée principale, au centre, surplombait une volée de marches qui se rétrécissait en un portique d'architecture classique en pierres blanches.

La Monte Carlo s'arrêta au pied des marches. Grimes se rangea à côté et coupa le contact. Il sortit et regarda le fronton qui surmontait les deux colonnes dressées de part et d'autre des marches. Gravé sous la corniche on lisait le mot ARCADIE. Grimes en conclut qu'il s'agissait du nom de la plantation, choisi à une époque où l'ironie n'était sans doute guère en vogue. Il tourna la tête vers Atwater, qui l'appelait, penché à sa vitre ouverte, sur ce ton d'amitié forcée que Grimes avait tout de suite détesté.

– Jolie taule, hein ?

Derrière le sourire envieux, le visage du rouquin était tendu, nerveux, et luisait de sueur. Il consulta sa montre.

– Écoutez, Docteur, j'ai d'autres affaires à régler.

Un haussement d'épaules obséquieux.

– C'est la vie, n'est-ce pas. Allez sonner à la porte. Et, attention, ne vous laissez pas impressionner. N'oubliez pas, leur merde sent aussi mauvais que la nôtre.

Atwater fit marche arrière et s'éloigna. Le bruit de la Monte Carlo faiblit et mourut, cédant la place au calme ruissellement des fontaines dans la touffeur de la nuit. Face au portique d'Arcadie, Grimes se sentit curieusement abandonné. Le grouillement sordide de La Nouvelle-Orléans – et du reste du monde – semblait infiniment loin de ce lieu. Ce n'était pas seulement à cause de la distance, des kilomètres qui le séparaient de toute autre habitation. S'en dégageait un isolement du cœur et de l'âme, parfaitement mis en œuvre, et avec art, à une époque où la ville se trouvait à une journée entière de voiture. Il se demanda quel genre d'esprit avait conçu et exigé un tel isolement – en avait ressenti le besoin – et quel genre d'esprit en ressentait le besoin aujourd'hui encore. Il eut froid dans le dos en pensant que, depuis ce lointain Olympe, il était facile de se croire capable de tout : pas seulement de tout commander, mais d'engendrer le désir de tout et de croire que tout pouvait le justifier. Car cette précision géométrique et ordonnée qui le dominait – et qui s'étendait derrière lui comme le couvercle d'un coffre incrusté de pierreries – était un réceptacle sans fond, un monument élevé au paradoxe de la raison et du désir. Grimes imagina une conscience humaine – n'importe quelle conscience humaine – repliée sur elle-même mais rongée des désirs du dehors, de désirs toujours plus fous, auxquels nul ne dirait jamais « non », mais juste : « Voici leur prix. » Si cette conscience avait été la sienne, grandie et enfermée ici toute une vie, vers quoi aurait-elle – vers quoi aurait-il – levé la tête et crié dans la chaleur fiévreuse de la nuit ?

Des envies perverses se réveillaient dans l'inconscient de Grimes. Il lutta contre un nouveau picotement. Le clapotement de l'eau contre le marbre blanc fut la seule réponse que lui accorda la nuit.

Pour le moment, cette question était malvenue. Il aurait tout le loisir d'y penser à Chicago, en frissonnant de froid. Ce soir, il répondrait « non » à quiconque attendait à l'intérieur, sans égard pour toutes les récompenses qui lui seraient offertes.

Grimes grimpa les marches, sonna à la porte et attendit. Il reboutonna sa chemise et ajusta sa cravate. Son costume était froissé, mais il était noir et en lin. Dieu merci, il s'était rasé et avait fait un effort d'élégance pour voir son père. Cicero Grimes, clochard de garde. La porte fut ouverte par un noir svelte qui mesurait dix centimètres de plus que lui. Donc un mètre quatre-vingt-dix-huit, et probablement quatre-vingt-dix kilos de muscles. Il s'attendait à des pommettes saillantes et à un nez aquilin, à un regard oriental, dédaigneux, aussi ancien que la pierre sous ses pieds. Son costume était large et juste assez luxueux pour adoucir la menace naturelle qui émanait de l'homme en une intimidation tranquille. En tout cas, ce n'était pas le maître d'hôtel.

– Eugene Grimes.

Le noir ne sourit pas mais tendit la main.

– Bobby Frechette.

Ses doigts étaient étonnamment longs et délicats. Sur les deux premières phalanges, Grimes remarqua les callosités de quelqu'un qui s'entraîne sérieusement sur la planche de bois. Ainsi donc, un karatéka. Grimes le trouva plus sympathique.

– Entrez, Docteur, je vous prie.

Grimes pénétra dans un vaste hall, au centre duquel un large escalier menait à une galerie située au premier étage. Au plafond, une coupole était incrustée de verre coloré. Frechette s'effaça pour le laisser passer et tendit ses mains ouvertes.

– Si vous permettez, Docteur.

Grimes comprit qu'il devait subir une fouille. Il hocha la tête et leva les bras. Un bref sentiment de vulnérabilité, un peu archaïque, mais dont Frechette ne profita pas comme il aurait pu. Rien qu'un homme qui fait son travail. Tandis que les doigts papillonnaient sur son corps, Grimes songea à la honte qu'il s'était épargnée en refusant le Luger de son père.

– Merci, Docteur. Voulez-vous venir par ici, s'il vous plaît.

Grimes suivit Bobby Frechette dans un couloir tapissé de plusieurs millions de dollars de tableaux. Grimes n'était pas un amateur d'art, mais il savait reconnaître un Picasso et un Dali comme n'importe qui. Il avait récemment été intrigué par des histoires de vols de trésors revendus à de riches collectionneurs qui, de toute évidence, seraient les seuls à les contempler. Cela ne cadrait pas avec l'idée que l'art est un signe extérieur de richesse. En traversant Arcadie, son étonnement rejoignait la voix de la conscience désinhibée qu'il avait imaginée dehors. *Je le veux*, disait la voix, et seul le désir comptait. Il se justifiait de lui-même. Il n'était même pas nécessaire que le tableau fût contemplé ; il suffisait de le posséder. Les mêmes mots résonnèrent à nouveau dans son esprit, avec une tonalité différente : celle de son père. « Je le veux, Gene. » George n'avait pas obtenu grand-chose de ce qu'il désirait de la vie, et il ne s'était jamais plaint, mais sa voix avait tremblé en prononçant ces mots. Un autre écho lui parvint, celui de la lettre de Jefferson : « Des appétits irrésistibles et extravagants. » Et Rufus Atwater : lui aussi voulait. Quoi exactement, Grimes l'ignorait. Grimes lui-même n'avait pas exprimé beaucoup de désirs depuis longtemps, sinon celui de rester vautré dans son trou, mais il ne jugeait personne. Il connaissait la nature de ses propres appétits : « vastes et destructeurs » ; Clarence Jefferson l'avait supplicié sur leur chevalet de torture. À présent, le fantôme de Jefferson lui infligeait un autre supplice : la lettre. Grimes faillit s'immobiliser sur place.

La lettre était toujours dans sa poche.

Soudain, il eut l'impression d'avoir un déchet radioactif fixé à sa poitrine. Il aurait dû la brûler, l'avaler, la jeter. Ça ne lui était pas venu à l'esprit. Si Frechette décidait de prendre la lettre, Grimes doutait qu'il puisse faire grand-chose pour l'en empêcher. À un mètre devant lui, Frechette emprunta un deuxième couloir à gauche. Grimes suivit, puis, dans un mouvement d'allégresse, il songea : *Pourquoi pas ? Tu n'as qu'à donner la lettre, libre de tous droits, privilèges et conditions, et laisser Miss Magdalena Parillaud faire de l'information ce que bon lui semble.* Après quoi, il pourrait oublier toute cette histoire et retourner à sa vie étroite.

Mais l'éclaircie se dissipa aussi vite qu'elle était apparue. Il était déjà contaminé. Condamné à être le dépositaire de vérités interdites. Il ne pouvait compter que sur lui-même pour garder le secret. Si Parillaud se servait du trésor de Jefferson pour faire le malheur de quelques répugnants personnages, ceux-ci se retourneraient peut-être contre lui. Il s'attendrait à ce qu'on vienne encore sonner à sa porte. Et il y avait la fille, Ella. « Occupez-vous d'elle, Grimes. » Il ne pouvait pas laisser tomber la fille non plus. S'il ne pouvait être le gardien de sa sœur, il pouvait du moins ne pas être son exécuteur. Son esprit revint sur le terrain solide de sa stratégie de départ.

Ne te fie à personne. Tu ne sais rien.

Frechette frappa à une lourde porte.

– Entrez, répondit une voix de femme.

Du calme, se dit Grimes en franchissant la porte.

La pièce était grande, d'un beau volume et décorée de boiseries sombres et brillantes. Des lumières encastrées éclairaient les coins du plafond. La décoration était d'une élégance neutre et classique, à la manière d'un bureau ou d'une bibliothèque. Une femme quitta une table gainée de cuir vert et traversa la pièce à sa rencontre.

Des cheveux blonds retombaient en vagues sur ses épaules ; si la couleur était artificielle, Grimes n'aurait pu le soupçonner. À première vue, elle semblait gracile, avec quelque chose de presque timide dans l'attitude qui pouvait s'expliquer par les circonstances ; ou peut-être pas. Face aux médecins, aux psys en particulier, les gens restent souvent sur leurs gardes. Ils imaginent parfois, ce que Grimes trouvait comique, que les psychiatres lisent dans les pensées et pénètrent leurs plus profonds secrets au premier coup d'œil. Elle avait un visage en forme de cœur, étrangement pâle, et une bouche à l'expression renfrognée peinte en rouge sombre. La lumière n'était pas assez forte pour qu'il puisse déterminer la couleur de ses yeux : plutôt foncés, avec au centre une lueur changeante aussi mélancolique que le reflet de la lune sur des eaux noires.

Grimes estimait son âge à trente-cinq ans environ, sans en être certain. Il émanait d'elle une sorte de beauté figée, comme si quelque chose l'avait empêchée de grandir. Grimes avait déjà observé cette caractéristique chez les jeunes vétérans et chez un patient, qui avait été éclaboussé par les bouts de cervelle de son sergent parce qu'ils s'étaient arrêtés devant un magasin au mauvais moment. Le tueur s'était échappé sans que le policier, paralysé sous le choc, ait appelé ses collègues en renfort – échec professionnel dont la honte allait éternellement le hanter. Grimes trouvait étrange que ces souvenirs précis resurgissent et, un bref instant, il se demanda pourquoi avant de revenir au présent.

Quel que fût l'âge de Parillaud, c'était une belle femme ; pas son type, mais belle. Elle portait une robe bleu turquoise mi-longue, avec un col haut et de longues manches, une ligne souple. Taillée dans un tissu chatoyant, une soie peut-être, elle semblait très ancienne. Grimes aimait beaucoup cette robe. Et, à son grand désarroi, il aimait aussi beaucoup cette femme. Il l'aima tout de suite. Aimer les gens rendait invariablement la vie plus compliquée. Quand elle s'approcha, il vit que les larges pupilles noires étaient bordées par un iris vert. Elle tendit la main.

– Lenna Parillaud.

– Eugene Grimes.

– Merci d'être venu, Docteur. Je vous en suis reconnaissante.

De près, elle n'était pas si gracile que cela, elle avait un corps plus solide et plus compact. Elle avait aussi une main plus grande et plus forte que ce à quoi il s'attendait. La fragilité qu'il avait devinée n'émanait donc pas du corps, mais des yeux, de la lune sur les eaux noires.

– Préférez-vous que nous parlions ici ou dans le salon ?

Sa voix lui plaisait. Douce, assez basse, mais avec une modulation qu'il imaginait capable, quand elle le voulait, d'être sèche et tranchante.

– Comme vous voudrez, Miss Parillaud.

Elle embrassa la pièce du regard et fronça les sourcils.

– Je suis là depuis des heures. Allons ailleurs.

– Très bien.

– Vous pouvez m'appeler Lenna, Docteur.

Grimes aurait pu répondre « Appelez-moi Gene » mais il s'en abstint. Il tenait à une certaine distance et aimait sa façon de l'appeler « Docteur ». Elle y mettait une inflexion sexuelle ; ou tout du moins c'est ce que son esprit affamé de compagnie imaginait. Ils longèrent le couloir, presque côte à côte, mais elle le devançait d'un demi-pas, ses talons claquant sur les dalles de marbre. Elle regarda un tableau en passant puis tourna la tête vers lui par-dessus son épaule et le chatoiement bleu de sa robe.

– Aimez-vous les belles choses, Docteur ?

Le mot « belles », prononcé par sa bouche, trahissait l'ennui. Ou l'indifférence.

– J'aime ce que je trouve beau. La beauté ne se définit-elle pas d'elle-même ?

– J'aimerais connaître votre définition.

– Je ne suis pas assez intelligent pour inventer la mienne, mais je peux voler celle d'un autre. Celle que je préfère, c'est : « Ce qui remplit son objet. »

Elle réfléchit.

– Elle me plaît aussi.

Elle haussa les épaules, détourna la tête.

– À une telle aune, cet endroit doit encore faire un effort.

Pour des raisons inconnues de la partie maîtrisée de son cerveau, Grimes dit : « *Et in Arcadia ego.* » Lenna s'immobilisa, les doigts sur la poignée dorée d'une double porte.

– Qu'est-ce que c'est ? Du Virgile ?

Elle dit cela tranquillement, comme pour montrer qu'elle pouvait, elle aussi, faire étalage d'une certaine instruction. Grime se maudit. Il n'avait jamais lu Virgile de sa vie, encore moins en latin, mais il avait ce qu'il méritait.

– Autant que je sache, il s'agit d'une inscription sur une tombe anonyme. Je ne sais pas, quelque part en Europe. Mais je peux me tromper.

– Une tombe ?

Elle sourit et, un bref moment, son visage perdit son expression de mélancolie renfrognée.

– Vous êtes drôle, fit-elle.

– Pardonnez-moi, dit Grimes. Je ne cherchais pas à être drôle.

– Ce n'est pas une mauvaise chose pour un docteur. Au contraire.

Grimes n'avait rien à répondre à cela. Lenna ouvrit une porte et ils entrèrent dans l'une des pièces qu'il avait aperçues depuis la route : plafond haut, lustre de cristal miroitant et quelques lampes discrètement placées. Elle était décorée et meublée dans le même style fin dix-neuvième que le reste de ce qu'il avait pu voir de la maison. Tout y était parfait, mais elle ne donnait pas l'impression d'être habitée, d'avoir résonné d'éclats de rires ou de voix, depuis de longues années. Comme une étape dans un circuit touristique du vieux Sud ou un décor dans la vitrine d'un antiquaire. Grimes décida que tout cela ne le regardait pas.

– Asseyez-vous, dit Lenna.

Grimes avisa le sofa, mais choisit un fauteuil, ni trop bas ni trop mou. Lenna Parillaud restait debout.

– Quelque chose à boire ? demanda-t-elle.

– Rien, merci, dit Grimes. Que puis-je pour vous ?

Lenna se détourna et, lentement, les mains jointes, s'éloigna de deux pas.

– Quel est votre souhait le plus cher dans la vie, Dr Grimes ?

Grimes avait envie de fumer. Il y avait un cendrier en jade posé sur une petite table près de son fauteuil, mais il voulait conserver toute l'autorité professionnelle dont il était capable, ou du moins l'illusion de cette autorité. Elle constituait sa meilleure défense : une armure à la surface compassionnelle construite, par nécessité, au cours des années de proximité avec la folie et la souffrance.

– Je ne crois pas avoir fait tout ce chemin pour parler de cela, répondit-il.

Elle hocha la tête, secouant sa chevelure, offrant son profil pâle et oblique, ce qui l'empêchait de voir son interlocuteur. Dans la lueur des bougies, c'était un geste délibérément théâtral, mais efficace : elle semblait réellement hantée et tendue. Elle baissa les yeux en battant des cils.

– Il doit vous être difficile de croire que je puisse avoir besoin de quelque chose.

– Non.

– Vraiment ?

Dans l'inflexion prolongée de ce mot – une inflexion endeuillée et lente – s'exprimait un désespoir muet. Ce désespoir frappait à grands coups à la porte des instincts profonds de Grimes. Il les écarta. *Dis-lui de cracher, que tu puisses tout nier et t'en aller.* Il était pris entre sa neutralité de psychiatre et son statut clandestin de loser malheureux dont le seul espoir était de ne pas finir les couilles arrachées par un porc.

– Oui, vraiment, lui répondit-il.

Lenna posa sur lui un regard droit, sans détour, choquant. Mais ses paroles le choquèrent bien davantage.

– Clarence a dit que vous n'étiez pas homme à vous laisser manipuler.

Grimes se félicita d'être déjà assis. *Clarence ?* Mais qu'est-ce que ce putain d'enfoiré lui avait dit ? Et comment ? Et à qui d'autre avait-on donné le nom de Grimes, en dehors d'elle et d'Atwater ?

– Pardonnez-moi, Miss Parillaud. Qui ?

Sa voix était plus convaincante qu'il n'avait osé l'espérer, mais la familiarité tranquille, presque méprisante, avec laquelle elle avait dit « Clarence » le troublait. Il s'efforça de ne pas rompre le contact visuel.

– Clarence Jefferson.

– Je crains de ne jamais avoir entendu parler de cet homme.

Il réussit à soutenir son regard sans ciller. Une légère moue des lèvres. Lenna renversa la tête en arrière et contempla le plafond, songeuse. Elle ferma les yeux.

– Suis-je censé le connaître ? dit Grimes.

– Je ne sais pas, répondit-elle. C'est bien le problème.

Elle rouvrit les yeux. Elle alla jusqu'à un fauteuil jumeau de celui qu'occupait Grimes et l'approcha afin de le placer en face de lui à un bras de distance. Elle s'assit, appuya ses coudes sur ses genoux et regarda par terre. Elle exhala un long soupir silencieux. En tant qu'expert en la matière, Grimes reconnut le soupir d'un être désespéré.

– Docteur, dit-elle, la seule personne en qui j'aie confiance est Bobby Frechette. J'aimerais vous faire confiance. Le reste du monde ne m'importe pas.

– Tout ce que vous me direz est confidentiel, dit Grimes.

– Ce n'est pas ça, bordel.

Lenna claqua des mains les accoudoirs de son fauteuil. Un petit caprice. Pas de problème, songea Grimes. Elle ne l'avait pas regardé depuis qu'elle s'était assise ; elle ne le regardait toujours pas.

– Pardonnez-moi, Dr Grimes. Je suis en train de vivre le deuxième jour le plus horrible de ma vie.

Grimes le psychiatre était curieux de connaître le premier ; l'autre Grimes, qui aspirait à une vie tranquille, n'avait pas envie de savoir.

– Dites-moi simplement ce que vous voulez. Si je peux vous aider, je vous le ferai savoir.

Lenna reposa ses coudes sur ses genoux, plongea les mains dans ses cheveux pour se tenir la tête, et parla entre ses deux bras.

– Si vous me mentez à propos de Clarence – et, merde, je ne peux pas le savoir – et que je vous menace, vous ne direz rien. Si Clarence m'a menti à propos de vous (il m'a menti pendant des dizaines d'années, sauf quand il me faisait plus de mal en me disant la vérité), alors je me ridiculise, ça m'est égal. Mais si je vous mets en danger, ça ne m'est pas égal.

– Ne vous inquiétez pas pour moi, dit Grimes d'un ton vigoureux.

Il commençait à se mépriser.

– D'une façon ou d'une autre, dit Lenna, sauf si vous savez de quoi je parle et que vous m'aidez, je suis foutue, Docteur, complètement foutue.

De minute en minute, Grimes était plus convaincu que, quel que soit le détail de son agenda secret, c'était personnel, douloureux et intense ; pas politique, pas financier, pas « l'enclume de la justice ». Il écrasa la sympathie qu'il sentait monter en lui. *Ne te fie à personne. Reste professionnel. Neutre et calme. Continue à mentir.*

– Si je savais de quoi il s'agit, je ferais de mon mieux pour vous conseiller, mais ce n'est pas le cas.

Il se faisait l'effet d'une ordure pourrie.

Silence. Son visage était dissimulé par ses bras.

– Sans vouloir vous offenser, dit Grimes, je peux vous dire que je suis connu comme spécialiste des dépendances liées à la drogue. Votre monsieur Jefferson était peut-être au courant et a voulu me recommander à vous.

– Capitaine Jefferson, pas monsieur. C'était un policier. Brigade des mœurs. Il était le roi du vice, oint et couronné de ses propres mains.

– C'est possible, dit Grimes, hésitant.

Il vit les épaules de Lenna se contracter. Il ne fallait pas lui donner le moindre indice ; mais c'était un mensonge trop intelligent pour y résister.

– Il est possible, au cas où Jefferson ait été un spécialiste des drogues, qu'il soit venu me voir sous un pseudonyme. Sachez que, dans mon domaine, ce n'est pas inhabituel. Un officier de police, à plus forte raison, chercherait à protéger son identité s'il avait un problème.

Faites-moi confiance, je suis médecin, songea Grimes en proférant son mensonge. Il joua sa carte.

– Alors dites-moi, comment est ce Jefferson ?

Nulle image, humaine ou non humaine, n'était aussi présente, éternellement vivante, aux yeux de son esprit, que le visage et le corps – jusqu'à son souffle et à son odeur âcre – de l'obèse : Clarence Seymour Jefferson. Tandis que Grimes se félicitait d'avoir eu l'idée d'employer le présent, l'aversion croissante qu'il éprouvait pour sa manœuvre se transformait en absolue haine de soi.

Lenna ne quittait pas le sol des yeux, l'expression qui s'imprimait sur le visage de Grimes lui échappa. Elle prit une profonde inspiration comme pour se préparer. Sa voix tremblait, balançant entre la colère et le dégoût.

– De quoi il a l'air aujourd'hui, je préfère ne pas le savoir. Ou peut-être si. Il est porté disparu, supposé mort depuis six mois.

Grimes était payé pour le savoir et n'avait rien à supposer. Il avait enfoncé une lame de cinquante centimètres dans le ventre de Jefferson avant d'abandonner le corps aux flammes dans une cabane en rondins, sur les rives d'un bayou, à deux cents kilomètres à l'est. Il ne dit rien.

Lenna se força à poursuivre.

– Quand on l'a vu, on ne peut pas l'oublier.

Grimes haussa les sourcils, satisfait qu'elle ne le regarde pas.

– Grand. Gros. Fort.

Ses mots sortaient par jets brefs, comme si elle ne parvenait pas à en prononcer plus d'un à la fois. Derrière leur sens apparent, colère et dégoût, perçait une mélopée secrète, tendre et terrible. Grimes entendait cette musique latente parce qu'une grande part de son cœur éprouvait la même tendresse, terrible, atroce : terrible parce qu'elle était un objet de haine et de rejet, atroce parce que sa simple existence dépassait son entendement ; car l'objet de cette tendresse était Clarence Jefferson.

– Pardonnez-moi, dit Lenna.

– Je vous écoute.

– Oui. Bon. Clarence avait à peu près la même taille que Bobby et deux fois son poids. Blanc, cinquante ans. Cheveux bouclés, blonds. Les lèvres en arc de Cupidon, très souriant, avec une voix de crème fraîche. Des yeux…

Elle s'interrompit, au grand soulagement de Grimes.

– Enfin bon, vous n'auriez pas pu l'oublier, acheva-t-elle.

– Oui, dit Grimes. Je ne m'en souviens pas.

Il attendit.

Lentement, derrière ses bras, Lenna hocha la tête.

– Pardonnez-moi, Docteur, je vous ai fait perdre votre temps.

Grimes faillit pousser un soupir. Son stratagème avait fonctionné et il fallait le mener à terme. Il n'en avait aucune envie, mais son souci de réalisme exigeait qu'il exprimât la curiosité naturelle d'un innocent, d'un ignorant.

– Mon temps n'est pas un problème. J'ai une question à vous poser : si cet homme est mort depuis six mois, comment a-t-il pu vous convaincre que je pouvais vous aider ?

Encore un silence.

– Vous n'êtes pas obligée de répondre, dit Grimes, espérant qu'elle ne le ferait pas. C'est juste que tout cela me paraît un peu bizarre.

Lenna lâcha ses cheveux et laissa tomber ses bras. Elle leva la tête et posa son regard sur lui. Elle avait les yeux secs à présent, mais des traces humides se voyaient sur son visage.

– Vous croyez que je suis folle, je veux dire, malade, paranoïaque…

– Non.

– Ce ne serait pas étonnant. Vous avez dû entendre ce genre de délire un million de fois.

– Vous êtes perturbée, mais pas folle.

Grimes marqua un temps d'arrêt. Puis le psychiatre en lui s'exprima sans retenue ; et peut-être aussi l'autre part de lui-même.

– Il est toujours difficile de perdre quelqu'un dont on est proche.

C'était un glissement dangereux. Il observa Lenna, dont les yeux scrutaient son visage, et se demanda ce qu'elle pouvait y lire. Peut-être quelque fantôme des mois – ces six mois écoulés depuis la mort de Jefferson – qu'il avait passés à même le sol en souhaitant être mort. Et quel était le fantôme qu'il voyait sur le visage de cette femme ? Lenna avait-elle aimé Jefferson ? De l'amour comme psychose, Grimes pouvait tout imaginer. Voulait-il savoir qui elle aimait ? Non. Pas vraiment. Il espérait seulement ne pas lui avoir fourni l'indice qui allait le démasquer.

Lenna se tordit dans son fauteuil et prit une feuille de papier plié dans la manche de sa robe chatoyante. Ainsi donc, Jefferson lui avait aussi écrit une lettre. À remettre le même jour. Lenna lança un regard à Grimes.

– Elle est de lui.

Elle parcourut la lettre, qui la faisait visiblement souffrir.

Il était visible aussi qu'elle n'avait pas l'intention de lui en lire tout le contenu, et Grimes s'en félicita. Il en savait déjà plus qu'assez. Les yeux de Lenna s'arrêtèrent sur le passage qu'elle cherchait.

« Ici, dans la ville, vous trouverez un homme, un médecin, appelé Eugene Grimes. Lui, et lui seul, peut vous dire tout ce qu'il vous faut savoir. Mais Lenna : ne le bousculez pas. Ce garçon ne se laissera pas impressionner, croyez-moi. Demandez-lui de vous aider. Et s'il ne vous dit rien, posez-lui cette question : Est-il devenu l'homme qu'il sait devoir être ? Ou bien n'est-il que l'homme qu'il redoute tant d'être ? Dites-lui cela, Lenna, puis… »

Lenna s'interrompit et replia la lettre sur ses genoux.

Grimes ne lui demanda pas de poursuivre. Son stratagème était réduit en cendres dans sa bouche. Il tenta de refouler la vague de rage que soulevait en lui le nouveau complot élaboré par ce salaud d'obèse pour le contraindre à exécuter sa volonté, à échanger ses putains de valises de photos et de preuves pornographiques contre une tombe précoce et anonyme. Qu'il aille se faire foutre. Qu'ils aillent tous se faire foutre. Ils veulent un monde propre, qu'ils lèvent la voix pour l'obtenir. Et qu'ils paient l'addition. Il ne devait rien à personne. Il avait déjà donné et il avait déjà payé. Il sentit ses poings se contracter ; il les relâcha. *Sers-toi de ta colère*, se dit-il, *elle aura l'air vraie. Et professionnelle.*

– Je dois vous dire que l'auteur de cette lettre, quel qu'il soit, a le profil parfait pour la camisole de force. Comme vous l'avez noté, j'ai déjà entendu ce genre de trucs.

Un calme étrange s'était emparé de Lenna Parillaud. Grimes se demanda comment se terminait la phrase qu'elle avait laissé en suspens : « Dites-lui cela, Lenna, puis.… » Grimes n'osa pas poser la question. Lenna glissa le papier dans sa manche. Elle semblait avoir pris une décision et vouloir se ressaisir.

– Vous êtes venu avec votre voiture ?

– Oui.

C'était fini. Lenna Parillaud s'essuya le visage et se leva. Grimes se leva à son tour.

– Enchanté de vous avoir rencontrée.

– Moi aussi.

– Je regrette de ne pas avoir pu vous aider davantage. Vous me semblez être la victime d'une mauvaise farce.

Lenna Parillaud le regarda:

– Si vous saviez depuis combien de temps personne ne m'a vue pleurer, Dr Grimes, vous auriez une petite idée de l'énorme perversité de cette farce.

Grimes en avait assez de cet endroit et de la nausée que lui causait son mauvais numéro. Il ne se savait pas capable de mentir de façon aussi experte, sans la moindre intégrité, et il avait usé de sa profession – l'avait *salie* – afin d'y parvenir. Il l'avait fait pour son père ? George ne lui avait rien demandé. George serait mort avant.

« L'homme qu'il redoute tant d'être. »

La rage le submergea à nouveau, étouffant sa honte. Qu'ils aillent se faire foutre. Voilà que le monde entier se mettait à lui dire comment vivre. L'obèse avait raison au moins là-dessus : aussi loin qu'il s'en souvienne, depuis sa plus tendre enfance, être bousculé provoquait en lui une contrariété quasi psychotique. Il ne voulait plus être bousculé. Il était temps de partir. Il avait assez souri et assez menti. Il regarda en direction des doubles portes.

Lenna surprit son regard. Elle s'éloigna, sa robe crissant sur son corps, et ouvrit. Grimes la suivit jusqu'au seuil. À trois pas dans le couloir, les mains croisées devant ses cuisses, se tenait Bobby Frechette.

– Bobby vous raccompagnera à votre voiture. Vous m'enverrez votre note ?

– Ma quoi ? dit Grimes.

– Votre note. Pour votre temps, Docteur.

– Oui, bien sûr. Si vous désirez me parler encore, appelez-moi.

Il n'en pensait pas un mot. Si elle l'avait deviné, il s'en fichait. Il savait dans quelles dispositions il était à présent. *Fichez-moi la paix, sinon, d'une façon ou d'une autre, je vous ferai du mal.* Grimes n'aimait pas ces dispositions, mais au moins elles calmaient son angoisse. Il jeta un coup d'œil dans le couloir. Même Bobby Frechette ne lui semblait plus si paisible. Frechette avait perçu la violence de Grimes et s'était tendu, presque imperceptiblement. Grimes fixa l'arête du nez aquilin de Frechette. Qu'il essaie seulement de lui extirper cette putain de lettre de la poche. En son temps, Grimes avait lui aussi eu des callosités aux phalanges. Et un combat physique – que le meilleur gagne et tous les coups sont permis – lui aurait apporté une satisfaction féroce. *Pour l'amour du Ciel, Grimes, va-t'en.*

– Au revoir, Miss Parillaud.

Il tendit la main, elle la prit. À sa grande surprise, elle lui adressa un sourire.

– Vous ne m'avez jamais appelée « Lenna », comme je vous l'avais demandé.

– Non, en effet.

– Au revoir, Docteur.

Grimes s'éloigna dans le couloir. Bobby Frechette se détendit, pivota sur ses talons et le précéda vers la porte d'entrée. Grimes écarta les pensées qui lui venaient et se concentra furieusement sur les tableaux accrochés au mur jusqu'à ce qu'ils aient atteint le hall. Frechette lui tint la porte.

– Bonne nuit, Dr Grimes.

Grimes le regarda, Frechette hocha la tête. C'était quelqu'un de bien, ce Frechette. La violence qu'avait ressentie Grimes tout à l'heure l'embarrassait maintenant. Il ajouta cette honte au bas de la liste.

– Bonne nuit, Mr Frechette.

Grimes franchit le seuil.

– Dr Grimes ?

Grimes plongea son regard dans celui de Frechette. Il

y avait aussi, à l'intérieur, quelque chose de vivant, une chose vieille de dix mille ans.

– À votre place, moi non plus je ne lui ferais pas confiance. Mais elle ne vous veut aucun mal. Vous avez ma parole. Si vous aviez pu l'aider – de quelque manière – je vous aurais été reconnaissant.

Grimes discerna l'intérêt profond qu'il portait à Lenna Parillaud. Et comprit qu'on lui offrait là une chose qui ne pouvait s'acheter : une loyauté absolue.

– Le meilleur conseil que je pourrais lui donner, c'est de vendre ce mausolée et de repartir pour une nouvelle vie.

– C'est un conseil que j'aurais pu lui donner moi-même, dit Frechette.

– Et pourquoi ne le faites-vous pas ?

Frechette se tut.

– Savez-vous ce qui se passe ? De quoi il est question ? demanda Grimes.

– Lenna garde pour elle une foule de choses. Cela ne veut pas dire qu'elle ne soit pas sincère. Elle est sincère.

– Qu'a-t-elle fait pour vous ?

Frechette plissa les yeux, comme s'il se demandait jusqu'à quel point il pouvait lui répondre. Il dit seulement :

– J'étais dans le couloir de la mort. Lenna m'a donné la main quand personne ne voulait plus le faire.

Frechette était sans doute un tueur ; mais Grimes se demandait tout de même s'il s'était rendu coupable de meurtre ou non. Impossible de le deviner.

– Sans elle, dit Frechette, je suis *ronin*.

Grimes comprit que *ronin* désignait un samouraï sans maître : un guerrier suprême ayant perdu le sens de sa vie. Frechette l'avait percé à jour.

– *Vous*, dit Frechette, vous êtes *ronin*.

– C'est un honneur que je ne mérite pas.

– Je suis persuadé du contraire, dit Frechette, mais vous êtes le seul à savoir.

Entre le regard franc de Frechette et sa propre honte, Grimes sentit soudain ses résolutions se désagréger. Si Lenna était fondamentalement honnête – et il en était sûr – et si Jefferson avait voulu la mettre au courant – ce qui était le cas à en croire sa lettre – qui était Grimes pour leur barrer le chemin ? Il plongea la main dans sa poche ; elle s'immobilisa. La lettre avait disparu. Ses doigts sentaient le carton rectangulaire du billet d'avion ; mais pas d'enveloppe.

En présence de Frechette, Grimes réprima l'envie de fouiller dans ses autres poches. Il savait que la lettre s'était trouvée dans celle-là et, à présent, elle ne s'y trouvait plus. Seul son père connaissait son existence. L'homme qui, en face, l'avait traité de petit salaud, lui avait subtilisé la lettre dans sa veste pendant qu'il était allé pisser. George Grimes, avec ses pétards de la guerre du Pacifique, ses exploits héroïques.

Cicero Grimes maudit son géniteur, maudit Dieu et maudit le jour de sa naissance.

Mais une image, soudain, s'imprima dans son esprit, le bord bleu d'une flamme léchant les globes oculaires de son père sous les rires d'hommes sans visage. Grimes fut saisi d'une peur si intense qu'il eut envie de vomir. Il retrouva ses esprits et vit que Frechette l'observait curieusement.

– Je dois y aller, dit-il.

Frechette cligna des yeux. Il avait perdu.

Il était inutile d'expliquer. Grimes marcha jusqu'à sa voiture et mit le moteur en marche. Inutile de perdre son temps à vérifier si George était chez lui à boire du lait et à grignoter des biscuits. Grimes devait retrouver la fille avant lui. La fille, Ella. « Elle a dix-neuf ans. » Dieu du ciel. Ella. C'est tout ce qu'il se rappelait. Il fit grincer les vitesses. Il jura à mi-voix tout le long de l'allée d'Arcadie et sous le tunnel de chênes. *Son nom. Son adresse. Son nom. Son adresse.* Grimes grondait toujours quand la grille en fer forgé enchâssée dans le haut mur de brique rouge se referma derrière la poussière qu'il soulevait. Il avait oublié.

Grimes accéléra et l'Oldsmobile 88 rugit dans la nuit entre les marécages fantomatiques dont la végétation tournoyait en une célébration dionysiaque du vent qui fraîchissait. Il allait se rappeler. Avant d'avoir atteint la ville, il se rappellerait. Il le fallait. Et peut-être alors étranglerait-il son sacré putain de père de ses propres mains.

6

Au Rythm Factory, la clientèle ne chômait pas : elle buvait, suait et laissait le bon temps rouler. Tantôt accrochant la lumière, tantôt lui échappant, Ella entrevoyait les visages pénétrés par les sons, chauds et funky. Ce qu'ils aimaient, plus que sa voix, c'était sa façon de danser. Pour elle, c'était l'inverse, c'est la voix qui comptait. C'est elle qui portait ses ambitions et ses rêves. Mais si le public trouvait à son goût ses membres sinueux et sa façon de remuer ce truc, pas de problème, du moins pour l'instant. Elle pouvait danser ainsi sans effort – l'effort eût consisté à ne pas danser –, ce qui lui laissait tout le loisir de se concentrer sur son phrasé, sur l'ouverture des puissants canaux de son diaphragme et sur les cavités sonores de son cerveau, sans se déchirer la gorge. La voix prendrait des années, elle savait cela, et elle avait la sagesse d'être patiente. Elle avait le temps : elle avait dix-neuf ans. La danse lui offrait une scène et, avec le temps, la voix viendrait. Elle était déjà un vétéran, une semi-pro. Elle serait cool. *Dis donc, ma fille, tu es déjà cool. Ils t'adorent.* Elle ferma les yeux et renversa la tête en arrière dans le tourbillon chaud des lumières bleues, ses bras se tordant et flottant sur une onde funky bien obscène – *mmm, qui est-ce qui joue aussi gras ?* – et ils sifflèrent et huèrent, et elle sut qu'ils l'adoraient. Dans son dos, l'orchestre capta cette énergie et monta en puissance – c'était toujours quelque chose de magique pour elle – imperceptiblement. Ses ongles, d'un rouge étincelant, se nouèrent au-dessus de sa tête et elle vacilla comme une flamme, retenant l'accord plus longtemps que de raison, et l'orchestre, sur la crête, le retint avec elle, puis elle retomba, yeux et narines dilatés, plongeant tête, épaules et seins sur le micro, reprenant son envol sur la dernière note.

L'orchestre s'arrêta brusquement, parfaitement, et elle baissa les yeux sur les applaudissements furieux. Elle ne souriait jamais sur scène. Plus tard, peut-être sourirait-elle, quand elle serait qui elle voulait être, mais pour l'instant ils pouvaient contempler son visage, examiner ses lèvres et se dire : « Nom d'un chien, mais c'est qui ? » Elle était trop jeune pour sourire et rester sexy. Le sourire sexy, c'est quelque chose qui vient avec l'âge, disait Charlie. Si tu souris maintenant, ils verront une petite fille cherchant leur approbation ; mais envoie-les se faire foutre, tu les feras bander et, quand ils rentreront après le spectacle baiser leurs copines, ils jouiront en pensant à toi. La semaine d'après, ils en redemanderont. C'était la théorie de Charlie. Elle avait du mal à y croire, elle la trouvait même un peu limite, mais elle marchait. Chaque vendredi soir, au Rythm Factory, ils venaient, ils applaudissaient et n'en pouvaient plus de voir l'anneau d'or qui lui transperçait le nombril et la façon dont ses seins transparaissaient sous tout ce qu'elle portait. Le Factory était petit et surtout fréquenté par les habitués du quartier, mais c'était son quartier. Elle partageait un appartement avec deux amies étudiantes, deux pâtés de maisons plus loin. Elle tourna le dos aux hourras et aux huées et fit un clin d'œil à Sammy, le bassiste. Sammy sourit et s'approcha du micro.

– Ella MacDaniels, rugit-il. Ella MacDaniels. On l'applaudit, les gars !

Ella se retourna vers le public. Le club se trouvait dans un sous-sol miteux dont la climatisation avait cessé de fonctionner depuis 1979. Derrière la foule, il y avait un large bar, où les bouteilles brillaient sous des ampoules bleues. Debout au bar, sans s'y appuyer, se tenait un homme en costume sombre et cravate. Ella l'avait remarqué une fois ou deux au cours de son set. Il se détachait des autres non pas à cause de ses vêtements, même si le costume n'était pas frais, mais parce qu'il était âgé et qu'il était blanc. Il y avait bien quelques vieux routiers qui venaient de temps à autre pour ne pas perdre l'oreille et pour se rappeler que, de leur temps, la musique chauffait tellement plus, mais ce n'étaient jamais des blancs. Et le type semblait la dévisager. Il est vrai que quatre-vingts ou quatre-vingt-dix autres en faisaient autant. Ella ouvrit largement les bras et s'inclina profondément. De longues mèches de cheveux finement nattés tombèrent de part et d'autre de son visage. Elle les bascula par-dessus ses épaules et se redressa.

– Ce sera tout pour ce soir, dit Sammy. Mais si vous avez un tant soit peu de jugeote dans vos petites têtes, vous allez rester et crier un peu avec nos amis de la vieille Havane avec escale à Miami : *Ernesto Ruiz y Los Halcones de la Medianoche* ! Ernesto Ruiz et les Nighthawks ! Et un dernier applaudissement pour Ella MacDaniels !

L'orchestre exécuta une série d'accords, Ella s'inclina une fois de plus et quitta la scène. Elle se dirigea vers les minuscules toilettes qui se trouvaient près du bureau du directeur. Après un spectacle, elle aimait s'accorder un moment, jouir de l'excitation, de la chaleur que lui communiquait le plaisir donné aux autres. Encore une chose que Charlie lui avait apprise : Prends toujours quelque chose pour toi, en toi. Fais-le tien. Et garde-le pour le jour où tout ira mal et où tu auras oublié ce plaisir ; car ce jour viendra. Charlie avait une façon de dire les choses qui faisait qu'on ne les oubliait pas. Il lui manquait. Ce soir encore, il n'était pas venu. La première année, il était presque toujours là, debout au bar comme le vieux ce soir, avec ses lunettes-bandeau et ses cheveux lissés en arrière. Un client un peu louche lui décochait un regard étrange et Charlie lui parlait avec douceur, et il déguerpissait. On ne lui avait jamais dit pourquoi et, d'instinct, elle n'avait jamais demandé. Mais voilà que Charlie aussi avait déguerpi depuis des mois, et elle ne l'attendait plus. Le même instinct l'avait maintes fois prévenue – depuis son enfance – qu'un jour Charlie disparaîtrait de sa vie. Maintenant que c'était le cas, sa présence lui manquait. Elle lui manquait même beaucoup. Sans raison valable, elle se sentait moins en sécurité quand il n'était pas là.

Ella fit couler l'eau froide et s'éclaboussa le visage. Son corps café au lait, qui apparaissait dans les entailles de son costume, était perlé de sueur. Elle déroula un mètre de papier du distributeur et s'essuya le visage et les bras. Elle n'était pas maquillée ; c'était inutile. Rien qu'une robe rouge lacérée, un anneau au nombril et un diamant incrusté dans la narine. Elle avait une ossature fine, délicate mais forte, sauf le nez, qui était large ; trop large à son goût, si elle voulait être honnête. En lisant des magazines, il lui était arrivé de rêver en secret d'une opération, de remonter et d'affiner un peu l'arête. Mais c'étaient des conneries. Elle avait préféré le piercing et ça lui plaisait. Vraiment. Quelqu'un frappa à la porte. Elle fourra le papier froissé dans une poubelle et sortit dans le couloir.

Ernesto et ses *Halcones* bavardaient, les bras chargés d'instruments, entre les étroits murs noirs qui menaient à la scène. Sammy lui pressa les épaules.

– Tu as été magnifique ce soir.

Elle sourit et il l'embrassa sur la joue. Sammy avait quatre gosses et une entreprise de dépannage mais, en son temps, il avait joué avec MacRebennack et avait accompagné Allen Toussaint. Il se glissa derrière elle dans les toilettes pour sa ligne du vendredi soir, l'unique vestige de jours plus insouciants. Excepté une ligne occasionnelle, Ella ne prenait pas de drogues. Il y avait eu un portier, une fois, très amoureux d'elle, qui avait à plusieurs reprises proposé de lui faire essayer de la cocaïne pour la draguer. Elle en avait parlé à Charlie. Quand elle l'avait revu, le type avait un bras plâtré et il avait traversé la rue pour l'éviter. Elle se dirigea vers la loge. Là, elle allait fumer une Camel light, boire un litre d'Évian et se changer avant d'aller dans la salle écouter Ernesto et peut-être, s'il était aussi bon qu'elle le pensait, danser encore un peu. Arrivée à la loge, elle reconnut le vieux du bar parmi les latinos.

Il était rouge et semblait perdu, les muscles de son cou étaient tendus. Il n'avait guère l'habitude de ce genre d'endroit, ça se voyait. Elle le trouvait touchant. Le vieil homme croisa son regard. Il l'appela au-dessus de la mêlée.

– Miss MacDaniels ?

Elle écarquilla les yeux. Il lui était totalement inconnu et il n'était jamais venu ici, mais elle ne ressentait chez lui aucune menace. Elle se surprit à hocher la tête.

Le vieux type se fraya un chemin le long du mur, la main posée sur sa veste. Elle l'attendit. Il s'arrêta devant elle et, inconsciemment, rajusta sa cravate. Ce geste était touchant lui aussi. Il avait les yeux gris et francs, sous d'épais sourcils d'un gris plus foncé que ses cheveux. Il lui adressa un sourire hésitant.

– Je m'appelle George Grimes. Puis-je vous parler un moment ?

Ella ne voyait pas ce qu'il faisait là. Venait-il d'un autre club ? Il paraissait trop décalé. Un agent ? Non. Il n'avait pas ce côté lisse.

– De quoi s'agit-il ?

George Grimes baissa un peu la voix.

– C'est Charlie qui m'envoie.

Son estomac se noua. Elle n'avait jamais rencontré le moindre ami de Charlie ; pour elle, sa vie était un livre fermé.

– Je me change. Vous voulez m'attendre ?

– Oui. Je vous attends ici ?

– Si vous pouvez le supporter.

– Oh, je crois que j'ai connu pire.

Il sourit encore, plus détendu, et cette fois Ella lui rendit son sourire.

– Cinq minutes, dit-elle en poussant la porte de la loge.

La pièce était sale, en désordre et pleine d'un tas de trucs qui appartenaient à d'autres. Elle extirpa un sac à dos en nylon bleu, le jeta sur la table, devant un miroir sali par des numéros de téléphone écrits au rouge à lèvres. Elle sortit une paire de Doc Martens noires, un débardeur en lycra noir qui lui arrivait juste au-dessus du ventre et un caleçon assorti. Elle fit passer sa robe par-dessus sa tête, la roula et la fourra dans le sac. Une main posée sur la table pour assurer son équilibre, elle ôta ses talons hauts qu'elle mit dans le sac. Elle s'habilla en se demandant ce que voulait Charlie et pourquoi il avait envoyé George Grimes au lieu de venir lui-même. Est-ce que Charlie allait bien ? Elle se hâta de lacer ses chaussures, se redressa, et ouvrit la porte.

Le couloir était plus calme à présent. George se tourna vers elle, presque au garde-à-vous. Derrière lui, Sammy émergea des toilettes. Il renifla, se frotta le nez. Voyant George, il fit la grimace.

– Tout va bien, ma belle ?

Ella sourit.

– Tout va bien, Sam. Je te retrouve dans la salle.

Sammy s'éloigna en haussant les épaules. Elle secoua la tête comme pour inviter George à entrer.

– C'est un dépotoir, mais c'est tranquille.

George entra. Il y avait un fauteuil pivotant délabré devant la coiffeuse.

– Asseyez-vous.

– Merci.

George tâta la chaise avant de s'asseoir. Ella sortit la bouteille d'eau de son sac et lui tendit.

– Il fait chaud mais… Vous en voulez un peu ?

– Non, merci, Miss, dit George. Mais je vous en prie.

Il attendit qu'Ella en avale un bon demi-litre. Elle se demanda soudain si elle ne manquait pas de tenue et baissa la bouteille. C'était drôle, manquer de tenue n'était pas une chose dont elle se souciait souvent. C'est son âge, se dit-elle, et c'est un monsieur. Il s'efforçait même de ne pas regarder son corps, même s'il en avait envie.

– Alors vous connaissez Charlie ?

George secoua la tête :

– Pas personnellement.

Il marqua un temps d'arrêt et parut chercher la meilleure façon de dire ce qu'il avait à dire.

– C'est ce qu'on pourrait appeler une situation délicate, Miss MacDaniels. Le mieux est encore d'aller droit au but.

Ella sentit son estomac se retourner.

– Je vous écoute.

– Eh bien, il semble que l'homme que vous connaissez sous l'identité de Charlie soit mort.

Pendant un instant, elle ne ressentit rien, et brusquement, George était debout et l'aidait à s'asseoir dans le fauteuil.

– Buvez encore un peu d'eau, Miss. Ça vous fera du bien.

Elle but puis chercha ses cigarettes dans son sac. Elle en alluma une. Ses pensées couraient dans son esprit trop vite pour qu'elle pût les attraper. L'une d'entre elles lui échappa :

– Vous êtes flic ?

– Non, Miss, pas moi, mais Charlie était flic. Son vrai nom était Clarence Jefferson.

Ce nom ne lui disait rien. Voilà pourquoi Charlie ne

parlait jamais de lui. Elle cessa de trembler, au bord des larmes.

– Je suis désolé, Miss, dit George.

Ella tenta en vain d'empêcher les larmes de rouler sur ses joues. Elle ne parvenait pas à penser non plus. C'était comme si elle ignorait d'où venaient les larmes et pourquoi.

– Là.

George lui tendait un mouchoir blanc qu'elle prit pour s'essuyer le visage.

– Je suis désolée, dit-elle.

– Moi aussi, je suis désolé, dit George.

Elle le regarda : son visage ridé exprimait un véritable désarroi devant sa douleur. Elle-même était secouée. Elle ignorait que Charlie signifiait autant pour elle.

– Je sais que vous avez besoin de temps pour vous y faire. Mais là, je crois que nous sommes pressés.

Les larmes séchèrent, l'anxiété qu'elle percevait dans sa voix prenant le dessus sur sa sollicitude. Elle baissa le mouchoir.

– Comment cela ?

George détourna la tête un moment, puis la regarda à nouveau.

– Je ne cherche pas à vous faire peur, et j'espère me tromper, mais vous êtes probablement en danger.

Ella ne trouva rien à dire.

– Jefferson, c'est-à-dire Charlie, m'a dit de vous demander de m'emmener à la Vieille Maison.

– La Vieille Maison.

Pour une raison mystérieuse, et pour ajouter à son trouble, la manière dont elle avait prononcé ces mots lui sembla stupide.

– Oui. Ça vous dit quelque chose ?

Elle hocha la tête. Depuis l'âge de douze ans, le vieux Charlie l'avait emmenée en vacances à la Vieille Maison une demi-douzaine de fois. La dernière fois qu'il lui avait proposé de venir, elle n'y était pas allée parce qu'elle sortait avec Terrence et que Charlie avait refusé qu'il les accompagne. Charlie lui avait donné un peu d'argent et Terrence et elle étaient allés en Jamaïque. Charlie et elle étaient toujours allés seuls à la Vieille Maison. C'était loin.

– C'est en Géorgie.

Elle était en pleine confusion. Elle ne connaissait ce vieil homme ni d'Ève ni d'Adam et il lui demandait de l'emmener en Géorgie. Il fallait qu'elle parle à quelqu'un. Sammy peut-être, ou une des filles de l'appartement. Ils lui conseilleraient sans doute de se débarrasser du vieux et d'appeler la police. Le vieux lut la peur dans son regard.

– Je sais que ça doit paraître fou, et terrifiant aussi, dit-il. C'est terrifiant. Je n'ai rien à dire ou à vous montrer pour que vous puissiez me faire confiance. Je pourrais être n'importe qui et je n'ai aucune autorité légale. Mais vous êtes dans une situation qui ne vous laisse guère le choix. Charlie nous a dit de ne pas nous fier aux flics ni à quiconque.

– Comment vous a-t-il dit tout cela ?

– Il a envoyé une lettre.

– Je peux la lire ?

– Il faut y aller.

Elle ne pouvait pas croire ce type. Son cerveau accoutumé à la rue commençait à se réveiller.

– Aller où ?

– À la Vieille Maison.

– Vous rigolez ? Il doit être près de minuit.

George Grimes crispait et décrispait ses poings le long de ses flancs. C'était un geste plus nerveux qu'agressif. Le vieil homme aussi avait peur.

– Je ne veux pas vous effrayer, mais si nous attendons jusqu'au matin, je ne sais pas si nous aurons encore le choix.

– Il faut que je parle à Sammy, dit Ella en se levant.

– Non, s'il vous plaît.

Ses yeux reflétaient l'angoisse qui transparaissait dans sa voix.

– Plus il y aura de gens au courant, plus nous compromettons nos chances. Et les leurs.

– Au courant de quoi ? Je ne sais pas de quoi vous parlez.

Ella sentit les larmes remonter et elle les ravala. Elle avait quitté la scène habitée par un sentiment de puissance, avec l'impression de dominer tout ce qu'elle connaissait, d'être une femme avec, sinon le monde entier, du moins un petit morceau du monde à ses pieds. Maintenant, elle avait peur comme une petite fille. Considère que c'est du trac, se dit-elle. Pour lutter contre le trac elle s'était toujours répété : *Le pire qu'ils puissent faire, c'est te tuer.* À quoi elle répondait généralement : *Faux. Ils peuvent te siffler*. Puis : *Dans ce cas, qu'ils aillent se faire foutre.* Elle prit quelques profondes inspirations, un autre de ses remèdes pour retrouver un peu de calme.

– Avez-vous la lettre de Charlie sur vous ?

George Grimes réfléchit. Trop longtemps. Elle savait déjà qu'il l'avait.

– Voilà ce que nous allons faire. Il y a un café en face. Nous allons nous y asseoir et prendre un café, et moi je vais fumer une autre cigarette en lisant la lettre. Sinon, je fais appeler les gars pour qu'ils vous la prennent de force.

Le vieil homme la considéra et décida qu'elle parlait sérieusement, ce qui était une bonne chose, car c'était le cas. Ella prit son sac et l'accrocha à son épaule. Elle se sentait mieux. *Une fois qu'on a pris une décision, même une décision difficile, on se sent toujours mieux.* Encore Charlie. Ou Jefferson. Ça ne lui plaisait pas, de n'avoir jamais su son vrai nom. Ce n'était pas comme s'il lui avait menti, c'était juste que, elle ne savait pas trop ce que c'était, elle se sentait abandonnée. Ou autre chose. Elle regarda

George Grimes. Peut-être qu'il ne s'appelait pas comme ça non plus. Quelque chose lui disait qu'il était réglo – pure folie, sûrement, mais elle ne décelait aucune méchanceté en lui. Elle se dirigea vers la porte et il la lui ouvrit.

– Nous allons passer par-derrière.

– Pas de problème, Miss. Si je devais retraverser la salle, je crois que je n'y survivrais pas.

La porte de derrière était fermée par une barre anti-incendie. Ella la poussa et la porte s'ouvrit sur un escalier en fer qui conduisait du sous-sol au rez-de-chaussée. George la suivit jusqu'à une étroite ruelle jonchée d'ordures accumulées entre l'arrière de deux vieux immeubles de bureaux. Il n'y avait pas beaucoup de lumière mais, à une trentaine de mètres à gauche, on apercevait l'entaille noire d'une autre ruelle, plus étroite encore, qui courait à angle droit vers la rue.

– Par ici, dit Ella.

Elle l'entraîna vers la seconde ruelle. Peut-être était-ce le fait de marcher ou de sentir le ciel au-dessus de sa tête, mais elle avait l'esprit plus clair.

Ce qui s'était passé dans la loge était comme un brouillard dans sa tête, mélangé aux feux de la rampe, à la musique assourdissante et aux applaudissements de la foule. Un double expresso chez Carlo, bien au calme, tout serait sans doute plus net.

Ils étaient à vingt mètres de la ruelle quand un homme surgit et les regarda en souriant. Ella sentit la main de George se poser sur son bras gauche et l'immobiliser. La main était ferme et rassurante. Elle le sentait tout près d'elle, directement dans son dos. Le type devant était blanc et avait une allure arrogante. C'était le sourire, comme s'il se prenait pour Mr Super Cool, alors qu'il n'était en fait qu'un porc en sweat-shirt. Il avait d'horribles cheveux bouclés et gras, qui lui donnaient l'air plus gros qu'il n'était. Super Cool leva une radio qu'il tenait à la main et dit quelque chose.

Elle ne savait pas bien si c'était à cause du bruit de la circulation qui se déversait dans la ruelle derrière lui, mais elle crut entendre : « La souris est dans la souricière. »

Derrière elle, le vieil homme respirait plus vite. Elle ne se souvenait même plus de son nom.

– Ne vous retournez pas, Miss, lui chuchota-t-il à l'oreille.

Elle faillit se retourner quand même, mais ne le fit pas. La main lui lâcha le bras. Elle lui manquait. Super Cool, sans cesser de sourire, s'avança vers eux, en fourrant la radio dans la poche de son large pantalon écru.

– 'soir, les tourtereaux, dit-il. On va où comme ça ?

Ella frissonna, ses bras se hérissèrent. Elle ne se retourna pas. Elle en avait bien envie. Elle avait envie de voir les yeux gris et les épais sourcils. George, elle s'en souvenait maintenant. Les yeux de George, dépourvus de méchanceté. Super Cool avait des yeux de rat, luisants et vides. Ils ne cessaient d'aller et venir entre son entrejambe et ses seins.

– Oh, ma beauté, ce qu'il me botte ce petit anneau, dit-il.

– Vous voulez quoi ? dit George.

Ella faillit sursauter. La voix était métallique, pleine d'assurance. Elle se demanda si George avait disparu et si la voix appartenait à un autre. Elle ne sentait plus sa présence, mais elle ne se retourna pas. Super Cool s'arrêta, posa les mains sur ses hanches et avança sa grosse panse, du genre est-ce-que-je-ne-suis-pas-hilarant.

– Ooh, dit-il. Ce que je veux, c'est vous parler à vous, le vieux, et à votre petite copine. Pas d'histoires, pas de bêtises, vous venez avec moi faire une…

– Montrez-moi votre badge, dit George.

– Un badge ?

Super Cool eut un affreux petit rire mauvais.

– Voyons voir ce que j'ai là derrière.

Super Cool chercha tranquillement quelque chose sous

son T-shirt, les yeux attirés par l'anneau qui transperçait le nombril d'Ella. Comme il commençait à sortir une arme, elle se sentit violemment repoussée de l'autre côté de la ruelle. À l'instant où son épaule heurtait le mur de brique sale, Super Cool s'écrasait au milieu des ordures en décrivant une pirouette, un jet de sang jaillissant devant et derrière lui, et elle entendit le contrecoup de deux claquements assourdissants qui résonnèrent et moururent entre les bâtiments. La main de Super Cool lâcha un revolver chromé. Sa nuque frappa l'asphalte avec un bruit qu'Ella eût préféré ne pas entendre. Elle tourna la tête.

Dans un nuage de fumée blanche, le vieil homme braquait sur le cadavre un drôle de pistolet pointu. Il la regarda et posa son index libre sur ses lèvres. Ella ne cria pas. Elle n'avait pas envie de crier. Le vieil homme – George, George – lança un regard vers le corps affalé. Super Cool ne bougeait pas. George se retourna vers elle et fit un autre geste, pour lui dire de se baisser. Elle hocha la tête et s'accroupit contre le mur. Elle sentit les briques poisseuses contre ses bras nus. George s'avança, le pistolet toujours pointé sur sa cible, et attrapa l'arme de Super Cool par le cran de sûreté. Près du corps, il y avait un sac-poubelle qui avait éclaté dans sa chute. George y glissa le revolver, se pencha, saisit un des poignets du type et, avec une force qui la surprit, le tira et l'allongea près du mur où se trouvait Ella, à trois mètres en direction de l'entaille noire de l'autre ruelle. La panse de Super Cool tressautait, pâle et sanglante, obscène, sous son T-shirt retroussé. Ella ne ressentait rien pour lui. *Tu es en état de choc.* Tout ce qu'elle parvenait à se dire, non sans soulagement, c'était que le vieil homme était de son côté.

Elle vit George glisser le long du mur vers la deuxième ruelle. Il lui vint soudain à l'esprit que Super Cool avait dû parler à quelqu'un d'autre dans cette radio. Elle eut peur pour George. Celui-ci se trouvait maintenant près de la bouche de la ruelle et se déplaçait comme un chat. Il s'arrêta juste avant le coin obscur et attendit. L'oreille tendue. Les tympans d'Ella s'étaient remis du choc des coups de feu. Elle écouta. Elle n'entendait que le bruit des voitures, et un battement sourd et rythmé venant de l'intérieur du club. Soudain, George se tourna face à elle, mais sans la regarder. Il s'accroupit avec difficulté puis, une main par terre en guise d'appui, il s'assit, les jambes pointées vers elle, avant de se traîner tout près de ce qu'il estimait être la bonne distance de la ruelle. Qu'est-ce que ça voulait dire ? George leva le bras droit, celui qui était le plus près du mur, parfaitement à la verticale, son arme pointée vers le ciel. Cette fois encore, il laissa s'écouler, sans bouger, les plus longues secondes qu'elle ait jamais comptées. Elle avait envie qu'il la regarde, mais les yeux du vieil homme étaient résolument fixés sur un point éloigné, derrière elle, bien au-dessus de sa tête.

En une fraction de seconde, George tomba sur le dos. À l'instant où son bras armé s'écartait du mur, il disparut dans le trou, et elle entendit trois coups brefs, moins retentissants que les autres. En écho lui parvinrent un gémissement étouffé et un cliquetis sourd. George demeurait immobile, le regard fixé au bout de son bras. Et puis, lentement, il se remit sur son séant et se redressa d'un mouvement qui manquait de souplesse. Sans même un regard pour elle, il disparut dans l'obscurité. Elle demeura là, accroupie, le temps de ce qui lui parut la plus longue attente de sa vie. Un autre coup de feu : Ella sursauta et faillit tomber. Elle se leva et se retourna vers l'escalier qui menait au club. Sammy. Un téléphone. Des types baraqués qui la connaissaient et qui l'aimaient. *Fonce.*

– Miss MacDaniels, je viens ! cria George.

Elle faillit s'enfuir en courant mais n'en fit rien. George reparut avec un deuxième revolver accroché au doigt. Il le jeta dans le sac avec le premier et vint vers elle en glissant son arme à l'arrière de sa ceinture. Il était exactement comme elle le voulait : aussi cool qu'un arpège de Sammy à la basse et tout aussi clair.

– Retournez au club tout de suite, dit George, et oubliez tout ce qui vient d'arriver.

– Quoi ?

– Ils ont dû me suivre. Je ne pensais pas vous mettre en danger, je regrette, mais si vous rentrez maintenant et que vous ne prévenez pas la police, personne n'en saura rien.

– Vous ne pouvez pas faire ça.

– Si. Dites-moi seulement où est la Vieille Maison.

– Je ne connais pas l'adresse. Je connais juste l'itinéraire après Macon. C'est près d'une ville qui s'appelle Jordan's Crossroads.

George fronça les sourcils.

– Bon, il faudra que je me contente de Jordan's Crossroads. S'il vous plaît, Miss, allez-y maintenant. On a peut-être entendu les coups de feu. Personne ne saura que vous avez quitté votre loge.

Ella, de façon totalement irrationnelle, était furieuse.

– Vous venez de me faire passer les cinq pires minutes de mon existence, espèce de vieux connard. Je viens avec vous.

C'était sans réplique. Elle vit que George Grimes la regardait dans les yeux et qu'il avait compris.

– Miss, dit-il, s'il y en avait eu davantage comme vous à Tarawa, on aurait nettoyé l'atoll en deux jours au lieu de trois.

Ella n'avait pas la moindre idée de quoi il parlait mais cela lui paraissait être un compliment. George lui prit le bras.

– Allons-y.

Ella le suivit dans la ruelle. À l'intérieur, à quatre mètres, un homme en veste de sport gisait face contre terre dans une flaque noire et luisante. George l'enjamba.

– Celui-là, on peut dire qu'il savait ce qu'il faisait. Le problème, c'est qu'il ne s'attendait pas à ce que je sache aussi.

En l'enjambant à son tour, Ella frôla du pied la tête du mort.

– C'étaient des flics ? demanda-t-elle en se hâtant pour marcher à son rythme.

– Non. Des flics auraient montré leur badge, répondit George par-dessus son épaule. Je ne sais ni qui ils sont, ni qui les a envoyés.

Ils approchaient de l'extrémité de la ruelle. Des voitures filaient dans leur champ de vision.

– Au bout de la rue, on tourne à droite, dit George. Ma voiture est à cinquante mètres. Restez deux pas derrière moi.

Et en un éclair elle se retrouva dans la rue, assaillie par des lumières et des bruits plus étourdissants que ceux du club. C'était terriblement normal, la rue était exactement ainsi qu'elle l'aurait imaginée si rien ne s'était passé. Ses pieds survolaient le trottoir, on eût dit que ses chaussures avaient des ailes. Elle ralentit, laissa une petite distance se creuser entre elle et George, comme il avait dit. Il y avait peu de gens à pied. Quelques automobilistes regardaient son cul, ce qui était aussi terriblement normal. George s'arrêta devant une vieille conduite intérieure et ouvrit la portière côté passager. Elle grimpa avec son sac et claqua la portière. Tout lui faisait l'effet d'un rêve au ralenti, comme si les choses se déroulaient sans qu'elle eût besoin de penser. George s'installa au volant et mit le moteur en marche.

– Tout va bien ?

– Partons.

Ils se glissèrent dans le flot des voitures.

– Quand nous nous serons éloignés de quelques pâtés de maisons, arrêtez-vous devant une cabine.

– Bon Dieu, mais pour quoi faire ?

– Je veux appeler Sammy au club, pour lui dire que je vais bien et qu'il ne doit rien raconter sur vous ou sur moi aux flics quand ils viendront.

George la regarda en écarquillant les yeux.

– Vous préférez que Sammy pense que vous m'avez kidnappée ? S'ils ont nos signalements, nous ne serons pas très difficiles à repérer, vous ne croyez pas ?

– Nom d'une pipe, dit George, visiblement impressionné.

– Et puis, Sammy a un gramme sur lui et il pourrait avoir envie de s'en débarrasser.

Et, sans aucune raison, elle se mit à trembler des pieds à la tête. Une vague de nausée remonta depuis son bas-ventre.

– Arrêtez-vous !

George vira vers le trottoir, sans faire d'histoires. Ella vomit dans le caniveau. Elle n'avait rien dans l'estomac, rien qu'un maigre filet de liquide. Elle sentit la main de George sur son dos. Elle eut un dernier haut-le-cœur et se sentit mieux. Elle rentra la tête dans la voiture, referma la portière et se rencogna sur son siège.

– Les nerfs, dit George. Réaction différée. Ça m'est arrivé un tas de fois.

Ella chercha une cigarette dans son sac. Elle regretta de ne pas avoir emporté l'eau.

– Vous savez, dit George, je ne croyais pas que je serais content de voyager avec vous, Miss MacDaniels.

– J'aurais pensé la même chose si j'avais eu le temps de réfléchir. J'aimerais que vous m'appeliez Ella.

– Ella.

– Ai-je gagné le droit de lire la lettre de Charlie ?

George sourit en secouant la tête. Il sortit une enveloppe de la poche de sa veste.

– Nom d'une pipe, dit-il sur un ton qui pouvait passer pour admiratif. Nom d'une pipe.

Puis il lui tendit la lettre, elle la prit et la posa sur ses genoux. Avant de l'ouvrir, elle se demanda combien de temps il leur faudrait pour parvenir en Géorgie et si, un jour, au Factory, elle entendrait encore la foule manifester bruyamment son plaisir.

7

Cicero Grimes parvint à regagner la ville sans se tuer ni tuer personne, ni se faire arrêter pour conduite homicide. Il parvint également à se rappeler le nom et l'adresse d'Ella MacDaniels. Rasséréné par tous ces bons augures, il espéra que les choses allaient s'arranger. Il s'arrêta à une station-service pour appeler George. Bien entendu, personne ne répondit. Il reprit sa route dans une circulation fluide. Tout ce qu'il avait à faire, c'était neutraliser son père. Et la fille. Il avait le temps, il en était sûr : il semblait peu probable qu'Ella MacDaniels accepte un tour avec un inconnu tel que George en pleine nuit. Peut-être devraient-ils tous les trois revenir à Arcadie et échanger leurs trouvailles avec Lenna Parillaud. Grimes devait avouer qu'il se sentirait plus en sécurité si Bobby Frechette faisait équipe avec eux. Peut-être Jefferson avait-il obtenu de Lenna qu'elle s'occupe de sa fille. Pourquoi ne l'avait-il pas dit à Grimes ? Impossible de savoir ce que le Capitaine avait dans la tête. C'était un as de l'énigme. À l'entrée de Willow Street, une horloge lui indiqua qu'il était près de minuit.

Il scruta la rue dans l'espoir de distinguer les numéros tout en roulant. Son œil perçut une succession de lumières clignotantes, rouges et bleues, devant lui. Une voiture de police était garée sur le trottoir, entourée d'une foule de badauds. L'immeuble qui se dressait au-dessus d'eux semblait plus industriel que résidentiel, et Grimes se détendit.

Ce n'était donc pas là qu'habitait Ella MacDaniels. En s'approchant, il distingua entre les curieux une paire de jambes inertes allongées sur le trottoir et il jura. Probablement un ivrogne évanoui, ou un épileptique, mais cela pouvait aussi être la victime d'un arrêt cardiaque, d'un coup de couteau ou de quelque chose d'autre qui nécessiterait son aide. Grimes était incapable de passer devant un blessé sans s'arrêter. Il se gara derrière le véhicule de police et sortit. Il regarda par-dessus une épaule, son cœur se serra : le type avait reçu un coup de revolver. Grimes risquait de perdre un temps précieux.

– S'il vous plaît, messieurs dames. Circulez !

Un des policiers tentait d'écarter les curieux. L'autre était agenouillé près du blessé, avec une petite valise en plastique blanc décorée d'une croix rouge. Le couvercle était ouvert et le deuxième policier fouillait à l'intérieur, paniqué et impuissant. On aurait dit qu'il cherchait une canette de bière fraîche. Grimes fit taire ses réticences et se fraya un chemin à coups d'épaule. Le premier policier pointa sa matraque sur lui.

– Monsieur, j'ai donné l'ordre de ne pas approcher.

– Je suis médecin, monsieur l'agent. Je peux peut-être vous aider.

Le deuxième policier leva la tête, l'expression presque ravie et soulagée de se voir ôter le poids de la responsabilité dans des circonstances où il ignorait presque tout. Il était jeune et nerveux.

– Dieu vous bénisse, Docteur. Les auxiliaires ne vont pas tarder à arriver.

– Comment vous appelez-vous ? demanda Grimes.

L'usage des noms détendait les gens, les rendait plus efficaces. Grimes se mit au travail.

– Felton, Rod Felton, répondit l'agent.

Grimes s'accroupit auprès du blessé et posa les doigts sur son aine. Le pouls fémoral était rapide et faible. La chemise trempée de sang avait été relevée sous les aisselles et on voyait deux petits trous ridés dans son torse, trois centimètres au-dessus et au-dessous de la dernière côte droite, au milieu de la ligne claviculaire. Intestin et foie. Mauvais, le foie. Hémorragie interne difficile à arrêter. La poitrine de l'homme haletait à coups rapides et superficiels. L'urgence, c'était le volume de plasma. Il tira la trousse de secours vers lui en regardant le visage du type. Sa tête ballottait d'un côté et de l'autre, posée sur une veste roulée en guise d'oreiller. Sous un teint jaunâtre, les traits envahis par la barbe étaient crispés et il gémissait de douleur. Dans la trousse, Grimes trouva un sac de solution saline et une canule de 16. Une de 18 eût été préférable. Il tendit une paire de ciseaux à l'agent Felton.

– Rod, découpez la chemise, vous voulez bien ? Il faut que je puisse atteindre son cou.

– Sûr, Docteur.

Tandis que Felton déchirait la chemise, Grimes ouvrit le sac, y inséra l'extrémité d'un tube court et fit passer la solution. Le type avait les veines pincées et était en état de choc cardio-vasculaire. Dans la trousse, Grimes ne vit aucun instrument pour pratiquer une incision. Il passerait par la veine sous-claviculaire. Felton dégagea la gorge et les épaules du type.

– Bon travail, dit Grimes. Donnez-moi ce tube quand je vous le demanderai.

Grimes tendit à Felton le goutte-à-goutte muni de son tube et alla se placer derrière les épaules du blessé. Il aperçut alors une affiche dans un cadre de verre accroché au mur.

LE RYTHM FACTORY
ce soir :
en direct de Miami !
ERNESTO RUIZ
et
LES NIGHTHAWKS

Tandis qu'il baissait les yeux, son regard fut attiré à nouveau, sous l'effet de quelque reconnaissance subliminale, par une deuxième affiche :

Tous les vendredis
ELLA MACDANIELS
et
CATDADDY

Sous le titre, il y avait une photo un peu floue de la tête et des épaules d'une jeune femme noire, à l'expression sévère et aux traits magnifiques. Grimes se mordit l'intérieur de la lèvre.

Ella MacDaniels plus un homme blessé au revolver dans la rue, une équation à réponse unique : George Grimes.

Où était George ? Où était la fille ?

Plus tard.

Grimes se concentra à nouveau sur le thorax blanc et haletant du blessé. Il avait l'esprit parfaitement clair, le contenu de l'affiche mis en réserve pour un examen ultérieur, dans une zone libre de toute angoisse. Les gestes médicaux avaient toujours cet effet sur lui : ils vidaient son espace mental de toute autre préoccupation et recouvraient ses nerfs d'une couche de glace. À cet égard, c'était paradoxalement calmant. Il aurait aimé atteindre cet état dans d'autres circonstances de sa vie. Il souleva la tête du type, prit la veste roulée et la plaça à la verticale entre ses omoplates afin d'élargir la région entre la clavicule et la première côte. Le type le regardait avec ces yeux troubles, paniqués, des mourants, Grimes comprit alors qu'il était l'un des passagers de la Nova. C'était son père qui l'avait abattu.

– Quelqu'un a vu ce qui est arrivé ? demanda Grimes.

Il prit l'aiguille, arracha son enveloppe stérile et écouta, yeux et mains concentrés.

– Il est sorti en titubant de la ruelle et il est tombé juste devant moi, dit une voix derrière lui. Je n'ai rien entendu.

– Il y a un autre corps là-bas, dit Felton, mais il est raide mort. Trois balles dans le corps et une dans la tête. Le dernier coup lui a arraché la figure.

Grimes se souvint des Japonais à Tarawa. Du bout des doigts, il trouva l'endroit qu'il cherchait : à deux centimètres sous le milieu de la clavicule. Le risque du VIH l'effleura brièvement ; il l'écarta. Il pointa l'aiguille sur le nœud sternal et la fit glisser entre la clavicule et la première côte. Le type souffrait trop pour s'en apercevoir. Grimes l'enfonça encore de quelques millimètres puis, tenant l'aiguille, introduisit la canule en plastique dans la veine.

– Je vais avoir besoin du tube maintenant, Rod.

Grimes ôta doucement l'aiguille, la posa par terre près de son pied et la couvrit de sa semelle. Il prit le tube de perfusion que lui tendait Felton et l'ajusta. En maintenant le tube fermement contre la peau à l'aide de son doigt, Grimes prit le sac et le pressa afin de faire couler la solution le plus vite possible.

– Y a-t-il d'autres sacs comme ça là-dedans ? demanda Grimes.

– Non, c'est le seul.

Une sirène approchait. Les secours. Le rôle de Grimes était presque terminé.

– Passez-moi du sparadrap, dit-il.

Pendant que Felton fouillait dans la trousse blanche, Grimes regarda le blessé. Ses paupières cireuses papillottaient, l'homme sombrait dans l'inconscience et Grimes eut pitié de lui. Peu importait qui il était, ou ce qu'il avait fait, le fait d'être couché par terre avec une balle dans le ventre nettoyait un certain nombre d'ardoises. D'ordinaire, la pitié rendait peu pertinente la notion de bien et de mal. Pourtant, Grimes voulait savoir. Il se pencha à l'oreille du type et murmura :

– Vous travaillez pour Atwater ?

La tête du type se souleva du trottoir, ses yeux paniqués cherchant à se fixer sur le visage de Grimes.

– Qui êtes-vous ? chuchota-t-il.

Grimes regretta d'avoir amplifié la terreur du blessé ; mais il avait appris ce qu'il cherchait à savoir. Il repoussa doucement le type et parla plus fort.

– Du calme. L'ambulance est arrivée.

Une main à laquelle pendaient trois bouts de sparadrap apparurent dans le champ de vision de Grimes. Il leva la tête et vit l'expression intriguée de Felton.

– Merci, Rod, dit Grimes.

Il prit les sparadraps un à un et fixa du mieux qu'il put la perfusion à la peau de la victime.

– Qu'est-ce qu'il a dit ? demanda Felton.

– Il a demandé qui j'étais.

Felton dut juger que c'était là une curiosité toute naturelle. Du moins, il ne semblait pas avoir entendu prononcer le nom d'Atwater.

– Je m'appelle Tom Jackson, dit Grimes. Médecin à Kansas City, dans le Kansas. Je suis en vacances, le croiriez-vous ?

Felton sentit une certaine familiarité et se détendit.

– Toujours pareil. Moi aussi, ça m'est arrivé.

– Ça ne s'arrête jamais, dit Grimes en hochant la tête.

Il y eut du tumulte derrière eux tandis que les auxiliaires médicaux, portant un brancard pliant, se frayaient un chemin. Tout à coup Grimes se trouva flanqué de deux hommes aux yeux perçants qui jaugeaient son travail avec un soupçon de méfiance professionnelle tout en déballant leurs affaires.

– J'ai placé une perf sous-claviculaire, dit Grimes.

– Ouais, fit l'un des auxiliaires, comme s'il avait pu mieux faire.

– Dr Jackson, dit Felton.

– Ouais, fit l'auxiliaire.

Grimes tendit le sac de solution presque vide. Il approcha la trousse de secours et trouva une boîte pour y placer l'aiguille usagée. Il se leva. Il était temps de s'éclipser.

– Bon, eh bien, vous connaissez le métier mieux que moi.

– Ouais.

Grimes commença à battre en retraite dans la foule en direction de sa voiture. Il sentit une main lui tapoter l'épaule. Il se tourna. Felton lui souriait.

– Vous avez été bien, Docteur. Merci.

– Je n'aurais rien pu faire sans vous, Rod. Merci à vous.

– Où habitez-vous ?

– Chez des amis, dans le District.

Grimes mentait de mieux en mieux. Avant que Felton pût l'interroger davantage, Grimes tendit la main.

– Prenez bien soin de vous, hein !

Felton lui serra la main.

– Et vous, profitez de vos vacances. Tâchez de ne pas effrayer vos amis. La réputation de cette ville est déjà assez mauvaise comme ça.

Grimes sourit, se dirigea vers son Oldsmobile et monta dedans. En s'éloignant, il vit le brancard des auxiliaires emporter sa sanglante cargaison vers l'ambulance. Son calme clinique le déserta. Quelque part dans la tête de l'homme allongé sur la civière se trouvait le vrai nom de Grimes, et celui de son père. Grimes ne pouvait se résoudre à souhaiter sa mort, mais il y pensa. Son père était en route vers la Vieille Maison, où qu'elle fût, peut-être avec cette Ella, peut-être pas. Grimes n'avait qu'un endroit où aller. Il tourna à droite au premier feu et prit la direction d'Arcadie.

8

La visite du Dr Grimes avait laissé Lenna en proie à une intense agitation, psychique et physique. Si elle avait pu lire en lui, d'une façon ou d'une autre, elle aurait été plus sereine, mais elle n'avait pas pu. Elle estimait être excellente pour juger la personnalité des autres, surtout celle des hommes au milieu desquels elle passait la plupart de son temps. Elle avait mené des milliers de négociations en sachant exactement ce qui se passait dans l'esprit de ses adversaires en dépit de toutes leurs hypocrisies et de leurs sourires faux. C'était là son avantage : eux étaient rarement en mesure de lire en elle. Elle imaginait leurs gémissements intérieurs face à leur échec : Encore une de ces bonnes femmes, et qui pouvait deviner ce qui passe par la tête d'une bonne femme ? Ces vieux types gonflés de leur importance savaient qu'elle était capable de parler la même langue qu'eux, mais que l'inverse n'était pas vrai. Ils étaient leurs propres ennemis, habiles à se titiller entre eux, mais elle ? Se montraient-ils trop agressifs ou pas assez ? Son agressivité serait sans limites ; leurs tentatives de séduction étaient ridicules, les siennes les laissaient rageurs et confus. Certains avaient le bon sens de tenter de jouer franc-jeu et de la considérer comme l'une des leurs, mais ceux-là perdaient aussi parce qu'elle n'était pas des leurs. Lenna n'appartenait à personne.

Eugene Grimes non plus, elle le savait.

Lenna faisait les cent pas dans la pénombre de son

bureau. En quoi était-elle différente, et en quoi Grimes était-il différent ? Grimes était psychiatre. Familier de tous les trucs du fin connaisseur, il affichait une expression oblitérée derrière laquelle son cerveau remuait à cent à l'heure. Ce n'est qu'au dernier moment qu'il avait laissé entrevoir autre chose. Mais quoi ? L'angle sous lequel elle attaquait la question ne la mènerait nulle part. Elle se recentra sur elle-même.

Elle avait compris depuis longtemps qu'en affaires sa force résidait dans ce qu'elle se souciait peu de gagner ou de perdre. Ses adversaires associaient une part vitale de leur être au succès ou à l'échec, c'est pourquoi ils avaient peur. Ils avaient beau l'enfouir au plus profond, la peur était là. Lenna n'avait pas peur. Parce que rien d'elle n'était en jeu. Elle dirigeait ses affaires ainsi parce que tout son temps était vacant et qu'elle n'avait nulle part où aller. Pour les mêmes raisons, elle descendait s'entraîner quotidiennement dans la salle de gymnastique : il n'y avait personne pour qui elle eût envie d'être belle, et elle ne cherchait pas à allonger son espérance de vie. Si elle avait tiré un quelconque plaisir à collectionner les cicatrices de chirurgie esthétique, à fréquenter des stars hollywoodiennes, à faire du shopping ou à chasser le gros gibier, peut-être s'y serait-elle adonnée. Rien n'aurait pu lui occuper l'esprit avec l'intensité nécessaire pour maintenir son monstre à distance. Le seul monstre qu'elle redoutait : car il était tapi au fond d'elle-même, au fond de sa haine de soi, une haine impossible à éradiquer.

C'était peut-être ce qui l'avait empêchée de percer Grimes à jour : il ne voulait rien ; il s'en fichait. Mais elle n'était pas plus avancée : elle ignorait si Grimes mentait ou non. C'était cette pointe de doute qui avait donné à Clarence Jefferson – l'empereur des menteurs – le pouvoir de la torturer. Tout bien considéré, la logique – fondée sur sa connaissance des techniques de Clarence

– voulait que Grimes fût un innocent choisi au hasard afin de raviver sa douleur. Sûr que Grimes n'était pas du même acabit qu'Atwater, qui aspirait désespérément à la mangeoire du pouvoir. Sa plus grande incertitude quant au docteur provenait de la justesse du portrait qu'avait brossé Jefferson, à savoir que Grimes n'était pas homme à se laisser mettre la pression. Elle l'avait senti à sa façon de poser ses yeux pâles sur Bobby Frechette. Un court instant, elle avait bien cru qu'il allait se servir des poings qu'il gardait serrés le long du corps. Jefferson lui avait dit de ne pas faire pression sur lui. D'attendre. Mais l'attente – et l'espoir auquel elle n'osait pas donner de nom – lui déchirait les entrailles. Lenna sortit de sa manche la lettre de Jefferson et, pour la centième fois, la relut entièrement. Puis elle alla à son bureau et appela Bobby Frechette.

Frechette apparut quelques instants plus tard et attendit en silence. Sa présence calmait les mouvements spasmodiques qui agitaient son ventre. Une fois seulement elle s'était adressée à Bobby comme à un domestique, et Bobby, tranquillement, lui avait remis sa démission. Il la protégeait, mais elle aurait pu acheter la même protection auprès de beaucoup d'autres ; elle aurait pu engager une armée entière si tel avait été son bon plaisir. Lenna estimait Bobby parce que le fait qu'il l'aimait ne l'empêchait pas de la regarder droit dans les yeux et de lui dire ce qu'elle n'avait pas envie d'entendre. Elle ne lui avait pas parlé de la lettre de Jefferson.

– Bobby, dit-elle. Qu'avez-vous pensé du Dr Grimes ?

Frechette ne répondit pas tout de suite et Lenna attendit.

– Il m'a montré du respect.

– Est-ce un homme de confiance ?

– Il est son propre maître. C'est différent.

Lenna hocha la tête. Cela, elle le savait déjà.

– Grimes est allé au fond du trou.

– Comment le savez-vous ?
– Comme je sais que c'est le cas pour vous.
Il ne lui avait jamais parlé ainsi. Était-il allé fouiller dans ses secrets ? Les Jessup l'avaient-ils trahie ?
– Que voulez-vous dire ?
– Comment, quand, pourquoi, je l'ignore – pour vous comme pour lui. Je sais parce que j'y suis allé aussi. S'il le fallait, j'y retournerais. Je peux affirmer la même chose de Grimes.
Lenna eut la certitude que Grimes lui avait menti : Bobby et Jefferson, à leur manière, lui avaient décrit le même homme.
– Tout ça est en rapport avec l'affaire Jefferson, n'est-ce pas ? interrogea Frechette.
Lenna vit l'inquiétude dans son regard.
– Ça se pourrait. C'est ce que je dois savoir.
– Grimes n'est pas du genre à se faire baiser par Jefferson.
Intérieurement, Lenna tressaillit. D'une certaine façon, c'est ce qu'elle avait été. Nul autre châtiment n'avait été à la hauteur de sa culpabilité.
– Lenna, dit Bobby. Il marqua une pause, puis reprit : Je ne suis peut-être pas en position de dire ça.
– Ne m'insultez pas, Bobby.
– Vous devriez laisser tomber cette histoire tout de suite.
– C'est impossible.
– Peu importe ce que Jefferson a laissé derrière lui, ce chantage merdique, vous pouvez vous en passer. Et s'il vous tient, et que quelqu'un essaie d'en tirer profit, ce quelqu'un-là ne s'en sortira pas vivant.
– Bobby, avez-vous tué Clarence Jefferson ?
– Non.
Il garda le silence un moment, le temps qu'elle sache qu'il disait la vérité. Et qu'elle sache aussi qu'il aurait aimé le faire.

– L'arme que Jefferson utilisait contre vous, je m'en fiche, dit Bobby. Laissez cela à Atwater et à l'autre ordure. S'ils la découvrent et veulent vous menacer, battez-vous.

– Bobby, là n'est plus la question.

– Lenna, je vois clair en vous.

Frechette ferma les yeux un instant.

– Personne d'autre ne peut le faire. Croyez-moi : vous n'avez pas besoin d'eux ni de leurs enquêtes. Vous n'en avez jamais eu besoin.

Il se tut puis embrassa du regard la pièce qui les enveloppait comme un linceul.

– Et Grimes a raison : vous n'avez pas besoin de cette maison non plus.

– Qu'a-t-il dit ?

– Que c'est un mausolée.

Lenna savait que Bobby détestait Arcadie. Tout comme elle ; c'était là une part du châtiment qu'elle avait négocié avec sa conscience. Mais Frechette ne s'était jamais exprimé avec une telle émotion.

– Qu'est-ce qui ne va pas, Bobby ? Vous craignez des ennuis ?

– Non.

Derrière son visage aux pommettes hautes, Bobby luttait contre lui-même.

– Mais moi aussi j'ai vu les traces de larmes sur votre visage. Ça ne m'a pas plu.

– Alors aidez-moi, dit-elle. Et pardonnez-moi si je ne peux pas vous dire pourquoi.

Elle l'avait blessé, mais il n'en laisserait jamais rien paraître. Il se retira à nouveau à l'intérieur de son armure. Ses yeux se voilèrent d'une sorte d'indifférence.

– Je ferai ce que vous me direz. À qui vous me direz.

Lenna se détourna et s'éloigna, s'efforçant de trouver un lien logique dans les impressions qui agitaient son esprit. Dans sa lettre, Jefferson lui avait recommandé d'attendre. Maintenant, elle la connaissait par cœur. « Accorde-lui cela, Lenna, et cela seulement, puis prends patience et attends. » Mais elle ne pouvait pas attendre. Elle se retourna vers Bobby.

– Je veux revoir Grimes. Demain.

Bobby demeura impassible.

– Pas ici, dit Lenna. Nous irons chez lui, en ville. Et pas d'Atwater. Vous avez raison. Je le congédierai demain.

– Ce ne sera sans doute pas facile. Il s'imaginera qu'il a quelque chose à vendre à quelqu'un d'autre.

– Alors nous lui ferons la guerre, comme vous avez dit.

Les yeux de Bobby Frechette reprirent vie et il approuva de la tête.

– Merci, Bobby.

Frechette ferma la porte derrière lui et Lenna alla fouiller dans le tiroir de son bureau, chercher le flacon de comprimés. Son insomnie était devenue chronique. Deux fois par semaine, elle s'autorisait un somnifère. Ce soir, elle décida d'en prendre deux. Elle ferait n'importe quoi pour tuer les heures d'attente avant de revoir Grimes. Elle avait la certitude viscérale que la prochaine fois il lui dirait la vérité. Ou peut-être était-ce simplement une illusion que lui donnait l'espoir. Lenna mit deux capsules ovoïdes dans sa bouche et les avala avec un verre d'eau. Une immense lassitude la saisit. Elle reposa le verre et monta dans sa chambre.

Une fois douchée et démaquillée, les somnifères commencèrent à produire leur effet, à répandre un sentiment de paix étrange et convaincante. Elle s'était déjà étonnée du pouvoir que possédaient de simples molécules. Cela signifiait-il que tout ce qu'elle ressentait n'était qu'un rêve ? Mais si cette paix artificielle était tellement crédible, elle ne s'accordait pas avec ce qu'elle savait, et donc elle était fausse. Elle contempla son image dans la glace : débarrassé du maquillage, son visage semblait sans vie et parcheminé. Autre illusion. Elle dérivait sur un océan d'illusions. Elle marcha jusqu'à son lit et se coucha nue sur la couverture. Était-elle vraiment attachée à ce à quoi elle était le plus attachée – *à qui* elle était le plus attachée – ou bien était-ce encore une illusion ?

Lenna ne connaissait pas son nom.

Elle n'avait jamais vu son visage.

Elle n'avait jamais entendu sa voix.

Les molécules qui l'emportaient dans la paix artificielle la firent sombrer et elle s'endormit.

À son réveil, elle eut d'abord une sensation de froid. En frissonnant, elle croisa les bras sur sa poitrine. Elle ouvrit les yeux et l'éclat de la lampe de chevet l'éblouit. Elle battit des paupières. Elle avait l'esprit bourbeux : ni pensées, ni images, ni rêves. À côté de la lampe, le téléphone sonnait. C'était la sonnerie, et non le froid, qui l'avait réveillée. Elle remonta la couverture sur ses épaules et saisit le téléphone.

– Bobby ?

– Désolé de vous réveiller, Lenna.

C'était la voix de Bobby Frechette.

– Atwater est devant la grille. Il veut vous voir.

– Pourquoi ? Quelle heure est-il ?

– Une heure un quart.

– Qu'est-ce qu'il veut ?

Un silence.

– Il dit qu'il a retrouvé Clarence Jefferson. Il est vivant.

Les somnifères amortirent l'effet de la nouvelle au point qu'elle ne put pas crier sa réponse.

– Faites-le monter. Je descends.

Bobby raccrocha. Lenna se leva et alla à la salle de bains. Elle avait un peu le vertige, mais elle retrouvait rapidement ses esprits. Elle se passa la tête sous la douche froide et commença à penser plus nettement. Elle se frotta le visage et la tête avec une serviette rugueuse puis regagna la chambre à coucher. Sa robe bleue gisait froissée sur le sol. Elle l'enjamba et ouvrit son placard. Sur un cintre, elle trouva le tailleur-pantalon noir qu'elle avait porté au cours de la journée et l'enfila directement, sans mettre de sous-vêtements. Elle glissa les pieds dans une paire de chaussures de cuir noir. Elle regarda dans une glace. Ses cheveux étaient humides et hirsutes. Elle ressemblait à une sorcière. Elle s'en fichait.

Atwater avait retrouvé Jefferson. Vivant.

Lenna descendit jusqu'au vaste palier du premier étage. Au-delà de la balustrade, elle vit Bobby Frechette en contrebas, debout dans le hall. Il lui parut plus tendu qu'à l'ordinaire. Sa main effleura le creux de ses reins, là où il glissait son 9 mm Beretta. Quand il entendit ses pas étouffés par la moquette, il se retourna.

– Restez là-haut, dit-il. Je veux d'abord vérifier.

Lenna longea la balustrade et commença à descendre.

– Pourquoi ?

Elle était toujours sous l'effet des somnifères avec cette impression de flotter sur une toile d'araignée. La prudence de Bobby paraissait étrange et irrationnelle.

– Lenna, je vous en prie, faites ce que je vous demande. Atwater est venu avec cette fripouille de Seed. Ils sont au volant d'une camionnette et je n'aime pas ça. Donnez-moi cinq minutes.

Lenna se passa la main sur le visage. Comment un ver de terre comme Rufus Atwater pouvait-il inquiéter Bobby Frechette ? Mais elle s'arrêta, la main sur la rampe, à mi-hauteur de l'escalier.

On frappa. Bobby se positionna d'un côté de la porte, à l'intérieur d'une petite alcôve. Là, une rangée d'écrans relayait les images captées par diverses caméras installées autour de la maison. Bobby reparut, il se mordait la lèvre.

– Alors, qu'est-ce qui ne va pas ? demanda-t-elle.

– Rien. Seed est assis dans la camionnette. Atwater sourit à la caméra.

Une soudaine colère l'envahit.

– Dans ce cas, faites-les entrer.

– Il me faudrait des hommes.

– Bobby, c'est Rufus Atwater, pour l'amour du ciel. Ouvrez la porte.

Frechette, la main droite dans le dos, ouvrit la porte.

Il y eut une tempête de feu. La porte continua à s'ouvrir et Lenna à marcher, comme en transe. Bobby, le Beretta au poing, tenta de la refermer, mais les balles le projetèrent en arrière, le faisant déraper sur le sol en marbre éclaboussé de sang. Rufus Atwater franchit le seuil les poings crispés sur un automatique.

La première sensation de Lenna fut une douleur viscérale en pensant à ce qu'allait éprouver Frechette : non pas à cause des balles logées dans son corps, mais parce qu'il avait échoué dans sa mission. Bobby Frechette tournoyait sur le dos, glissant sur le sang, cherchant à atteindre le Beretta qui lui avait échappé, lorsque Atwater plongea sur lui.

– Atwater !

La voix de Lenna était assez forte pour remplir le hall d'échos : ce n'était pas un cri, mais un ordre, qui eut assez d'effet pour empêcher Atwater de presser la détente à nouveau, mais pas Bobby, qui, lui, continua.

Cette fois, elle hurla :

– Bobby !

Mais Bobby continuait. Quand il fut parvenu à trente centimètres du Beretta, Atwater se remit à tirer frénétiquement, et à bout portant. Bobby Frechette encaissait les balles. Il les encaissait. Et tandis qu'elles le poussaient de plus en plus loin sur le marbre ensanglanté et que Rufus Atwater le poursuivait, Bobby Frechette s'empara du Beretta. Il se tourna. Au-dessus du fracas des balles, elle entendit une voix qui lui déchira le cœur.

– Lenna !

Bobby, dont les longs membres déchiquetés tressaillaient convulsivement, fit feu une seule fois.

Inoffensive, la balle fit voler la coupole de verre en éclats.

Atwater se contracta, se pencha et, plaçant le canon de son automatique sur la tempe de Bobby, tira. Deux balles claquèrent.

Puis l'automatique fit entendre un déclic : vide.

Bobby Frechette, enfin, gisait immobile.

Lenna ne pouvait pas voir son visage.

Elle se retrouva au pied de l'escalier, les yeux rivés au canon du pistolet vide d'Atwater. Comment était-elle arrivée jusque-là ? Atwater la regardait avec des yeux sauvages et vitreux. Le pistolet tremblait dans sa main. Des pas montaient lourdement les marches du perron. Jack Seed fit irruption dans le hall et s'immobilisa. Il pointa un fusil de chasse sur le corps déchiqueté de Bobby. Sa bouche s'ouvrit.

– Nom de Dieu !

Atwater clignait des yeux. La sueur ruisselait sur son nez. Comme s'il sortait d'une transe, il éjecta le chargeur de son automatique, qui tomba bruyamment sur les dalles.

– Merde, mon vieux, dit Seed, un chargeur de dix-sept !

Atwater, les mains tremblantes, essayait d'insérer un nouveau chargeur ; il ne répondit pas. Dans l'embrasure de la porte, derrière Seed, apparurent deux latinos. Eux aussi armés de fusils de chasse. Un court instant, il régna un calme extraordinaire. Et Lenna comprit que, quelle que fût leur mission, ils n'oseraient pas la tuer.

Elle traversa le hall en marchant sur les éclats de verre qui baignaient dans le sang et s'agenouilla auprès de Bobby. Il était tombé face contre terre. Elle ne pouvait pas dire combien de fois il avait été touché. Un côté de son crâne était béant. Elle ne détourna pas la tête. Doucement, elle fit rouler son visage vers elle. Il était éclaboussé de sang, écarlate mais intact. Il avait les yeux fermés. Elle posa la main sur une joue à la pommette saillante. Elle était encore chaude du feu qui avait brûlé en lui, du feu qui avait brûlé pour elle et pour ce qu'il croyait. Lenna ferma les yeux à son tour. Elle ne pleura pas. Elle ne pleurerait pas, pas devant ces hommes qui faisaient cercle autour d'elle. Elle s'imprégna au contraire de l'ultime chaleur de ce feu ; en espérant qu'il parviendrait à pénétrer jusqu'au fond d'elle-même.

Du temps s'écoula. Puis elle entendit une voix et ouvrit les yeux. Tout lui devint alors invisible, jusqu'au sang sur sa main. L'espace d'une seconde, elle fut aveuglée. La voix dit :

– Sortez ce sac de merde noire de ma maison.

Lenna se releva. Sa vision se rétablit. Elle se tourna vers la porte.

Filmore Faroe, soutenu par deux types, se tenait là, hochant son crâne gris et tuméfié. Il avait les yeux brillants.

– Bonjour, Magdalena.

Lenna ne répondit pas. Elle ne ressentait rien : ni peur, ni haine, ni chagrin. Mais elle serra la main droite : afin de conserver ce qu'elle avait pris du feu de Bobby.

Faroe fit durer ce moment, puis se tourna vers les latinos :

– Amenez-le.

Les deux hommes disparurent dehors. Faroe fixa à nouveau son regard sur elle.

– Tu sais, Magdalena, j'ai souvent pensé à ce moment. Très souvent. J'ai pensé à toutes les choses que je te dirais. Maintenant que c'est là, il n'y a rien que j'aie envie de te dire. Rien. N'est-ce pas étonnant ?

Lenna se taisait.

– Mais il y a une chose que j'aimerais savoir.

Faroe marqua un arrêt et l'éclat dans ses yeux se troubla.

– Combien de temps est-ce que je suis resté là-dedans ?
– Treize ans, lui dit Lenna sans nulle trace d'émotion.
Faroe écarquilla les yeux, comme s'il était témoin d'un mystère au-delà de son intelligence. Sa bouche tremblait. Il inspira profondément et leva les yeux vers l'imposante voûte du hall. Il se ressaisit.
– Merci.
Des bruits de lutte et des gémissements étouffés leur parvinrent depuis les marches du portique. Les latinos reparurent. Ils traînaient Harvill Jessup sans ménagement. La bouche d'Harvill était couverte d'une bande de papier collant gris et ses poignets menottés. Il était blessé à la jambe gauche. Sèchement, Faroe hocha la tête et Harvill fut jeté au sol où il tomba à genoux.
– Mr Atwater ? dit Faroe.
Atwater traversa le hall vers lui presque au pas de course.
– Mr Faroe ?
Faroe se dégagea d'un des bras qui le soutenaient et prit l'automatique de la main d'Atwater.
– Ôtez le papier collant, s'il vous plaît.
Atwater s'exécuta. Harvill bredouilla en regardant Lenna avec une terreur nue.
– Ils ont tué les chiens, Miss Par-low ! Miss Parillaud ? Ils les ont tous tués !
Sans la moindre trace de plaisir, Faroe lui tira une balle dans la tête, puis rendit son pistolet à Atwater.
– Je serai dans mon bureau.
Sans aide, Faroe marcha en direction du couloir.
Atwater se racla la gorge :
– Mr Faroe ? Que fait-on de votre, je veux dire, de Miss… ?
Il était à court de mots devant Faroe, qui s'immobilisa et se retourna vers lui.
– Eh bien, Mr Atwater, dit-il, emmenez-la à la Maison de Pierre.

– Pardon, monsieur ? dit Atwater. Vous voulez parler du hangar ? Du hangar de béton ?

Lenna n'avait encore jamais trouvé sa flagornerie aussi répugnante.

– La Maison de Pierre, c'est ainsi que ma femme l'appelle, et c'est ainsi que nous l'appellerons. Elle peut vous indiquer le chemin si vous vous perdez. Faites tout ce qu'il vous plaira tant que vous ne mettez pas sa vie en danger. Tout ce qu'il vous plaira. Me suis-je bien fait comprendre ?

La bouche d'Atwater s'entrouvrit.

– Absolument tout ? fit Jack Seed.

– Je n'ai pas l'habitude de me répéter, Mr…

Faroe se tourna vers Atwater.

– Son nom déjà ?

– Seed, répondit Atwater.

– Mr Seed, dit Faroe.

Seed hocha la tête.

Faroe sonda brièvement le visage de Lenna. Ce qu'il y apprit, elle l'ignorait. Elle ignorait ce qu'il y avait en elle de parlant. Faroe tourna le dos et s'éloigna dans le couloir. Il disparut. Lenna surprit le dénommé Jack Seed en train de tirer sur sa moustache graisseuse, du pouce et de son index boudinés, en contemplant ses seins.

– Bon, alors, qu'est-ce qu'on attend ?

Atwater se tourna vers elle. Lenna resta de marbre. Sa main droite était encore fermée, encore chaude. Bien que Bobby Frechette fût mort, elle demeurait sous sa protection. Que ces bêtes fassent ce qu'elles voulaient.

– Emmène-la à la Maison de Pierre, comme l'a dit Mr Faroe.

Seed se planta devant elle. Lenna sentit son haleine quand il referma une menotte autour de son poignet gauche.

– Tu t'en occupes tout seul ?

– Oh, je crois bien, sourit Seed.

– Bon. J'ai besoin de tes gars pour nettoyer ici. Laisse la camionnette. Prends la Mercedes de madame. Moi, je dois discuter de certaines choses avec Mr Faroe.

Seed haussa les sourcils.

– Tu veux dire que t'en veux pas ?

Atwater examina Lenna de la tête aux pieds et tordit ses lèvres fines.

– Je ne veux pas lui donner ce plaisir. Au revoir, Miss Parillaud.

Seed traversa le hall en tirant Lenna derrière lui, et descendit les marches du portique vers les ténèbres et – au cœur de ces ténèbres – vers la Maison de Pierre.

9

La nuit était obscure et la pluie menaçante. Quittant la route 51, Cicero Grimes passa devant le panneau PRIVÉ-ENTRÉE INTERDITE et prit la direction d'Arcadie. Quand il était enfant, son père, avec la passion et l'audace propres aux autodidactes, lisait les grands textes avec férocité. Grimes se rappela son étonnement d'adolescent lorsque George, le voyant lire *Le Bruit et la Fureur*, lui avait déclaré qu'il s'agissait d'un « bon livre » et recommandé aussi *Lumière d'août*. L'étonnement de Grimes s'était doublé d'un sentiment de honte, car sa réaction sous-entendait que de telles œuvres étaient inaccessibles à un ouvrier. Son père aurait pu profiter des bourses destinées aux anciens G.I. et faire des études, mais il s'était trouvé pris dans le mouvement syndicaliste et avait décidé que c'était là un travail plus sérieux ou peut-être plus « noble ». En revanche, son frère Luther était plutôt porté vers les armes à feu et Mickey Spillane était devenu soldat et avait fait la guerre, si bien que, tout compte fait, George pouvait être satisfait de ses deux fils.

La conclusion de toute cette histoire, c'était que Grimes connaissait vaguement le sens que la première Arcadie avait revêtu pour les Anciens. Un paradis agreste de montagnes, de forêts et de pâturages où les plaisirs de la chair étaient innocents et innombrables et où régnait Pan, le dieu bouc. Pan, semblait-il, avait fini par se réincarner sous la forme du Diable, mais ça, c'était la chrétienté.

La moderne Arcadie de Lenna Parillaud eût consterné les Grecs et probablement le dieu Pan avec eux. En plein milieu du delta du Mississippi, elle n'avait jamais vu la moindre colline et, si elle avait jamais connu de forêts, les arbres avaient depuis longtemps été déracinés. La lune commençait à décroître et, quand elle apparut entre les nuages, elle jeta une lumière irréelle sur les grandes ondulations argentées des marais, variant au gré du vent, aussi loin que son regard pût porter. Grimes n'était pas paysan, mais il lui semblait que c'était de la très bonne terre ; elle était d'ailleurs à l'origine de la prospérité de l'État ; maintenant, rien n'indiquait que le sol fît l'objet d'une quelconque exploitation. Lenna Parillaud était-elle une militante écolo ? Étrange idée que de vouloir protéger l'herbe des marais. Ou bien la terre était là comme les tableaux sur ses murs, et le simple fait de la posséder le seul profit qu'elle en attendait.

Grimes roulait vite sur l'étroit ruban goudronné, il se demanda où se trouvait son père à présent, quelles décisions il avait prises. Des pensées bataillaient dans sa tête : *Sois sympa, Grimes, rentre chez toi et laisse ton père vivre sa dernière folie. Il n'a pas besoin d'un ringard comme toi pour le sauver.* Seulement, il venait d'abattre deux hommes et d'enlever une jeune fille de dix-neuf ans. Il avait perdu la boule. *Dans ce cas, appelle les flics et dénonce-le ; c'est la seule chose sensée à faire. Personne n'irait te le reprocher.* Oui, mais c'est ma faute s'il est dans ce pétrin. Il est vieux, je ne veux pas qu'il meure. *Il a choisi, à ton tour de choisir. Comment disait-on déjà ? « À chacun son jour de gloire » ?*

Grimes éclata de rire. S'il avait pu se connaître aussi bien que George se connaissait, il aurait… Il n'avait pas la moindre idée de ce qu'il aurait fait. Mais, pour lui, le monde ne filait pas droit sur des rails d'acier comme pour George. Même si George n'aimait pas le conducteur du train, il savait qu'il était à bord. Grimes, lui, se voyait plutôt comme un mendiant aveugle errant sur une terre invisible. Dans un monde absurde, l'option raisonnable était une vie absurde.

Une voix plus calme lui dit que, au tréfonds de tout ça, les choses n'étaient pas si compliquées, qu'elles étaient même beaucoup plus simples. Il s'agissait d'un sentiment fortement ancré, grandi dans ses tripes et dans ses os. C'était vieux – aussi vieux, peut-être, que ce delta noyé d'argent et chuchotant – et ça ne demandait ni rime ni raison. Voici ce que c'était : si George Grimes devait mourir, dans une tempête de feu ou bavant dans un fauteuil roulant, lui – Eugene Grimes, son fils – voulait être là au moment ultime. Il voulait être là pour sentir la migration de son esprit et en entendre la musique dans son dernier souffle ; car au fond de son cœur, inexplicablement, il savait qu'elle serait douce et qu'elle vaudrait la peine d'être écoutée.

Rien de plus.

Grimes tenait enfin quelque chose qu'il désirait.

Avec ce désir grandit un sentiment d'urgence, et il écrasa la pédale d'accélérateur. Il allait demander à Lenna Parillaud son aide. Il n'avait rien à lui offrir en retour : c'était George à présent qui savait ce qu'elle voulait savoir. Et Parillaud avait les moyens de retrouver George. Elle pouvait fournir les hommes et les hélicoptères, les avions espions et tout ce qui serait nécessaire. Il était même possible qu'elle sache où se trouvait la Vieille Maison. Il se souvint brutalement que George avait descendu deux hommes à la solde d'Atwater et qu'Atwater travaillait pour Parillaud. La tête lui tournait. Et si, une fois de plus, il faisait ce qu'il ne fallait pas ? Le visage de Frechette s'imprima dans son esprit. Il avait sa promesse qu'elle ne lui voulait aucun mal. Pour Grimes, c'était suffisant.

La lune fut absorbée par un banc nuageux et le paysage plongé dans l'encre noire. Il ne voyait rien au-delà de ce qu'éclairaient ses phares et dut ralentir. Un autre ruban noir traversait celui sur lequel il roulait. Il chercha à se souvenir. Il avait suivi Atwater de façon automatique, il avait pu prendre un virage sans le remarquer ; mais il décida qu'il fallait continuer tout droit. En accélérant au carrefour, il aperçut une lumière blanche qui venait dans sa direction. Sans savoir pourquoi, il éteignit ses feux et freina pile. Ses roues s'immobilisèrent dans un nuage de fumée. Inconsciemment, il réagissait comme son père : il était maintenant invisible. Pourvu qu'il ait aperçu les phares de l'autre le premier. Devant lui, la lumière se précisa, deux taches claires continuaient à approcher. Il était plus d'une heure du matin ; il se trouvait sur une route privée rarement empruntée ; il n'était pas d'ici. Il y avait toutes les chances que ce soit le cas de tout le monde. Et l'autre voiture roulait vite. Si Grimes ne rallumait pas ses phares, il ne tarderait pas à y avoir un gros bang et tous ses soucis seraient derrière lui. Il passa frénétiquement la marche arrière et regagna l'intersection. À gauche ou à droite ? L'angle mort de l'autre gars serait à gauche. Grimes tourna le volant et vira à gauche de l'intersection, redressa, recula de quelques mètres et éteignit tout.

L'autre voiture approcha, modèle de sport, rugissante, cônes de lumière. Comme les pinceaux illuminaient l'intersection, il entendit un crissement de freins. Une conduite intérieure noire – une Mercedes – s'arrêta dans un tête-à-queue au centre du X. Il saisit la clef de contact. Avait-il été repéré ? La Mercedes recula de trois mètres et c'est alors que Grimes la vit.

Les vitres étaient descendues. Assise sur la banquette arrière, les mains menottées au montant de la porte, il y avait une femme. Grimes ne la reconnut pas tout de suite. Ses cheveux emmêlés retombaient sur son visage. Un large ruban de sparadrap couvrait sa bouche. Ella MacDaniels ? Ils l'avaient retrouvée avant lui, et son père était mort. Puis il se souvint de l'affiche : Ella MacDaniels était noire. De l'autre côté de la voiture, le conducteur avait une bouche libidineuse sous une épaisse moustache. Au moment où, reprenant de la vitesse, la Mercedes s'engagea dans la section opposée du carrefour, le visage de la femme se renversa en arrière, les cheveux s'écartèrent et il reconnut Lenna Parillaud.

Grimes resta assis, les yeux fixés sur la lueur rouge des feux arrière qui s'éloignaient. Et voilà. Adieu toute l'opération. Hélicoptères, avions espions et le reste. Grimes avait trouvé inquiétante l'idée même d'avoir affaire à elle et aux puissances qu'elle pouvait mobiliser. Alors quel enfoiré avait eu la force et les moyens de lui faire ça ? Ses doigts blanchirent sur le volant : Bobby Frechette était mort. Il ne pouvait en être autrement. Frechette n'était pas *ronin* : il fallait qu'il soit mort pour qu'une chose pareille se produise. Grimes tourna la clef de contact et fit gronder le moteur de l'Oldsmobile. La lueur rouge était à peine visible au loin.

Tu n'es pas ronin *non plus ; c'est fini.*

Grimes franchit le carrefour à la poursuite de Lenna Parillaud. Il roulait sans lumières, toute sa concentration absorbée par la tâche de ne pas se planter. La Mercedes prenait des risques mais son conducteur, lui, voyait où il allait. Grimes descendit la vitre pour se faire une meilleure idée de la route. De part et d'autre courait un fossé profond. Il suffisait de s'écarter d'une vingtaine de centimètres pour verser dedans. Il essaya de se rapprocher de la lueur rouge, sans succès. Plusieurs kilomètres défilèrent. La lueur rouge ne variait pas ; puis, elle commença à se rapprocher. Grimes les rattrapait. Les rattrapait. Il ralentit. Devant, les feux stop s'allumèrent, telles de grosses efflorescences ; et la lueur disparut tout à fait.

La Mercedes avait quitté la route.

Grimes roula doucement, écarquillant les yeux à la

recherche de l'intersection. L'obscurité se jouait de son sens de la distance. Il devait être tout près. Là : un tapis d'argile se terminant dans un chemin de terre. Grimes ne voyait rien. Il s'arrêta, éteignit le moteur et tendit l'oreille.

Silence absolu.

Si la Mercedes roulait toujours, il aurait encore pu l'entendre, il en était certain. Le conducteur à la moustache l'aurait-il repéré ? Avait-il un acolyte assis à l'arrière pour surveiller et qu'il n'avait pas vu ? L'attendaient-ils, prêts à tirer ? Il ne pouvait pas se permettre d'aller plus loin : ils étaient sûrement tout près. Grimes descendit de voiture, referma la portière sans bruit, et alla ouvrir le coffre. Dans le fouillis, il saisit une lampe de poche et un démonte-pneu, qu'il fourra dans les poches de sa veste, et s'engagea sur le chemin dans le noir.

Il marcha aussi vite qu'il le pouvait. Il se mit à transpirer mais c'était une bonne chose. La sueur l'aidait à ne pas penser aux coups de feu dont la nuit d'encre allait crépiter à tout instant. Au moins, il portait du noir. Il remonta les revers de sa veste pour dissimuler le morceau de chemise blanche sur sa poitrine. À trois ou quatre cents mètres devant lui, il vit une lueur jaune pâle : les phares de la Mercedes, tournés dans la direction opposée à lui. Plus noire que le noir qui l'environnait, se dressait une masse géométrique. Une sorte de bâtiment.

Comme il s'approchait, il ralentit le pas. Il distinguait nettement la Mercedes à présent. Les deux portières étaient ouvertes et la voiture vide. Garée dans une vaste cour, en face une maisonnette et, à gauche, une bâtisse en béton, une sorte de grange. Un champ séparait la maison et la grange. La maison était plongée dans le noir. La grange de béton n'avait pas de fenêtre, mais de la lumière jaillissait vers le ciel à partir de ce qui était vraisemblablement des lucarnes découpées dans le toit. Les phares de la Mercedes éclairaient obliquement la façade de la grange, et une porte coulissante métallique. Grimes ne voyait pas d'autre entrée, et la porte était fermée. À droite, un bouquet d'arbres aux pâles troncs gris était vaguement éclairé par le reflet des phares. Rien ne bougeait dans la cour et Grimes n'entendait que les battements sourds de son propre cœur dans ses oreilles. Il se dirigea vers la rangée d'arbres.

C'étaient des bouleaux argentés. Il se glissa derrière le premier tronc et passa la cour en revue. Il régnait toujours le même silence mais, à présent, dans l'étrange jeu d'ombre et de lumière que projetaient les phares, il distinguait quatre tas noirs, éparpillés. Le plus éloigné était le plus gros. Même à cette distance, Grimes reconnaissait la densité molle caractéristique d'un cadavre humain. Il ne parvenait pas à identifier les autres tas.

Grimes baissa les yeux. À ses pieds, le sol était envahi d'herbes hautes et de fougères. Il renonça à se servir de la lampe de poche. En s'efforçant de ne pas marcher sur des branches et de ne pas se casser une cheville, Grimes se fraya un chemin parmi une dizaine d'autres arbres. Les amas les plus petits étaient des chiens morts.

Grimes déglutit, sa bouche était aussi sèche qu'une brique de pisé. Il n'avait entendu aucun coup de feu : ce massacre avait dû se dérouler plus tôt. Lenna et son ravisseur se trouvaient probablement à l'intérieur de la grange en béton. Il ne percevait toujours aucun bruit mais les murs semblaient épais et la porte lourde. Grimes s'accroupit, prenant appui contre le tronc de l'arbre ; dans sa poche, le démonte-pneu s'enfonça dans sa cuisse. Il réfléchit au carnage étalé sur le macadam derrière lui. Il ferma les yeux et fit défiler les options qui s'offraient à lui. Prendre ses jambes à son cou, c'est ce qui se présentait en premier. Son père avait été assez gentil pour lui laisser le billet d'avion pour des cieux plus cléments. Ou attendre que celui qui se trouvait dans la grange avec Lenna ressorte pour lui sauter à la gorge devant la porte.

Grimes se rappela la moue grasse du gars et son estomac se révulsa. Non, il faudrait qu'il use de son démonte-pneu, et advienne que pourra.

Grimes entendit un bruissement.

Ses yeux étant fermés, il fut tenté de les garder ainsi et de laisser à la Mort le soin de le délivrer. Le bruissement s'approcha ; l'herbe remua contre ses jambes. Il ouvrit les yeux. Sa première pensée fut que la Mort, en fin de compte, l'avait emporté et le regardait fixement. Mais s'il était prêt à croire que la Mort pouvait être un loup noir surgi des profondeurs de l'éternité, Grimes ne croyait pas que ce loup serait couvert de sang. Le chien se dressait entre ses genoux écartés et semblait plonger son regard au fond de son âme. Les yeux du chien – il sut immédiatement que c'était un mâle – étaient aussi noirs que la mer et deux fois plus profonds. Si Grimes avait jamais pensé que la conscience était le propre de l'homme, il abandonna aussitôt cette certitude. Dans l'eau des yeux de l'animal remuaient une tristesse et une douleur incontestables. Sa tête allongée et fine exprimait en même temps la sauvagerie et la grâce ; et, étrangement, la même tristesse que ses yeux. Le chien était gigantesque – il avait la poitrine aussi large que celle de Grimes – avec une robe de longs poils mouillés. Un loup d'Alsace ou quelque croisement démoniaque de berger allemand. Sur son crâne, descendant en oblique du sommet vers l'oreille, il y avait une entaille suintante. À la base de l'entaille luisait un os à vif.

Grimes en eut le souffle coupé. Sans savoir pourquoi, il n'avait pas peur du chien. Il se dit qu'il ferait aussi bien de jouer franc-jeu. Si le chien décidait de le tuer, il ne pourrait rien faire pour l'en empêcher.

– Approche, mon vieux.

Le chien approcha. Il enfonça sa poitrine et ses épaules entre les cuisses de Grimes et leva le museau vers son visage. Au cou du chien était attaché large un collier de cuir sans plaque d'identité. Il lui ouvrit la mâchoire, découvrant une rangée de crocs jaunes, puis une langue lilas d'une longueur incroyable se déroula et lui lécha le cou. Grimes ne broncha pas. Il glissa les mains dans la fourrure des flancs du chien, qui pressa son cou contre son torse et lui passa la langue sur la figure. Et, qui que fût l'homme à qui il l'avait manifestée auparavant, Grimes sut que c'était à lui maintenant que l'animal offrait sa loyauté. Grimes ne pouvait affirmer que c'était bien là ce qu'il désirait, mais il n'était pas en position de discuter.

– Très bien, soldat blessé, dit Grimes. On s'occupera de toi plus tard.

S'il était honnête avec lui-même, la compagnie du chien le rendait aussi heureux que la sienne semblait rendre le chien heureux. Il se dégagea de son étreinte et se leva. Le chien se dressa sur ses pattes arrière et posa celles de devant sur ses épaules. Si l'arbre ne s'était pas trouvé juste derrière lui, Grimes serait tombé à la renverse. Le chien était encore plus grand qu'il l'imaginait : les yeux noirs et brillants se trouvaient presque à la hauteur des siens.

– Couché, mon vieux.

Le chien retomba aussitôt au sol, attendit, et Grimes fut ravi d'être ainsi obéi. Il se tourna vers la cour : il y régnait le même silence.

– Viens, dit-il, et il se détacha des arbres.

Le chien trottina devant lui, ses grosses pattes frappant le bitume comme pour montrer à Grimes que tout allait bien, qu'il pouvait se débrouiller. Le chien se dirigea vers le cadavre humain et s'assit devant lui. Il devait s'agir de son ancien maître. Grimes le suivit. L'homme était aussi mort que possible, et présentait une blessure par balle dans l'abdomen et un trou à la tempe. Il avait les yeux mi-clos, les blancs révulsés brillaient dans le visage noyé d'ombre. C'était un spectacle laid et banal, comme toujours. Grimes s'accroupit, déplia les membres tordus et ferma les yeux. Il le fit avec douceur, par respect, et pour ne pas troubler le chien, puis fouilla rapidement le corps. Dans l'une des poches de son pantalon, il trouva un chargeur mais pas de pistolet. Il se leva, examina le chien et la plaie qu'il avait à la tête. Le chien lui rendit son regard.

– On dirait que tu as eu de la chance.

Le chien avait sans doute été assommé par le coup et laissé pour mort.

– Et l'intelligence de te cacher quand ils sont revenus.

Grimes alla vers la Mercedes, passa devant les animaux morts. Le chien trotta devant lui, affichant une indifférence professionnelle à l'égard de ses compagnons, et, en reniflant, fourra sa tête dans le siège conducteur. Du profond de sa poitrine monta un grondement rauque et primal, le genre de plainte, se dit Grimes, qu'une montagne pousserait si on lui arrachait les entrailles. Grimes voulut déglutir mais ne trouva pas la salive nécessaire. Le chien semblait en colère – une colère crue – contre l'homme à la moustache.

– Assis, murmura Grimes. Assis, mon vieux.

Un peu à contrecœur, le chien recula et se mit sur son arrière-train. Une fois de plus, Grimes fut impressionné. Il inspecta rapidement l'intérieur de la voiture. Pas d'arme.

Le chien à son côté, il marcha jusqu'à la porte métallique. Sur le bord droit, le métal était tordu, bleui sous l'effet de la chaleur. On avait fait sauter la serrure. Les gars étaient venus équipés et n'avaient pas tergiversé. Grimes flairait une efficacité toute militaire. Tirer sur tout ce qui bouge, faire sauter la porte, entrer. Il posa la main sur la porte et, lentement, augmenta la pression jusqu'à ce qu'elle se déplace. Elle glissa sur les premiers centimètres, facilement et presque sans bruit. De la lumière se répandit de l'intérieur. Encore une fois, le grondement qui roulait, rauque et menaçant à hauteur de ses cuisses, provoqua chez Grimes une brûlure à la nuque. Il s'accroupit et plongea son regard dans celui du chien.

– Écoute, soldat : quand on aura retrouvé celui à qui tu en veux, tu auras le droit de lui bouffer les couilles. Jusque-là, je veux que tu restes tranquille, d'accord. Comme moi. Tranquille.

Le chien cligna des yeux et Grimes décida qu'il voulait dire marché conclu. Il se redressa et fit encore glisser la porte de soixante centimètres. Le chien renifla mais ne remua pas. À l'intérieur, cela ressemblait à un entrepôt, éclairé par des tubes de lumière crue et envahi de caisses. Grimes se pencha, glissa la main sous le collier de cuir et laissa le chien l'entraîner.

C'est tout juste s'il ne le souleva pas du sol. La puissance de l'animal était prodigieuse et il ne l'avait même pas encore sollicitée. Grimes tira un peu en arrière et le chien ralentit. Si c'était l'homme abattu qui l'avait dressé, il l'avait fait à la perfection. Grimes se laissa guider dans une sorte de labyrinthe de rayonnages jusqu'à un mur et une seconde porte, qui avait été forcée au moyen d'explosifs. Elle était à demi ouverte. Un couloir étroit menait à une troisième porte. Fermée, sans aucun signe d'effraction. Au sol, il y avait une grosse flaque de sang coagulé. Aucun bruit ne parvenait de l'intérieur. Grimes plaça son œil sur le judas pratiqué dans la porte. Il s'attendait à ce que la lentille permît de voir à l'extérieur, de son côté ; mais celle-ci donnait vers l'intérieur.

Une perspective faussée, un cône d'espace distordu s'offrait à son regard. Le champ visuel était rayé de lignes verticales floues qu'il identifia au bout d'un moment comme étant des barreaux métalliques. Ce qu'il voyait, c'était une gigantesque cage brillamment éclairée. À l'intérieur de la cage, dans sa ligne de mire, se trouvait une boîte marron, sombre et massive. Cette vision hallucinatoire était inacceptable. Mais non, il avait raison : la boîte était un bâtiment. Il y avait une fenêtre et des murs de rondins. Une cabane ou un chalet. Au bord du cône, où la lentille accentuait davantage les déformations, il distingua un mouvement flou, quelque chose de rose – rose chair – plus près des barreaux intermédiaires que de la cabane. Cette image surréaliste s'accompagnait d'un silence absolu.

La poignée était un court tube d'acier brossé au-dessus d'une serrure vide : le genre de serrure qui ne se bloque pas toute seule. De toute façon, si la porte ne s'ouvrait pas, il était baisé. Il saisit la poignée, tourna et tira. La porte s'écarta de deux millimètres vers lui. Grimes baissa les yeux sur le chien : il était calme et silencieux.

– Les choses commencent à devenir intéressantes, chuchota Grimes.

Sans lâcher la poignée, il replaça son œil sur le judas. Le mouvement flou couleur chair avait disparu. Il tira légèrement la porte vers lui et le mouvement réapparut, plus net. C'était un homme nu. Avec une moustache. Il balançait d'avant en arrière, en une étrange danse. Sa main droite tenait son pénis. Grimes tira encore un peu plus la poignée afin de voir la scène sous un angle différent, le bord de la porte s'écarta du chambranle de quelques centimètres et il y eut brusquement une explosion de bruit.

– Alors, vas-y, baise-moi, bite d'asticot ! Choisis ton trou et enfonce-la !

Lenna Parillaud, en plein défi. Mais, dans sa voix, Grimes entendait aussi de l'épouvante. En réponse, il y eut un rire rauque.

– Mais on a tout le temps. Moi, je suis très friand de tous ces chouettes préliminaires. C'est pas ce que vous adorez, vous les filles ?

Il éclata de rire à nouveau.

Grimes s'écarta du judas et sortit le démonte-pneu de sa

poche. Derrière son front éclata une colère monstrueuse. Un flot d'adrénaline et d'hormones furieuses noya ses artères, affaiblit ses membres, et quelque chose en lui se mit à réclamer du sang. Calme, lui conseilla une voix plus tranquille. Il respira et ses muscles se détendirent. Le chien le regarda, se lécha les babines, et fixa à nouveau ses yeux luisants sur l'entrebâillement de la porte.

– Ouais, dit Grimes. Moi aussi. On y va !

Il tira la porte d'un coup. Une tornade noire et grondante s'engouffra à l'intérieur. Grimes se précipita derrière.

Barreaux intacts ; porte de la cage fermée. Un cri de surprise puis de peur. Un mouvement rose, lourd, à droite. Un fracas métallique. La grille de la cage. Les clefs pendues à la serrure : l'autre côté. À trois pas. Le chien arrivé le premier. Un rugissement assourdissant transperce tous les nerfs de Grimes. Le métal froid passant de main droite à main gauche, le bras de l'autre côté des barreaux, les doigts sur les clefs tournent, arrachent. La porte s'ouvre vers lui. Un éclair noir jaillit près de sa jambe. Grimes plongea dans la cage.

Un homme nu s'éloigne d'une silhouette noire. Un liquide brun coule sur ses jambes. Des bras poilus, tendus vers un tas de vêtements. Sur le tas, un revolver bleu-gris. Un visage, une moustache : déformés par une terreur absolue. Le métal froid change encore de main – de gauche à droite –, levé et lancé. Le visage tordu hurle, le métal percute cheveux, dents et lèvres livides, le sang.

Grimes continue à courir.

Un grondement féroce, un long crâne noir et fuselé fouille sous une panse tremblante. L'homme nu s'écroule avec un grand cri de fausset, des membres brassent l'air pour atteindre le revolver, le chien s'arrache à son entrejambe dans un torrent de sang. Les mains tâtonnent à la recherche du revolver, retombent, impuissantes. La tornade noire se jette sur lui, insatiable, enfonce ses mâchoires dégoulinantes dans sa gorge.

Grimes ramassa le revolver, enfonça le canon dans un œil déjà vitreux et appuya sur la détente. Le coup de feu, puis un silence mortel, et le bruit humide des crocs en action.

– Couché, dit Grimes.

Le chien n'obéit pas.

– Couché, nom de Dieu. C'est fini.

Le chien s'immobilisa et le regarda avec un air de reproche. Grimes veilla à ne pas voir au-delà des mâchoires haletantes ce qui gisait derrière, au sol. Il se frappa la cuisse.

– Approche, mon vieux, dit Grimes.

Son garde du corps ensanglanté recula, vint se nicher contre sa poitrine et barbouilla le cou de Grimes du sang d'un autre homme. Grimes ferma les yeux, s'abandonna à une confiance aveugle et s'efforça de ne pas vomir. Il entoura le chien de son bras et le pressa contre lui.

– Bon chien, dit-il.

Il ouvrit les yeux. Le spectacle qui s'offrait à lui se composait d'une vieille cabane en rondins dans une cage d'acier à l'intérieur d'une grange en béton, d'un cadavre à ses pieds, d'un animal dégoulinant de sang à son cou et d'une milliardaire près de lui. « Bon chien », ce n'était pas une trouvaille plus bête qu'une autre. Après tout, sans le chien, le mort aurait probablement réussi à atteindre son revolver.

Grimes le répéta :

– Bon chien. Je t'en dois une sacrée.

Il repoussa l'animal et glissa le revolver dans sa ceinture, puis regarda en direction de Lenna Parillaud. Elle était assise sur un étrange fauteuil en plastique, les deux poignets attachés aux accoudoirs par deux courroies, une troisième lui assujettissant la poitrine. Elle portait un tailleur-pantalon noir et paraissait saine et sauve. Elle regarda Grimes s'approcher d'elle avec ce regard vert et ferme dont il se souvenait très bien. Il se mit à défaire les liens.

– Ça va ? demanda-t-il.

Lenna inspira, retint sa respiration un moment.

– Oui et non, dit-elle.

Son visage n'était pas maquillé. Elle semblait plus pâle qu'auparavant, et plus âgée, les rides autour de ses yeux rendues plus visibles, la peau plus sèche. Sans son maquillage, Grimes la trouvait plus belle. Ses mains étaient éclaboussées de sang sec. Pas le sien, apparemment. Elle baissa les yeux. Grimes sentit la présence du chien contre sa cuisse.

– Vous vous êtes fait un ami, dit-elle.

– N'ayez pas peur. Jusque-là, il est de notre côté.

– Il ne m'a jamais beaucoup aimée.

– Vous le connaissez ?

– Oui.

– Comment s'appelle-t-il ?

– Il s'appelle Gul, dit Lenna.

Le nom du chien plut à Grimes. Il essaya :

– Gul.

Gul aboya une fois.

Grimes défit la courroie qui lui enserrait la poitrine et Lenna se dressa devant lui. Son visage était impassible. Il était incapable de lire en elle. Elle affichait un calme surhumain, comme si tout ce qui s'était produit autour d'elle n'avait rien de particulièrement inhabituel. Il mit cela sur le compte du choc.

– Pourquoi êtes-vous revenu ? demanda-t-elle d'un ton qui pouvait laisser entendre qu'elle le regrettait.

– Pour être franc, je suis à la recherche de mon père.

Son expression demeura la même.

– Votre père, répéta-t-elle d'une voix sans couleur.

– George. Il a disparu.

Lenna ne dit rien et Grimes se sentit mal à l'aise.

– C'est une longue histoire, dit-il. Je suppose que la

vôtre aussi. Peut-être devrions-nous nous les raconter ailleurs ?

– Bobby est mort. Bobby Frechette.

Grimes regarda les stries brun rouge qu'elle avait aux mains.

– Je suis désolé, dit-il.

– C'est Atwater qui l'a tué.

La mort de Frechette attristait Grimes, mais le garde du corps – le *samouraï* – n'aurait pas voulu qu'il perde du temps à le pleurer.

– Il faut partir, dit-il.

Lenna passa devant lui et s'arrêta devant l'homme mort. Elle le regarda. Grimes n'en fit rien. Lenna leva les yeux et fixa ceux de Grimes.

– Je l'aurais laissé vivre un peu plus longtemps.

Grimes ne répondit pas. Il sentait le poids du pistolet contre son ventre. Il n'aurait pu dire pourquoi il avait abattu l'homme : si c'était pour lui épargner les derniers instants d'horreur obscène, ou pour céder à la fureur qui s'était emparée de son cœur dans le couloir. Mais c'était sans importance.

– Il s'appelait Jack Seed, dit Lenna.

Grimes ne réagit pas. Cet endroit grondait de mauvaises vibrations. Il avait envie de s'en aller.

– Lenna.

Elle se détourna et marcha vers la grille. Grimes la suivit, Gul sur ses talons, apparemment très satisfait. Ils quittèrent le bâtiment en silence.

Dehors, Grimes dit :

– Ma voiture se trouve au bout de la route. Croyez-vous pouvoir marcher jusque-là ?

– Est-ce que j'ai l'air ne pas pouvoir marcher jusque-là ?

– Je cherchais juste à être poli.

– S'il vous plaît, répondit-elle. Laissez tomber.

– Parfait.

– Vous êtes tout le temps comme ça ?
– Comment ?
– Du genre psy stupide, calme, tranquille et plein de sang-froid.
Qu'il pût apparaître ainsi était une chose nouvelle pour Grimes. Quant au calme qu'affichait Lenna, il le trouvait stupéfiant. Depuis leur dernière rencontre, son attitude avait changé, elle était devenue cassante et susceptible. Mais bien d'autres choses avaient changé. Qu'elle choisît de gérer cela d'une manière ou d'une autre lui importait peu. Il se demanda si cette version de Lenna était plus réelle que celle qu'il avait rencontrée auparavant, mais qu'importe puisque toutes étaient réelles au bout du compte ; même la pose la mieux calculée.
– J'essaie simplement de finir la journée, dit-il.
– Vous êtes foutrement rationnel.
– Écoutez, vous êtes sous le choc, dit Grimes. Qui ne le serait pas ?
– J'y crois pas.
Lenna traversa la cour et s'enfonça dans l'obscurité de la route. Grimes haussa les épaules et la suivit. Elle paraissait familière des lieux, ce qui l'intrigua. C'étaient ses terres, mais pourquoi aller y installer une petite prison en plein milieu ? Le moment paraissait mal choisi pour lui poser la question. Il se souvint de la lampe qu'il avait dans sa poche, il l'alluma. Il accéléra le pas et la rattrapa.
– Qu'est-ce que c'est ?
– Une Oldsmobile 88, répondit Grimes, ajoutant : Un classique.
Il lui ouvrit la portière. Elle monta sans plus de commentaires. Grimes se rendit compte soudain qu'au cours de la marche en direction de la voiture l'ombre noire s'était évanouie. Gul avait disparu.
Grimes éclaira la route derrière eux : rien. Il faillit revenir sur ses pas et le chercher, mais ce n'était pas le moment de faire le mariole. Si le chien ne voulait pas

quitter son territoire, c'était son affaire. Quand Atwater et les autres reviendraient, et ils reviendraient, ils l'abattraient. Grimes hésita. *Ce n'est qu'un chien. Tu le pleureras plus tard.* Grimes s'installa au volant.

– Où allons-nous ? demanda Lenna. Ailleurs que chez les flics, j'espère.

– Je ne sais pas. « La Vieille Maison », ça vous dit quelque chose ?

– Je croyais vous avoir demandé il y a un instant de me lâcher.

Grimes se frotta les yeux. Une cigarette ne serait pas de refus. Il en trouva une qu'il alluma. Elle avait un goût merveilleux. Son esprit flottait agréablement. Un nom surgit dans sa tête.

– Holden Daggett, dit-il.

– Quoi ?

Lenna le regarda fixement. Grimes sortit son portefeuille, fouilla dans ses poches et en extirpa la carte. Après l'avoir lue, il la glissa dans sa poche de poitrine. Il éteignit la lampe de poche, tourna la clef de contact et alluma les phares.

– Alors, où allons-nous ? dit Lenna.

Grimes allait répondre lorsqu'il vit dans le faisceau des phares deux points lumineux luisant dans le noir. Sans réfléchir, il descendit et hurla :

– Putain, Gul, tu te décides, oui ou non ?

Il attendit. Les hauts nuages noirs ouvrirent leurs bras et lâchèrent un brusque déluge. Grimes voulut remonter dans la voiture mais c'était trop tard : ses vêtements étaient déjà plaqués contre sa peau. Il scruta encore la nuit. Dans le rideau argenté que dessinait la pluie avec la lumière des phares, il ne voyait plus les deux points scintillants.

Et puis, du fond de la nuit et des tornades de pluie, monta un hurlement, un long *wououh wouhouh* endeuillé qui glaça le sang de Grimes et lui serra le cœur. Il attendit encore un peu, de plus en plus trempé. Mais Gul ne vint pas.

– Bonne chance à toi, mon vieux !

Grimes essuya la pluie sur son visage. Il allait refermer la portière lorsqu'une forme noire, au corps souple et luisant couvert d'une fourrure ruisselante, apparut dans les phares et, sans hâte, se glissa sur le siège arrière. Grimes ne se rappelait pas avoir été aussi heureux.

– Super, dit Lenna. Vous avez une idée de ce que ça sent, un chien mouillé ?

Gul s'ébroua. Lenna subit cette épreuve dans un silence plus éloquent que des paroles. Grimes claqua la portière et fit marche arrière pour regagner la route. Gul lui soufflait son haleine chaude et humide dans le cou.

– Il nous a tirés d'une sacrée merde, dit Grimes. Vous pourriez lui témoigner un peu de gratitude.

– Vous n'avez pas dit où nous allons.

Grimes changea de vitesse et reprit le chemin de l'autoroute.

– Je me suis laissé dire que c'était assez joli, surtout au printemps. Si on aime ça.

– Qu'est-ce qui est joli ?

– Un endroit en Géorgie, répondit Grimes. La plaine de l'Ohoopee.

DEUXIÈME PARTIE

La plaine de l'ohoopee

L'obèse brûle.

Il attend.

Et tandis qu'il brûle, et tandis qu'il attend, il se souvient.

Il se souvient du froid de l'acier, de la chaleur du feu ; du craquement des muscles et des os qui se détachent ; et du crépitement insoutenable de la douleur qui jaillit dans le mollet et la cuisse ; la grouillante multitude des formes microscopiques qui ont cherché à se nourrir de lui et qui, à s'y employer, ont péri. Et, bien qu'il se souvienne de ces choses, il ne se souvient ni de cris, ni de gémissements, ni d'aucun murmure d'aucune sorte, et pourtant il a bien dû pousser ces cris et ces gémissements, car la douleur était immense. La douleur était immense et elle reste immense. Mais sa force lui a permis de résister, sa volonté aussi ; sa force, sa volonté, et sa brûlure.

Car si le feu s'est depuis longtemps consumé, sa brûlure n'a pas cessé. À présent, c'est de l'intérieur qu'il brûle ; de frustration et du besoin de savoir, de l'impuissance et de l'impatience de qui fut puissant, de l'incertitude qui s'instille, de l'éternelle ignorance de ce qui sera. Sa main gauche – son unique main – se tend hors de son retranchement et il espère, mais il ne sait ce qu'elle touche ni ce qu'elle ramènera. Une volonté moins noble renoncerait à sa santé mentale et s'abandonnerait à une bienheureuse folie. Mais l'obèse, aussi crevassé, marqué et mutilé soit-il, ne s'accordera pas cette grâce. Il remboursera en infinitésimaux paiements la dette perpétuelle dont il ne sera acquitté qu'à l'ultime fin, lorsque l'échéance est nulle et non avenue. Jusque-là, il ne succombera pas, ni au bêlement lâche de ses organes, ni aux douces tentations de la psychose. Car, au-dessus de lui et au-dessus d'eux, il existe un pouvoir supérieur. Et il le sait même sans l'accepter. Il a cru – il veut bien l'admettre –, il a cru avoir transcendé l'humaine condition en transgressant l'un après l'autre ses tabous les plus sacrés, dans des hécatombes et des orgies aussi inutiles que sauvages. Maintenant son attente, plus que sa brûlure, lui a montré une autre voie. Ses multiples transgressions – sa danse païenne au royaume de la violence humaine dont il s'était cru le maître – n'étaient rien d'autre que des bénédictions maléfiques : un glorieux sacrifice au pied de l'autel du pouvoir qui le condamnait.

À cette pensée, l'obèse éclate de rire et son corps tremble et sa brûlure se réveille, et il l'étreint.

Le défi qu'il se lance fait de lui le bouffon de sa farce.

Le choix lui appartient. Et dans ce choix repose le savoir, sinon la croyance, devant lequel il doit s'incliner. Son être réfute la morale et la conscience qu'il écrase sous sa botte, et exige qu'il tienne enfin la promesse donnée à son insu tandis qu'il était en gestation dans la matrice qu'il a appris à haïr. Sa propre malédiction maintenant le menace. La lune décroît. Sa lumière commence à briller à travers les arbres. Et l'obèse nourrit sa force, autrefois puissante, il attend, comme il a attendu ; et il brûle comme il a brûlé, pour ses amours.

L'une et l'autre.

Les deux.

Et le mystère qui les accompagne.

Le mystère qui offense car il s'est cru au-dessus.

Une dernière transgression : l'amour dont il les entoure.

Dans son retranchement.

10

La pluie tombait dru et fort, elle inondait l'autoroute et les obligeait à rouler à vitesse réduite. Lenna Parillaud dormait. Affalé derrière, Gul, mouillé et puant, en faisait autant. Cicero Grimes devait scruter seul à travers l'opacité du pare-brise et s'inquiéter des décisions à prendre. L'intérieur de la voiture était suffocant. De minute en minute, la situation empirait, à mesure que l'eau et la sueur s'évaporaient des cheveux et des vêtements et se condensait sur le verre, le bois et le front de Grimes. Son Oldsmobile n'avait pas l'air conditionné. Il attrapa ses Pall Mall. Trop humides pour sortir du paquet. C'est ce qui le décida. Rouler dans la pluie à la vitesse d'un VTT était un choix bon pour un loser paniqué, lui était d'une autre trempe. Et il avait envie de fumer.

À la première lumière blafarde signalant une boutique d'autoroute, Grimes prit la bretelle et s'arrêta sur l'aire de stationnement. Lenna continua à dormir. Elle avait probablement pris quelque chose. Gul dressa la tête et regarda Grimes.

– Dors, dit Grimes, optimiste.

Gul retomba lourdement sur le siège. Dans la poche de la portière, Grimes trouva une carte routière qui lui indiqua à peu près où ils se trouvaient. Ils étaient loin de la Géorgie, mais pas de la cabane que Grimes louait près de la frontière du Mississippi. C'était un endroit tranquille qui lui servait de retraite et où il lui arrivait d'emmener des clients en désintoxication. Il n'y était pas allé depuis longtemps. Ils pourraient s'y réfugier jusqu'à la fin de la tempête, se sécher et reprendre un peu figure humaine ; lui, tout du moins. Il examina les lumières à l'extérieur. Une station-service-supermarché de nuit. Quand il ouvrit la portière, Gul redressa la tête à nouveau.

– Couché, dit Grimes. Je reviens.

Grimes pénétra dans le magasin. Là, il prit un carton de Tropicana, une cartouche de Pall Mall, et se dirigea vers le réfrigérateur. Quand il se pencha pour prendre deux livres de filet de bœuf emballées sous vide, le revolver glissé à sa ceinture s'enfonça dans son ventre. Il boutonna sa veste par-dessus. Il adressa un sourire au gars derrière le comptoir en espérant que les flics n'étaient pas déjà en route.

– Quel sale temps cette nuit, dit Grimes d'un ton affable.

– Par ici, c'est toutes les nuits pareil, répondit le gars.

Grimes hocha la tête en signe d'assentiment, paya avec des billets humides et repartit.

Une demi-heure plus tard, quand ils arrivèrent à la cabane de Grimes, la pluie n'avait pas faibli. La maison n'était pas isolée – il y en avait une autre à moins de cinquante mètres – mais on y était tranquille. Lenna ne bougeait pas. Grimes sortit, Gul le regarda et attendit qu'il eût claqué la langue avant de s'élancer derrière lui. Il le suivit à l'intérieur où, consciencieusement, il s'ébroua sur le sol de la cuisine-salle de séjour. Grimes l'accepta de bonne grâce, mit l'électricité en marche, vida ses achats sur le comptoir et posa une bouilloire sur le réchaud. La maison respirait une atmosphère un peu froide, familière mais inoccupée. Pourtant, après la pluie, elle lui parut aussi accueillante qu'une suite de grand hôtel. Grimes dénicha un imperméable dans un placard et ressortit pour chercher Lenna dans la voiture.

– Où sommes-nous ? dit-elle dans un demi-sommeil.

Elle avait les yeux brouillés et les paupières lourdes.

Grimes eut la conviction qu'elle avait absorbé des somnifères. Il hocha la tête en direction de la maison :

– Arrêt détente, dit-il. C'est chez moi. Nous serons en sécurité.

Il l'aida à se mettre debout, étala l'imperméable sur ses épaules et l'entraîna à l'intérieur. Il la fit asseoir sur le canapé et lui donna un verre de jus d'orange. Elle balaya du regard la pièce et son ameublement réduit au minimum comme si elle se trouvait dans quelque geôle mexicaine.

– Vous habitez ici ? dit-elle avec un accent de pitié.

– Ça m'arrive. Reposez-vous un peu.

Grimes alla dans l'une des deux chambres, jeta le pistolet et le contenu de son costume sur la table de chevet et ôta ses vêtements mouillés. Tandis que Gul fourrait son nez partout, Grimes prit des jeans et un sweat-shirt dans un tiroir et les enfila. Dans un placard, il attrapa sa trousse de premiers secours et l'emporta, avec ses vêtements mouillés, dans le living. Lenna avait vidé son verre et semblait ranimée. Grimes posa la trousse sur la table. Lenna se leva.

– Ça vous ennuierait de me dire ce qui se passe ?

Grimes commençait à s'habituer à son style sec et agressif. Une façon d'être, se dit-il, ça ne veut pas dire que tu l'irrites ou quoi que ce soit.

– J'ai pensé que nous avions besoin de faire le point et de nous mettre d'accord, dit Grimes. En ce qui me concerne en tout cas.

– En d'autres termes, vous ne savez pas.

– Je ne dirais pas cela.

– Vous commencez à m'agacer.

Grimes alla jusqu'au sèche-linge près de l'évier et y jeta son costume avant de le mettre en marche.

– Je vais faire sécher mes vêtements, recoudre l'oreille du chien et voir comment nous allons parcourir neuf cents kilomètres sans nous faire descendre ou Dieu sait quoi.

Ensuite, s'il pleut toujours, je pourrais peut-être dormir une heure.

– Vous allez recoudre l'oreille du chien ?

Lenna écarquillait les yeux comme s'il était fou.

– Ce serait plus facile si vous nous laissiez seuls un moment. Il sera moins nerveux.

Lenna parue ravie d'être mise à l'écart.

– Y a-t-il un endroit où je puisse me laver de l'odeur de Jack Seed ?

– La salle de bains est par là, indiqua Grimes. Vous y trouverez même un peignoir.

Lenna s'enferma dans la salle de bains. Grimes se sentit soulagé. Il déchira l'emballage d'un des paquets de viande. Gul s'approcha et s'assit devant lui en se léchant les babines. Grimes prit un steak et le lui montra.

– Reste là, dit Grimes.

Il alla jusqu'à la table et Gul le regarda s'éloigner les yeux tristes. Il posa la viande sur la table. De la trousse, il sortit une seringue, une ampoule de lidocaïne et un nécessaire à suture. Il aspira la lidocaïne, ouvrit un catgut numéro deux et fixa l'aiguille à une pince. Il reprit la viande et se tourna vers Gul.

– Viens, dit Grimes.

Gul s'approcha sans se presser comme pour dire que finalement la viande ne l'intéressait pas tant que ça. Quand Grimes lâcha le steak, Gul le saisit au vol, n'en fit qu'une bouchée et déglutit à deux reprises. Grimes écarta de son esprit les images pénibles de la prison de béton et prit place sur une chaise au dossier droit. Il saisit Gul par le cou et l'attira entre ses jambes, plongeant son regard dans celui de l'animal.

– Écoute, dit Grimes. Tu peux te balader avec une oreille pendante, mais personne ne te prendra au sérieux. Je vais te la recoudre. Ça va te faire mal, mais tu es courageux. Ça te fera moins mal après. D'accord ?

Grimes se félicitait que Lenna ne soit pas là pour voir

ça et lui donner conscience de son ridicule. Gul le regarda un moment puis cligna des yeux.

– Bon chien, dit Grimes.

Il examina la plaie. Elle était plutôt propre mais il avait perdu un peu de peau et, le long des bords, les tissus devaient être nécrosés. Il ouvrit un sachet d'antiseptique et en mouilla une boule de coton. Il commença à laver la plaie et Gul s'écarta en grognant. Grimes l'attira à nouveau près de lui en s'efforçant de ne pas regarder ses crocs.

– Je sais, je sais. Ça ne sera pas long.

Grimes acheva de nettoyer la blessure et prit la seringue. Gul recula à nouveau.

– Allez, confiance. C'est un anesthésique local. Maintenant, tiens-toi tranquille.

Gul s'immobilisa. Grimes enfonça l'aiguille dans la plaie et le long des lèvres en murmurant de façon réconfortante, du moins l'espérait-il.

– Tu es un soldat, mon vieux, un vrai soldat, et tu m'as sauvé la peau là-bas. Je ne l'oublierai jamais. On a besoin de toi dans cette affaire, tu comprends ? Oui, on a besoin de toi. On a besoin de quelqu'un qui sait se tenir. Nom de Dieu. Toi et moi sommes les seuls ici à ne pas être de foutus cinglés. Bon chien, bon chien.

Au grand étonnement de Grimes, et à sa grande satisfaction, Gul demeura immobile comme une souche tout le temps qu'il lui fallut pour injecter l'anesthésique. Grimes murmura et le caressa en attendant son effet, puis saisit une paire de ciseaux, retira la chair morte et posa huit points de suture. Gul se prêta aux soins sans broncher. Tout en travaillant minutieusement, Grimes réfléchissait et marmonnait à voix basse.

Son père George avait trois heures d'horloge d'avance sur eux et il avait probablement aussi évité l'orage. Ils ne pourraient jamais le rattraper. Et il n'était pas sûr qu'ils aient pris la même direction. Pour ce qu'en savait

Grimes, la Vieille Maison se trouvait au Mexique. Holden Daggett était leur unique lien mais Grimes pensait que c'était un lien solide. Clarence Jefferson devait lui faire une confiance absolue depuis de nombreuses années pour lui avoir confié la tâche de transmettre ses dernières volontés. Il était logique que Jefferson n'ait pas engagé quelque ordure de la ville. Grimes se dit également que, si le Capitaine s'était confié à Daggett, le vieil avocat devait connaître la Vieille Maison. S'il l'ignorait, la seule solution qui restait à Grimes, c'était de regarder CNN pour avoir des nouvelles de George Grimes, le dernier des desperados.

– Ça serait bien le genre de ce vieux salopard, après toutes ces années, de jouer au héros national, hein, mon chien ?

Grimes coupa les extrémités de la dernière suture et posa la pince. Il examina son travail.

– Mon colon, tu peux dire que tu es beau. Viens ici.

Gul se jeta sur ses genoux et lui lécha la figure. Grimes lui frotta les flancs, étonné du bien-être qu'il en retirait.

– Quel idiot, dit Grimes afin de masquer sa propre gêne. Mais un bel idiot.

– Ça en fait deux, dit Lenna.

Grimes leva la tête. Lenna se tenait sur le seuil, enveloppée jusqu'aux pieds dans le peignoir blanc. Ses cheveux mouillés étaient peignés. Elle n'avait plus ce regard vague ; Grimes y lut plutôt une mélancolie aiguë. Elle sourit, mais la mélancolie ne s'effaça pas.

– Assez, dit Grimes à Gul.

Il alla jusqu'au comptoir et ouvrit un deuxième paquet de steak cru qu'il lança aux pieds de Gul.

– Mange, dit-il d'un ton rude. Et sois sage.

– C'est bien, ce que vous avez fait au chien.

– Merci.

Lenna se versa une tasse de café.

– J'ai pensé à une chose, sous la douche, dit-elle. Ce

machin, que vous avez dehors, la voiture, est facile à repérer, et Atwater la connaît.

– Ce merdeux ne peut pas plus appeler les flics que nous.

– Ce n'est pas ce merdeux qui m'inquiète, dit Lenna.

– Qui donc, alors ?

– Mon mari. Filmore Faroe.

Le nom rappela à Grimes ce que son père avait dit à propos de Faroe. Une lignée qui méritait de s'éteindre. Membres du Klan, briseurs de grèves et fascistes. Peut-être Grimes avait-il mauvaise mémoire – il ne lui avait pas beaucoup prêté attention – mais il croyait que George avait dit, ou laissé entendre, que Filmore Faroe était mort.

– Je croyais qu'il était mort.

– Officiellement, oui. Mais Fil est vivant et en bonne santé. Et probablement très en colère contre nous.

– Pour quelle raison ?

Lenna s'éloigna vers le canapé avec son café et s'assit.

– Écoutez, je ne veux pas que vous soyez mon médecin, vous comprenez ? Autrement, ce sera impossible pour moi. Toute cette connerie d'empathie bidon ne me dit vraiment rien.

– Ça me va parfaitement.

– Vous m'avez menti à propos de Clarence Jefferson.

Grimes décida de la prendre au mot.

– Rétrospectivement, dit-il, ça ne m'a rien valu de bon. Mais je ne vous ai pas demandé de m'envoyer Rufus Atwater, ni de pousser mon septuagénaire de père à abattre deux de ses hommes et à prendre la fuite. Je n'ai pas d'excuses à vous présenter.

– Je n'attends rien de tel. Mais vous connaissiez Clarence Jefferson.

– Clarence Jefferson était le Démon qui réclamait toujours son dû. Et l'obtenait.

– À quel point le connaissiez-vous ?

Grimes ouvrit un paquet de Pall Mall, s'assit dans le

fauteuil et alluma une cigarette. Gul s'approcha de lui et enfonça son museau entre les jambes de Grimes.

– Assis, mon chien, dit Grimes en le repoussant doucement.

Gul obéit. Avec le bourdonnement du sèche-linge en fond sonore, la pluie qui tambourinait sur le toit, Lenna lovée sur le canapé avec son café et le chien qui bâillait à ses pieds, Grimes fut frappé par une impression surréelle de béatitude domestique.

– Je n'ai passé que vingt-quatre heures en compagnie de Jefferson, dans un lieu qu'il appelait Bad City. Le pourquoi et le comment n'ont pas d'importance, du moins pour vous. Pour résumer, je l'ai tué.

– Vous ? dit Lenna. Vous avez tué Clarence Jefferson ?

Pour la première fois depuis qu'ils s'étaient rencontrés, le visage de Lenna exprimait la stupéfaction la plus totale.

– Je ne veux pas dire que ç'a été une chose facile, dit Grimes. Je l'ai poignardé dans le ventre et l'ai laissé dans une maison que j'ai vue brûler de fond en comble. Je crois que j'ai simplement eu de la chance.

– Jefferson ne laissait aucune place à la chance. Il ne l'a jamais autorisée à s'introduire dans sa vie.

– Tout le monde peut avoir de la chance, surtout les joueurs. Il m'a écrit une lettre, un truc du genre « à n'ouvrir qu'après ma mort ». Je l'ai reçue ce matin. Apparemment, vous en avez reçue une, vous aussi.

– Que disait cette lettre ? demanda Lenna, aussi calmement que possible.

Le désespoir gagnait son visage. Pourquoi cette femme aurait-elle besoin du *corpus delicti* de Jefferson ? se demanda-t-il, perplexe. Il lui sembla qu'il n'y avait plus de raison de le lui cacher.

– Je suppose que vous êtes au courant de ce tas de preuves qu'il a mises en lieu sûr ?

Lenna hocha la tête.

– Sa lettre m'indiquait comment les trouver.

Lenna ne cilla pas.

– Il disait que cela allait compliquer la vie de beaucoup de gens importants. Et que certains parmi eux – des gros bonnets – chercheraient à s'en emparer. Jefferson voulait que je remette ces documents aux médias. Il suggérait le *Washington Post*.

– Et ?

– L'idée ne me séduisait guère, mais j'ai eu la bêtise d'en parler à mon père, George, qui n'a pas été du même avis. Il a volé la lettre dans ma veste et maintenant il a disparu et il est lui-même sur la piste des documents.

– C'est tout ?

– Écoutez, si j'avais la lettre, vous pourriez ramasser tout le magot. Vous n'imaginez pas à quel point je m'en tape, des putains de preuves de Clarence et de ce que vous ou quiconque pourriez en faire. Si nous les retrouvons avant George – ce dont je doute car j'ignore où elles se trouvent –, elles sont à vous, d'accord ? Mais je n'ai pas envie que mon père tombe aux mains de types comme votre Rufus Atwater.

Le désespoir sur le visage de Lenna s'intensifiait. Grimes avait l'impression de ne pas se faire comprendre. Il s'efforça de lui expliquer son plan.

– Nous allons en Géorgie trouver l'homme qui m'a remis la lettre, Holden Daggett, un avocat. Je mise sur le fait que Daggett sait où est « la Vieille Maison », même s'il ignore ce qui y est planqué. Avec un peu de chance, le magot de Jefferson sera à vous. Vous pourrez alors vous débarrasser de votre mari et vous mettre un milliard de plus dans les poches, et moi, je pourrai oublier que je vous ai rencontrée et reprendre une existence dont, je dois l'avouer, la douceur ne m'était encore jamais apparue aussi clairement.

Grimes se leva et marcha de long en large. Il s'arrêta devant la fenêtre, le dos tourné. La colère représentait une perte d'énergie. Il se mit à fumer.

– Dr Grimes, dit-elle derrière lui. Le magot de Jefferson m'intéresse aussi peu que vous, croyez-moi. Mais il disait que vous saviez tout. J'ai besoin de savoir. Tout.

Il se retourna. Ses yeux exprimaient un désespoir plus fou que jamais, seulement, à présent, il était bouleversé. Il ne savait pas pourquoi. Sous la fermeté forcée de sa voix, perçait un sanglot muet.

– Pardonnez-moi, dit Lenna. Je ne peux pas vous dire tout ce que je sais. Pas encore. Et pourtant je voudrais tellement le faire.

Elle ferma étroitement les yeux.

– Je le voudrais tellement.

Elle se ressaisit, posa son regard sur lui.

– Mais je ne peux pas vous faire confiance. Trop important. Trop dangereux.

– Lenna, dit Grimes. Je vous ai trouvée dans la cage parce que je revenais à Arcadie vous demander de l'aide – pour retrouver mon père, cet enfoiré. Cette histoire me fout dans la merde, comme vous.

– Non, dit-elle. Pardonnez-moi, mais c'est impossible.

Grimes vit dans son regard quelque chose de terrible qui lui donna froid dans le dos, et il la crut.

Il se repassa la lettre de Jefferson : l'enclume de la justice, la grande apocalypse, la Vieille Maison, la fille qui savait où elle se trouvait, la combinaison du coffre, le Post. Il ne se trompait pas. Daggett était leur seule piste.

Grimes haussa les épaules et dit :

– Jefferson ne m'a pas indiqué où se trouvait la « Vieille Maison ». C'était une fille qui devait m'y emmener.

– Une fille !

– Une jeune femme noire. Mais mon père l'a trouvée avant moi. Jefferson a dit que cette fille était « une part de lui ». J'ai cru comprendre qu'il s'agissait de sa fille, une fille illégitime, j'imagine.

D'une voix très douce, Lenna demanda :

– Est-ce qu'il vous a dit son nom ?

– Ella MacDaniels, répondit Grimes. Elle a dix-neuf ans. Elle est chanteuse.

Lenna sembla en proie à une étrange lutte intérieure.

– Ce n'est pas la fille de Clarence Jefferson, dit Lenna comme si l'idée même lui donnait la nausée.

Grimes ne répondit pas. Son sang se glaça à nouveau.

Lenna regarda vers le plafond : Grimes vit des larmes dans ses yeux. Il attendit. Lenna refoula ses larmes et inspira profondément.

– Quand j'ai rencontré Filmore Faroe, il avait trente-six ans, il était beau, charismatique, riche. Et je croyais, je crois toujours que, pour autant qu'il en fût capable, il était amoureux de moi. J'avais, en rougissant, fait mes premiers pas dans les bals de débutantes et j'avais eu quelques flirts avec de grands dadais, mais je n'avais jamais eu d'amant. Je l'ai épousé sans vraiment savoir pourquoi.

Elle marqua une pause et déglutit : et soudain Grimes comprit pourquoi elle était aussi désespérée.

– Moi aussi, j'avais dix-neuf ans.

11

Du pouce, Ella MacDaniels recula le chien du Colt .45 et pressa la détente. Le chien revint en position avec un claquement sec. Elle avait effectué la manœuvre une cinquantaine de fois et elle commençait à avoir mal à la main. Elle reposa le pistolet sur ses genoux et se massa l'index et le creux de la main. Derrière le volant, George lui coula un regard de côté.

– Et si vous laissiez ça un peu tranquille ? On attrape vite des ampoules.

Ils avaient franchi le Mississippi, dépassé la banlieue de Mobile, Alabama, et venaient de prendre la I 65 en direction du nord. Un bref instant, le visage de George fut baigné dans la lumière spectrale que répandit un semi-remorque en les croisant, puis ses traits furent absorbés par l'obscurité.

– D'accord, dit Ella.

Mais elle garda la main sur le revolver, pour que le contact de l'arme lui devienne familier. Elle n'avait jamais touché d'arme auparavant et elle en tirait un plaisir troublant. Le Colt était de facture splendide et le splendide produit de l'imagination de qui l'avait conçu ; elle le voyait bien ; mais le plaisir qu'elle éprouvait ne venait pas de sa seule beauté. Elle avait déjà touché de belles choses sans qu'aucune d'elles ne lui donne cette impression, celle que lui communiquait ce lourd Colt d'acier noir. Elle comprenait à présent pourquoi les armes représentaient le mal et pourquoi des gens sensés désiraient qu'elles fussent contrôlées, car c'était un plaisir interdit issu du mal lui-même : le mal du pouvoir et le pouvoir du mal. Ella souleva le Colt et fit rouler son poignet d'avant en arrière pour en sentir le poids.

Elle voulait ouvrir son âme à ce qu'elle ressentait, dans son cœur, ses tripes, son corps, sans reculer. Elle se doutait bien que tout ce qu'elle éprouverait ne serait pas forcément bon. Elle était chanteuse, une vraie chanteuse, et quiconque chantait avec sincérité reconnaissait le sentiment qu'exprimait la chanson. Autrement, on était un chanteur de façade, en d'autres termes on n'était pas un chanteur. Ce qu'elle estimait être sa musique ne se résumait pas à amour, sexe et cœurs brisés. Certes, il y avait beaucoup de ça, mais elle avait aussi des chansons mauvaises, qui parlaient de souffrance, de haine, de mépris, avec des mots et une musique qui réclamaient de la souffrance. Et, parce qu'elle était une vraie chanteuse, elle avait ressenti ce mal dans ses os et désiré que quelqu'un eût mal, non pas une personne en particulier, mais les millions de personnes à qui elle destinait la chanson. Ou peut-être ne s'adressait-elle à personne, elle ne savait pas, elle savait seulement que l'important était de sentir.

La chanson du pistolet était une de ces chansons mauvaises. C'était là sa vérité et c'est ainsi qu'elle comprenait ce qu'elle ressentait avec ce Colt. Comme les sons qui naissaient dans sa poitrine et sa gorge, ils venaient en partie d'elle, en partie de la musique, et toujours des deux ensemble ; chacun exerçait son pouvoir sur l'autre. Elle regarda le Colt, noir bleuté, luisant, dense et sublime dans sa main. Il la faisait paraître plus fine ; rien d'autre n'avait ce pouvoir. Le Colt lui donnait les mains fines qu'elle n'avait jamais eues. Il dansait avec elle. Comme ces types au club, ces voyous qu'elle avait envie de baiser dans l'instant mais dont elle n'approchait pas parce qu'ils étaient mauvais ; ils méprisaient les femmes, fumaient du crack et vivaient de proxénétisme, disposant d'une source intarissable de filles, toutes celles qu'ils avaient sautées et qui en redemandaient. C'était pas son truc. Elle n'avait pas le temps d'être le jouet d'un autre. Le Colt représentait le mal. Normalement, elle aurait dit au pistolet : Non merci, Flingot, et ne l'aurait plus touché. Dans l'état actuel des choses, elle était décidée à danser à son rythme aussi loin que nécessaire, pas au-delà. Elle ne se laisserait pas intimider par lui, mais elle ne le laisserait pas lui ôter son âme.

Elle regarda George et le Colt ne lui sembla plus si mauvais. George était un danseur, voilà. Au début de leur équipée nocturne, il lui avait embrouillé l'esprit. Elle n'avait pas la moindre idée d'où il sortait. Et puis elle avait compris que, à l'inverse de presque tous les gens qu'elle avait côtoyés, il sortait de là où il se trouvait, tout simplement. Il lui avait parlé sans détour, l'avait laissée prendre sa décision et il n'avait pas essayé de la faire changer d'avis. C'était tellement honnête – tellement vrai – que c'en était étrange.

Comme pour le pistolet par exemple : elle lui avait demandé des explications, et il lui avait répondu ; puis elle lui avait demandé de le lui donner, il l'avait déchargé avant de le lui poser dans la main en lui disant tout ce qu'elle avait besoin de savoir. Était-il fou ou irresponsable ? Quand elle avait fait reculer le chien pour presser la détente une première fois, George avait dit : « Il y a une seule raison sur cette vaste terre pour garder ce genre de chose, c'est parce qu'on sait au plus profond de ses tripes – je veux dire tout au fond, en dessous de cet anneau que vous portez, pas là dans l'estomac – que le moment venu on est capable de tuer un homme sur-le-champ sans hésitation ni scrupule. On peut savoir – on doit savoir – avant. Sinon, on a tout intérêt à ne pas se promener avec. Alors, examinez un peu la question. »

Tandis qu'elle l'observait, ses traits tirés et creusés

d'ombres dans la lumière des phares qui se reflétait sur la route, il se tourna vers elle :

– Alors ? Vous en êtes capable ?

Si elle mentait, George le devinerait tout de suite.

– Oui, dit-elle. J'en suis capable.

– Bien. On va s'arrêter chez Mitch, peut-être nous laissera-t-il tirer quelques coups, ça vous donnera une idée du recul.

– Qui est Mitch ?

– Pardonnez-moi. À force de retourner les choses dans ma tête, je croyais vous l'avoir dit. Mitch est un vieux copain du syndicat, il habite un peu plus loin vers Greenville. Dans les années soixante, lui et moi on a monté un syndicat dans une conserverie qui appliquait la discrimination salariale, et se fichait du tiers comme du quart des normes de sécurité, rien que de très ordinaire. Sous Reagan, ils ont viré le syndicat – comme partout – mais au moins ils n'ont pas pu revenir complètement en arrière.

George laissa son esprit vagabonder un moment, puis il se ressaisit.

– Quoi qu'il en soit, les flics ne nous recherchent pas – grâce à vous – et la Géorgie sera encore là demain matin, on peut bien s'accorder quelques heures de repos. Vous n'en avez peut-être pas besoin, moi si. Mitch nous donnera aussi une autre voiture. À quoi bon risquer d'être repérés avec celle-ci.

Ella passait ces paroles au tamis de son ignorance. Jamais auparavant quelqu'un ne lui avait donné conscience de si peu connaître le monde, ou du moins son histoire. Son monde à elle, elle le connaissait. Mais Tarawa, les syndicats, la discrimination ? Même Reagan n'était qu'une marionnette ridicule dont elle ne gardait qu'un souvenir obscur remontant à son enfance. Elle n'avait pas honte de son ignorance, sa curiosité était simplement éveillée par la passion avec laquelle George en parlait.

– On est en pleine nuit. Mitch risque d'être surpris, dit-elle.

George éclata d'un gros rire.

– Ça, oui ! Mais nous n'en saurons rien. Il m'est déjà arrivé d'essayer de le surprendre.

– J'ai quelque chose à vous demander, dit Ella.

– Allez-y.

– Est-ce que ça vous a plu de tuer ces deux hommes ce soir ?

– Bonne question.

George réfléchit longuement, puis répondit :

– Ella, je n'ai rien fait – enfin, rien de remarquable – depuis longtemps. Peut-être depuis que vous êtes née.

George fit rouler ses épaules.

– Maintenant, je fais quelque chose et ça fait du bien. Vous ne pouvez pas savoir à quel point. Le fait d'avoir tué ces types n'est pas étranger à l'affaire. Ça m'a montré que j'étais encore dans la course. C'est un sentiment dangereux. Mais je n'avais pas demandé à ces ordures de me suivre, de vous menacer, de nous tomber dessus. Ils n'ont à s'en prendre qu'à eux-mêmes. Je crois que leur mort m'a plutôt donné un sentiment de vie, je l'avoue, mais le fait de tuer ne m'a procuré aucun plaisir. Je n'ai pas eu le temps de les haïr assez pour ça. C'était juste quelque chose qui devait être fait, et que je ne regrette pas.

Il fixait la route droit devant lui.

– Vous me trouvez froid ?

Ella réfléchit à sa propre réaction à l'égard de ces morts. C'était comme George l'avait dit : les hommes étaient là, ils les avaient menacés et ils n'étaient plus là.

– Je n'ai aucune pitié pour eux. Je devrais peut-être en avoir, je ne sais pas. Ce n'est pas bien d'ôter la vie à quelqu'un, je veux dire en principe, mais je suppose que tout est relatif.

– Plein de gens aujourd'hui disent du bien et du mal qu'ils sont « relatifs », comme si c'était quelque chose

cents tonnes d'explosifs. Quand on a quitté le navire de débarquement, on a eu l'impression d'avoir lâché du pop-corn. On a pataugé dans cinq cents mètres de mousse rouge. Le premier jour, ma compagnie a subi soixante pour cent de pertes sans même voir un seul jaune. Cette nuit-là, en attendant, j'avais envie de tuer plus que de vivre et, quand on s'est lancés, le deuxième et le troisième jour, oui, j'ai été content. On les a brûlés par centaines, on les a étripés à coups de baïonnettes, on a balancé des bombes et des grenades, on a tiré dans leurs terriers et dans leurs trous jusqu'à ce que la puanteur de leurs tripes jaunes et pourries monte au plus haut des cieux. Nous les avons tués, les quatre mille, et j'ai regretté qu'il n'y en ai pas eu quatre millions. Après, quand nous avons lâché la bombe sur Hiroshima, j'ai pleuré. De joie.

– Non, se surprit à crier Ella. Vous ne parlez pas sérieusement. Je ne peux pas vous suivre.

– Et vous avez bien raison. Je ne discuterai pas. Mais c'était le mal incarné. Je ne parle pas des individus, mais de la nation et de ce qu'elle a fait. Des millions de civils – Chinois, Thaïs, Coréens, Malais – massacrés et des multitudes d'autres qui ignoraient même où se trouvait le Japon réduits à l'esclavage. C'étaient des tortionnaires et des tyrans – l'Histoire l'a prouvé – et nous avons aidé à remettre les choses en ordre. Je les haïssais à l'époque et je les hais encore maintenant, et s'il existe un au-delà je les haïrai aussi là-bas.

Les mains de George étaient crispées sur le volant. Pour la première fois, Ella eut peur de lui. Même s'il ne lui ferait aucun mal, elle avait peur. À cause de cette rage, cette amertume qui éclataient si soudainement.

– George, vous n'êtes pas quelqu'un de haineux. Je ne vous crois pas.

– Parce que vous croyez qu'on peut attaquer au lance-flammes vingt hommes hurlants pris au piège de leur bunker – et tout recommencer un peu plus loin

– sans avoir la haine au ventre ? Moi pas. Vous croyez que ces asticots de jaunes se suicidaient par centaines par sens de l'honneur ? (Il grogna de mépris.) Non, ils étaient terrifiés et brisés – par une haine dont ils n'imaginaient pas l'existence, leur tombant dessus centimètre par centimètre malgré tout ce qu'ils trouvaient à lancer contre nous. Ça suintait à travers le sable et leurs casemates et dans leurs petits cerveaux de jaunes jusqu'à ce qu'ils explosent. C'était l'une des plus grandes races de guerriers du monde. Nous ne les avons pas vaincus par la force militaire, nous les avons vaincus par la haine. Et puis nous les avons massacrés. Ce qui nous poussait sur ces plages, ce n'était ni le courage, ni l'Amérique, ni l'amour pour ceux que nous avions laissés au pays. Ni pour les entrailles répandues de nos camarades. Non. C'était la haine, noire, pure et sanglante.

Ella se sentait accablée, meurtrie.

– Mais il y a trop de haine, n'est-ce pas ? Partout.

George la regarda, et ce qu'il lut sur son visage anéantit toute la fureur qu'il avait dans les yeux. Confusion et remords s'emparèrent de lui. Il avait changé de couleur.

– Je regrette de vous avoir bouleversée, Ella. Telle n'était pas mon intention.

– Je le sais. Ça va, soyez tranquille.

– Vous avez raison, dit-il. Il y a trop de haine partout. Mais si nous n'en avions pas l'usage, elle ne serait pas en nous non plus.

Elle n'avait jamais réfléchi à la haine sous cet aspect. Il y avait du vrai.

– Vous avez sans doute raison aussi. Je regrette seulement qu'il en soit ainsi.

– Oui, dit George. Moi aussi.

Ils se turent un moment, écoutant le grondement du moteur et le bruit des roues sur le macadam. Sur les genoux d'Ella, le Colt .45 semblait avoir perdu de sa séduction, et elle en fut contente. Peut-être, avec Tarawa, avait-elle appris bien plus qu'une page d'histoire. Peut-être allait-elle mieux comprendre la lettre de Charlie. Ou de Clarence Jefferson, comme elle devait l'appeler à présent. Lorsqu'elle l'avait lue George ne lui avait posé aucune question. D'instinct, elle avait aimé cela chez lui, son peu de curiosité à son égard. Comme s'il se contentait de ce qu'il voyait. Elle prit son sac par terre entre ses jambes. Elle n'avait pas fumé depuis qu'elle avait vomi. Maintenant qu'elle y pensait, le besoin se faisait violemment sentir.

– Ça vous dérange si je fume ?

– Ne vous gênez pas.

Elle descendit la vitre. Le vent était frais, agréable. La lettre de Jefferson était pliée dans la poche de sa veste. George ne la lui avait pas réclamée. Ella se renversa en arrière et fuma en laissant son esprit voguer. Elle était épuisée. Vidée. George se trompait : elle n'aurait jamais fait un bon marine. Aurait-elle eu assez de haine ? Peut-être se flattait-elle, mais non, certainement pas. Peut-être aussi parce qu'elle n'avait pas vu les tripes de ses camarades répandues à ses pieds. Qui était-elle supposée haïr à présent ? N'importe qui ? Était-elle obligée, ou bien est-ce que George s'en chargerait ? Elle appuya la tête contre le montant de la portière. George quitta l'autoroute et s'engagea sur une route de campagne.

Ella contemplait un paysage de nuit et de néant. Elle tira sur sa cigarette. Elle se sentait seule. Elle s'efforça de penser à quelqu'un avec qui elle aurait aimé être ailleurs qu'en Alabama. En vain. Elle ne voyait pas d'endroit où elle eût préféré se trouver. Sa situation n'était pas le fruit du hasard. Elle était prédestinée. C'était dans les étoiles. Elle n'avait pas la moindre idée de ce qui se passait et personne ne semblait capable de lui donner une explication, mais c'était sans importance : si elle n'avait pas été concernée, rien ne serait arrivé. George se sentait investi d'une mission, mais il se trompait. C'est elle qui avait une mission. Incapable d'expliquer comment elle le savait, elle était au cœur de ce qui se jouait.

Elle relirait la lettre plus tard, quand elle disposerait d'un peu de cervelle méritant ce nom, demain peut-être. Elle laissa le vent lui arracher le mégot de sa cigarette. Ce truc qu'il y avait dans la lettre à propos de l'apocalypse et du *corpus delicti* ne la concernait pas de toute façon ; c'étaient des conneries ; ce n'était pas si important. Elle était là pour une autre raison. Et Charlie ne s'appelait pas Charlie, il s'appelait Jefferson. Clarence Jefferson. C'était ça la raison de sa solitude. Charlie n'était pas celui qu'elle croyait depuis tant d'années.

Ella avait toujours connu Charlie. Il était une présence constante, depuis l'enfance. Et il l'aimait, elle l'avait toujours su, elle n'en avait jamais douté. Il aimait sa façon de chanter aussi. Et il lui donnait le sentiment que rien ne pouvait l'atteindre. Rien. Avec Charlie près d'elle, elle n'avait jamais eu peur. Il lui avait dit qu'elle pouvait être qui elle voulait et faire ce qu'elle voulait ; son seul devoir, c'était d'être elle-même, rien de plus – mais rien de moins. *Ella, si tu n'as pas le courage de poursuivre tes rêves, comment veux-tu qu'ils se réalisent ?* C'était une chose si simple et si vraie, elle en avait été éblouie. Tel était le sentiment qu'il lui avait donné. Il l'avait aimée, elle en était convaincue, même s'il ne l'avait jamais dit, pas même dans sa dernière lettre – cette lettre qui ne lui était pas destinée.

Et maintenant il était mort. Et il n'était pas celui qu'elle avait cru toute sa vie durant.

12

Filmore Faroe passa la matinée – ses premières heures de liberté – à faire le tour de son Arcadie. Son Arcadie retrouvée. Il visita toutes les pièces de la demeure, presque inchangées. Même ses vêtements étaient encore là, comme si elle avait attendu qu'il revienne un jour. Il alla dans les jardins qu'il avait aimés. Et, tout en marchant, un pas après l'autre, seul, à l'écart des tranquilles allées de gravier, il se perdit. Et son errance l'emporta loin, de plus en plus loin.

Il avait désespérément besoin d'être dehors, de respirer l'air libre et de ne sentir au-dessus de sa tête que le ciel. C'était devenu une priorité irrépressible depuis qu'un Rufus Atwater servile avait surgi dans son bureau avec une histoire liée à Clarence Jefferson et à des documents secrets compromettants. Faroe avait enregistré l'information sans réagir ni prendre aucune décision. Son monde venait de basculer. Une heure auparavant, il était aussi impuissant que n'importe quel être humain. À présent, des hommes mouraient sur ses ordres. Un empire oublié lui était tombé dans les bras. Son esprit fourmillait : ses idées se bousculaient. Mais, tandis qu'il arpentait ses jardins, les pensées qui parvenaient jusqu'à lui étaient noyées par le flot grossissant de ses sensations, des sensations rendues hyperréactives par la méthédrine et par l'éternité écoulée depuis sa dernière prise. Comme un homme mourant de soif dans le désert n'engloutit de l'eau que pour se retrouver vomissant et secoué de spasmes, il se retrouvait telle une boule de billard, carambolant de l'odorat à la vue, du toucher à l'ouïe, du ciel à la terre, de la fleur à la fontaine, en proie à un délire sans cesse croissant et à une surabondance de perceptions.

Du fond de la nuit lui apparut un buisson de lilas fantomatique qui l'attira – somnambule chargé de speed – sur l'herbe, si grasse et si souple à ses pieds habitués à la pierre qu'il tituba comme s'il s'enfonçait dans la boue. Un souvenir. Cet arbre, il l'avait planté lui-même. Il s'approcha, étourdi par le parfum des fleurs, il buta dans les feuilles et les branches, l'odeur pénétra ses sinus comme des doigts, lui arrachant la tête et le jetant au sol, aveuglé. Ses mains s'enfoncèrent dans la terre – érotique, mouillée –, tâtonnèrent, trouvèrent le tronc.

De sentir son épaisseur fut comme un coup de poignard dans le cœur. À travers l'écorce ridée sous ses paumes, il devinait l'autre tronc enfoui à l'intérieur, celui du jeune arbre mince – presque un roseau – qu'il avait senti et tenu autrefois. Pendant qu'il se recroquevillait dans sa cage au creux d'un rêve embrouillé et uniforme, l'arbre avait grandi et laissé sur le fût que ses mains empoignaient à présent avec une douleur insupportable la marque de ses années et de ses saisons. Pour lui, ces années et ces saisons étaient perdues. Fondamentalement perdues. Sans existence aucune. On lui avait refusé jusqu'à ce qui fait l'amertume du prisonnier : la souffrance de l'espoir et de l'imagination, du désespoir et de l'apitoiement sur soi qu'il entretient en gravant sur le mur de sa cellule le passage des jours. Elle n'avait pas seulement volé sa liberté, mais aussi sa réclusion : sa propre existence lui avait été inconnue pendant treize ans. Treize mois ou treize décennies, il n'aurait pas vu la différence. Dans cette indifférence sans limite, il se rappelait – par petits éclairs de honte et de rage – ses insultes et son mépris, son beau visage où brillait le pur triomphe de la vengeance. Mais ces moments aussi glissaient dans le vide océanique de sa mémoire comme un banc d'anguilles voraces. Elle ne l'avait pas seulement dépouillé de son orgueil, des plaisirs et du pouvoir, elle l'avait dépouillé de la connaissance elle-même. Il avait perdu un quart de sa vie.

Un bref instant, il eut l'esprit assez clair pour voir et sentir cette perte dans la perfection de sa cruauté : bien plus cruelle à présent que toutes les indignités qu'il avait subies. Filmore Faroe s'effondra.

Il frappa sa tête contre le tronc du lilas. Il s'écorcha les doigts jusqu'au sang contre son écorce. Il pleura et rugit dans d'incohérentes crises d'hyperémotivité. Sa bouche s'emplit du fiel des fleurs et des feuilles. Une suite de coups froids et mouillés, minuscules et innombrables, tambourina sur son dos et son cou, venant grossir les rivières qui ruisselaient sur ses joues. Le sol glissa sous son corps, une pluie plus lourde que le désespoir s'abattit sur lui et, sous cette pluie, Faroe mugit et se traîna jusqu'à ne plus entendre sa propre voix, jusqu'à retomber à plat ventre, inconscient.

Un peu plus tard, on le souleva et on le traîna sur l'herbe et sur le gravier jusqu'aux marches du portique. Ses errances ne l'avaient emporté, il le comprenait maintenant, qu'à quelques pitoyables mètres. Les images et les sons qui l'avaient tout à l'heure plongé dans une si étrange extase n'étaient plus qu'un paysage mort dont son esprit avait à peine conscience. Ses pensées devinrent plus faciles à canaliser. Il avait conscience de la pluie, de la présence des hommes dont il avait évité le regard et qui le soutenaient, et de la splendide façade qui se dressait devant lui. Il n'en avait cure. S'ils l'avaient ramené dans la Maison de Pierre, il n'aurait pas résisté, il n'aurait pas pu. Il eut conscience que cette intense, cette insupportable fatigue osseuse, cette faiblesse qui excluait le sommeil, lui était familière. Assis, attaché et souillé sur son fauteuil de plastique, il l'avait déjà ressentie de nombreuses fois. Oui. L'injection que ses gardiens débiles lui avaient administrée ce matin se dissipait – la méthédrine –, le privant de son paradis artificiel pour le plonger dans la noire dépression. Il se surprit à désirer violemment ces tranquillisants qui devaient normalement le replonger dans le brouillard. Saisi d'un froid soudain, il se mit à trembler sans pouvoir s'arrêter. À la place de l'existence perdue qu'il avait pleurée, se dressait une montagne glacée et implacable : le futur qu'il lui fallait reconquérir.

– Je n'y arriverai pas. Je ne peux pas.

Atwater lui sourit comme s'il était un enfant ou un dément.

– Mais si, vous allez y arriver, Mr Faroe, dit Atwater. Encore quelques marches et nous serons bien au sec.

Faroe serra les dents pour lutter contre les spasmes qui le secouaient. Inutile de reprendre Atwater. Même dans cet état, Faroe se sentait humilié qu'ils puissent le croire incapable de grimper les marches.

– Lâchez-moi.

Faroe leva la tête et vit les lettres ARCADIE gravées sur la pierre comme il avait, un jour, gravé les lettres de son nom sur le monde. Ses frissons cessèrent. Il sentit un immense pouvoir monter en lui et, avec ce pouvoir, une résolution farouche. Il y arriverait. Il prendrait sa destinée par la gorge et quiconque se mettrait en travers de son chemin périrait. Tout cela était à nouveau à lui. Il était revenu d'entre les morts. Il n'hésiterait devant rien. Il s'appelait Filmore Faroe.

Le moment était venu de prendre les commandes. Faroe les sentait tous autour de lui, attendant ses ordres. Il offrait, sans nul doute, un spectacle lamentable : précocement voûté, les muscles flasques, couvert de boue et aussi ignorant qu'un nègre ouvrier agricole. Il ne savait même pas qui était le président des États-Unis. Ces hommes, pourtant, attendaient qu'il exprime sa volonté.

Ils avaient raison. Il était le chef. Son esprit pétillait. La dépression s'était dissipée après quelques minutes ; mais l'épuisement physique demeurait. Il fallait qu'il s'en débarrasse. Il se tourna vers Atwater.

– Monsieur Atwater, je veux que vous retourniez à la Maison de Pierre.

– Monsieur ?

– Fouillez chez les Jessup. Quelque part, vous trouverez des médicaments. Il me les faut. Apportez-les tous. Et ramenez aussi le cadavre de Woodrow Jessup. Je veux qu'on conserve les deux corps.

Atwater sourit nerveusement.

– Vous voulez les conserver ?

Il était clair qu'Atwater doutait de sa santé mentale.

– Mettez-les au réfrigérateur. À votre retour, je veux un rapport complet sur l'état des choses. J'ai perdu le fil, monsieur Atwater, ironisa Faroe, je suppose que vous êtes mon interlocuteur.

– Oui, monsieur. Je suis votre homme.

– Bien, dit Faroe. Je veux en savoir plus sur le Capitaine Jefferson. Nous avons fort à faire.

À nouveau, il donnait des ordres. Un sentiment de puissance l'envahit. D'autres ordres viendraient, des milliers, grands et petits. C'était cela qu'il lui fallait, pas de l'air pur et des lilas en fleur. C'était pour cela qu'il était né. Il posa la main sur l'épaule d'Atwater.

– Nous avons fort à faire, répéta Faroe.

– Nous vous attendons, monsieur Faroe.

– Ces hommes, dit-il en indiquant les latinos derrière Atwater, où les avez-vous trouvés ?

– Jack Seed les a recrutés par l'intermédiaire d'un dénommé Herrera, un genre de colonel de l'armée de l'air cubaine. Ils sont sûrs, vous comprenez, ce sont des clandestins.

Faroe était satisfait. Il avait beaucoup traité avec les militaires d'Amérique latine. N'étant guère accablés par le poids de la tiède morale démocratique, ils possédaient une qualité admirable, qui manquait à leurs homologues américains : une fois corrompus, ils le restaient.

Il appellerait Herrera, en personne.

– Le lilas sous lequel vous m'avez trouvé, reprit Faroe. Vous voyez lequel ?

Atwater, perplexe, fit signe que oui.

– Je veux qu'on l'arrache et qu'on le brûle, pas qu'on le coupe, est-ce clair ?

– Comme de l'eau de roche, monsieur Faroe.

– Parfait. Maintenant, tous au travail.

13

Lenna Parillaud était issue d'une famille de négociants qui se vantaient de porter un nom illustre depuis Napoléon. Après avoir fait fortune avec le commerce des esclaves, connu la ruine à la suite de la guerre de Sécession, sa famille s'était tournée vers l'importation de meubles et d'objets de décoration. Elle était ainsi parvenue à retrouver une place dans les marges d'une société fortunée et, à force de courbettes et de flagorneries, une vie confortable. Au temps du père de Lenna, les affaires familiales avaient prospéré grâce au boom pétrolier qu'avait connu la Louisiane. Il avait alors fait l'acquisition d'un immense entrepôt et d'un élégant magasin sur trois étages dans le District.

Quand Filmore Faroe fut officiellement « mort », l'une des premières décisions de Lenna, après avoir hérité de sa fortune, avait été de racheter anonymement, au double du prix du marché, les affaires de son père et le droit perpétuel d'utiliser le nom de sa société. Son geste n'avait pas été motivé par la piété filiale. Lenna avait ensuite fait brûler tous les meubles, tous les tableaux, tous les tapis qui figuraient à l'inventaire de la société, rasé les deux sites, les avaient transformés en jardins pour en faire don à la ville, et on ne revit plus jamais le nom de sa famille sur aucun document public. Elle était allée rendre visite à son père et à sa mère, écouter leurs plaintes et leurs protestations : le discours hypocrite de sa mère sur les mœurs contemporaines et celui de son père, amer et vaniteux. Lenna leur avait alors appris l'identité de l'acquéreur et elle avait vu leurs visages exprimer la douleur et l'incompréhension. Après quoi elle les avait laissés vieillir avec leurs pourquoi à jamais sans réponse. Elle ne les avait pas revus depuis. C'était là une des dettes que Lenna s'était sentie contrainte de payer en totalité.

À l'âge de sept ans, ses parents l'avaient envoyée dans un couvent catholique. Là, on lui avait enseigné les nombreuses, complexes et délicates impostures, un art inestimable pour les demoiselles destinées à représenter la fleur de la féminité du Sud catholique. Elle ne se rebella jamais, ni contre sa famille, ni contre les vieilles filles bouffies et répugnantes qui l'avaient élevée. C'est plus tard qu'elle en eut conscience. Alors que certaines de ses camarades se masturbaient ou fumaient de l'herbe, Lenna répondait à toutes les exigences. Elle était une jeune fille parfaite ; une fille irréprochable. Et lorsque, sans le moindre égard pour elle, ses parents, impressionnés par son auréole sociale, avaient encouragé son mariage avec Filmore Faroe – avec une insistance frénétique sourde à ses doutes et à ses peurs d'adolescente –, elle avait manqué de force pour, là encore, leur opposer une résistance.

Comme tous les hommes véritables, rares étaient ceux pour qui l'argent représentait une passion réelle – une discipline, une vocation, un destin – et pour qui les signes extérieurs de richesse n'étaient donc rien que des dérivés sans importance ; mais Filmore Faroe était l'un d'eux. Pour Faroe, la vie sociale ne représentait au mieux qu'une nécessité ennuyeuse et occasionnelle. Toute conversation qui n'était pas consacrée au marché qu'il convoitait lui paraissait insignifiante. Ses affaires l'emmenaient souvent à l'étranger, en Amérique du Sud et en Afrique, où quelques pots-de-vin modérément généreux lui assuraient des bénéfices immodérément avantageux. Il était raciste, mais pas plus militant que la plupart des hommes riches de sa génération. Son père avait été un membre actif du Klan, Filmore, lui, n'avait pas le temps et il se contentait de quelques contributions financières.

Tandis que Faroe nourrissait sa passion, Lenna était prisonnière de sa geôle dorée d'Arcadie. Faroe ne voulait pas qu'elle aille à l'université, elle n'y alla pas ; il ne voulait pas qu'elle travaille, elle ne travailla pas ; il ne voulait pas qu'elle se rende seule en ville, elle restait dans la plantation, montait à cheval, lisait et dirigeait la maison et son personnel. Quand elle tentait de se confier à sa mère, celle-ci lui rappelait qu'elle avait juré d'aimer, d'honorer et d'obéir, comme elle l'avait fait avant elle. Elle était mariée à l'un des hommes les plus illustres de Louisiane : que pouvait-elle exiger de plus ? Au bout de deux ans de cette existence de recluse solitaire, Lenna avait fini par trouver attrayante l'idée du suicide.

Grimes l'écoutait sans l'interrompre. Lenna ne se cherchait aucune excuse ; en fait, elle veillait à raconter son histoire de façon à bien montrer son mépris à l'égard de son obéissance aux règles de son éducation, de son manque d'assurance, de sa lâcheté. Grimes savait qu'il ne fallait pas sous-estimer le pouvoir psychologique qu'exerçait cette élite. La classe dirigeante de la Louisiane à laquelle elle appartenait était restreinte, fermée, et – pas seulement il y a vingt ans, mais aujourd'hui encore – profondément anachronique. Grimes se rappelait un jeune homme qui, à l'occasion de la luxueuse garden-party familiale annuelle, était apparu au milieu des branches d'un arbre et s'était fait sauter la cervelle sous les yeux des invités. Les chroniqueurs mondains en avaient bavé de bonheur. Et Grimes en avait connu d'autres qui avaient sombré dans la drogue ou s'étaient infligé de terribles automutilations. Le prix à payer pour la conformité sociale avait perdu sa valeur ; et Lenna, comme les autres, s'était senti trahie. Son propre geste de rébellion avait été d'une banalité tragique – le désir de marcher dans une rue grouillant de monde et de sentir battre son cœur, rien qu'une fois – mais il avait déclenché une catastrophe que rien ne pouvait plus arrêter.

Le soir de ses vingt et un ans, Lenna avait craqué. Elle avait jeté à la poubelle les vingt et une roses et le collier d'émeraudes. Elle avait enfilé son jean et son T-shirt les plus moulants, une veste en toile, puis elle était partie pour la ville. Dans sa poche, un télégramme du Zaïre lui souhaitait beaucoup de bonheur et un joyeux anniversaire.

Le trajet l'avait remplie d'une excitation intense, alliée à un sentiment que les portes de l'interdit et de l'inconnu lui étaient ouvertes. Elle ne savait pas où elle allait ni ce qu'elle y ferait. En quelques kilomètres, seule au volant, elle s'était dépouillée d'une vie entière de bon vouloir. En réalité, elle ne pouvait plus revenir en arrière. Elle avait retourné la pièce d'une conformité sans défaut et découvert, sur son envers, une révolte dont elle n'avait pas eu conscience. La révolte l'envahit avec la puissance d'une drogue, d'un sortilège libérateur, que seul le prix qu'elle passerait le restant de ses jours à payer pourrait rompre.

Une fois dans la ville, elle avait erré dans un crépuscule enfumé et nostalgique et des rues pleines de foules languides dont elle ignorait le nom ; croisant des femmes en short et talons hauts devant les marquises illuminées de bars éclairés au néon. C'était effrayant, c'était interdit, et elle faillit rentrer chez elle. Mais sa musique l'avait appelée. Non, à la fois moins et plus que la musique : une unique et ultime note, palpitante, impossible, tenue dans la nuit vaporeuse jusqu'à sa disparition muette. Lenna prit l'escalier qui descendait vers les applaudissements d'un club de jazz en sous-sol.

Il était là, mince et souple, sourd aux applaudissements, devant un quintette. Entre ses mains, il tenait la trompette dont elle avait suivi l'appel. Il leva la tête, parcourut la salle du regard, et elle vit ses yeux. Elle ne pouvait dire s'il avait vu les siens ; mais c'est ce qu'elle souhaita, avec un frémissement dans l'estomac. Puis il détourna la tête et commença une nouvelle ballade. Il ne regarda plus dans sa direction, pas une seule fois. Lenna prit une table et but du vin blanc. Elle ne le quitta pas des yeux, tout le temps qu'il joua et même quand il ne jouait pas. Ses grandes mains et ses longs membres, sa mâchoire forte et sa grande bouche. Lenna resta pour le deuxième set et, cette fois encore, pour autant qu'elle pût le dire, elle sembla ne pas exister pour lui. Quand les clients commencèrent à rentrer chez eux, Lenna s'éveilla comme au sortir d'une transe. Elle se demanda si elle était assez sobre pour rentrer au volant de sa voiture. Au moment où elle en venait à la conclusion qu'elle s'en fichait, il surgit de nulle part et sourit, l'invitant à boire un verre avec l'orchestre.

Elle vit, dans ses yeux, qu'il savait que ce serait aussi facile que ça. Qu'il le sache – que c'était ainsi qu'il la voyait – l'excitait au point de la faire défaillir. Dans sa tête, une voix à laquelle elle était toujours restée sourde lui dit : *Tu vas te faire baiser.* Et elle lui répliqua. *Oui, je vais me faire baiser. J'ai envie de me faire baiser. J'ai envie de lui. Et je n'ai de compte à rendre à personne.* Quand elle répondit « d'accord » et qu'il répondit « génial », Lenna trembla.

Il s'appelait Wes Clay.

Serrée au fond d'un taxi, ne comprenant rien à des blagues qui la faisaient rire, Lenna fuma son premier joint. Les rues de la ville glissaient derrière les vitres et elle volait, elle se sentait en accord avec elle-même, elle était où elle voulait être et faisait ce qu'elle voulait faire. Dans un autre club, ils tapèrent dans les mains d'autres musiciens, burent et fumèrent encore un peu. À présent, Wes Clay la regardait tout le temps et elle se liquéfiait dans son regard sombre. Il lui demandait ce qu'elle pensait de ceci et de cela et, quand elle répondait, il écoutait. Il était beau. Quand il apprit qu'elle avait étudié le piano, il lui demanda de jouer et ils lui montrèrent des airs, et ils jouèrent ensemble et s'amusèrent jusqu'à l'aube. Ensuite, Wes Clay l'emmena chez lui et ils firent l'amour. Et c'était bien faire l'amour, non pas se faire baiser, parce qu'à présent Lenna était amoureuse de lui et que Wes était amoureux d'elle.

Grimes retrouva ce qu'il avait ressenti chez Lenna un peu plus tôt dans la soirée : une jeunesse figée dans le temps. Maintenant, il la voyait prendre vie, il voyait sur son visage la vitalité et la douceur, l'émerveillement et la passion, les trésors nombreux et fragiles qu'elle avait précieusement dissimulés afin qu'ils ne meurent pas. Bien qu'il en ignorât la raison, bien que la joie de son amour d'antan fût là devant lui – dans le pétillement involontaire de ses yeux et le brusque éclat de ses sourires – Grimes se sentit envahi par une insoutenable tristesse.

Le sexe avec Filmore Faroe avait été quelconque. Ni traumatisant, comme on avait essayé de l'en convaincre, ni une source de transports et d'extase. Faroe était prévenant mais conventionnel, et elle imaginait qu'elle représentait la même chose pour lui. S'il n'avait pas désiré autre chose d'elle, elle non plus. Wes Clay désirait sa chair ; son jus, ses bruits. Il la désirait nue, elle avait arraché ses vêtements. Il désirait sa langue, elle avait aspiré sa bouche. Il désirait sa peau, elle se livra à ses mains, à ses doigts veloutés qui lui attachaient les poignets aux chevilles, qui lui faisaient pencher la tête, l'ouvraient tandis qu'il lui mordait l'épaule et lui chuchotait « baby » à l'oreille. Et pour un million de raisons ou sans aucune raison – l'alcool, la drogue ou la folie pure –, elle savait que ce qu'il désirait était bon et que, quoi que ce fût, elle le désirait aussi. Elle lui demanda d'entrer en elle. Elle sentit sa queue ouvrir un passage en elle et pousser contre ce premier point de résistance qu'elle ne contrôlait pas, qui l'étourdissait et qu'elle voulait qu'il franchisse. Il se retira, délicieusement, puis poussa à nouveau et entra presque, il aurait pu mais ne le fit pas, attendit, recula. Elle entendit sa voix – « baby » – et elle fit un bruit. Elle souleva haut ses hanches et cette fois il glissa en elle et après cela elle ne se souvint de rien : de ce qu'elle dit ou de ce qu'elle fit. Rien que du poids de son corps d'homme, qui l'enveloppait et la plaquait, qui lui emplissait le ventre, la gorge, le visage, d'un rythme liquide, suffocant à l'intérieur, battant à l'extérieur, et dans lequel elle aurait pu se noyer et mourir.

À son réveil, quand elle eut conscience de l'endroit où elle se trouvait, elle eut envie de rugir jusqu'à ce que la maison s'écroule, et de gronder au nez du monde afin que tous sachent qu'elle était là : là, sans remords, aussi grande qu'une montagne et plus forte que l'océan. Wes dormait, étalé sur les draps, le visage éclairé par un rai de soleil. De la rue en contrebas lui parvenait le vacarme de la circulation et des activités diurnes. Lenna savait à présent ce qu'elle voulait. Tout ce qu'elle n'était pas destinée à vouloir. Cette chose qu'elle n'était pas destinée à vouloir, ce plaisir, coulait comme un fluide dans ses muscles et ses veines, huile lourde, douce et amère sur sa langue. Elle le regarda, il respirait tranquillement. Elle frotta son visage contre ses côtes, sa hanche, sa cuisse. Ses poils denses et bouclés lui caressaient la joue. Il avait la peau tiède et soyeuse. Elle lécha son ventre, il avait un goût de sel, peut-être son goût à elle. Elle vit sa queue durcir et elle avala l'huile qu'elle avait dans la gorge et sa douceur lui donna le vertige. Elle lécha sa cuisse, puis ses couilles. Il frémit. Elle ne regarda pas son visage. Elle ne voulait pas. Elle voulait garder cela pour elle. Elle ne voulait pas connaître ses pensées, elle ne se souciait pas de savoir si cela lui plaisait. Elle s'agenouilla – sans regarder son visage – se pencha, ferma les yeux et lui suça la queue. Elle tournoyait dans une spirale noire, rien qu'elle, elle prenant et donnant. Ses doigts entrèrent dans son con et elle tendit le bras pour les guider. Elle atteignit l'orgasme plus vite qu'elle n'eût cru possible, mais attendit, suspendue, en équilibre sur un fil tendu et fin. Il jouit dans sa bouche et elle se laissa tomber, buvant, secouée de spasmes dans sa chute. Et quand elle fut là, étendue, gluante et mouillée, elle l'entendit dire « baby ».

Lenna resta avec lui trois jours. Ils mangeaient dans sa chambre, à même les sacs et les barquettes en carton, parfois dans des cafés. Dans un bar, ils regardèrent un match de boxe à la télévision et burent des Jack Daniel's secs. La nuit, elle le regardait jouer. À l'aube, l'après-midi ou à la tombée du jour, ils faisaient l'amour. Elle ne lui dit pas qu'elle l'aimait parce qu'elle savait qu'il en était ainsi, et pour tout cela elle fut aimée et pour tout cela elle aima. Elle était sans peur, calme et audacieuse et les mots étaient pour ceux qui avaient peur. Elle ne savait même pas s'il la traitait bien ou mal, ni si elle le traitait bien ou mal. Elle n'avait ni repères, ni critères. Il n'y avait rien ici de quoi Lenna pût avoir peur. Il n'y avait que lui et elle et ce qu'ils faisaient sur le moment, et elle ne se souciait pas de savoir comment cela prendrait fin.

L'État tout entier était à sa recherche, on la croyait disparue, vraisemblablement kidnappée, et les battues s'étaient concentrées sur la ville, où on avait fini par retrouver sa voiture. Faroe était rentré par le premier avion et attendait une demande de rançon. Son nom était sur les chaînes de télévision qu'elle n'avait pas regardées et dans les journaux qu'elle n'avait pas lus. C'est un flic noir qui la trouva dans le club, assise devant son verre de vin, à sa table. Le flic alla parler à Wes. Lenna comprit aussitôt. Wes vint vers elle en souriant. Il ne laisserait pas son cœur voler en éclats ici, et elle non plus. Ils étaient si intrépides. Si sûrs d'eux. « Tu dois y aller, baby », dit Wes. Ils étaient trop sûrs d'eux pour s'embrasser. Elle savait que c'était bien ainsi. Wes remonta sur la scène et joua une dernière fois pour elle.

C'est le visage du flic qui exprimait la peur.

– Ne dites jamais son nom à personne, vous avez compris ? Vous ne le connaissez pas, vous n'êtes jamais venue ici.

Tandis qu'elle le suivait dans la rue, elle entendit à nouveau cette note tenue, palpitante, impossible, et le flic l'emmena dans sa voiture.

Grimes s'efforçait de se représenter Wes Clay ; c'était difficile. Lenna ne l'avait connu que pendant quatre jours éblouissants. Le souvenir qu'elle gardait de lui était l'image idéale que tout amoureux se fait de l'être aimé. Cela ne signifiait pas que l'image était fausse – il ne doutait pas de la réalité de leur amour –, mais qu'un tiers comme Grimes ne pouvait pas mettre beaucoup de chair sur ces ossements rayonnants. Il lui parut évident que cette liaison ineffable, brève et sans tache, avait condamné Lenna au souvenir d'une perfection qu'elle ne retrouverait jamais. Elle n'avait pas connu Wes assez longtemps pour découvrir ses failles, petites ou grandes ; ni la colère, ni les manies, ni les minuscules et nombreuses faiblesses qui affectent tous les hommes ne l'avaient fait descendre de son piédestal. Wes était son bien-aimé et, par là, toujours parfait.

De retour à Arcadie, Lenna mentit, demanda pardon et fut entendue, peut-être même crue, puisque son corps ne portait aucune marque en mesure de trahir son histoire et que Wes Clay n'existait pas. On l'envoya consulter un psychologue, à qui elle mentit également, et qui la déclara déprimée, négligée et dans un état de confusion mentale. Lenna ne se rappelait pas avec précision comment Faroe avait réagi à ce diagnostic, en partie parce qu'elle s'en fichait, en partie parce qu'elle était réellement déprimée et dans un état de confusion mentale. Au bout de quelques semaines, son corps commença à ressentir autre chose – une chose vague mais bien présente –, elle avait un retard d'un mois.

Lenna songea à avorter. En toute honnêteté, elle ne savait pas qui était le père ; d'après ses calculs, il pouvait aussi bien s'agir de Wes que de Faroe. Si c'était Wes, le scandale ne manquerait pas d'éclater ; si c'était Faroe, ce lien la condamnait à une relation à vie dont elle ne voulait plus. Si elle s'enfuyait, on la rattraperait. Elle était adulte et en principe libre de partir. Elle savait que Faroe la ferait ramener.

Au mépris de tout bon sens, mener sa grossesse à son terme fut la décision qui s'imposa à elle. Elle était malade et souffrait de nausées ; elle était épuisée ; elle était anémique et faible ; elle mangeait à peine et perdait du poids – tous les symptômes d'une grossesse secrète aggravés par de terribles crises de terreur. Et sa conviction profonde, qu'elle n'aurait pu expliquer à quiconque même si elle avait voulu la partager, ne fut jamais ébranlée. Elle aurait son enfant.

Son enfant.

Au quatrième mois de grossesse, elle se sentait gonflée au-delà du possible. Or, à en croire la balance de la salle de bains, elle n'avait pris que deux livres. Personne n'avait rien remarqué, ou les domestiques n'osaient rien dire. Faroe continuait à mener sa vie, il fit quelques efforts pour comprendre son désarroi, auxquels elle répondit avec une agressivité qu'elle-même ignorait posséder. Faroe l'envoya à nouveau chez le psychologue, qui, lui non plus, ne remarqua pas sa grossesse. À cinq mois, elle prenait ses repas dans sa chambre et refusait de dormir avec Faroe ou même de le voir. Elle avait beau savoir qu'elle devenait folle, elle refusa toute nouvelle aide psychiatrique. Finalement, après une succession de scènes d'hystérie avec intervention d'un serrurier et dislocation de barricade, Lenna se retrouva seule dans sa chambre avec Faroe, sans pouvoir dissimuler plus longtemps son ventre rond.

La pression accumulée au cours de vingt-trois semaines de silence, de secret, de paranoïa et de peur croissantes, fit sauter l'édifice de sa résolution. Elle avoua tout à Faroe, qui écouta, les lèvres blanches, muet. À la fin de sa confession, il quitta la pièce sans un mot.

La serrure fut remplacée mais, cette fois, elle n'avait pas la clef et elle reprit sa vie de recluse. Elle suivit toutes les cures de fer et de vitamines nécessaires. Faroe lui rendait visite tous les soirs et l'emmenait faire le tour du parc. Il ne dit jamais un mot de ce qu'il ressentait. Ses parents étaient tenus à l'écart – elle en avait décidé ainsi tout autant que Faroe – et elle ne voyait personne, excepté une infirmière guatémaltèque qui lui apportait sa nourriture, l'aidait dans sa toilette et ne parlait pas anglais. Malgré les circonstances, Lenna avait le cœur plus léger. Elle savait – ou plutôt elle croyait savoir – ce que signifiait pour un homme comme lui que, selon ses termes, son épouse pût porter l'enfant d'un nègre. Le tourment transmis à Faroe soulageait peut-être le sien. Sa santé s'améliora et elle reprit des forces. Elle grossit régulièrement. Son attachement à son enfant gagna en intensité. Celui-ci n'avait rien demandé et ne savait rien du monde qui attendait sa naissance. Il ne savait rien de son père ou de sa race. Au cours des dernières semaines, elle spécula sur l'avenir. Si Wes était le père de l'enfant, elle comprit soudain que Faroe ne la laisserait jamais le garder. Il disparaîtrait sans laisser de trace dans une famille dont elle ne saurait rien et qu'elle ne pourrait jamais retrouver. Elle ne sous-estimait pas la puissance de Faroe. Et si c'était son enfant ?

Elle ne savait pas. Saurait-il pardonner et oublier ? Il ne disait rien et elle n'osait pas l'interroger par crainte de le provoquer. Il voudrait que l'enfant soit élevé comme le sien, elle n'en doutait pas, mais aurait-elle le droit de jouer un rôle quelconque ? Ou serait-elle bannie de leur existence ? Elle ne pouvait pas savoir.

Et ce qu'elle ne pouvait pas savoir non plus, c'est que Faroe avait déjà conclu un marché avec un démon nommé Clarence Jefferson.

Grimes eût préféré ne pas connaître la suite. Lenna posait la main sur son ventre et le frottait comme si elle avait mal. Quand elle reprit son récit, ses doigts se tordirent et s'enfoncèrent dans sa chair, et elle se balança d'avant en arrière, en proie à des spasmes, bien réels et aigus, qui la forçaient à se plier en deux. Grimes savait qu'elle souffrait physiquement, mais il résista à la tentation de lui tendre la main. Le mieux qu'il pût faire pour elle, c'était de rester assis et de l'écouter, car c'était là une histoire qui n'avait encore jamais été racontée et il fallait en passer par là pour l'expulser.

Quand Lenna perdit les eaux, Faroe fit venir un médecin vietnamien dont elle ne sut jamais le nom. Le médecin lui fit une piqûre et Lenna se réveilla dans une cabane au toit de tôle. Elle ne savait pas où elle se trouvait. Son esprit zigzaguait dans un tunnel de drogues, de douleur et de terreur, et elle s'accrochait à son travail, uniquement concentrée sur lui : mettre son enfant au monde. Faroe était là, sinistre, le visage aussi impassible qu'une statue, avec l'infirmière latino et le médecin vietnamien. Les heures passèrent, Lenna s'accrochait et se concentrait. Vers la fin, la pluie se mit à tambouriner sur le toit de tôle. Quand la petite fille vint au monde, Lenna entendit ses cris, la vit et pleura aussi. Elle pleura devant sa beauté, elle pleura devant son visage crispé et hurlant. Elle pleura devant ses poings serrés et tremblants, cette énergie minuscule mais sans limite dans son innocente fureur. Et elle pleura devant sa peau brun clair même si, à ce moment précis, elle ne l'aurait échangée pour rien au monde.

Souriante et murmurante, l'infirmière emporta le bébé et le médecin se pencha au-dessus de Lenna. C'est à peine si elle sentit la piqûre d'une autre aiguille. Lenna demanda à ce qu'on lui rende l'enfant. Elle ne l'avait même pas tenue dans ses bras. Elle demanda encore. Elle demanda impérieusement, mais en vain. Elle sentit que sa conscience diminuait, lui échappait. Elle se rappela la piqûre, lutta, mais elle glissait, elle glissait. Elle demanda encore une fois, et seul un gargouillement parvint à ses oreilles.

Donnez-moi mon enfant.

Elle entendit la porte s'ouvrir sur la pluie et le vent, et une silhouette massive – une ombre fortement charpentée coiffée d'un panama, l'essence du mal tout puissant et omniprésent – pénétra dans la pièce. Il y eut un grognement étouffé, un cliquetis de chaînes.

Défiant la science, Lenna résistait aux drogues qui l'anéantissaient. Elle avait compris. Elle voulut crier, mais ses cordes vocales étaient muettes. Des coups de feu éclatèrent, implacables, dans l'espace infect aussitôt enfumé par la sanglante exécution. Elle se souleva du matelas.

Au pied du lit, à genoux, elle vit Wes Clay.

Son visage, jadis si beau – beau, même à cet instant – était si abîmé qu'elle doutait qu'il pût voir ses yeux. La gorge de Lenna était toujours paralysée. Elle ne pouvait pas parler. Elle ne pouvait pas hurler. Elle luttait pour ne pas s'évanouir. Un bruit mat. Wes Clay cria et tomba en avant, hors de sa vue. Mais Filmore Faroe se dressait devant elle, le visage tordu en un masque fanatique dont la bouche crachait des paroles immondes. Il leva les deux bras au-dessus de la tête. Une lame d'acier jeta un éclair dans la pénombre et son esprit confus adressa une question unique, désespérée : où était son enfant ? Lenna parvint à atteindre le bord du lit. Elle la vit – sa petite fille – là : nichée dans un contentement innocent au creux d'un bras énorme et musclé, dans la sécurité d'une main de colosse. Lenna voulut tendre les bras, prendre et caresser, tenir. Mais avant de pouvoir faire un geste, elle fut pétrifiée par l'horreur ultime.

Devant elle, ruisselante, oscillait la tête de Wes Clay. Filmore Faroe la soulevait par les cheveux au bout de son bras ensanglanté.

Lenna ne pouvait toujours pas hurler. Elle regarda Faroe.

Deux fois, Faroe cligna des yeux. Puis il baissa son butin, tourna le dos et s'en alla sans un mot.

Lenna tomba du matelas sur le sol en planches grossières. Son bébé. Elle se hissa sur les genoux, la tête lourde. Une porte claqua, transperçant le brouillard. Elle leva la tête.

La pièce était vide.

Le colosse, la substance du mal – et l'innocence emmaillotée, nichée au creux de l'énorme bras –, tout avait disparu. Avec cette disparition soudaine, l'âme de Lenna disparut aussi et son cœur se changea en pierre.

Et cette fois, elle put hurler : d'une douleur incommensurable, au-delà de l'entendement humain. Elle rampa dans le sang. Devant la lame d'une machette luisante ; devant des corps, un, puis deux ; devant un troisième qu'elle n'osa pas regarder. La porte vacillait devant elle. Des doigts écarlates de sang, insensibles, trouvèrent la poignée, la tournèrent et tirèrent.

Une rafale de pluie et de vent.

Le ciel zébré d'un éclair.

Elle rampa plus loin, dans le déluge d'une nuit éternelle.

Elle finit par tomber.

D'une voix d'un autre âge, elle lança dans la nuit un cri aussi vaste et insondable que les ténèbres.

14

Son expérience de médecin avait familiarisé Grimes avec les formes infinies que revêt la souffrance humaine, une souffrance le plus souvent aveugle et absurde. L'histoire de Lenna le laissait pourtant glacé. Le crime de Faroe était si extrême que, pour tout individu ordinaire, c'eût été un acte de dément. Mais Faroe n'était pas fou. Pour le justifier, il disposait du soutien et de l'inspiration de toute une sous-culture, de toute une histoire, toujours d'actualité, qui assassinaient les hommes noirs pour des fautes moins graves que celle de Wes Clay, et de sa propre lignée ; une lignée qui méritait de s'éteindre.

Lenna était assise sur le canapé. Les spasmes semblaient s'être calmés. Elle ne pleurait plus et paraissait exténuée. Les choses que Grimes aurait pu dire étaient des platitudes creuses comparées à ce qu'elle avait enduré. Ses mots n'auraient servi qu'à l'aider lui-même à soulager le désir de lui être utile. Il serra les dents, refoula ses larmes et la laissa terminer.

Plus tard, le soir où Lenna avait accouché, Filmore Faroe l'avait retrouvée évanouie et l'avait fait ramener à Arcadie. Quand elle reprit conscience, il lui dit que « le bébé du nègre » avait été mis à mort. Au cours de toutes les années qui suivirent, Faroe ne laissa jamais entendre qu'il en doutait. Lenna demeura dans un état de quasi-catatonie – un effondrement psychique absolu – durant de longs mois. Et puis le joueur, le colosse, la substance

– Clarence Jefferson – reparut, secrètement, et lui proposa ce cadeau irrésistible.

Grimes n'avait aucun mal à imaginer son regard luisant et assuré, la puissance de sa logique, quand il fondit sur cette femme traumatisée pour capter sa confiance.

Elle avait, lui affirma Jefferson, une chance de reconquérir Faroe. Oui. Car, après un crime aussi monstrueux, même quelqu'un comme Faroe pouvait céder à la faiblesse, au virus du remords. Jefferson connaissait Faroe mieux que Faroe ne se connaissait lui-même ; et au-delà de cela, il savait comment va toute chair. Faroe avait aimé Lenna : rare était l'amant trahi qui, au cœur secret de sa jalousie et de sa honte, n'en aimait pas davantage l'infidèle, et même s'il la haïssait, Jefferson lui en faisait la promesse, Faroe accepterait de la reprendre, repentante et contrite. Si Lenna voulait se venger et renaître à la vie, elle devait lui faire confiance. Quand elle aurait regagné l'affection de Faroe, tout ce qu'elle exigerait pour le punir, Jefferson le lui donnerait.

Grimes savait que presque tout ce que le monde désignait comme le mal n'était en réalité que le produit de la bêtise et d'autres faiblesses humaines telles que l'illusion, l'avidité et la colère. Clarence Jefferson était au-dessus de ces pièges émotionnels et intellectuels. Il s'était assigné la tâche d'arracher le masque derrière lequel, selon lui, toute vie humaine s'abritait afin d'échapper à sa véritable nature. C'était lâche et impardonnable, mais le cosmos ne connaissait pas la morale et se fichait de ce qu'il renfermait. Tous les hommes – toutes les femmes – étaient par essence violents et dépravés. Tout ce que la civilisation avait érigé – lois, religions, arts – n'était qu'une digue fragile, toujours battue en brèche, et n'avait pour but que de retenir l'océan furieux de la dépravation. La seule rédemption, la seule absolue vérité, consistait à prendre cette dépravation à bras-le-corps et à la vivre jusqu'à son degré le plus extrême. C'était sa *raison d'être*. Il était le Calvin du méchant, le roi philosophe du mal.

Du fond de son désert intérieur, Lenna écouta et entendit les paroles de l'obèse. C'était une idée atroce, mais Grimes la croyait probablement vraie : la haine avait été sa seule issue, la seule bouée assez solide pour lui permettre de se hisser hors de la folie. Quelle autre émotion aurait pu donner un sens à sa vie ? Le baume sublime du pardon ? Il pouvait entendre Jefferson ricaner dans sa tombe à cette pensée. Ce n'est que dans la haine que Lenna avait trouvé la force de reconstruire sa santé mentale et son moi. Elle s'était forgé une armure destinée à la protéger de l'avilissement qu'il lui faudrait subir et, au fil des années, elle avait gagné le pardon de Faroe, puis son amour et enfin sa confiance.

C'est alors qu'elle avait dit à l'obèse ce qu'elle voulait ; et lui-même en avait été impressionné.

Jefferson fit croire à la mort de Faroe dans l'accident de voiture en le remplaçant par un clochard d'aspect et de corpulence similaires. Il substitua les radios et le dossier médical appropriés, choisit le coroner approprié et contrôla toutes les démarches légales jusqu'à la crémation, une cérémonie émouvante et arrosée de larmes, après quoi les cendres de Faroe furent dispersées dans le jardin qu'il avait lui-même planté. Pendant ce temps, le vrai Filmore était un prisonnier drogué qui, à son insu, attendait la construction de la Maison de Pierre et le recrutement des Jessup.

Grimes écouta, sans commentaire, les détails du traitement qu'elle avait infligé à Faroe. Sa vengeance, son sadisme parfait et adéquat, étaient d'une précision et d'une ampleur stupéfiantes, d'une constance sans faille. Il aurait opté pour quelque chose de bien plus primitif et rapide, un couteau émoussé, par exemple. Lenna ne fit pas la chronique des années au cours desquelles elle l'avait gardé prisonnier. Elle lui relata simplement, sans émotion, la fuite de Filmore Faroe de la Maison de Pierre et la décision qu'il avait prise de l'y envoyer afin que Jack Seed la viole. Puis elle resta assise, voûtée, sur le sofa, les yeux dans le vide.

Grimes comprenait maintenant quel véritable danger les menaçait. Filmore Faroe, à cet instant précis, devait être enragé ; et il ne tarderait pas à se rendre compte que, si Lenna était libre et sur la piste du magot de Jefferson, lui-même n'était pas en sécurité. Le pouvoir que Lenna avait exercé se trouvait maintenant entre les mains de Faroe, et ce pouvoir les mettait en péril. Tout comme George et Ella. Grimes regarda encore Lenna : il ne savait pas quoi faire.

– Dans la lettre, Jefferson vous a dit que votre fille était vivante.

Lenna hocha la tête, sans bouger.

– Et que je savais tout le reste.

– C'est vrai, n'est-ce pas ? dit-elle.

– Oui, dit Grimes. Je savais tout. Pourquoi ne pas m'avoir raconté tout ça avant ?

– Je ne pouvais pas vous faire confiance. Pas si Ella était là. Je ne savais pas qui croire. Et Jefferson m'avait dit de ne pas vous forcer. D'attendre.

Lenna le regarda dans les yeux. Puis le ton de sa voix changea imperceptiblement et elle récita sans hésitation.

« Accorde-lui au moins ça, Lenna, et puis arme-toi de patience et attends… Car Grimes, tu verras, est un clown – un vrai clown, un bouffon – et il a donc le cœur d'un clown, et le moment venu, qui sera le moment du bouffon et non pas le moment qui conviendrait le mieux à sa mission, il viendra à toi, avec le courage du clown et le courage du bouffon, et il se tiendra à ton côté et te montrera le chemin, le chemin qu'il ne connaît pas lui-même. »

Grimes scruta son visage aussi longtemps qu'il le put.

Puis il déglutit et se leva. Il alla jusqu'à la porte et regarda dehors. La pluie s'était réduite à un crachin. Gul bondit et disparut dans l'obscurité qui précédait l'aube. Grimes alluma une Pall Mall et songea à Jefferson. Il le haïssait. L'obèse avait tissé sa toile empoisonnée sur un espace et une durée immenses, mais il ne dévorait pas ceux qui en étaient prisonniers. Il les laissait s'entre-dévorer en les regardant à distance et en riant. Ce qui le nourrissait, c'étaient les luttes et les déchirements au prix desquels ils se nourrissaient. Tout ce que Grimes venait d'apprendre ce soir confirmait sa théorie première, à savoir que, pour s'en sortir, il fallait se tenir à l'écart de la toile. Mais cela aussi, Jefferson l'avait prévu et avec une formule cordiale, « Toutes mes amitiés à votre père », il avait attiré Grimes. L'ironie du billet d'avion ne servait qu'à s'assurer que Grimes, le bouffon, ferait ce qu'il ne fallait pas. Si la lettre était arrivée seule, Grimes l'aurait brûlée, il aurait plié bagages et serait parti pour le Montana. Mais non – il avait présenté à son père les amitiés de Jefferson –, et maintenant George, Ella et Dieu savait qui encore s'appliquaient à réaliser l'œuvre de l'obèse. La haine. Sur la haine, Jefferson avait donné à Grimes quelques leçons de son cru. Le billet d'avion n'était pas seulement destiné à se moquer de lui : il l'obligeait à reconnaître qu'il pouvait encore, s'il le voulait – maintenant – tout laisser tomber. Il pouvait les laisser se débrouiller. Ses chances de survie seraient nettement supérieures à ce qu'elles étaient en ce moment.

D'une pichenette, il jeta sa cigarette dans la rosée. Sans regarder Lenna, il alla jusqu'au séchoir et en sortit son costume. Il était encore un peu humide, mais il n'était pas en état de s'en soucier. Gul rentra en trottant, mouillé, aux aguets et maussade. Il suivit Grimes tandis qu'il emportait le costume dans sa chambre, cherchait une chemise propre et se changeait. Grimes noua sa cravate noire devant le miroir sans se regarder. Ses chaussures étaient toujours trempées et froides, mais il n'y pouvait pas grand-chose ; et il n'était pas question de mourir avec des tennis aux pieds. Il termina son nœud de cravate et se tourna vers Gul, qui était assis sur son arrière-train et le contemplait avec une dévotion aveugle.

– On est dans la merde, mon vieux, tu sais ça ?

Gul se leva et s'approcha de Grimes qui s'accroupit. Gul lui lécha le cou et Grimes mit sa main dans la gueule du chien qui lui mordilla les doigts.

– Tu sais ce que m'a dit Jefferson avant de mourir ?

Gul lâcha ses doigts et le regarda, attentif.

– Il a dit : « Dites-moi que vous ne me haïssez pas »... et maintenant, il me traite de clown.

Grimes sourit et caressa les flancs du chien jusqu'à ce que la haine soit dissoute dans son cœur. S'il pouvait le faire sans haine, peut-être cela valait-il la peine de le faire, en fin de compte. Et son père avait beau être un vieux con agressif, il avait envie de le revoir. Grimes regarda la table où étaient étalés portefeuille, clefs, pistolet, passeport, billet d'avion pour l'Argentine. Il s'approcha et rempocha le tout. Il alla à la fenêtre : il ne pleuvait plus. Il fit claquer sa langue et Gul sortit dans la pièce voisine. Lenna était assise où il l'avait laissée, sur le canapé. Elle regardait toujours dans le vide et semblait perdue.

– Préparez-vous, dit Grimes.

Elle ne réagit pas.

– Lenna ?

Elle leva les yeux.

– Habillez-vous. Nous allons à Baton Rouge.

– Je croyais que nous allions en Géorgie, dit Lenna.

– Il me faut un aéroport. J'ai un billet qui pourrait servir.

15

Derrière son bureau gainé de cuir, Faroe observait Rufus Atwater de ses yeux de lézard. Faroe avait changé d'aspect. La loque humaine aux cheveux gris plaqués sur les joues qu'il avait laissée sur les marches était à présent vêtue d'un costume gris et d'une cravate en soie bleue. Il s'était aussi intégralement rasé le crâne et affichait un air des plus menaçants, un effet accentué par la présence du Cubain, Roberto Herrera, debout dans l'ombre derrière son épaule droite. De temps à autre, Faroe disait quelque chose à Herrera en espagnol, très vite, et Herrera, muet, hochait la tête, ce qui donnait à Atwater le sentiment d'être inutile et de perdre pied. Faroe jouait avec ses nerfs : le latino parlait parfaitement l'anglais. Atwater était mouillé et déprimé. Jack Seed, qu'Atwater regrettait maintenant autant qu'il le méprisait, était enveloppé dans un drap à l'intérieur du Dodge Tradesman, la moitié du crâne en moins, la queue et les couilles bouffées. Mais impossible de revenir en arrière. La mort de Bobby Frechette avait marqué un tournant. Depuis l'instant où Atwater avait franchi cette porte en faisant feu, il n'était plus procureur, il était un tueur. Il devait désormais agir en tant que tel.

Atwater avait raconté à Faroe ce qu'il savait, sur Parillaud, sur Jefferson et sur l'enquête qui les avaient conduits à libérer Faroe de la Maison de Pierre. Il avait aussi évoqué le Dr Grimes. Faroe avait employé Jefferson de longues années auparavant, et l'idée du trésor caché sur lequel Parillaud et les autres cherchaient à mettre la main lui donnait matière à réflexion. Cela faisait une bonne heure qu'il réfléchissait en silence. Personne ne l'avait interrompu et Atwater avait décidé qu'il ne serait pas le premier.

Finalement, Faroe tourna la tête à demi en direction de Herrera et lui dicta ce qui semblait des ordres, en espagnol. Herrera écouta attentivement – ses trais fins étaient pénétrants, concéda Atwater, peut-être même intelligents – puis salua – salua, putain – et quitta la pièce d'un pas militaire. Quand la porte se referma derrière lui, Faroe passa la main sur son crâne blanc et lisse et regarda Atwater.

– Ne vous laissez pas troubler par le colonel Herrera, dit Faroe. Ses intérêts n'entrent nullement en conflit avec les vôtres. Il s'agit là d'un travail d'équipe.

Atwater poussa un soupir en espérant qu'il ne serait pas interprété comme du soulagement. Ainsi donc, il n'allait pas se retrouver enfoui quelque part dans la plantation en compagnie de Jack. On avait encore besoin de lui. Il faisait encore partie de l'équipe. Il commençait à retrouver confiance.

– Je ne savais pas qu'il était colonel.

– Des forces aériennes cubaines. Il a déserté sur un de leurs Mig. Notre gouvernement s'est montré reconnaissant, mais pas autant que le colonel Herrera aurait souhaité. Il comprend que je ne serai pas aussi pingre.

– Quelle que soit sa position, vous pouvez compter sur moi, dit Atwater.

– Il est important que vous sachiez ce qui est en jeu, monsieur Atwater. Mon retour est une entreprise plus délicate qu'on ne pourrait le penser. Il me faudra du temps pour redevenir moi-même. Après tout, je suis mort. Mais c'est un état qui comporte des avantages, je suis sûr que vous le saisissez.

– Absolument.

– Pour que mon retour soit un succès, il est impératif de retrouver Magdalena vivante. Est-ce clair ?

– Je crois, monsieur.

– Vous êtes procureur et, je n'en doute pas, un excellent procureur. Je suis convaincu que vous établirez plus facilement que moi la liste de tous les crimes que Magdalena a commis et dont je suis la principale victime.

Atwater comprenait mieux. Il hocha la tête en souriant.

– Je crois qu'elle se prépare de durs moments.

– Je suis également convaincu qu'on peut faire en sorte qu'elle ne soit jamais jugée, dit Faroe. Le suicide en prison n'est pas rare, après tout.

– Ça arrive, c'est sûr.

– Je ne veux pas être vu en public pour l'instant. Si nous tenons Magdalena, j'ai tout mon temps pour préparer mes affaires. Ensuite, ma fuite de la Maison de Pierre peut être différée à une date plus opportune.

– C'est pour cela que vous vouliez garder les Jessup au congélateur ?

Faroe hocha la tête.

– Ce battement – comme homme mort – est encore plus important à présent que nous sommes si près de l'héritage du Capitaine Jefferson. Vous êtes, de toute évidence, un homme supérieurement intelligent, monsieur Atwater. Vous pouvez probablement imaginer comme moi le genre d'éléments qu'il a dissimulés. Mais vous ne pouvez pas imaginer à quoi ils vont me servir.

Atwater se l'était imaginé depuis longtemps. Il lui sembla habile de le reconnaître devant son nouveau maître.

– Vous avez raison. Je ne saurais pas quoi en faire.

– Ils ne me serviront pas seulement à faciliter mon retour dans l'arène ; ils me donneront plus de poids que quiconque, élu ou non, dans tout l'État. Voire dans le Sud.

– Cela fait des mois que nous sommes à la recherche de ces documents, dit Atwater. Je ne suis pas aussi sûr que nous soyons près de mettre la main dessus. Pas plus que Miss Parillaud, d'ailleurs. Même avec toutes les polices sur les dents, une chasse à l'homme est aussi une affaire de chance.

– La chance, dit Faroe, naît le plus souvent d'une erreur. Il est clair que le Dr Grimes se trouve mêlé à cette affaire fortuitement. Et il se pourrait qu'il ait commis une faute.

– Grimes ? fit Atwater, perplexe. Quel est son rôle là-dedans ?

– Connaissez-vous le rasoir d'Occam ?

– Je crains que non.

– Il s'agit d'un outil scolastique médiéval destiné à trouver la solution des problèmes de causalité. Il dit que, si on a le choix entre, d'une part, une unique raison plausible pour expliquer un phénomène et, d'autre part, de multiples raisons séparées, tout aussi plausibles prises ensemble, mais seulement reliées entre elles par leur issue commune et synergique, dans ce cas la solution se trouve plus vraisemblablement dans l'unique que dans les multiples.

Ce genre de conneries rappelait à Atwater l'école de droit. Il pouvait suivre.

– Ce que vous voulez dire, c'est que Grimes serait à la fois la clef de la fuite de Miss Parillaud et celle du trésor de Jefferson.

– Très bien. Vous savez où habite Grimes ?

– Oui, monsieur.

– Allez fouiller chez lui, dans son bureau, n'importe où. Trouvez-moi quelque chose.

– J'ai déjà deux hommes sur la piste de son père. Il s'appelle George. Grimes l'a vu hier soir, il semblerait qu'ils se sont un peu querellés.

– Vous voyez ? Vous avez déjà trouvé tout ça tout seul, dit Faroe.

Atwater soupçonnait que c'était là une manière déguisée de le traiter de connard. Parfait. Il allait montrer à Faroe qu'il avait besoin d'autre chose que d'un tas de pilotes latinos pour l'aider à réussir. Après quoi, il aurait droit à quelque récompense. Atwater se leva.

– Je vais me mettre au travail, dit-il.

– Pas de police, dit Faroe. Pas avant que je sois prêt.

– Naturellement.

Atwater était assez irrité pour poser la question qui l'avait démangé toute la nuit.

– Pardonnez ma curiosité, mais il faut que je vous pose la question. Pourquoi Miss Parillaud vous a-t-elle gardé prisonnier là-bas ?

– C'est à votre curiosité que je dois ma liberté, monsieur Atwater. C'est pourquoi je vous excuse.

Il se pencha en avant et sa voix baissa de plusieurs octaves.

– Mais si vous posez à nouveau cette question, à moi ou à quiconque, notre relation se terminera aussi vite qu'elle est née.

– C'est tout ce que j'avais besoin de savoir.

Atwater tourna les talons et se dirigea vers la porte, mais quelque chose lui restait sur l'estomac. Il travaillait pour Faroe, c'était clair, mais il n'aimait pas qu'on lui donne l'impression d'être un va-chercher.

– Où est allé Herrera, monsieur Faroe ? Je crois que je devrais le savoir.

– Le colonel va vous fournir la logistique. Il est allé trouver l'équipement nécessaire et recruter d'autres hommes.

– L'équipement ?

– Je lui ai donné l'autorisation de réunir toutes les armes qu'il jugera utiles, y compris un hélicoptère.

Cette fois, plus que jamais, Atwater eut pleinement conscience du pétrin dans lequel il se fourrait. Le regard de lézard de Faroe le scrutait activement. Il ne voulait pas que Faroe croie qu'il hésitait. Atwater soutint le regard de lézard et lui adressa ce qu'il estimait être son sourire « Clarence Jefferson ».

– Un hélicoptère me paraît être parfaitement indiqué.

Après tout, il fallait bien que quelqu'un prenne la place du Capitaine, maintenant qu'il n'était plus là.

16

L'aube se levait quand ils atteignirent les abords de Baton Rouge et prirent la direction de Ryan Airport au nord-ouest. Grimes avait le tournis. Il était si fatigué qu'il n'était plus capable de se rappeler pourquoi il était si urgent de venir à bout des kilomètres restant à parcourir, mais son corps avait l'air de le savoir. Ils allaient de l'avant. Et il mourait de faim. Il avait envie d'un café et de crêpes. Il pensait que Lenna, assise à côté de lui, les yeux cernés, en était au même point. Elle au moins avait réussi à dormir une bonne partie de la route.

– Vous voulez vous arrêter, manger quelque chose ? dit Grimes.

Lenna secoua la tête.

– Je n'ai pas faim.

Grimes se contenta d'allumer une cigarette. Elle avait un goût horrible. Il aperçut la sortie en direction de l'aéroport et la prit. Lenna lança un regard vers Gul, sur le siège arrière.

– Est-ce que cela signifie que nous abandonnons notre nouvel ami ?

– Vous plaisantez, dit Grimes. Vous croyez que je pourrais me passer de lui ? Nous allons louer un avion.

– Avez-vous l'argent ? dit Lenna.

– Non. Et cela fait quelques années que vous n'en avez pas sur vous, n'est-ce pas ?

– Exact. Hier, j'aurais pu acheter la compagnie aérienne.

– Peut-être que ça vous fera une expérience, de voyager avec les touristes.

Grimes se gara. Lenna sortit, referma la portière. Il se tourna pour voir Gul qui avait dressé la tête et le regardait comme pour dire : « On fait quoi ? » Il lui ouvrit et Gul se dressa sur ses quatre pattes en se cognant contre le plafond.

– Bravo, crétin ! Allons chercher un peu de fric.

Grimes sortit et Gul descendit derrière lui. Ils se dirigèrent vers le terminal. Comme les portes automatiques se refermaient doucement derrière eux, Grimes repéra leur premier problème. Un garde chargé de la sécurité marchait vers eux en se dandinant, le genre d'homme qui faisait ce travail dans le seul but de pouvoir dire aux gens qu'il était interdit de fumer ou de marcher pieds nus. Son regard était fixé sur Gul. Près de sa jambe, Grimes sentit les vibrations d'un grognement et il parla doucement sans baisser la tête

– Moi aussi, j'ai envie de le tuer, mon vieux, mais il faut rester calme. *Calme.*

Il sembla obtenir des résultats. La vibration disparut. Grimes adressa au garde un sourire hypocrite. Le garde ne sourit pas du tout.

– Vous n'avez pas le droit d'entrer avec votre chien, monsieur.

– Je n'ai pas de chien, répondit Grimes.

Le garde sembla abasourdi par le culot avec lequel il niait l'évidence. Il fixa Gul du regard, lequel le fixa en retour. Grimes espérait que le garde ne maintiendrait pas le contact visuel plus longtemps qu'il n'était souhaitable. Le garde comprit la situation et releva la tête.

– Vous êtes entré avec ce chien. Je vous ai vu. Je vous demande de le faire sortir d'ici.

Grimes sentit tout le ras-le-bol qu'il étouffait refluer dans son thorax.

– Écoutez, champion, ma femme et moi (il inclina la

tête en direction de Lenna), nous nous sommes garés dans votre parking et nous sommes entrés avec l'intention de régler une affaire au comptoir d'American Airlines. Ce magnifique chien nous a suivis de sa propre volonté. Tout ce que je peux dire, c'est qu'il ne nous a fait aucun mal. Vous, en revanche, vous commencez à me les briser. Si vous voulez vous en débarrasser, c'est votre affaire, essayez toujours, mais ne me demandez pas de faire votre boulot. Maintenant, méritez votre salaire et lâchez-moi.

Le visage du garde était à présent tout rouge. Il n'avança pas mais fit un geste de la main en direction de Gul. Gul montra au garde une petite rangée de crocs et lui fit entendre le vibrato qui remuait les tripes. D'instinct, le garde retira la main et la posa sur l'étui passé à sa ceinture. Les épaules ramassées, Gul baissa les hanches.

– Si je devais prendre ce pistolet, dit Grimes je veillerais d'abord à avoir un bon service de chirurgie de la main à proximité.

Le garde déplaça sa main de sa ceinture à son visage, lequel était passé du rouge au blanc en l'espace de quelques secondes. Il se frotta la joue.

– Écoutez, mon vieux, dit Grimes, ça ne me regarde pas, mais en tant qu'observateur il me semble que, si vous laissez cet animal vivre sa vie, il vous laissera vivre la vôtre, et que nous pourrons tous vaquer à nos occupations.

En s'accompagnant d'un sourire, Grimes laissa le garde et marcha jusqu'au comptoir d'American Airlines. Lenna et Gul le suivirent. Le garde resta planté là, humilié et indécis. Derrière le comptoir, il y avait une femme vêtue d'une blouse ornée d'un badge au nom de « Jeannie ».

– Bonjour, monsieur. En quoi puis-je vous aider ?

– Salut, dit Grimes. Je voudrais me faire rembourser ce billet en liquide, s'il vous plaît.

Grimes sortit de sa poche le billet que Jefferson lui avait envoyé et le tendit à Jeannie. Il prit son permis de conduire et le lui tendit également.

– Une pièce d'identité.

Jeannie examina le billet. Elle fronça les sourcils.

– Cela fait plus de quatre mille dollars.

– Quand votre compagnie a vendu ce billet, vous avez été ravie de prendre l'argent – en liquide, notez bien. Maintenant, je voudrais qu'on me le rende. S'il y a un pourcentage à payer pour l'annulation, vous pouvez le déduire.

– Nous pouvons vous rembourser, monsieur, mais nous sommes obligés de vous envoyer un chèque.

Sûre que cela n'allait guère lui faire plaisir, elle lui adressa son sourire professionnel. Grimes lui sourit à son tour.

– Je sais que vous n'êtes pas l'auteur des règlements et que vous faites votre travail. Pourriez-vous appeler votre responsable ?

Jeannie réfléchit et décida que c'était une bonne idée. Elle décrocha un téléphone et composa un numéro. Grimes tourna le dos au comptoir pendant qu'ils attendaient.

– Alors voilà la vie dans le monde réel, dit Lenna.

– Ouais, dit Grimes qui hocha la tête en direction de Gul, je crois que tout est nouveau pour lui aussi.

Gul était couché sur le sol et contemplait les alentours avec une indifférence méprisante. Au loin, le garde chargé de la sécurité était plongé dans une conversation animée avec un collègue qui regardait vers eux. Le responsable arriva et se présenta sous le nom de Russell Beakes. C'était un gars corpulent qui affichait cet air d'importance caractéristique des petits chefs.

– Notre hôtesse vous a informé correctement, Dr Grimes, dit Beakes. Vous pouvez exiger le remboursement, mais il vous faudra passer par le canal habituel.

– Je veux mon argent, dit Grimes.

– Je crois que vous avez mal compris, dit Beakes.

– Avez-vous autorité ou non pour me donner mon argent ? Sinon, veuillez m'indiquer la bonne personne.

– Je peux, en principe… commença Beakes.
– Alors faites-le.
– Ce serait me mettre en situation irrégulière que de vous rembourser une telle somme en liquide. Je suis sûr que vous…
– Je veux mon argent.
Beakes se passa la langue sur les lèvres et regarda derrière Grimes, vraisemblablement en direction des gardes. Grimes songea à brandir le revolver qu'il avait dans la poche et à voler son argent. Gul, il pouvait être tranquille, saurait s'occuper des deux gardes. Lenna interrompit le cours de ses pensées en décrochant le téléphone posé sur le comptoir.
– Excusez-moi. Connaissez-vous le nom du président de votre compagnie, monsieur Beakes ?
– Naturellement. Mr Stephen J. Cochrane, répondit Beakes, stupéfait.
Lenna se tourna vers Jeannie :
– Puis-je avoir l'extérieur ?
Jeannie, les yeux écarquillés, hocha la tête. Lenna commença à composer un numéro.
– Je possède vingt-trois pour cent des actions d'American Airlines, monsieur Beakes. Tous les hivers, Steve et moi allons skier ensemble à Vail. C'est dans le Colorado.
Elle finit son numéro et attendit. Les mains de Beakes s'agitèrent.
– Steve ne m'en voudra pas de le déranger un samedi matin pour autoriser cette transaction, dit Lenna. Mais vous risquez d'avoir du mal à retrouver un travail.
Les mains de Beakes se tendirent et retirèrent le combiné des mains de Lenna comme s'il s'était agi d'une bombe à retardement. Il raccrocha avec un sourire contraint.
– Si vous voulez bien patienter quelques instants, le docteur va recevoir son argent.
Beakes disparut et Lenna se tourna vers Grimes.

– Je devrais sortir plus souvent.

Quelques minutes plus tard, la poche gonflée de billets, Grimes se sentit plus détendu. Il remercia Beakes et Jeannie et, se penchant vers Gul, il plongea son regard dans le sien.

– Ne bouge pas.

Gul cligna des yeux. Grimes et Lenna traversèrent le hall en direction de la sortie. Ils passèrent devant les deux gardes, dont le visage tremblait.

– C'est qu'une saloperie de chien, entendit Grimes.

– Tu n'as pas vu ses yeux, dit l'autre.

Grimes leur adressa un signe de tête.

– Bonne journée.

Devant les portes, Grimes s'arrêta et se retourna : derrière le bureau d'American Airlines, Russell Beakes agitait la main en direction des gardes tout en regardant au-dessus du comptoir. Gul n'avait pas bougé. Grimes donna une tape sur sa cuisse. Gul traversa le hall à grandes foulées dédaigneuses. Dans la Maison de Pierre, Grimes l'avait vu se déplacer trois fois plus vite, mais les foulées étaient rapides tout de même. Les gardes reculèrent sur son passage. Quand il fut parvenu à sa hauteur, Grimes ouvrit les bras et Gul se souleva sur son arrière-train et jeta ses pattes sur les épaules de Grimes, qui réussit de justesse à garder l'équilibre. Il frotta les flancs de l'animal.

– Tu es un bon chien.

Ils s'éloignèrent et s'entassèrent dans l'Oldsmobile, puis parcoururent le petit kilomètre qui les séparait du champ d'aviation voisin, réservé aux compagnies de fret et aux avions privés. Grimes glissa cinquante dollars dans la main du type à la grille en lui expliquant qu'ils devaient voyager avec un chien. L'homme se gratta la tête et leur indiqua une cabane en carton-pâte, au fond, tout au bout d'une longue rangée de bureaux. Sur le pignon, la cabane arborait une plaque en fer-blanc émaillé, toute graisseuse.

Titus Oates
Le Dernier des Indépendants
« *Le Monde est à Vous* »

Grimes laissa Lenna et Gul dans l'Oldsmobile et alla jusqu'à la cabane. Il n'y avait aucun signe de vie. Il cogna à la porte, qui trembla sur ses gonds. Pas de réponse. Grimes haussa les épaules et regagna la voiture. C'est alors que les gonds tremblèrent à nouveau et que la porte s'ouvrit.

– Putain, c'est quoi votre problème ?

Grimes se retourna : depuis le seuil, un homme fortement charpenté et agressivement barbu, à peu près de l'âge de Grimes, le fixait, hébété. Il portait une casquette de base-ball des Texas Longhorns, visière arrondie, comme un bon élève, et une chemise de nuit en flanelle rayée qui lui descendait jusqu'aux genoux et pendait magnifiquement du gros globe de sa panse. Sous la chemise, il avait les jambes blanches et poilues, de la taille et de la forme d'un extincteur. Il avait les pieds nus et solidement plantés.

– Est-ce que vous savez l'heure ? demanda l'homme.

Grimes consulta sa montre.

– Un peu moins de sept heures, répondit-il.

– Hé, mon pote, j'ai autant besoin d'une réponse que d'une balle dans le ciboulot.

Il glissa la main sous la casquette et se gratta la tête.

– Dont j'ai peut-être bien besoin, finalement.

– Je cherche Mr Titus Oates, dit Grimes.

– Oates est mort, répondit le gros homme.

– Je regrette, dit Grimes.

– Mais c'est quoi que vous lui voulez ?

– Je voudrais lui proposer un travail.

Le gros homme retira la main de sous sa casquette et, brièvement, balaya d'un œil perçant Grimes et l'Oldsmobile 88 derrière lui.

– Quel genre de travail ?

– Le travail indépendant. Nous voudrions louer un avion avec pilote.

– Pour où ?

– Neuf cents à mille kilomètres.

Le gros homme plissa les yeux.

– Le Mexique ?

– Non.

– Mmm. Qu'est-ce que vous transportez ?

– Il n'y a que moi, une dame, et un chien. Je paie en liquide.

Le gros homme renifla.

– Est-ce que j'ai l'air d'accepter les cartes American Express ?

Il jeta un regard vers l'Oldsmobile.

– Montrez-moi ce chien. Je suis un peu chatouilleux, pour ce qui est des animaux.

– Bien sûr.

Il alla jusqu'à l'Oldsmobile, ouvrit la portière et rentra sa tête à l'intérieur.

– Qui est ce type ? demanda Lenna.

– Je ne sais pas.

Grimes se tourna vers Gul. Le chien ouvrit la gueule et déroula sa langue.

– Écoute, mon vieux, je veux te présenter un ami et je veux que tu sois gentil avec lui, compris ? Tu es sage, d'accord ? Sage.

Gul déroula sa langue un peu plus. Grimes sentait que Lenna le regardait comme s'il était complètement idiot.

– Alors, viens, dit Grimes. Et au pied.

Gul descendit sur le tarmac et marcha jusqu'à la cabane au côté de Grimes. Le gros homme ôta sa casquette et la fit claquer sur sa cuisse.

– Nom d'une pipe, dit-il, en voilà un sacré putain de clebs !

Gul resta calme.

– Il n'est pas méchant, dit Grimes.

– Y a intérêt, dit le gros homme.

Il s'accroupit sur un genou et sourit, la main tendue.

– Viens.

Gul leva la tête vers Grimes.

– Le chien de son maître, hein ? Ça me plaît. Ça, oui.

Grimes adressa à Gul un signe de tête.

– Va. Et n'oublie pas ce que j'ai dit.

Gul s'approcha du gros homme, lui flaira la main, puis les pieds et le gros homme éclata de rire.

– T'es le premier fils de pute qui a niqué sa mère, toi, hein ?

Il remarqua la blessure recousue sur le crâne de Gul.

– Mmm... on a eu des ennuis, mon garçon ?

Le gros homme releva la tête et regarda Grimes de ses yeux perçants. Grimes resta silencieux. Il entendit claquer une portière derrière lui. Les yeux du gros homme s'animèrent.

– Encore un problème, Docteur ? dit la voix de Lenna.

– Nom d'une pipe, dit le gros homme. Et une blonde par-dessus le marché, dans une Oldsmobile 88. Vous savez quoi, Docteur ? Vous êtes presque pardonné de m'avoir réveillé à une heure aussi impie.

Gul revint se poster aux pieds de Grimes et le gros homme se redressa.

– Dommage que ce ne soit pas le Mexique. J'aurais fait une escale, j'aurais peut-être pris quelques marchandises et j'aurais payé mon retour. Mais si votre chien désire se rendre ailleurs, je crois qu'on pourrait s'arranger.

– Combien ? demanda Grimes.

Le gros homme fronça les sourcils d'un air pensif.

– Cinq cents par tête.

– Ça signifie mille ou mille cinq cents ? dit Grimes en regardant Gul.

Le gros homme posa ses poings sur ses hanches et grimaça en poussant sa panse en avant.

– Est-ce que vous essayez de marchander avec moi, Doc ?

– Vous avez une tête à imprimer sur un avis de recherche.

Grimes sortit les billets de sa poche et compta, puis s'approcha du gros homme et lui mit la somme dans la main.

– Vous vous appelez comment ?

– Vous pouvez m'appeler Titus. Ou Oates si vous préférez.

Titus Oates désigna le chien du doigt.

– Il s'appelle comment ?

– Gul, dit Grimes.

– Chouette nom.

Grimes se tourna à demi.

– Et je vous présente Lenna.

– C'est chouette aussi, Lenna, dit Oates en lui adressant un signe de la main. J'ai le temps de prendre un petit déjeuner ?

– Nous, en ce qui nous concerne, nous n'avons pas eu le temps.

– Mmm, fit Oates. C'est si grave que ça.

Il se tourna et regagna l'intérieur de la cabane.

– Rangez la voiture derrière. Vous trouverez une bâche, si vous voulez. Je reviens dans cinq minutes.

Grimes retourna à la voiture et adressa un sourire à Lenna.

– Voilà, nous avons notre avion.

Lenna le regarda d'un air furieux.

– Je ne peux pas croire que vous avez donné notre argent à ce type.

Lenna monta sur le siège passager. Grimes haussa les épaules et laissa Gul grimper à l'arrière avant de s'installer au volant. Sans rien dire, il fit démarrer le moteur, contourna le bureau d'Oates et se gara près d'une Cadillac bleu ciel à la carrosserie en pleine déconfiture. Il se tourna vers Lenna.

– Est-il vrai que vous possédez vingt-trois pour cent des actions d'American Airlines et que vous allez skier à Vail avec « Steve » ?

– Non. Mais si je l'avais voulu, j'aurais pu, c'est toute la différence. J'aurais pu aussi avoir ce type pour huit cents dollars maxi. Ce que je veux dire, c'est que vous êtes parfait avec ce chien, mais à l'avenir laissez-moi les affaires délicates, d'accord ?

Grimes la regarda. Ses cheveux avec le soleil étaient tout dorés. Quelle importance si elle boudait, si elle avait mauvais caractère et si elle était parfois blessante ? Il aimait peut-être ça. Elle était… elle était ravissante. Lenna lui rendit son regard sans sourire. Grimes posa les yeux sur ses lèvres, puis sur ses yeux.

– Docteur ? dit Lenna. Je… enfin, je ne m'aime pas trop en ce moment. Je veux dire…

Elle s'interrompit, se frotta le front.

– Je ne sais pas ce que je veux dire. J'ai juste besoin de quelque chose, vous comprenez ? Je sais bien que je n'ai aucun droit de demander ça, mais j'ai juste besoin de quelque chose qui me donne l'impression de ne pas être la dernière merde sur cette terre.

– Ce n'est pas ce que vous êtes, dit Grimes.

– Vous savez, quand Jack Seed m'a attachée sur ce fauteuil hier soir, je n'avais pas peur. Pas vraiment. Vous savez pourquoi ?

– Non.

– Parce que je mérite tout ce qu'il pouvait me faire.

– Je peux comprendre ça, dit Grimes.

– Vous pouvez comprendre ?

– Oui.

Il s'éclaircit la gorge.

– Écoutez, je ne peux pas changer l'opinion que vous

avez de vous-même mais, en ce qui me concerne, je pense que vous méritez un peu mieux.

Lenna ferma les yeux et ils s'embrassèrent. Leurs lèvres se joignirent légèrement et Grimes ferma les yeux à son tour. Son haleine était douce et tiède sur son visage. Ils prolongèrent le baiser, légèrement, et Grimes eut la révélation, en sentant se combler un espace dont il ignorait qu'il fût vide, qu'il avait lui aussi besoin de ce quelque chose. Il posa les doigts sur sa joue et la caressa, puis caressa ses cheveux. Il ouvrit la bouche, juste un peu, et elle ouvrit la sienne, et ils restèrent ainsi jusqu'à ce qu'elle glisse ses doigts dans ses cheveux. Il bandait. Ouvrant les yeux, il rencontra ses pupilles, énormes et noires, cerclées de vert. Grimes se surprit à glisser la main sous sa veste et sur son ventre, il posa la main sur son sein. La peau tout autour était relâchée et douce au toucher. Il fit rouler la peau lâche entre le pouce et l'index et pinça, elle soupira dans sa bouche. Il avait envie de lui faire mal – pas beaucoup, un peu – et il savait que quelque chose en elle éveillait en lui ce désir, et que cet échange muet recelait un érotisme intense. Mais il connaissait trop, et de trop fraîche date, l'horreur qu'elle avait subie dans le passé. L'intérieur sanglant de la cabane – la Maison de Pierre originale – et ses cris lui revinrent à l'esprit. Il sentit son érection faiblir. L'hésitation qui devait se lire dans ses yeux se refléta dans ceux de Lenna. L'avidité et la violence qu'ils exprimaient – et que les siens exprimaient peut-être aussi – furent brutalement chassées par la confusion. Lenna ferma les yeux et il fut soulagé. Il lâcha son sein, lui prit le visage et l'attira contre sa poitrine.

Ils restèrent ainsi un moment, Grimes s'efforçant de ne penser à rien. Un énorme coup frappé sur le toit et le grondement sauvage de Gul le firent sursauter. Lenna se redressa violemment et Grimes vit un visage barbu et grimaçant de l'autre côté de la vitre.

– Fini de déconner, faut se secouer ! brailla Titus Oates.

Grimes se retourna :

– Gul !

Gul se tut mais demeura en alerte.

– Bon chien, dit Grimes.

Grimes commença enfin à croire qu'ils y arriveraient. Titus Oates pilotait un monomoteur De Havilland Beaver qui était la réplique aéronautique de son bureau : l'avion grinçait comme si le moindre éternuement menaçait de le faire exploser. Lenna, assise dans le cockpit, apparemment indifférente, faisait la conversation à Titus Oates qui riait et jurait beaucoup, et Grimes était attaché à un siège dans la soute, Gul entre ses cuisses. Gul réagissait au vacarme du moteur et aux tremblements du fuselage avec le même sang-froid qu'il avait manifesté au cours de son odyssée dans le monde. Quand ils furent en vol, que la vitesse et le bruit devinrent réguliers, Grimes fut suffisamment terrassé pour s'endormir.

Il s'éveilla, secoué par le choc du train d'atterrissage sur le sol. Grimes remercia le ciel de ne pas avoir de petit déjeuner à vomir et s'accrocha à Gul pour se rassurer. Quand ils furent enfin à l'arrêt, Oates se tourna vers la soute avec un large sourire.

– Qu'est-ce que vous pensez de ça, Doc ? Le Diable monte en Géorgie.

– Où sommes-nous ? demanda Grimes.

– Eh bien, Lenna ici présente m'a indiqué votre destination, j'ai branché la radio et je nous ai trouvé un aérodrome rustique – une petite installation pour les appareils de pulvérisation à moins de cinquante kilomètres au sud de là où vous désirez aller. Jordan's Crossroads, c'est bien ça ?

– Beau travail, fit Grimes.

Il détacha sa ceinture de sécurité et se releva. D'un pas incertain, il alla jusqu'à la porte de chargement et la fit glisser avant de sauter avec Gul. Le soleil brillait et le ciel était bleu. Ils se trouvaient sur un ruban de tarmac en pleine campagne. Au loin, dans toutes les directions, les champs étaient bordés de forêt verdoyante. D'un côté du tarmac se trouvait un autre appareil qui devait servir à pulvériser les cultures. Au-delà s'élevaient un bâtiment de plain-pied peint en blanc et, à côté, un autre de la taille d'une grange, devant lequel étaient stockés des tonneaux. Un homme vêtu d'une salopette vert olive sortit du bâtiment blanc et se dirigea vers eux. Oates et Lenna rejoignirent Grimes.

– Donnez-moi deux cents dollars, et je m'occupe de ce type, dit Oates.

– Donnez-lui quatre-vingt, dit Lenna.

Obéissant, Grimes chercha la somme exacte mais ne la trouva pas. Il donna à Oates un billet de cent. Oates griffonna quelque chose sur une carte.

– Si vous voulez que je vous ramène, je reste un peu dans les parages. Dans le coin, ils font un whisky qu'on ne trouve nulle part ailleurs ni pour tout l'or du monde. J'ai bien envie de réinvestir quelques bénéfices.

Il tendit la carte. Il y avait un numéro. Grimes regarda Oates et Oates pointa le pouce sur un bout de métal flexible qui dépassait de la poche de sa veste en jean.

– Téléphone mobile, dit Oates. Vous voyez, si on veut rester dans la course dans le monde de l'entreprise moderne, faut avoir la technologie. À propos, je crois que Gul ferait un bon partenaire en affaires. Je pourrais peut-être aller jusqu'à quatre cents dollars, si vous voulez le vendre à quelqu'un de bien.

Grimes avait cessé de s'étonner du culot d'Oates.

– Gul fait ce qu'il veut. Il ne m'appartient pas de le vendre, dit Grimes en se tournant vers Lenna. Allons-y.

– Si vous changez d'avis, vous savez où me trouver.

Le neveu du pilote qui pulvérisait les cultures les conduisit vers le nord dans son pick-up. La ville ne consistait guère qu'en une rue principale et deux églises.

Le neveu leur indiqua que le motel le plus proche se trouvait à quarante-cinq kilomètres, mais qu'une veuve nommée Stapleton louait parfois des chambres à des pêcheurs pendant la saison. S'ils pouvaient lui montrer une alliance, il se pourrait que ça passe, mais pour le chien il ne pouvait rien assurer. Grimes songea qu'ils avaient maintenant au moins cinq heures d'avance sur son père. Même une heure de sommeil – dans un lit – lui paraissait sans prix. Ils descendirent du camion à un peu plus d'un kilomètre de la ville et grimpèrent les marches du porche de Mme Stapleton.

– Je vous laisse faire, dit Grimes à Lenna.

La maison était située à l'écart de la route et, quand le camion disparut, on n'entendit plus que le chant des oiseaux. Les arbres étaient couverts de fleurs de dizaines de couleurs différentes. Une brise soufflait, fraîche et parfumée. Grimes éprouva un brusque sentiment de paix monter en lui. Il avait l'impression d'être arrivé sur une autre planète, loin de tout danger. Holden Daggett avait raison. Si c'était là la plaine de l'Ohoopee, elle était bien belle au printemps.

17

La journée avait mal commencé pour Rufus Atwater. Il était revenu en ville et, après avoir réussi à pénétrer chez Grimes, il était tombé sur une pièce pleine de détritus et avait d'abord cru s'être trompé d'endroit. Mais non, c'était bien là que vivait le Dr Eugene Grimes. Quel drôle d'oiseau. La perspective de fouiller les lieux à la recherche d'indices désespérait tellement Atwater qu'il se jeta sur un lit dans l'une des chambres à l'étage et s'endormit. Il se réveilla paniqué, vit qu'il n'était pas encore neuf heures. Pas si grave.

Le plus dur fut quand il apprit que Dusty et Hank, les deux hommes de main engagés pour suivre Grimes, avaient été abattus par un assaillant non identifié. Dusty était mort sur la table d'opération au bout de quatre heures d'intervention. Qu'est-ce que c'était que ce bordel ? Était-il possible que le vieux les ait tués ? Atwater n'aurait rien à gagner en révélant tout cela à Faroe. Il se ressaisit et inspecta l'appartement de Grimes de fond en comble, vidant tiroirs et placards, feuilletant livres et papiers, fouillant les poches des vêtements. Après une heure de recherches stériles et destructrices, l'endroit n'était pas plus dévasté qu'auparavant, mais Atwater n'en savait pas plus.

Il maudit Grimes, Faroe et Jefferson, plus amèrement l'un que l'autre, et redescendit l'escalier. Cet enfoiré de Cubain devait en ce moment être en train de se surpasser pour s'insinuer plus avant dans la confiance et les bonnes grâces de Faroe, tandis que lui, Atwater, allait d'échec en échec. Il décida d'aller manger un morceau et de réfléchir à ce qu'il ferait ensuite. Il écarta du pied le courrier que personne n'avait pris la peine d'ouvrir et qui tapissait le couloir de l'entrée.

Il n'avait pas regardé le courrier.

Atwater se mit à genoux et entreprit un tri frénétique du tas d'enveloppes, jetant publicités et magazines médicaux, plaçant les relevés de comptes bancaires d'un côté, cartes postales et lettres personnelles d'un autre. Il commença par ces dernières, sans succès, puis attaqua le courrier plus administratif. Des envois de compagnies d'assurances et de conseillers financiers, invitations à des conférences, quelques merdes provenant du fisc, la carte d'un avocat de Géorgie lui demandant un rendez-vous, des factures, une demande d'article pour un journal sur la désintoxication des drogués aux opiacés ; encore une lettre de l'avocat de Géorgie.

Atwater sentit dans ses tripes un peu d'espoir.

Il s'assit par terre, alluma une Kool puis lut les deux lettres d'un certain Holden Daggett, de Jordan's Crossroads en Géorgie. Rien n'indiquait la nature des affaires liant Daggett et Grimes, seulement le regret exprimé par Daggett que Grimes n'eût pas répondu et se fût révélé injoignable au téléphone. La seconde lettre précisait que, à moins d'un refus, Daggett projetait de venir rendre visite à Grimes en personne afin de régler l'affaire en cours.

Apparemment, cela ne le mènerait pas bien loin, mais deux choses lui mettaient la puce à l'oreille. Ce mélange d'insistance et de totale absence de sujet concret était étrange. Mais surtout, la date donnée par Daggett pour sa visite à Grimes était celle d'hier – le même jour où Lenna Parillaud avait reçu sa lettre et où la pagaille avait commencé.

Atwater n'avait pas le temps de reconstituer le puzzle morceau par morceau ; mais il était sûr de ne pas se tromper. Il remonta à l'étage et trouva un atlas. Il localisa Jordan's Crossroads sur la carte de Géorgie. Il appela Gough Lovett, un privé près de Savannah, lui donna le signalement de Grimes et de Parillaud – ils seraient faciles à repérer – et lui demanda de se rendre à Jordan's Crossroads immédiatement. Atwater aurait également pu appeler Filmore Faroe, lui dire ce qu'il avait trouvé, mais l'idée que des décisions pouvaient être prises à Arcadie en dehors de lui l'en dissuada. Il le dirait à Faroe de vive voix. Faroe comprendrait alors à quel genre de détective il avait affaire en la personne de Rufus Atwater.

Atwater quitta l'appartement de Grimes. La taille de la plantation de Faroe le surprenait toujours, il avait beau y être venu un certain nombre de fois, le domaine était toujours plus grand que dans son souvenir. La route qui conduisait à la demeure ne passait pas par la Maison de Pierre – celle-là était enfouie à des kilomètres – et Atwater s'en félicitait. S'il ne revoyait plus jamais cet endroit, il serait un homme heureux. Atwater était un gars régulier ; il détestait tout ce qui était bizarre et il n'avait jamais rien connu de plus bizarre que cette situation. Ni une telle terreur – quand, dans la cage silencieuse, il avait retrouvé le corps de Jack Seed nu et éventré. Atwater frissonna et franchit les grilles en fer.

Un hélicoptère était posé sur la pelouse de Faroe. Atwater n'y connaissait rien, mais ce grand appareil ressemblait à ceux de la guerre du Viêt-nam, sauf qu'il était peint en noir mat et qu'il n'y avait pas de mitrailleuses. En revanche, les latinos, qui semblaient être omniprésents, étaient bel et bien armés. Pour aller jusqu'au bureau de Faroe il avait dû en croiser au moins une douzaine. La plupart d'entre eux, en treillis de combat, arboraient soit des M16 – ou des Armalite – soit des fusils. Il reconnut une kalachnikov. Nom de Dieu. Cette histoire de « colonel » était montée à la tête d'Herrera.

Atwater craignit – pour Mr Faroe – que toute cette

affaire commençât à lui échapper. Que Jack Seed eût réuni une poignée de clandestins pour faire le sale boulot était une chose. Et il ne reprochait pas à Faroe d'avoir appelé Herrera, c'était un homme désorienté, coupé de tout. Mais cette deuxième phase de renforts dépassait les bornes. Atwater faisait jouer son discernement tandis qu'Arcadie se transformait en un putain de camp d'entraînement. À croire qu'Herrera préparait un coup d'État.

Quand il entra dans le bureau de Faroe, il tomba sur Herrera, plus lèche-cul que jamais. Atwater l'ignora et alla jusqu'à la table. Filmore Faroe, crâne rasé et regard de serpent, lui parut particulièrement allumé. Sans doute les amphétamines rapportées de chez les péquenots. Le patron planait très haut. Atwater avait entendu dire que les amphés pouvaient provoquer d'étranges réactions. Sans oublier qu'il avait été bouclé dans cette merde de cage pendant treize ans. Peut-être cela expliquait-il le surarmement des mercenaires.

– Vous aviez raison, dit Atwater. J'ai trouvé quelque chose.

– Asseyez-vous, dit Faroe.

Atwater lui parla des lettres de Holden Daggett, et les sortit de sa poche. Faroe les lut sans un mot, puis leva la tête.

– Jordan's Crossroads est un bled paumé au milieu de distilleries clandestines, dit Atwater. J'ai mis un privé de Savannah sur le coup. Il va surveiller ce Daggett et il a le signalement de votre femme et de Grimes. Il dit que, dans un trou pareil, on n'aura pas de mal à les repérer. S'ils sont là-bas.

– Et s'ils y sont ? demanda Faroe.

– Il nous le fera savoir et attendra nos instructions.

Faroe fronça les sourcils.

– Nous avons affaire à des personnes prêtes à tout, monsieur Atwater. Dois-je vous rappeler ce qui est arrivé à Jack Seed ?

Atwater eut envie de répondre : « Écoute, mon pote, ce n'est pas moi qui ai envoyé le pauvre Jack Seed tringler ta femme. »

– Quelles sont vos instructions ?

– Nous jouons gros. Ça ne peut donc pas se faire sans danger.

Faroe se plongea dans ses pensées. Après une pause respectueuse, Herrera dit quelque chose en espagnol. Faroe grommela et hocha sa tête rasée. Atwater attendit.

– Je les veux vivants. On pourra toujours les tuer plus tard.

– Entendu, dit Atwater.

– Colonel, dit Faroe, dans combien de temps vos forces seront-elles prêtes ?

– Elles le sont.

– Parfait. Dites-leur que nous partons dans dix minutes.

Atwater s'inquiéta.

– Vous les envoyez en Géorgie ?

– Si nous attendons que votre détective les ait repérés, nous allons perdre des heures précieuses, ils risquent de nous échapper.

– Et si Grimes et Parillaud n'y sont pas ?

– Alors nous n'aurons perdu que quelques litres de kérosène. Est-ce que vous doutez de mon jugement ?

– Non, monsieur. C'est juste que, avec votre respect, monsieur, je ne suis pas certain de ces gars à cent pour cent. Si je ne le disais pas, je ne ferais pas mon travail.

– Je vous remercie, monsieur Atwater. Je dirais même plus, je partage votre avis. C'est pourquoi vous allez partir avec eux. Vous prendrez les rênes pour moi.

– Vous voulez dire que c'est moi qui commande ?

– Le Colonel Herrera devra obéir à vos ordres.

Rufus Atwater sentit un frisson lui parcourir l'échine. Il était autre chose qu'un simple tueur. Il montait enfin droit au sommet.

18

Dans le rêve de Grimes, Lenna Parillaud était assise sur le canapé de sa cabane, sa robe bleue entortillée autour de sa taille, tandis que lui, à genoux entre ses jambes, la baisait. Lenna le regardait de ses yeux verts, les cuisses tendues, enfonçant la pointe de ses pieds dans le sol pour mieux se soulever et s'offrir à lui. Sa bouche boudeuse était ouverte et du fond de sa gorge montaient des bruits réguliers et intenses. De la main droite, elle se caressait. Sa main gauche, tendue, restait posée sur la poitrine de Grimes. À l'instant où il allait jouir en ce qui, il le savait, allait être l'unique et le plus grand orgasme de sa vie, il s'éveilla avec une érection douloureuse et ses yeux désespérés se posèrent sur le papier peint de la chambre d'amis de Mme Stapleton. L'érection continua à le tourmenter, mais le contenu du rêve se dissipa rapidement, cédant la place à un espace vide et hanté, impossible à combler, au creux de son estomac.

Grimes roula sur le côté et regarda vers l'autre lit de la chambre. Lenna avait gardé son tailleur noir et semblait plongée dans un profond sommeil. Elle était couchée sur le ventre, les yeux cachés par un bras. Une de ses jambes était repliée, le tissu tendu de son pantalon soulignait la ligne de ses fesses. Le mot « voluptueux » s'imprima dans son esprit, suivi de plusieurs autres plus courts et moins élégants. Il se frotta les yeux et pria le ciel, comme il l'avait fait si souvent, de mettre en veilleuse, une fois pour toutes, les glandes, chromosomes ou neurones qui se liguaient pour l'enfoncer dans la luxure.

Tout en luttant pour atteindre un niveau de conscience plus efficace, Grimes se dit que faire l'amour avec Lenna serait une belle idée, mais qu'il n'était pas prêt à payer le prix pour la réaliser. Elle ne savait pas où elle en était, lui non plus. Il l'aimait bien et il s'inquiétait pour elle, mais il ne l'aimait pas. Il n'avait pas l'intention de tomber amoureux d'elle ; ni de quiconque d'ailleurs. Son expérience lui avait appris que le sexe était rarement une affaire légère pour les deux partenaires au même moment. Ou bien il tomberait amoureux d'elle, ou bien elle de lui et cela ne créerait que des problèmes et des souffrances. Il regrettait de l'avoir embrassée dans la voiture. L'épuisement l'avait égaré ; et elle aussi, vraisemblablement. Maintenant, il se sentait reposé. Il consulta sa montre. Trois heures passées, il avait dormi près de quatre heures. Il pivota sur le matelas et se leva. Gul se redressa au pied du lit et vint vers lui. Grimes s'accroupit pour lui frotter les flancs.

– Chh… dit Grimes.

Lenna ne broncha pas. Grimes alla dans la salle de bains, s'éclaboussa le visage d'eau froide et se rinça la bouche. Il mourait de faim. Dans la chambre, Lenna dormait toujours d'un sommeil de plomb. S'il pouvait se charger des valises de Jefferson tout seul, cela lui éviterait pas mal de soucis. D'après ses calculs, il avait encore quelques heures d'avance sur son père. Il prit le bloc sur la table et griffonna un mot pour Lenna, laissa un peu d'argent au cas où elle aurait faim à son réveil, glissa le Colt dans sa ceinture et, sans bruit, quitta la chambre avec Gul sur ses talons.

En bas, l'excellente Mme Stapleton, en souvenir de l'amour que son mari vouait aux chiens, donna à Gul un bol de lait et d'eau, et Grimes appela Holden Daggett. Il tomba sur un répondeur. Grimes raccrocha sans parler.

Grimes feuilleta l'annuaire et se procura le numéro privé de Daggett.

– Holden Daggett, répondit une voix sèche et calme au bout de trois sonneries.

– Bonjour, monsieur Daggett. Eugene Grimes à l'appareil.

– Dr Grimes, fit Daggett d'une voix égale. Comment allez-vous ?

– Bien. Il faut que je vous voie.

– Je vais vous indiquer comment venir à mon bureau.

– Vous n'avez pas l'air surpris, dit Grimes.

– Quand l'un de vos patients se prend pour Napoléon, vous ne devez pas être surpris non plus.

Il n'avait pas tort, mais Grimes ne se sentit guère à l'aise avec ce qu'il sous-entendait. Il écouta les indications de Daggett puis appela Gul et parcourut vers l'ouest le kilomètre et demi qui le séparait du centre de Jordan's Crossroads.

La promenade lui fit du bien. Il entra dans une boutique acheter deux cheeseburgers, un café noir sucré, du jus de fruits et cinq cents grammes de viande crue. Un peu plus bas, il trouva un banc et s'assit pour manger les burgers tandis que Gul engloutissait le steak. Dans la rue régnait une petite animation de samedi après-midi, des gens du coin pour la plupart, des blancs en majorité, qui se promenaient et faisaient leurs courses, de petits camions garés avec des râteliers à fusils dans leur cabine. Le café n'avait pas eu beaucoup d'effet sur Grimes, mais c'était un début. Un rougeaud en jean, tennis et coupe-vent vert aux couleurs des Falcons, passa devant lui et lui adressa un sourire affable de sous sa casquette de base-ball.

– 'jour, dit le supporter des Falcons.

Gul gronda désagréablement. Grimes glissa ses doigts dans le collier du chien et lui chuchota à l'oreille.

– Hé, sois poli, dit Grimes.

Puis il leva la tête :
– Bonjour.
– Beau chien, dit l'homme.
Il avait une voix lente, large et sirupeuse.
Avec son berger allemand noir qui donnait de la voix et son demi-cheeseburger mou, Grimes eut soudain la sensation d'être horriblement repérable. C'était comme s'il avait le mot « étranger » tatoué sur le front. Il se calma. Le type ne cherchait qu'à être aimable : c'était sympathique. Beaucoup de gens s'intéressaient aux chiens. Souris-lui avant qu'il n'appelle les flics.
– Merci.
– Mon beau-frère a une chienne berger allemand. Si vous voulez lui faire faire des chiots avec cette beauté, je suis sûr qu'il serait intéressé.
Grimes ne voyait pas l'utilité de mentir.
– Je ne fais que passer.
– Alors, bonne chance. Et prenez soin l'un de l'autre, dit l'homme.
– Oui, dit Grimes.
L'homme fit claquer sa langue à l'adresse de Gul, sourit devant l'austère absence de réaction, et s'éloigna sans se retourner. Grimes jeta ses déchets dans une poubelle et reprit sa marche. Un peu plus loin dans la rue principale, il trouva le petit bâtiment de brique rouge décrit par Daggett. Il y avait une plaque de cuivre gravée à son nom. Il appuya sur la sonnette et Holden Daggett apparut en pantalon gris bien repassé et chemise blanche à manches courtes. Ses yeux balayèrent le visage rasé et la chemise propre de Grimes.
– Cette fois, j'ai mis des chaussures.
Daggett sourit et ils se serrèrent la main.
– Je vous présente Gul.
– Enchanté, dit Daggett. Entrez.
Le bureau de Daggett, propre et bien rangé, tapissé et meublé de bois ancien, respirait l'honnêteté. Sur le mur,

parmi les diplômes, était accrochée une photo noir et blanc d'un groupe de marines en uniforme. Daggett, en jeune homme émacié, se tenait au premier rang. *Parris Island, 1951. Le jour de la promotion.*

– Que puis-je faire pour vous ? demanda Daggett.

Grimes prit un fauteuil.

– Monsieur Daggett, la lettre que vous m'avez apportée hier a mis mon existence sens dessus dessous. Elle m'était envoyée par un homme nommé Clarence Jefferson. Je suppose qu'il était votre client.

Le visage de Daggett conservait sa neutralité.

– Continuez, Docteur.

– Peut-être ignorez-vous qui était réellement Clarence Jefferson, mais peu importe. J'ai besoin de savoir où se trouve ce que Jefferson appelait « la Vieille Maison ».

– La Vieille Maison, fit Daggett d'une voix monocorde.

– Jefferson m'a demandé de me rendre à la Vieille Maison. Il m'a indiqué comment la trouver mais j'ai perdu la lettre. C'est mon père, George, qui l'a prise. Pour des raisons qui le regardent, il tente de suivre les instructions de Jefferson pour son propre compte. Je suis absolument certain d'avoir de l'avance sur lui et il est important que les choses restent ainsi. Je veux lui éviter tout danger.

L'expression de Daggett ne changea pas.

– J'espérais, dit Grimes, que, puisque vous vous occupiez des affaires de Jefferson, vous sauriez où est cette Vieille Maison. Je vous donne ma parole que vous ne me direz rien que Jefferson n'aurait pas voulu que je sache.

Daggett fronça les sourcils et se tourna, regardant fixement par la fenêtre. Grimes attendit qu'il parle, mais il ne dit rien. Grimes eut le sentiment qu'il perdrait son temps à cajoler ce vieux maquignon de Daggett pour lui faire faire ce qu'il ne voulait pas. Au bout d'un moment, Grimes se leva.

– Je suppose que vous êtes lié par le secret professionnel. C'est quelque chose de sacré, surtout quand il s'agit d'un client mort. Mais je vous serais reconnaissant d'y penser. Si vous changez d'avis, vous pouvez me laisser un message chez Mme Stapleton.

Grimes esquissa un mouvement vers la porte en espérant que Daggett l'arrêterait. Il n'en fit rien.

– Viens, mon chien, dit Grimes.

En traversant le bureau, Grimes fut à nouveau attiré par la vieille photo, celle des marines à Parris Island.

– Vous étiez dans quelle division ?

Daggett regarda la photo, puis Grimes.

– La première.

– Vous avez tenu le réservoir de Chosin.

Une lueur fantomatique passa dans le regard de Daggett. Grimes examina encore le jeune homme aux joues creuses qui était sur la photo et se demanda ce qu'il avait pu ressentir en subissant les vagues infatigables des attaques de l'infanterie chinoise.

– Vous êtes bien informé, dit Daggett.

– Mon père était dans la sixième. Premier bataillon. Dans le Pacifique.

Daggett eut une moue d'admiration.

– Ces garçons en ont vu.

– C'est ce qu'on dit.

Daggett hocha lentement la tête. Il déglutit.

– Voulez-vous m'excuser un moment, monsieur Grimes ?

– Bien sûr, dit Grimes.

Il alla s'asseoir dans la salle d'attente. Elle était étouffante. Il y avait un ventilateur au plafond, qui ne bougeait pas. Grimes eut envie d'ôter sa veste, mais il se rappela le Colt qu'il avait au creux des reins. Un instant, il crut entendre Daggett parler. Puis celui-ci émergea de son bureau coiffé d'un canotier.

– Venez avec moi.

Daggett les emmena dans une Lincoln Town Car beige, vieille de plus de dix ans mais bien entretenue. Sans repasser par le centre-ville, ils prirent vers l'ouest. Daggett semblait soucieux et se taisait, Grimes ne posa aucune question. Ils laissèrent derrière eux les industries légères et les champs cultivés qui s'étendaient aux abords de la ville, et traversèrent des collines couvertes d'épaisses forêts de cèdres, de peupliers et de pins. Les voitures se firent bientôt de plus en plus rares et Grimes eut l'impression qu'ils étaient les seuls voyageurs dans la contrée.

Gul, assis entre les genoux de Grimes, regardait par la fenêtre et, de temps à autre, le regardait, lui. Grimes lui adressait un clin d'œil. Peut-être que les choses n'allaient pas se passer si mal que ça, mon vieux. S'il pouvait prendre les foutues valises de la Vieille Maison, au moins son père n'aurait plus rien à faire sinon se tenir coi. Mais Ella MacDaniels et Lenna ? Et Faroe ? Il n'était pas au bout des emmerdes. Grimes maudit l'âme noire de Jefferson. Une chose après l'autre, se dit-il, c'est tout ce que tu peux faire. Prends les valises, tu verras après.

La Lincoln parvint au sommet d'une colline et amorça la descente. Les arbres qui ombrageaient la route de part et d'autre disparurent et le paysage se changea en une large vallée. À leur gauche – au sud –, la prairie descendait lentement vers un cours d'eau sinueux, teinté d'or par le soleil de fin d'après-midi.

– La rivière Ohoopee, dit Daggett.

Les terres jadis défrichées pour les besoins de l'agriculture étaient maintenant envahies de fleurs sauvages. Comme la plantation de Lenna, sauf que ces terres alluviales étaient beaucoup plus belles. Perdue dans les champs, à un petit kilomètre de la rivière, se dressaient une ferme et une grange. Grimes sentit son cœur battre plus vite. Daggett s'engagea dans un chemin de terre cahoteux, bordé çà et là de quelques arbres.

La grange avait perdu la moitié de son toit, la peinture des murs de la ferme était écaillée, le bâtiment penchait, sapé par le temps et la pourriture. Quelques fenêtres avaient éclaté sous la pression. Aucun signe de vie. Daggett contourna la ferme et entra dans une cour pavée qui donnait sur la rivière. Il décrivit un cercle avec la Lincoln et s'arrêta, l'avant pointé en direction de la route. Il se tourna vers Grimes.

Il pouvait se tromper, mais Daggett semblait encore plus pâle.

– Voici la Vieille Maison. Je vous attends ici.

– D'accord, dit Grimes.

Il ouvrit la portière. Aussitôt Gul voulut sortir. Grimes le retint en le saisissant par le collier. Une appréhension confuse lui serrait la gorge.

– Vous ne courez aucun danger, dit Daggett.

Grimes laissa Gul descendre et le suivit. Il referma la portière. Gul se mit à flairer la cour, son museau allongé touchant presque le sol, les épaules ramassées. Grimes grimpa les marches du perron de derrière. Les planches craquaient sous ses pieds. Derrière une moustiquaire, la porte intérieure était ouverte. Gul vint le rejoindre, les yeux perçants, les oreilles papillotantes.

Ils entrèrent dans une grande cuisine au sol dallé de pierre, équipée d'appareils des années cinquante : cuisinière, réfrigérateur, grille-pain, machine à café, une table et six chaises. Sur la table, il y avait une nappe à carreaux attaquée par l'humidité. Tout était recouvert d'une couche de poussière et paraissait duveteux dans la chaude lumière jaune qui filtrait par les fenêtres sales. Deux portes étaient ouvertes dans la cuisine, l'une donnant sur une sorte de buanderie, l'autre sur un couloir. À l'extrémité du couloir, qui après un coude montait vers l'étage, il y avait une rampe d'escalier. Au premier regard, tout était figé, désert, négligé. Gul commença à gronder de sa voix de basse, si basse qu'elle était presque inaudible.

Grimes s'accroupit à côté de lui et posa la main sur son dos. Ses muscles étaient tendus. Ses yeux noirs, luisants de cette violence archaïque dont Grimes avait été le témoin la veille, étaient rivés au couloir.

– Tranquille, mon chien. Reste calme.

Gul tendit l'oreille et, brusquement, sans bruit, s'élança à travers la pièce à une vitesse incroyable. Il s'arrêta sur le seuil, regarda derrière lui et attendit. Grimes le suivit. Il songea à prendre son pistolet mais se ravisa. Ce geste lui semblait trop théâtral et il doutait de son efficacité. Il pénétra dans le couloir aux côtés de Gul.

Juste après la porte de la cuisine, à gauche, s'ouvrait une volée d'escalier qui descendait vers la cave. Les marches étaient plongées dans le noir. D'après la lettre, c'est là-dessous que se trouvaient les valises. Grimes chercha un commutateur. À ce moment, Gul le quitta pour marcher droit, silencieux, jusqu'au bout du couloir. Il s'immobilisa devant une porte fermée, renifla l'intervalle entre la porte et le sol, regarda Grimes, puis pointa son museau avec insistance sur la porte. Il regarda Grimes sans bouger de sa position. De mauvais gré, Grimes le rejoignit. Il sentait les frémissements du chien à son côté. La peur le saisit et, en même temps, il se trouvait ridicule. Devait-il frapper, ou simplement entrer ? Et comment devait-il entrer : vite, lentement, à genoux ? Il n'avait pas l'habitude. Grimes s'essuya le front et se colla au mur. Si une balle traversait la porte, elle passerait au-dessus de la tête de Gul. Grimes tendit la main et fit tourner la poignée. Rien. Il poussa la porte et la laissa s'ouvrir.

Gul montra les dents et gronda, prêt à bondir comme l'éclair, mais ne pénétra pas dans la pièce. Grimes s'écarta du mur et découvrit un salon couvert de toiles d'araignées.

L'espace d'un instant, Grimes perdit toute sensation au-dessous du cou. Lui faisant face, dans un fauteuil à oreilles couvert de chintz, au fond de la pièce noyée d'ombres, était assise une forme massive en chemise hawaïenne bleue, coiffée d'un panama. Sous le bord du chapeau, Grimes reconnut le sourire tiède et les yeux insondables de son rêve le plus moite.

– Espèce de gros fils de pute, dit Grimes.

19

Quelque part en Alabama – elle ignorait où –, Ella MacDaniels et George Grimes s'éveillèrent à l'aube et laissèrent Mitch Kerrigan s'occuper d'eux, leur préparer un bon déjeuner et essayer de les convaincre de le prendre avec eux. Mitch ne savait ni où ils allaient ni pourquoi ; George avait refusé de lui donner des détails ; mais Mitch voulait venir quand même et Ella était triste.

Mitch avait dans les cinquante-cinq ans et était tout sauf un perdant. Il possédait un atelier de carrosserie avec son fils, il avait une femme, Alicia, qu'il adorait, et il n'avait ni maladie ni dettes. Et pourtant la présence de George l'enflammait. Ils parlaient de leurs batailles des trente années précédentes, et si Ella se perdait au milieu du feu roulant des références à l'AFL-CIO, aux Bouchers, à l'ACWU, à Taft-Hartley et à « ce connard de Meany », elle était impressionnée par l'intensité de leur passion et par le sentiment que, au cours de cette époque étrange et enfuie dont ils parlaient, leurs vies et leurs actions avaient été inspirées par des idéaux plus élevés et plus importants que ce qu'elle avait connu. Ils la regrettaient, ils avaient gardé leurs aspirations, et c'est de là que provenait cette tristesse diffuse. Et peut-être était-elle triste pour son propre compte, parce qu'elle ne savait pas vraiment ce qu'ils regrettaient. Ella n'ignorait pas que le monde ne manquait ni de souffrances ni de conflits, mais elle ne comprenait pas. Tous ceux qu'elle connaissait étaient comme elle. C'était difficile de se sentir à ce point concerné, ou plutôt elle ne voyait pas dans quel but, si bien que tout retombait dans l'indifférence. Comme des paroles sans musique. Le petit déjeuner terminé, Mitch les conduisit dans les bois pour essayer des armes.

Après avoir longuement discuté des mérites relatifs des pistolets automatiques et des pistolets à barillet pour finalement la laisser choisir elle-même, George échangea le Colt .45 d'Ella contre un Smith & Wesson Model 15 Combat Masterpiece chargé de munitions de tir. Le départ de son pistolet à barillet était plus lourd que celui du .45, mais elle le préférait au départ plus mécanique et plus complexe de l'automatique. Le canon de deux pouces suffisait pour le moment. Mitch installa quelques cibles – des boîtes en carton aplaties fixées à des poteaux en bois – et elle tira trente cartouches à quatre mètres et à deux mètres cinquante. Deux mètres cinquante – quand elle se forçait à substituer au carton la silhouette d'un homme –, c'était terriblement près. Une fois encore elle entendit le chant de sirène de l'arme et de sa puissance, et une fois encore elle s'en défendit.

Juste avant leur départ, Mitch serra la main de George et lui dit :

– Dans notre jeunesse, nous avions le cœur enflammé.

Vu le ton de Mitch et l'expression de George, Ella devina que c'étaient des mots que le plus jeune avait appris de son aîné, de longues années auparavant.

Ils roulèrent tout le jour sous un ciel sans nuage, se relayant au volant toutes les deux ou trois heures. La nationale était morne, mais quinze kilomètres après Montgomery l'autoroute 80, qui menait à la frontière entre l'Alabama et la Géorgie et à Macon, devint plus jolie.

George parlait beaucoup, comme s'il n'avait guère l'occasion de le faire, et Ella écoutait sans se lasser. À

Geneva, ils achetèrent des sandwichs, des fruits et du lait, et s'arrêtèrent pour manger à une aire de pique-nique donnant sur la rivière Flint. George évoqua ses fils, Luther et Gene, et le sentiment de fierté qu'il éprouvait à leur égard. Elle sentait, bien qu'il n'en dît rien et eût sans doute préféré mourir, combien ils lui avaient causé de chagrin. Elle pensa à celui qu'elle avait causé à ses parents en chantant dans des boîtes mal famées et en prenant une voie qu'ils jugeaient dangereuse. À lire entre les lignes, il semblait que les garçons de George étaient allés plus loin que ça. L'aîné, Luther, qui avait été soldat – « soldat de chez soldat », selon les propres termes de George – était mort, mais il ne dit ni comment ni pourquoi. Gene, le plus jeune, était médecin. C'est lui qui avait reçu la lettre de Charlie-Jefferson. George l'adorait, de façon presque désespérée, mais il était clair que Gene le laissait perplexe et que les mots lui manquaient pour expliquer pourquoi.

Ella avait envie de connaître Gene. Gene connaissait Charlie. Pas Charlie : Clarence Jefferson. Ce n'était qu'un nom, bien sûr, mais quand elle pensait « Clarence Jefferson », elle ne voyait pas de visage et n'entendait pas de voix ; Charlie disparaissait. Pourquoi ne lui avait-il pas dit son vrai nom ? Parce qu'il était flic ? Un flic pourri. Charlie l'avait bien traitée. Il avait toujours soutenu son ambition de devenir chanteuse ; il ne lui avait pas dit, comme d'autres, qu'elle rêvait ou qu'elle était folle. Elle l'avait aimé plus que sa mère et son père, même si parfois elle en avait honte.

Ella n'avait ni frère ni sœur. Ses parents, Sam et Tina MacDaniels, avaient été – et étaient encore – les meilleurs parents du monde. Elle les aimait tout en ne se sentant pas *pareille* à eux. Mais la plupart de ses amis avaient le même sentiment à l'égard de leurs propres parents. Avec Charlie, les choses avaient été différentes. Rien de sexuel. Charlie ne l'avait jamais touchée et n'avait jamais donné l'impression qu'il en avait envie. Son père, Sam, le lui avait présenté comme un vieil ami, mais il était toujours nerveux en sa présence et ils ne passaient jamais de temps ensemble. Ella n'avait jamais clairement réfléchi à tout ça, mais cette histoire de lettre avait tout chamboulé. Deux lignes ne cessaient de la hanter : « En dehors de vous, c'est la seule personne qui compte pour moi… Elle n'a jamais eu part à tout ça, excepté qu'elle est une part de moi. »

– George ? Est-ce que vous croyez que Clarence Jefferson est mon père ?

George l'observa, les yeux plissés pour se protéger du soleil. La question lui avait aussi traversé l'esprit.

– Je ne sais pas. Je crois que c'est une possibilité.

La question ainsi posée ouvertement lui donnait plus de force. Elle regarda ses bras. Sa peau était plus pâle que celle de ses parents. En soi, cela ne voulait pas dire grand-chose, ou du moins le croyait-elle. Sa véritable identité était enfouie quelque part en elle. La moitié de ce qu'elle était venait de son père : cette moitié-là pouvait se faire entendre. Elle ferma les yeux sensible aux vibrations de son énergie. Elle pensa à ses parents et ne les entendit pas du tout. Une conviction absolue s'imposa à elle : elle n'était pas née de ses parents. Ils étaient dans son cœur, pas dans son corps. À sa grande surprise, cette découverte ne provoqua pas le choc auquel elle s'attendait ; il est vrai que, d'une certaine façon, ce n'était pas une découverte : elle l'avait toujours su. Elle se concentra à nouveau, avec intensité, longuement. Charlie n'était pas plus en elle. Elle le voulait pourtant. La pensée de ne pas savoir était terrifiante, elle ne pouvait pas dire pourquoi. Elle essaya encore ; mais elle ne le sentait pas. C'était autre chose que ses parents. Ils n'étaient pas là du tout. Avec Charlie, il y avait un doute : elle ne l'entendait pas, mais elle ne sentait pas son absence avec la même certitude. C'était possible. Peut-être. Elle voulait que ce soit lui.

– Ella ? dit George.

Elle cligna des paupières. Elle ne s'était pas rendu compte que ses cils étaient mouillés de larmes. Elle les essuya du revers de la main et se sentit stupide.

– Les histoires de famille sont toujours compliquées, dit George. Je ne sais pas quoi vous dire. On ne les choisit pas, et ils ne nous choisissent pas. (Il sourit.) À la différence de vous et moi.

Ses paroles étaient comme des bras qui l'étreignaient et elle comprit à quel point elle était perdue.

– Je vous choisirais n'importe quand. Toujours. Toujours, sourit-elle.

Elle plongea son regard dans le sien – ce vieux regard gris et fou – et une immense tristesse fit monter des sanglots dans sa poitrine. Elle baissa la tête, dans l'espoir de se cacher, mais elle ne put endiguer la tristesse et les sanglots, qui étaient pour George, pour sa vieillesse, pour ses fils qui lui avaient donné du chagrin et pour ses parents qui n'étaient pas ses parents mais qui avaient été merveilleux, et pour Mitch et sa flamme rallumée, et pour le monde entier et les âmes qu'il contenait, en proie aux conflits, à l'illusion, perdues ; et pour Charlie, quel que fût celui qu'il avait été, et pour elle-même, Ella MacDaniels, quelle que fût celle qu'elle était.

La main de George se posa sur le dos de la sienne. Il ne dit rien. La tristesse se dissipa. Elle se ressaisit. Tout allait bien.

– Je ne pleure pas souvent, dit-elle en le regardant.

– Je sais. Moi non plus.

– Est-ce que Gene saura si Clarence Jefferson est mon père ?

– Peut-être. Il sait aller au cœur des choses. Nous lui demanderons quand nous serons rentrés.

Ella vit ses traits se plisser sous l'effet de l'inquiétude.

– Et s'il était en danger ?

George écarta ces pensées troubles.

– Pas plus que nous, s'il est effectivement en danger. Je lui ai appris à se débrouiller seul, enfin je l'espère. Il n'est pas toujours d'accord avec moi mais je suppose qu'il ne peut pas en être autrement. Il va être furieux que je sois parti avec vous à la recherche de ces valises explosives.

– Pourquoi ?

– Il pense que cela ne le regarde pas et que ça ne changerait rien.

– Pas vous.

– Je ne m'attends pas à ce que le lion se couche avec l'agneau, mais je peux vous assurer que ça fera un scoop d'enfer. Et peut-être que les gens réfléchiront à deux fois avant de donner leurs voix à n'importe qui.

Il indiqua la Jeep d'un signe de tête.

– Prête ?

– À tout, dit Ella.

Ella prit le volant et George s'endormit presque aussitôt. À Macon, Ella contourna la ville et suivit la Nationale 16. Quand elle la quitta pour s'engager sur la 1 en direction du sud, le soleil était bas sur l'horizon derrière eux. George s'éveilla de sa sieste et s'étira. Il scruta le paysage qui défilait derrière la vitre.

– Nous y sommes presque, dit Ella.

– Nous avons bien roulé, dit George.

– La Vieille Maison est en pleine campagne. La prochaine agglomération s'appelle Jordan's Crossroads. Et c'est la dernière occasion de trouver du café et de quoi manger, si vous voulez.

– Bonne idée, dit George.

Arrivés dans la rue principale, ils se garèrent sur un parking à l'arrière du restaurant et George descendit, un peu ankylosé. Ils entrèrent à l'intérieur, prirent une table près de la fenêtre et commandèrent des steaks saignants garnis de frites. Dans sa tête, tout en mangeant, Ella se représenta le trajet qu'ils allaient emprunter. Au croisement, ils piqueraient vers l'ouest pendant une vingtaine de kilomètres. Ensuite, il fallait tourner et prendre une route sur la gauche, mais elle n'en était pas si sûre. Elle espéra que la route lui reviendrait en mémoire. Elle releva la tête.

Dans le fond du restaurant, une femme aux cheveux blonds, vêtue d'un tailleur noir, était assise dans un box. La femme la regardait fixement. Quand Ella croisa son regard, elle se détourna vivement. Ella poursuivit son repas. Dans un coin pareil, un vieux blanc et une jeune noire devaient sembler d'étranges convives. En ville, rien ne surprenait plus personne, mais on était ici au fin fond de la cambrousse, comme dirait George. Fief du Klan. Aryan Nation et autres cinglés. Pourtant cette femme blonde n'avait pas l'air de venir de la campagne. Ella osa un nouveau regard vers le box. La femme l'observait toujours. Ella sentit une faiblesse aiguë l'envahir, une étrange vibration, comme elle n'en avait jamais ressenti auparavant. Elle était désemparée : la femme blonde la regardait, et son visage était baigné de larmes silencieuses.

20

Quand Lenna Parillaud s'éveilla désorientée dans la chambre de Mme Stapleton, elle eut un moment de frayeur. Elle avait sombré dans ce genre de sommeil lourd, profond, qui laisse l'oreiller humide de salive et les membres à peine en mesure de répondre aux sollicitations du cerveau. Entre le haut des épaules et le bas de la nuque, sa colonne vertébrale donnait l'impression d'être un tube de caoutchouc. Elle parvint à s'asseoir sur le bord du lit et se servit de ses mains pour soulever sa tête et se massa le cou pour lui redonner vie. Grimes et son chien avaient disparu. Rien qu'une liasse de billets sur son lit et un bout de papier laissé sur la table.

« Chère Lenna,

Je suis allé chercher les valises de merde de Jefferson. Ça me prendra une heure ou deux. Il y a un restaurant en ville, dans la rue principale ; si je ne vous trouve pas ici à mon retour, j'irai vous chercher là-bas. Ne soyez pas trop en rogne.

Amitiés, Grimes. »

Oui, Lenna était en rogne. Son esprit était plus clair maintenant. Grimes était un crétin complet, à quoi servait de dire « une heure ou deux » s'il ne précisait pas à quelle heure il avait écrit ce mot. Elle eut passagèrement la conviction qu'il l'avait tout simplement plantée là. Mais elle se rappela son visage et ses yeux francs, bleu pâle, et décida qu'elle était plus paranoïaque que nécessaire. Et elle avait faim. Lenna frotta ses vêtements froissés, descendit et se rendit en ville dans un soleil brumeux de fin d'après-midi.

Elle entra dans le restaurant que Grimes lui avait indiqué et s'installa au fond de la salle. Elle commanda du café et, sans grande envie, une salade au thon. La salade était trop copieuse, l'assaisonnement trop sucré, et elle la repoussa après deux bouchées. Elle observa les familles dans le restaurant : en train de manger, de se chamailler, de rire, de se rappeler les bonnes manières, en train de parler du temps, du base-ball, des nouveaux films au multiplexe, de se manifester de cent façons cachées, parfois utiles et parfois pas, leur affection et leur sollicitude inconditionnelles. Des gens normaux, dans un pays normal, où elle-même était étrangère. Peut-être parce qu'ils étaient tout simplement heureux. Pour sa part, si elle trouvait un jour le bonheur, elle ne saurait pas quoi en faire.

Lenna n'avait jamais mis les pieds dans un multiplexe, ni posé les fesses sur un gradin de stade. C'était la première fois qu'elle entrait dans un restaurant pareil, elle était habituée à l'atmosphère surréaliste des restaurants de luxe, aux beaux serveurs aux sourires affectés, où tout était parfaitement contrôlé mais où il était de rigueur de trouver au moins un défaut minuscule à la nourriture ou au vin et de les renvoyer en cuisine. Ce restaurant-ci ne lui plaisait pas particulièrement ; elle ne s'y sentait pas davantage à sa place ; mais sa banalité lui offrait une chaleur et une stabilité qu'elle n'avait jamais connues et qu'elle enviait aux autres. Elle avait goûté à ce monde-là : trois jours et trois nuits, il y avait de cela deux décennies et une éternité, dans les bras de Wes Clay.

Elle s'était toujours trompée, sauf cette fois-là. Elle regrettait tout le reste ; tout le reste échappait à la moindre rédemption. Pour ceux qui l'avaient touchée, elle avait été un mal contagieux : Wes Clay, Filmore Faroe, Bobby Frechette, Cicero Grimes, son enfant, ses propres parents. Tous avaient quitté son orbite malfaisante, meurtris par d'infectes blessures ou pire encore. Elle pensa au désespoir avec lequel elle avait accueilli l'étreinte de Grimes. Ses doigts forts sur son corps, son haleine chargée de tabac sur ses lèvres lui avaient redonné le goût de vivre et elle avait eu envie de lui. Elle l'avait aimé à cet instant-là, comme elle n'avait pas aimé depuis vingt ans, mais Grimes méritait mieux. Pour Lenna, la seule compagnie possible avait été celle de Clarence Jefferson : un pacte d'humiliation érotique et d'autopunition. Les saints crucifiés et les martyrs ensanglantés lui avaient appris ce secret : le seul remède contre la faute était le châtiment. Existait-il meilleur châtiment que d'offrir son corps à baiser et à souiller par l'assassin de son enfant ?

Mais cela n'avait pas marché non plus. Elle n'avait réussi qu'à s'empoisonner davantage. Elle aurait pu tuer Clarence Jefferson, cent fois l'occasion s'était présentée. Et Faroe également. Elle aurait pu les tuer tous les deux et se rendre à la justice. Elle y aurait au moins gagné un peu de dignité. La vérité, c'est que tout ce qu'elle avait fait ne se résumait qu'à un long hurlement de douleur. Elle avait gardé Faroe en vie, elle avait gardé Jefferson dans son lit, rien que pour leur crier au visage : « *Voilà ce que vous avez fait de moi.* » Elle pensa : « *Voilà ce que tu as fait de toi-même.* »

C'était trop tard pour changer, mais elle pourrait changer un peu. Une phrase de la Bible s'insinua dans son esprit : *« Si Yahvé Sabaot n'avait laissé quelques survivants…* » Hier, elle possédait tous les pouvoirs que la fortune accordait. Aujourd'hui, seuls survivaient un corps, un cerveau, une âme, assis là, à cette table. Son impuissance face au monde lui redonnerait peut-être du pouvoir sur elle-même. Elle avait encore le choix.

S'éloigner de Cicero Grimes, par exemple. C'était

quelqu'un de bien. Elle le protégerait de sa contagion ; elle lui devait bien ça. Elle lui laisserait un message et disparaîtrait. Ce qui comptait le plus, c'était qu'Ella MacDaniels fût en sécurité et le restât ; et pour cela il fallait que Faroe meure. S'il découvrait qu'Ella était en vie, tout pouvait arriver. Lenna devait rentrer à Arcadie et le tuer. Avec un peu de chance, elle mourrait en même temps ; car, au-delà de la mort de Faroe, elle ne voyait aucune utilité à son existence. Et pourtant son cœur ne pouvait s'empêcher de demander : Tu ne veux pas connaître Ella ? Tu ne veux pas l'aider ? Tu ne veux pas l'aimer ?

Lenna étouffa les désirs égoïstes qui l'animaient. Souhaiter aimer quelqu'un était ce qu'il y avait de pire après souhaiter le haïr. Ella vivait librement sa vie. Si on savait – si Ella savait – qu'elle était l'enfant de Lenna, c'en serait fini de sa liberté. Même Faroe mort, Ella serait publiquement traînée dans la boue et réduite à de la merde. Ella ne devait pas apprendre d'où elle venait.

Sa décision prise, Lenna se sentit mieux. Elle ne se débattait plus dans des sables mouvants. À présent, elle savait quoi faire. Pour la première fois depuis qu'elle avait conçu Ella, elle avait un but qui valût la peine d'être poursuivi. Ni vengeance, ni haine, ni masochisme, mais la protection d'une liberté infiniment plus précieuse que la sienne. Elle prit sa tasse de café et la vida. En la reposant, elle regarda à l'autre bout de la salle.

Dans un gauchissement de temps si rapide qu'il devint une éternité, la douleur monta de son pelvis pour irradier tout ce qu'elle croyait être. Les désirs, qu'elle croyait avoir étouffés à mort, ramenés à la vie ne criaient pas, ne hurlaient pas, ils chantaient comme un chœur d'anges, et c'était une musique si douce qu'elle fit fondre chaque nerf et chaque cellule du petit reste qu'elle possédait encore.

La femme assise près de la fenêtre était belle et forte. L'ossature de son visage et la forme pleine de ses lèvres rappelaient celles de Wes Clay. Elle avait de longs membres et des doigts souples. Ses yeux étaient doux, bordés de longs cils, et sa peau d'un brun lustré. Ses cheveux formaient une cascade de nattes brillantes. À son nez étincelait un diamant.

Lenna sentit et vit tout cela en un éclair et, le temps de cet éclair, elle se rappela avec une absolue clarté pourquoi elle avait si gaiement donné son cœur à Wes Clay, son homme, son amant maudit par le sort. Mais plus que cela, Lenna comprit enfin pleinement pourquoi la jeune fille confuse qu'elle avait été il y a vingt ans avait enduré, avec une résolution aussi absurde et opiniâtre, la terreur de sa grossesse solitaire.

Car sa fille était là : Ella, devenue saine, grande et fière et si indiciblement belle.

Ella adressa un sourire à l'homme qui mangeait avec elle ; et Lenna lâcha prise et tomba.

Le sourire d'Ella était si gracieux que Lenna entendit le monde s'ouvrir sous elle, et elle se sentit tomber, tournoyer au fond d'un gouffre sans nom, et elle pria : que cela arrive. Que je disparaisse avec cette image imprimée sur mon âme et je la garderai vivante et belle, jusque dans le trou le plus noir et le plus brûlant, et d'autres viendront et la verront et puiseront le réconfort dans le brasier. Je ne demande rien d'autre. Je ne demande rien d'autre. Tout a été racheté. Toutes mes dettes sont acquittées, toutes mes souffrances et plus encore, j'en fais le don entier, en échange de cet unique moment. Que je disparaisse.

Et puis Ella la regarda directement de l'autre bout de la salle.

Lenna détourna la tête.

Ce n'était pas ce qu'elle voulait. Ce qu'elle voulait, c'était rester assise, là, et regarder éternellement ; mais elle se détourna. Parce que sous ses pieds il y avait le sol d'un restaurant et non l'abîme auquel elle aspirait ; parce que son regard était celui de la contagion et de la mort ; et parce qu'elle avait honte. Honte que ce soit elle, et non une autre femme, une femme meilleure, qui fût la mère de cette ravissante jeune fille. Elle ne pouvait pas regarder sa fille dans les yeux et lui dire, fût-ce dans un regard silencieux : C'est de moi que tu tiens la vie. Lenna sentit des larmes lui couler dans le cou. La confusion la saisit, la panique. Va-t'en. *Va-t'en.* Va-t'en tout de suite. Et puis : *Mon Dieu, encore un regard ; juste un seul encore.* Le chœur des désirs lui fit relever la tête.

Elle vit Ella regarder son assiette.

Ella portant sa fourchette à sa bouche.

Une image encore. Un regard furtif.

Ella reposant sa fourchette, sans y avoir touché.

Et puis : Ella la dévisageant, à nouveau.

Lenna détourna la tête.

Elle fit le vide dans son esprit. Elle se leva. Elle jeta un peu d'argent sur la table. Elle vit la serviette à côté de son assiette, elle la prit, s'essuya le visage. La porte. Le trottoir. La route. Va. Elle se tourna et regarda vers la sortie. La salle était un tunnel, une tache indistincte. Marche. Elle descendit l'allée, les yeux fixés sur la porte. Une sensation aussi forte que la chaleur d'une fournaise se mit à rugir juste devant à gauche : Ella, sa table. Lenna continua à marcher, passa dans les flammes, elle les franchit, elle était de l'autre côté, elle était passée, la porte. Et puis une voix.

– Pardon, madame ?

Contre sa volonté, les jambes de Lenna cessèrent de se mouvoir. Elle sentit ses épaules trembler. Son corps était noyé dans un flot d'intenses sensations physiques. Ventre, tête, muscles. Elle ne pouvait pas respirer. Je ne veux pas pleurer. Je ne veux pas pleurer. La voix à nouveau : une compassion toute simple, incompréhensible.

– Je me demandais si tout allait bien.

L'esprit de Lenna sombrait. Dis quelque chose et va-t'en. Non, va-t'en. La porte : là-bas. *Rien que deux mots. Laissez-moi lui parler rien qu'une fois.* Elle céda.

Elle se retourna et regarda les grands yeux doux tout près d'elle.

– Merci, s'étrangla Lenna. Ça va.

Un spasme bouillonna dans sa gorge, qu'elle ravala. L'effort la fit trembler. Ella lui prit le bras.

Ella l'avait touchée.

– Venez vous asseoir avec nous un moment, dit Ella.

– Non, je ne peux pas. Il faut que je…

Lenna n'avait plus de souffle et n'osait pas respirer.

– Il faut que je…

Le vieil homme s'essuya la bouche, jeta sa serviette et se leva.

– Emmenez-la dehors, dit-il à Ella. Je vais demander l'addition.

Lenna le regarda pour se rassurer. Il avait des yeux gris, inquiets mais pénétrants. Il hocha la tête et lui adressa un sourire sympathique. Avec ce sourire, il se métamorphosa, brièvement, en Cicero Grimes, et elle comprit que c'était son père, George. Le hochement de tête et le sourire lui insufflèrent des forces. Elle se tourna et marcha vers la porte, sentant derrière elle les pas d'Ella. Une fois sur le trottoir, elle put respirer à nouveau. Elle se retourna et posa les yeux sur le petit crucifix à la base de la gorge d'Ella. Elle n'osait pas la regarder en face.

– Pardonnez-moi, dit Lenna, mais pourriez-vous me tenir un moment ?

Ella hésita.

– Bien sûr.

Les bras d'Ella s'ouvrirent, Lenna se glissa à l'intérieur et les bras se refermèrent autour d'elle. Lenna ferma les yeux au moment où la peau d'Ella lui toucha la joue. Elle sentait leurs corps pressés l'un contre l'autre, la douceur des mains dans son dos. C'était l'endroit le plus douillet, le plus adorable, le plus profond. Elle mit ses bras autour d'Ella. Elle ne pensait à rien, elle ne voulait pas savoir ce qu'elle ressentait, elle se contentait d'accepter d'une inconnue ce présent de liberté et d'innocence, comme il le lui était donné. Elle perdit la notion du temps, et à l'intérieur de ce temps elle se ressaisit, de sorte que, lorsqu'elle entendit George Grimes arriver et s'éclaircir la gorge, elle fut capable de renoncer et de s'écarter sans perdre pied. Elle fut même capable de regarder Ella dans les yeux.

– Vous êtes très gentille, dit-elle. Pardon de vous avoir mise dans l'embarras.

– Pas du tout, répondit Ella. Ce n'était rien. Vous devriez me voir dans mes mauvais jours.

Lenna sentit monter un autre sanglot, le ravala et lutta pour ne pas flancher. *Seul Cicero Grimes sait qu'Ella est ma fille.* Les choses devaient en rester là. Elle ne devait pas laisser l'émotion balayer la ferme décision qu'elle avait prise afin de protéger Ella de ses origines.

– Vous êtes Lenna Parillaud, dit George Grimes.

Elle le regarda en hochant la tête :

– C'est exact. Et vous êtes George Grimes.

Lenna tendit la main et George la serra. Le regard de George exprimait un vague soupçon. Elle était rassurée. Elle n'aurait pas aimé savoir Ella en compagnie d'un imprudent.

– Et voici mon amie, Ella MacDaniels.

Lenna dit dans ce qui était presque un soupir :

– Ella.

George inspecta la rue.

– Retournons à la Jeep.

Comme ils traversaient le parking, George se glissa entre Ella et Lenna. Il avait le front soucieux.

– Vous voyagez seule ? lui demanda-t-il.

– Non, répondit Lenna. Je suis venue avec votre fils, Gene.

– Où est-il ?

Lenna regarda en direction d'Ella, qui écoutait. Il ne fallait pas que celle-ci en sache plus que nécessaire.

Moins elle en saurait, mieux ce serait. George comprit ce regard.

– Ella sait tout ce que je sais, dit George. C'est notre marché.

Lenna le regarda.

– Gene est allé chercher les papiers de Jefferson.

– Quelqu'un d'autre sait pourquoi vous êtes ici ? grommela George.

– Non. Enfin, je ne crois pas.

Ils s'arrêtèrent devant une Jeep Cherokee rouge et noir. George se passa le pouce sur le menton et regarda le ciel vers l'ouest.

– Il fera nuit dans une heure.

Il se retourna vers Lenna.

– Si ça ne vous dérange pas, madame Parillaud, Ella et moi devons parler en privé.

Lenna s'inclina et s'éloigna. Le souci évident que George manifestait pour Ella était une source de réconfort. Elle s'accrocha à sa décision de repartir seule, de rester éloignée de quiconque risquait de souffrir à cause d'elle. Cette idée lui paraissait plus juste que jamais.

– Lenna, s'il vous plaît, dit Ella.

– Alors, Lenna. Cela peut vous paraître peu aimable, mais il faut que vous compreniez que nous sommes dans une situation potentiellement dangereuse. Vous êtes avec Gene, dites-vous, mais il n'est pas là. Nous ne vous connaissons pas, nous ne savons pas ce que vous faites là et, pour être franc, ce serait imprudent de vous faire totalement confiance.

George marqua un temps d'arrêt pour consulter Ella du regard.

– Nous sommes armés, reprit George, et décidés à nous défendre, de quelque manière que ce soit et contre quiconque nous menacera. Nous ne voulons pas vous faire peur, vous comprenez, mais nous ne pouvons pas vous laisser partir et, disons, peut-être nous causer des ennuis. Tout ça pour dire que vous venez avec nous.

– George ne veut pas dire qu'on vous tuerait ou quelque chose de ce genre, Lenna… ajouta Ella.

– Non, bien sûr, dit George.

– … c'est juste que nous pensons que ce serait mieux si nous restions ensemble jusqu'à ce que nous retrouvions Gene. Nous nous occuperons de vous.

– Voilà, dit George. C'est ce que je voulais dire. Quiconque vous menace nous menace aussi.

Lenna les regarda tous deux, à la fois héroïques et terriblement fragiles, et prit conscience qu'elle les aimait. C'était aussi simple et aussi douloureux que ça. Elle avait si longtemps vécu à l'intérieur d'elle-même – à l'intérieur de sa prison de haine et de deuil – qu'elle ne savait pas quoi faire de cet amour. Elle sentit le flot gonfler à nouveau, et cette fois ses larmes contenaient quelque chose de plus fort que toute sa douleur : elle était heureuse. Heureuse d'être simplement debout et de respirer, là sur le même bout d'asphalte que ces deux personnes qu'elle voyait pour la première fois.

– Tout ce que vous avez à faire, dit Ella, c'est venir avec nous.

21

Le Bon Docteur était hébété et chamboulé. Dans le chatoiement de la lumière et de l'ombre qui jouait dans ses yeux bleu pâle et les creux de son visage, se lisaient les stigmates – évidents et pourtant invisibles – du temps qu'ils avaient passé ensemble. Et en dépit de cela, Grimes était resté l'homme qu'il avait été, l'homme qu'il était et qu'il serait toujours : un clown engagé dans une aventure incompréhensible, désireux de retrouver ce qu'il avait perdu sans pouvoir le nommer, en quête non pas d'une réponse mais d'une question qui valût la peine d'être posée : l'héritier, mais non le dernier, d'une très ancienne lignée.

Tout cela, Jefferson le vit dans les ombres des yeux bleu pâle et il sentit son cœur remuer sous l'emprise d'une pitié insolite, d'un amour inexplicable. Qu'étaient cet amour, cette excitation venus le hanter dans son repaire ? De quelle étrange étoffe étaient-ils tissés ? Et par quelle étrange main ?

Dans son exil verdoyant, sur les terres alluviales de l'Ohoopee, Jefferson y avait longuement songé, mais en vain. Si le désir était une passion bestiale et amorale qu'il avait assouvie sans excuse ni remords, l'amour était une dégradation et un crime, une chute dans des égouts de fortune, une destruction futile, le rire gargouillant d'un imbécile qui ne comprend rien à la blague qu'on lui raconte. S'il y avait eu un aspect érotique dans cet amour, les choses eussent été plus simples : il aurait baisé Grimes dans le cul et dans la bouche quand il en avait eu l'occasion ; et alors, très vraisemblablement, tout aurait été fini. Mais il l'avait torturé jusqu'au bord de l'effondrement et même au-delà ; il avait calciné son système nerveux jusqu'à le réduire en cendres noires ; pour nourrir quel dessein ? Il ne savait pas. Le seul refuge de l'intégrité était le silence et la douleur, et Grimes les avait connus tous les deux. C'est dans un pareil refuge que Jefferson avait aimé. Et comme un volet tiré violemment pour laisser entrer un soleil aveuglant, l'amour avait ouvert sur la mort.

Son esprit était devenu un abattoir d'énigmes non résolues, l'architecture de son intellect une ruine déserte au toit arraché, au squelette vacillant dans la fumée. Cloué à son fauteuil par sa chair meurtrie et ses membres ankylosés, il avait néanmoins erré, ici, dans ces terres alluviales, en quête de ce point silencieux. En quête de sa discipline.

Il ne faut rien vouloir.

La violence n'a pas de justification.

La souffrance doit être inutile.

Telles étaient ses armes. Elles ne devaient pas être remises en question. Elles ne pouvaient être ni émoussées ni rendues inefficaces par la simple raison, car leur pouvoir, leurs sens occultes siégeaient dans la non-raison. La justification était un fouet – l'ennuyeuse convalescence des gens civilisés, des lâches et des faibles. Il ne se justifierait pas. « Pourquoi ? » était le cri de guerre que bêlaient les pauvres imbéciles. Il ne demanderait pas : « Pourquoi ? » Croyaient-ils vraiment pouvoir répondre ? Ceux qui ne possèdent le langage que depuis quatre misérables millénaires et qui ne s'accrochent au tablier de la pensée que depuis moins de trois ? Leurs milliards de mots, d'exégèses et d'idées, d'analyses et d'explications, n'avaient pas pénétré d'un centimètre l'abîme sans fond du mystère. Ordures terrifiées qui se masturbaient devant les photos décolorées et tachées de sperme d'une vérité qu'ils n'osaient pas baiser dans sa chair mûre et pourrie. « Pourquoi ? » Le mot l'étouffait. Les riches horreurs de la condition humaine leur étaient inconnues. Ils étaient les mouches qui mangent la merde et le gâteau au chocolat avec la même délectation.

Sa discipline était d'un ordre plus exigeant. Sa discipline avait consisté à se défaire de tout ce dans quoi les autres mettaient leur humanité : la confiance, l'amitié, le progrès, la loyauté, la dévotion ; et surtout, toute trace de ce qui, de près ou de loin, touchait à la joie perfide de la tendresse. Sa mémoire trébuchait sur des fragments d'atrocités : des hommes exécutés pour des crimes qu'ils n'avaient pas commis, des hommes en bonne santé mutilés et infirmes, des coupables hurlants dévorés par des bêtes, les planches de bois d'une cabane noyées de sang. Des hommes et des femmes séparés de ceux qu'ils aimaient. Des mères séparées de leurs filles. Des pères de leurs fils.

Comme il s'était lui-même séparé.

Ce ressassement futile et noir – qu'il savait futile et noir – l'avait condamné à un désert – une austérité – de désirs inarticulés ; mais il avait écrasé ces désirs dans la poussière. Il avait banni de sa vie tout ce qui pouvait être source de plaisir. Il avait même rejeté la consolation invertie du désespoir. Il s'était défait de son humanité : sans raison, sans justification, sans « pourquoi ». Il n'avait voulu de rien : ni de l'amour ni du savoir, ni du pouvoir ni de la beauté. Ces choses, il les avait accumulées, exploitées et épuisées, mais il n'en avait pas voulu. Il avait essayé de se libérer, sinon de la mort, de toutes les chaînes cliquetantes de sa misérable condition d'être humain ; une traversée aveugle vers l'au-delà, sans rien attendre ni rien désirer de ce qu'il trouverait.

Et il avait échoué.

Dans un pauvre paquet de linges, il avait échoué.

Avec un homme qui refusait de le haïr, il avait échoué.

Et dans la plaine de l'Ohoopee, il était parvenu à connaître toute l'étendue de son échec, la fausseté de sa solitude, le caractère puant, dégoûtant et inexorable de son humanité.

Il avait eu besoin de les revoir, de les sentir proches.

Il les avait appelés jusqu'ici.

Le grain du bois.

Les clivages de la pierre.

Le cœur de l'atome.

Secrets enfouis, seulement révélés à l'œil humain par des forces violentes frappant au hasard.

S'il y a avait bien un but à son appel – car lui-même ne le connaissait pas – celui-ci ne se révélerait que par l'usage d'une telle force.

Et quand viendrait la révélation, si jamais elle venait, elle prendrait sa place parmi le reste – grain du bois, clivages de la pierre, cœur de l'atome – et disparaîtrait de la vue : grains de sable écrasés sous les pas et emportés par le vaste océan de l'inintelligible.

En fin de compte, songea-t-il, rien de ce qui a été vrai n'a jamais eu de sens.

22

Clarence Jefferson sourit à l'autre bout du salon moisi :

– Vous avez maigri, Grimes. Vous m'inquiétez.

Clarence Seymour Jefferson siégeait tel un suzerain malade sur son trône rouillé, mal en point mais indiscutablement vivant.

Grimes s'arrêta sur le seuil du salon, sûr que, s'il lui en donnait l'ordre, Gul mettrait Jefferson en pièces, sans hésitation et même avec un certain plaisir. Le chien traversa lentement la pièce couverte de moquette mangée aux mites, l'arrière-train baissé, prêt à bondir sur la créature difforme dont la masse remplissait le fauteuil à oreilles tapissé de chintz. La basse primitive de l'animal faisait trembler l'air chargé de poussière.

– Gul, dit Grimes, sage.

Gul s'immobilisa. Ses yeux ne quittaient pas Jefferson qui, à maints égards, trônait telle une idole de bronze païenne, impassible. Gul posa son arrière-train sur la moquette, ramassé et prêt à s'élancer.

– Bon chien, dit Grimes en regardant Jefferson. Je vous présente Gul.

– Je connais Gulbudeen.

Grimes ne fut guère surpris.

– Vous les connaissez tous, hein, Clarence ?

Jefferson secoua sa tête colossale.

– Personne ne les connaît tous. Vous ne voulez pas vous asseoir ? Après tout, nous sommes entre amis.

Jefferson leva son bras droit pour lui indiquer un autre fauteuil. Le bras s'achevait au poignet par un épais moignon noir qui semblait composé de résine dure, épaisse et mate. Grimes détacha son regard du moignon, dont il connaissait parfaitement l'origine, pour le poser sur celui de Jefferson. Jefferson aussi savait ; il sourit. Grimes détourna la tête et alla s'asseoir dans l'autre fauteuil. La crosse du Colt s'enfonça dans ses reins et il se tortilla.

– Vous pouvez poser le revolver sur vos genoux, Grimes. Je ne me sentirais pas offensé.

Grimes sortit le Colt, le glissa dans sa ceinture, sur le côté. La vue de Jefferson lui avait d'abord donné la nausée. Une nausée provoquée par le choc et la peur indélébile dont il portait la marque depuis leur première rencontre : quand ils s'étaient poussés l'un l'autre, coup pour coup, aux confins de la vie et que Grimes avait, sinon vaincu, du moins survécu. Il chassa cette peur de son esprit. Il ne se laisserait pas prendre à un nouveau jeu, pas à un jeu de cette nature. Il n'aurait pas peur, n'éprouverait aucune haine. Consciemment ou non, Jefferson lui avait appris la folie de la haine, dans le tunnel de douleur qu'ils avaient, en rampant, remonté ensemble ; mais ce n'était pas le moment de revenir sur cette part obscure ou de se laisser aspirer par le passé. Tout autour de Grimes se déchaînait un océan d'émotions : les tourments de Lenna, le désir de gloire de George, la rage de Filmore Faroe. Il ne pouvait pas se le permettre. Il devait opposer sa volonté et sa raison aux sentiments qui le harcelaient ; sinon, il serait perdu.

Ayant retrouvé le contrôle de son esprit, Grimes découvrit qu'autre chose alimentait sa nausée : l'odeur toute particulière qui régnait dans la maison. Il reconnaissait cette odeur, il suffisait de la respirer une fois pour ne jamais l'oublier. C'était l'odeur des hôpitaux de campagne dans les champs de bataille et celle des membres en attente d'amputation. Elle provoquait toujours en lui ce mélange étrange de dégoût et de pitié car c'était l'odeur des bactéries travaillant infatigablement, et innocemment, à la tâche qui leur était assignée, celle de se nourrir de tissus humains. *Pseudomonas.* Gangrène. Grimes ravala sa nausée et chercha à s'orienter.

Ce côté de la ferme était au nord. La lumière qui filtrait des fenêtres était douce et pâle. Dans les pommiers, devant la fenêtre, d'innombrables oiseaux lançaient une débauche de chants, indifférents à ceux qui écoutaient à l'intérieur. Bactéries, oiseaux, chiens, hommes. Grimes se demanda si tous existaient par eux-mêmes, comme lui. Il ne pouvait pas imaginer qu'il en fût autrement. Et, si c'était le cas, il se demanda par quels bonds infiniment grands, et dérisoires, par quelle alchimie, à travers quelles éternités, les microbes infatigables avaient transformé leur existence intérieure, quelle que fût leur forme – les chants d'oiseaux, la solidité du cœur de Gul et la lueur fiévreuse qui animait les yeux de Jefferson. Quelle était la force aléatoire et éphémère qui les avait tous rassemblés ici, dans la lumière languissante d'une fin d'après-midi, dans ce salon poussiéreux au parfum de gangrène, dans la plaine de l'Ohoopee.

Grimes reconnut l'influence hypnotique de Jefferson sur le cours de ses pensées. Le Capitaine regardait Grimes réfléchir comme planté au milieu de rochers nus, attendant avec une sérénité abjecte qu'un sort depuis longtemps prédestiné se réalise. Une longue béquille de bois était appuyée au dos de son fauteuil. Près de lui, sur le sol, à portée de sa main gauche, se trouvait un fusil automatique à canon scié.

L'obèse n'était plus obèse. Si Grimes avait perdu du poids, Jefferson n'avait conservé que le fil de la vie. Son corps était ratatiné dans les replis de sa peau. Si Grimes n'avait pas connu la force titanesque – la force de psychopathe – qui habitait Jefferson avant qu'il ne s'exténue, il n'eût pas cru possible qu'un cœur pût encore battre dans ce corps. Il battait pourtant : dans la bouche ourlée et sensuelle, dans les yeux brillants, dans l'insolente mutilation du moignon résineux. Un mètre quatre-vingt-dix-huit, aussi large que Dieu, le crâne blond tel un bloc de marbre gracieusement taillé, Clarence Jefferson défiait, dans sa puanteur, son Créateur. Son visage, dont le dessin classique était plus distinct maintenant qu'il était décharné, luisait d'une fine couche de sueur maladive. Sa jambe gauche reposait sur un repose-pied en cuir rouge usé et fendu, dont le rembourrage s'échappait sur le côté. La jambe de son pantalon de coton beige, découpée jusqu'au genou, laissait voir un membre démesuré, œdémateux. Le pied était nu et gonflé. La peau de la jambe et du pied était déformée de façon grotesque par les cicatrices typiques d'une brûlure au troisième degré. Au bord de la cicatrice, sur le renflement du mollet, il y avait un vilain disque noir violacé, humide au centre et rouge vif sur le pourtour. *Ecthyma gangrenosum.* La lésion était dans l'ombre, ce qui empêchait Grimes de la voir correctement, mais c'était d'elle que provenait l'odeur douceâtre.

Le dernière fois que Grimes l'avait vu, Jefferson gisait sur le dos, entouré par les flammes, une lame de trente centimètres enfoncée dans le ventre.

– Comment avez-vous survécu ?

– C'est quelque chose que j'ai décidé.

– Vous étiez dans une sacrée merde.

– Le feu, Grimes. Vous vous rappelez ? C'est le feu qui m'a réveillé, et qui a détruit le mur. Il m'a suffi de retirer le couteau et de ramper.

Grimes regarda la jambe gonflée et gangrenée.

– Vous êtes en train de mourir, vous le savez.

– Peut-être.

– Je peux regarder ?

Jefferson hésita puis eut un sourire qui glaça le sang de Grimes.

– Je suis touché, Grimes. Je vous en prie.

Grimes se leva. En approchant, il vit que, dans le centre humide de la lésion noire, quelque chose de pâle bougeait imperceptiblement. Il s'accroupit à bonne distance de la main valide de Jefferson. L'avant-bras semblait la seule partie du corps de Jefferson à ne pas s'être étiolée : un diamètre aussi large que sa propre cuisse, une densité de bois de fer. Grimes savait que Gul arrêterait le Capitaine avant même qu'il ait atteint son fusil, mais si cette main charnue – aux veines et aux tendons enfouis sous le muscle – se refermait autour de sa gorge, Gul ou pas Gul, ce serait *adios muchacho* en ce qui le concernait. Grimes examina la plaie ulcéreuse. Il avait beau avoir l'habitude, il déglutit difficilement.

Un ver vivant bougeait imperceptiblement.

– C'est un peu dépassé, non ? dit Grimes.

Jefferson éclata de rire.

– Vous savez, Grimes, vous ne me décevez pas.

– Vous l'avez mis vous-même.

– Ne lui faites pas de mal. C'est un petit compagnon qui me tient en vie.

– Un certain temps, oui, mais il ne fera rien pour améliorer l'infection sanguine. Ce qu'il vous faut, c'est un antibiotique puissant.

– Vous n'avez pas fait tout ce chemin pour une ordonnance !

Grimes fronça les sourcils et soupira. Cet homme, ce Capitaine du Vice, était à l'origine de tous ses malheurs ; et pourtant, Grimes était étrangement content de le voir. Il était content que Jefferson ne fût pas mort. Il faillit le lui dire, mais se ravisa. Grimes admirait la force de caractère plus que toute autre chose. Clarence Jefferson avait beau être un fils de pute, il ne manquait pas de force de caractère.

– Pourquoi donc suis-je venu ?

– Parce que je vous l'ai demandé. Je savais que vous ne diriez pas non à un vieil ami.

– Alors pourquoi moi ?

Jefferson fixa le plafond un moment puis baissa la tête :

– Parce que vous méritez une seconde chance.

– Merci.

Jefferson haussa les sourcils.

– Niez-vous que vous aviez besoin de moi, alors que vous étiez en train de pourrir chez vous quand Daggett vous a trouvé ? Quand je savais qu'il vous trouverait ?

Grimes ne voulait pas répondre.

– J'ai apporté de la souffrance dans votre vie. Dans le passé, et dans le présent.

– Je ne me plains pas.

Clarence Jefferson sourit :

– Votre stoïcisme est au-delà de tout soupçon.

– Allez-vous faire foutre.

– Mais comme notre ami commun Sénèque l'a dit, si Dieu est au-delà de la souffrance, le vrai stoïcien est *au-dessus* d'elle.

– Un jour, dit Grimes, j'essaierai de comprendre pourquoi il y a tellement de gens qui tiennent à me dire comment je dois mener ma putain d'existence.

– On vous aime beaucoup, Grimes. C'est pour cela que vous êtes ici.

– Je veux seulement protéger mon père.

– Vous êtes victime de vos propres illusions. Vous êtes ici, comme nous tous, pour vous nourrir d'angoisse. S'il est vrai, comme le sous-entend notre Sénèque, que la souffrance contredit la nature même de Dieu, dans le même mouvement elle définit la nôtre. C'est la raison pour laquelle, en fin de compte, nous désirons avec tant d'ardeur l'angoisse qui met notre vie en péril. L'homme qui conquiert l'angoisse brûlante du désir, de la haine et de la peur, « surpasse Dieu lui-même ». N'est-ce pas là notre but ?

– Ce n'est pas le mien, dit Grimes. Je veux simplement retourner dans mon trou.

– Allons donc, Grimes, le cynisme est un jeu d'enfant. Nous sommes des hommes, n'est-ce pas ? Vous devez reconnaître que l'angoisse extrême n'est à la portée que d'une toute petite élite.

– C'est la connerie la plus monumentale que j'aie jamais entendue.

Grimes commençait à s'échauffer, c'était ridicule.

– Je n'ai pas envie de discuter avec vous.

Jefferson leva la tête vers lui.

– À votre guise, mais au moins prenez la peine de m'écouter. Vous n'allez tout de même pas refuser au Destin le fruit de l'immense effort qu'il a déployé pour nous réunir.

Grimes s'éloigna vers la fenêtre et regarda les premières lueurs du crépuscule. Il fallait partir ; mais il ne pouvait pas. Il écouta sans se retourner.

– Vous savez que rien ne vous oblige à être ici, Grimes. Ne me dites pas que vous « deviez venir », que votre conscience vous a forcé la main. Le stoïcien ne perd pas son temps à se reprocher sa faute ou à jouir d'une joie frivole. Comme moi, vous avez choisi de faire ce voyage et pour une seule raison : parce que nous savons, vous et moi, que ce n'est qu'en dansant joue contre joue avec la ruine et la mort que nous pouvons les vaincre toutes les deux et prendre la place qui nous revient parmi les étoiles.

– Et Lenna Parillaud, et mon père ? dit Grimes. Ils dansent, eux aussi ?

– L'invitation à la danse n'exclut personne.

– Votre élite n'est donc pas si petite.

Il y eut un silence.

– Je retire cette parole. Elle était orgueilleuse. Mais je

pensais vraiment ce que je disais. Car, si notre histoire doit être autre chose qu'une soumission abjecte à l'hostilité aléatoire du cosmos, une condition – et une seule – doit être remplie totalement. Il faut que notre angoisse soit rigoureusement ajustée à la force d'esprit de l'homme – ou de la femme – qui la désire.

Il y avait une intensité, une invite dans le regard de Jefferson que Grimes avait déjà vues, et refusées.

– Vous avez obtenu ce que vous vouliez, dit Grimes. Être assis sur le trône de Dieu et mesurer notre droit à l'éternité pendant que nous courons comme des cons.

– Personne n'a envie d'être un dieu. Un roi peut-être, mais pas un dieu.

– Peut-être que je n'ai pas plus envie d'être un roi, dit Grimes.

– Pas même votre propre souverain ?

Grimes entendit tomber un gant sur le sol. Il ne dit rien.

Jefferson hocha la tête.

– Ce royaume est le plus difficile à conquérir, dit Jefferson. Et plus difficile encore à conserver. Les deux efforts nécessitent que du sang soit répandu : celui des veines ou celui de l'âme ; le vôtre ou celui des autres.

C'était donc cela précisément que le Capitaine voulait qu'il entende.

Grimes refusait de voir les choses avec les yeux de Jefferson ; c'était un fardeau trop lourd. Mais il avait accepté de répondre, il était venu. Peut-être le Capitaine avait-il raison. Grimes le soupçonnait d'être mû par les mêmes mystérieux courants que lui, que tous, et les spéculations de Jefferson n'étaient qu'un fin vêtement jeté à la hâte pour masquer sa peur de l'inconnu. Comme Grimes soutenait son regard, la fièvre qui brûlait dans les yeux de Jefferson grandit en intensité. Pour découvrir son propre inconnu, Grimes choisirait ses armes. Il décida qu'il était temps de partir.

– Bien, dit Grimes. Je vous ai entendu. Vous m'avez parlé de deux valises. Où sont-elles ?

– L'enclume de la justice ?

– Si vous voulez. Existent-elles vraiment ? Ou bien était-ce une étape dans le grand jeu ?

– Regardez derrière moi, dit Jefferson.

Grimes s'écarta de la fenêtre et regarda derrière le fauteuil. Dans l'ombre, entre le fauteuil et le mur, se trouvaient deux grosses valises de cuir brun, attachées par des lanières. Grimes se pencha et en souleva une. Il faillit se déplacer une vertèbre.

– On dirait qu'elle est pleine de lingots, dit-il.

– Plus que de l'or, Grimes, plus que de l'or.

– Eh bien, c'est pour ça que je suis venu, dit Grimes.

Grimes souleva les deux valises. Il parviendrait tout juste à aller jusqu'à la voiture de Daggett. Il posa les valises au centre de la pièce. Gul le regarda, il tirait la langue. Gul, au moins, savait de quoi il retournait. Grimes jeta un regard dans la pièce délabrée. La Vieille Maison. Une tombe.

– C'est ici que je suis né, dit Jefferson comme s'il lisait dans ses pensées.

En dépit de sa voix monocorde, ces paroles résonnèrent aux oreilles de Grimes comme une supplique. La carcasse gangrenée de Jefferson rendait la sueur de ses dernières forces dans ce fauteuil à oreilles et, avec ces paroles et à ce moment précis, sa légende s'évanouit devant lui. Grimes ne vit plus qu'un homme, pourrissant dans son enveloppe, un homme qui était resté assis là pendant des milliers d'heures immobiles, avec pour seule compagnie le souvenir des vies qu'il avait détruites, sa tentative de faire rendre à ses actes quelques gouttes amères de sens, et le ver dans sa jambe. Que Jefferson ait conservé un semblant de santé mentale était la preuve de sa volonté démoniaque. Grimes hésitait à lui reconnaître un grand esprit. La grandeur vouée au mal demeurait-elle grande ?

Il y avait ceux qui parlaient avec admiration de la gloire de la transgression ; Jefferson l'avait vécue. Avait-il cependant connu la gloire ? Son corps était rongé par un lent et ignoble poison, de même il avait instillé le poison dans les vies de Lenna, de Faroe, de ceux dont les crimes étaient recensés dans les dossiers de ces valises posées par terre, et de nombreux autres aujourd'hui morts et disparus. Et pourtant il semblait à Grimes que la lente putréfaction de Jefferson n'était pas une justice, mais une souffrance de plus.

Jefferson le regardait en silence, comme s'il attendait que le linceul de la solitude retombe sur ses épaules, et Grimes ressentit une immense compassion pour lui. Il aurait préféré autre chose, le triomphe peut-être, ou la joie du soulagement. Mais il ne pouvait lui offrir que de la compassion. Il ne restait rien à dire.

– Adieu, Clarence, dit Grimes.

Sans attendre de réponse, Grimes se pencha et souleva les valises.

– Gul, on y va.

Comme Gul se dressait majestueusement sur ses pattes, Jefferson retira le pied de son repose-pied. Gul montra les dents et gronda.

– Sage, dit Grimes.

Grimes avait une petite idée des souffrances abominables que Jefferson devait endurer, et pourtant le Capitaine se hissa debout sans fléchir. Il s'empara de sa béquille.

– Je vous raccompagne.

– Merci.

Grimes parcourut le couloir en direction de la porte. Sur ses talons, Gul surveillait du coin de l'œil la haute silhouette qui boitait derrière eux. Ils traversèrent la sinistre cuisine et sortirent sur la véranda. Là, Grimes reposa les valises. De l'autre côté de la cour pavée, Daggett était assis à l'intérieur de sa Lincoln. Derrière la voiture se déployait une vallée splendide et le serpent doré de la rivière.

Derrière lui, Jefferson dit :

– Vous devriez rester un peu. Au coucher du soleil, avec un peu de chance, la plaine semble noyée dans le sang.

Grimes se retourna, regarda le visage de l'obèse, qui n'était plus obèse.

– Je crois bien, dit Jefferson, que c'est un bon endroit pour mourir.

– Quand j'aurai vu votre tête sur un piquet, alors seulement je le croirai, dit Grimes.

– Avant que vous ne partiez, j'ai quelque chose à vous donner pour Ella.

Jefferson s'appuya à la poutre qui soutenait le toit de la véranda pour glisser la main dans sa poche.

– J'espérais que vous l'amèneriez, pour une dernière visite.

– Elle doit être avec mon père. Je ne l'ai jamais vue.

– Vous voulez dire qu'ils sont en route pour ici ?

– C'est possible. J'ai montré votre lettre à George. Il a trouvé Ella le premier.

Une curieuse lumière anima les yeux de Jefferson. Il avait regardé Grimes de la même façon quand il était entré dans le salon. Jefferson sortit sa main : elle était vide ; ce qu'il voulait donner à Ella était resté dans sa poche.

– S'ils viennent, dites-leur d'éviter les ennuis jusqu'à ce que je sois rentré. Et ne jouez pas avec les nerfs de George. Il est armé et paranoïaque, et il n'a pas ma patience. Il sera déçu de ne pas trouver ça. (Il indiqua les valises de la tête.) Il y a quelque chose qui pourrait nuire à Lenna ?

– Rien.

– De toute façon, vous ne pouvez pas lui nuire davantage.

Jefferson ne cilla pas.

– Avant de rencontrer Lenna, je croyais qu'Ella était votre fille.

– Ella m'appartient, dit Jefferson. C'est moi qui en ai décidé ainsi.

Grimes se félicitait de n'avoir pas emmené Lenna. Elle aurait sans doute pris Gul de vitesse pour lui sauter à la gorge. Il se demanda quel genre d'homme il était pour avoir pu enlever un bébé hurlant à la première étreinte maternelle. D'une certaine façon, il savait déjà, car il connaissait Jefferson ; pas d'une manière qui pouvait se traduire en mots, mais profondément quand même. Le plus incompréhensible demeurait pour lui la raison pour laquelle Jefferson n'avait pas accompli la mission qui lui avait été confiée : tuer l'enfant ; qu'il ait pu le faire sans la moindre hésitation, Grimes n'en doutait pas.

– Vous deviez tuer Ella. Pourquoi ne l'avez-vous pas fait ?

Les lèvres de Jefferson dessinèrent un sourire totémique.

– Parce qu'une voix m'en a donné l'ordre.

Grimes se détourna pour ne pas voir le sourire.

– Après, dit Jefferson, Lenna et moi sommes devenus amants.

Grimes pria le ciel pour que son visage ne trahit pas le tressaillement de ses tripes.

– Elle ne vous l'a pas dit ?

– Pourquoi me l'aurait-elle dit ? demanda Grimes.

Il pouvait comprendre pourquoi Lenna s'était abandonnée au confort pervers des bras de Jefferson, pourquoi elle avait pu en ressentir le besoin ; c'était un juste châtiment pour la culpabilité qui la rongeait alors et la rongeait encore. En revanche, l'étendue implacable de cette culpabilité, Grimes ne pouvait pas l'imaginer.

– Soyez indulgent envers elle, Grimes.

– Je le suis, dit Grimes. Et je le serai toujours.

– Comme vous l'avez dit, elle danse.

– Oui, dit Grimes. En effet.

Jefferson tendit la main gauche.

– Bonne chance à Washington. Enfin vous allez être un héros.

– Pas si je peux l'éviter.

Grimes prit la grosse main dans sa main droite et la serra.

– Couvrez-vous bien, dit Jefferson.

Et, dans le visage de Jefferson, Grimes vit des choses, et dans sa propre poitrine il sentit des choses qu'il eût préféré ne pas voir et ne pas sentir. Il lâcha la main, empoigna les valises et traversa la cour en direction de la Lincoln, sans se retourner. Gul trottait à son côté. Le chien le regardait avec des yeux tristes.

– Courage ! dit Grimes. On porte ces trucs à DC et c'est fini, mon vieux, on s'en va. Dans le Wyoming. Rien que toi et moi.

Gul aboya d'une voix mécontente.

– Non, Lenna est assez grande pour se débrouiller toute seule. Qu'est-ce que deux clowns comme nous peuvent y faire ?

Gul aboya à nouveau.

– D'accord, tu as raison. Une chose à la fois, comme avant.

Grimes mit les valises dans la voiture de Daggett. Dans une heure, il ferait noir. Il tenta de résister, mais en vain : quand il ouvrit à Gul la portière côté passager, Grimes se retourna pour regarder la Vieille Maison.

La véranda était vide. Clarence Jefferson avait disparu.

Grimes monta dans la voiture et Holden Daggett reprit la route dans le jour déclinant.

23

Grimes et Daggett se parlèrent peu au cours du trajet qui les ramenait en ville. Grimes dit que Jefferson avait besoin d'être soigné, et Daggett répondit qu'il le savait mais qu'on ne discutait pas avec Jefferson uand il avait pris une décision. Grimes lui demanda alors depuis combien de temps il connaissait le Capitaine.

– C'est mon client depuis près de quarante ans. Clarence avait dix ans. Son père était mort dans, disons, certaines circonstances. Sa mère l'avait envoyé dans le Sud, elle tenait à ce que nul ne sache d'où il venait. Je me suis occupé de tout. Avant moi, c'était mon père qui avait représenté la famille. C'est un peu comme ça que les choses se passent chez nous.

– Vous savez ce qu'il y a dans les valises ?

– Peut-être que cela me concerne, peut-être pas. Dans un sens comme dans l'autre, je ne suis pas en position d'en discuter.

– Je préférais que vous sachiez à quel risque vous étiez exposé, expliqua Grimes.

– Disons que je sais ce que j'ai besoin de savoir, ni plus ni moins. Personne ne me menace d'un revolver sur la tempe et je ne viole aucune loi ni aucune morale, ce que je n'accepterais de faire pour personne. Mais je vous remercie de votre sollicitude.

Quand ils arrivèrent chez Mme Stapleton, Grimes

descendit de voiture avec Gul, la contourna et se pencha à la vitre du conducteur.

– Puis-je vous demander un dernier service ?

– Essayez toujours.

– Ces valises pèsent une tonne. Puis-je les laisser dans votre voiture jusqu'à ce que je trouve un moyen de transport pour quitter la ville ?

Daggett ôta son canotier, sortit un mouchoir de sa poche pour en frotter la ganse en cuir.

– Nous ne sommes que les esclaves du destin, du hasard, des rois et des désespérés, dit-il.

– Des compagnons de route peut-être, pas des esclaves.

– Ce qui rend les choses plus difficiles.

– Oui, acquiesça Grimes.

Daggett soupira et remit son chapeau.

– Je serai à mon bureau encore deux heures. Ensuite, vous me trouverez chez moi.

– Je vous suis reconnaissant, dit Grimes.

– Étrange, songea Daggett à voix haute, comme on peut s'attacher à certaines personnes.

Grimes savait qu'il parlait de Clarence Jefferson.

– Oui. C'est vrai.

– À bientôt, dit Daggett.

– Merci.

Daggett s'éloigna et Grimes se sentit soulagé. Il avait les valises. Au moins, George ne se promènerait pas avec.

Mme Stapleton fit un tas de compliments sur Gul, et comme il avait de beaux yeux, et comme son mari l'aurait adoré, elle lui donna de l'eau et quelques restes. Sa femme, Lenna, était descendue en ville. Grimes ne fut ni étonné ni inquiet. Elle devait être au restaurant. Il alla dans la chambre. Elle était vide, son message avait disparu. Il annonça à Mme Stapleton qu'ils partiraient le soir même, non sans la remercier pour la chambre et pour son hospitalité, et la paya plus qu'elle ne demandait. Il alla ensuite dans le salon, sortit de sa poche la carte que

Titus Oates lui avait donnée et composa le numéro. Le téléphone sonna longtemps dans le vide, Grimes faillit abandonner, il y eut un déclic et une grosse voix mugit à son oreille.

– Qui est-ce, bordel ?

Oates semblait agité.

– C'est Grimes.

– Je m'en tape, mon vieux. J'ai quatre fusils pointés sur les couilles, dont un, vient-on de me rappeler, est chargé de cartouches à balles de cerf. Les gars croient que je travaille pour la répression des fraudes. Alors qu'est-ce que vous voulez ?

Oates devait être en train de négocier l'achat de whisky de contrebande en pleine cambrousse. Grimes crut entendre un autre homme respirer près du combiné et jugea qu'il valait mieux jouer franc-jeu.

– Je voulais juste vous proposer du travail.

– Putain ! dit Oates, lourdement.

– Quand pouvez-vous être de retour à l'aérodrome ? demanda Grimes.

– Écoutez, cousin, on me trimballe avec un bandeau sur les yeux depuis le milieu de l'après-midi. Je ne sais même pas dans quel État je suis. Vous n'avez pas idée avec quelle facilité on perd les cadavres ici.

– Ne vous énervez pas, dit Grimes.

Il pensa à l'autre homme.

– Ces types ne font qu'exercer leur droit à posséder des armes et à les porter sur eux, comme nous tous. Je suis sûr que ce sont des hommes d'honneur.

– Bien sûr que ce sont des putains d'hommes d'honneur. C'est pour ça qu'ils ont perdu la guerre de Sécession.

– Dans combien de temps pourrez-vous être rentré ?

Il y eut un silence et Grimes entendit un lointain murmure de conversation.

– Dans une heure, peut-être davantage, tout dépend de la longueur des débats.

– Ne me laissez pas tomber, dit Grimes. Faites gaffe aux cartouches à cerfs !

– Bien reçu et va te faire foutre !

Et la ligne redevint muette.

Grimes réfléchit à son programme. Il irait chercher Lenna, après quoi Daggett pourrait les conduire à l'aérodrome. Ce serait à peu près l'heure à laquelle George et Ella arriveraient, en supposant qu'ils aient bien roulé. Grimes décida de ne pas les attendre ni de les chercher. Voyager seul lui faciliterait les choses. Il aurait même préféré laisser Lenna en lieu sûr, mais il savait qu'elle n'accepterait jamais. Si George et Ella parvenaient jusqu'à la Vieille Maison, Jefferson ne leur ferait aucun mal. Grimes appela Gul, laissa Mme Stapleton lui donner un baiser d'adieu et, pour la deuxième fois ce jour-là, partit à pied vers la ville.

L'un dans l'autre, les choses se déroulaient aussi bien que possible. Il allait amener l'enclume de la justice de Jefferson à Washington DC et vider les valises, en gardant l'anonymat, devant quelque talentueux journaliste, lequel se verrait remettre le prix Pulitzer puis serait incarné au cinéma par Tom Cruise. Peut-être parviendraient-ils à tirer Bob Hope de sa retraite pour son personnage à lui. Il n'éprouvait aucune curiosité à l'égard du contenu précis des valises. Moins il en savait, mieux il se portait.

Les ennuis de Lenna avec Faroe étaient d'une autre espèce. Pour l'instant, Faroe semblait, Dieu merci, encore loin. Lenna aurait à s'en soucier plus tard. Le mieux serait alors sans doute de s'en remettre à la justice. Elle pouvait se payer les avocats nécessaires et il faudrait un jury bien cruel pour la condamner. Quant à Filmore Faroe, il avait le bras long et les poches bien remplies mais, à supposer qu'il pût manipuler la justice, il ne résisterait pas à des centaines d'heures de couverture par CNN. Peut-être George avait-il raison, pensa Grimes. Peut-être les États-Unis étaient-ils une grande nation, après tout.

Grimes parvint au restaurant dans la rue principale et regarda à travers la vitre. Il ne vit personne, mais il ne pouvait voir toutes les tables. Il dit à Gul de rester sagement dehors et entra. La serveuse se souvenait de Lenna, elle avait laissé un pourboire de quatre-vingt-dix dollars qu'elle voulait bien lui rendre si la dame s'était trompée. Elle expliqua que Lenna était partie avec un homme âgé et une jeune noire. Un bref instant, Grimes eut le cœur serré. Voir Ella pour la première fois avait dû être une épreuve pour Lenna. Cela expliquait le pourboire ; il dit à la serveuse de le garder et sortit.

– Ils sont allés à la Vieille Maison, dit Grimes à Gul. Il va falloir y retourner.

Ils marchèrent jusqu'au cabinet de Daggett. Le soleil avait disparu derrière les bâtiments. Les choses s'enchaînaient moins bien, mais il n'y avait pas encore lieu de paniquer. Ils passaient devant une banque quand la porte du bureau de Daggett s'ouvrit. L'avocat en sortit. Grimes était sur le point de l'appeler lorsqu'un deuxième homme surgit derrière lui. Cédant à un instinct paranoïaque, Grimes fit un pas de côté et se dissimula dans la large entrée en granite de la banque. Gul le suivit immédiatement.

– Bon chien. Assis.

Grimes jeta un coup d'œil prudent dans la rue. Le gars qui était avec Daggett portait une casquette de base-ball et un coupe-vent des Falcons bordé de satin. C'était le type qui lui avait parlé sur le banc. Enfoncée dans sa poche, sa main droite pointait maladroitement vers Daggett. Les gestes raides de Daggett, ouvrant le coffre de la Lincoln, suggéraient qu'il ne le faisait pas de son plein gré. Le supporter des Falcons inspecta le coffre, hocha la tête et dit quelque chose. Daggett referma bruyamment le coffre et monta dans la voiture. Tout en inspectant la rue, le type grimpa à côté de lui. La Lincoln démarra et s'éloigna.

Grimes n'avait pas la moindre idée de ce qui se passait, mais ça sentait mauvais. Comment savoir où le type des Falcons emmenait Daggett ? Il n'y avait plus de valises. Le Falcon était seul mais il changeait tout le scénario. George, Lenna et Ella étaient maintenant en danger. Grimes devait retourner à la Vieille Maison chercher tout le monde, les conduire à la piste d'envol et les mettre dans l'avion de Titus Oates. Il avait besoin d'une voiture.

Au bout de la rue, il y avait une station-service.

– Viens, dit Grimes.

Il s'élança, Gul courant sans effort sur ses talons. Après une centaine de mètres les trop nombreuses Pall Mall et les mois qu'il avait passés par terre à manger de la merde commencèrent à se faire sentir. Il avait ce qu'il méritait, et il continua. Parvenu à la station-service, il avait l'impression qu'on lui arrachait des lambeaux à l'intérieur des poumons. Il fut soulagé d'apercevoir, de l'autre côté d'un bureau aux murs de verre, une camionnette Ford.

Derrière le comptoir, il y avait un jeune gars vêtu d'un vieux T-shirt des Black Crowes et d'un faux Stetson avec un badge représentant la bannière étoilée. Le type ne fit pas attention à Grimes et regarda le chien les yeux écarquillés.

– Ouais, chouette chien !

– Merci, dit Grimes.

– Vous voulez pas le vendre ?

– Il ne m'appartient pas. Mais j'aimerais vous louer votre camionnette pour une heure ou deux.

– Désolé, vieux, elle ne m'appartient pas.

– C'est urgent, dit Grimes. Très urgent. Je vous offre cent dollars.

– Hé. Je cherche pas à vous faire cracher. La camionnette est à mon patron. Je peux pas.

– Deux cents.

– Si c'était moi, l'affaire serait déjà conclue. Si c'est si urgent que ça, je peux vous appeler les flics.

– Non, dit Grimes en sortant les billets. Trois cents.

– J'ai une moto, là-derrière, dit le type.

– Une moto ?

– Une Electra Glide authentique. Modèle 1973. Elle avale les kilomètres comme si elle roulait pour Dieu en personne.

Grimes n'avait pas enfourché de moto depuis au moins vingt ans.

– Vous ne comprenez pas, dit Grimes. Il me faut une voiture. Il faut que je prenne le chien avec moi.

– Et alors ? dit le gars. Comme je vous ai dit, c'est un chouette animal.

Il fit démarrer la Harley et Grimes lui donna trois cents dollars.

– Merci bien, dit le gars.

Grimes enfourcha la selle et referma les doigts sur les poignées. En dépit de ses poumons à vif et de ses craintes, il ne put s'empêcher d'éprouver un frisson de plaisir. Gul le regardait avec curiosité. Grimes se recula autant qu'il put et frappa sur la selle devant lui.

– Qu'est-ce que tu attends ? dit-il.

Sans hésiter, Gul bondit et s'installa sur la selle en travers du réservoir comme s'il s'agissait de sa place favorite au soleil.

– Faites comme s'il n'était pas là, lui conseilla le gars, et tout ira bien.

Grimes fit gronder le moteur et ôta la béquille d'un coup de pied.

– Attention à lui, hein ! dit le jeune gars joyeusement.

– Je ferai mon possible, dit Grimes.

– Je parlais au chien.

Gul aboya. Cicero Grimes haussa les épaules, enclencha la première et s'éloigna en rugissant vers l'ouest et la plaine de l'Ohoopee.

24

Ella continua pendant cinq kilomètres après la route qui prenait vers l'ouest avant de conclure qu'elle l'avait manquée. La dernière fois, elle était venue à la Vieille Maison en hiver et le paysage avait un aspect différent. Maintenant, il était luxuriant et vert. Elle fit demi-tour et repartit en sens inverse. Ça ne leur avait pas coûté plus de dix minutes. Une fois sur l'embranchement, elle douta encore jusqu'au moment où ils franchirent la crête de la colline et où la vallée s'ouvrit devant eux. Le ciel était un disque rouge coupé en son milieu par la ligne d'horizon et les prairies qui descendaient vers la rivière étaient couvertes de fleurs sauvages. L'endroit n'avait jamais été aussi beau. Au milieu des prairies s'élevait la silhouette noire de la Vieille Maison. À la vue de cette silhouette, la pensée que Charlie était mort raviva la nostalgie des jours où il l'avait amenée ici, et sa gorge se serra. Elle se tourna vers George.

– Voilà, dit-elle. C'est la Vieille Maison.

– Beau travail, dit George.

– Comment connaissez-vous cet endroit ? s'enquit Lenna.

Ella regarda par-dessus son épaule. Lenna avait des yeux profonds, elle n'en avait jamais vu de pareils. Il y avait quelque chose dans la façon dont ils se posaient sur elle qui lui faisait un peu peur. Non qu'elle crût Lenna capable de lui faire du mal, mais son regard exprimait une avidité, une faim, désespérées. En même temps, Ella se sentait attirée comme par une voix muette la suppliant du fond d'une grotte sombre. Elle aurait voulu être avec Lenna dans un lieu sûr et ordinaire où, plus détendues, elles auraient pu se parler. Mais pour cela il faudrait attendre. Elle fixa la route à nouveau :

– Je suis déjà venue avec Charlie.

– Charlie ?

– Pardon. Je veux dire Clarence Jefferson. Pour moi, il s'est toujours appelé Charlie.

Un silence tendu retomba à l'arrière et Ella jeta un coup d'œil dans le rétroviseur. Elle ne voyait que la bouche de Lenna, une bouche en bouton de rose. Ella la trouvait belle. Lenna se mordait la lèvre.

– L'avez-vous bien connu ?

– Toute ma vie, répondit Ella. Il était comme un oncle.

La question n'avait pas cessé de la tarauder toute la journée : Charlie était-il son père ? Par-dessus tout, elle voulait rencontrer le fils de George, Gene, et connaître la vérité.

– Était-il un oncle gentil ? demanda Lenna.

– Oh, oui, dit Ella. Charlie était le meilleur.

Dans le rétroviseur, elle vit tressaillir la partie inférieure du visage de Lenna. Elle baissa la tête pour apercevoir ses yeux mais George l'interrompit. Ils approchaient de la piste qui menait à la Vieille Maison.

– Doucement, dit George. Vous voyez ces arbres et ces arbustes, là, à trente mètres ?

Ella ralentit et s'engagea dans le chemin de terre cahoteux. À l'autre bout se trouvait un bouquet d'arbustes qui débordaient du champ.

– Oui.

– Je vais descendre et reconnaître les lieux. Ne vous arrêtez pas. Faites simplement le tour de la cour pour vous placer face à la piste. Laissez le moteur tourner au ralenti et attendez-moi dans la voiture.

– D'accord.

– Vous avez votre arme ?

Ella posa la main sur le sac posé à côté d'elle.

– Cran de sûreté défait et chargé.

George se retourna pour regarder Lenna.

– Elle commence à comprendre mon baragouin, dit George. Soyez sans crainte, il n'y a pas de danger. Mais si vous entendez quelque chose d'anormal ou si je ne suis pas ressorti dans dix minutes, vous partez.

Ella ouvrit la bouche.

– Promettez-le-moi, dit George. Nous sommes aussi responsables de Lenna.

Ella était horrifiée à l'idée de voir disparaître George, mais pour lui elle devait rester calme.

– D'accord.

– Vous retournez directement en ville et vous appelez les flics. Vous n'avez rien fait de mal ; vous pouvez tout leur dire.

George lança un regard en direction de Lenna.

– Vous avez bien compris ?

– Nous ferons comme vous le voulez, dit Lenna.

– Bien.

George glissa sur son siège. En approchant du bosquet qui devait les dissimuler de la maison pendant quelques mètres, la voiture ralentit à dix kilomètres heure. Quand ils furent à la hauteur des arbustes, George ouvrit brusquement la portière et disparut. Ella se pencha et saisit la poignée pour refermer la portière. Dans le rétroviseur, elle vit George se rétablir et marcher vers la maison. Elle consulta sa montre – cinq minutes – et continua de rouler doucement.

La Vieille Maison projetait une ombre épaisse, elle était telle que dans son souvenir, sauf qu'elle penchait davantage et qu'une autre fenêtre était cassée. Elle avait toujours ressenti un frisson comme devant un château hanté. À présent, le frisson s'intensifiait. Lenna et elle se trouvaient pour la première fois seules ensemble, ce qui ajoutait à son sentiment d'étrangeté. Sur le parking derrière le restaurant, George lui avait dit que Lenna était une femme puissante, « plus riche que Crésus ». Il supposait qu'elle voulait les valises pour des raisons qui ne concernaient qu'elle. À en croire George, Lenna pouvait être dangereuse, mais Ella la trouvait triste et perdue. Elle espérait que Lenna n'avait pas trop peur.

– George est simplement prudent, dit Ella. Il sait ce qu'il fait.

– Je n'en doute pas, dit Lenna.

– George était à Tarawa. Ça ne peut pas être pire.

Lenna ne répondit pas et Ella en conclut qu'elle ignorait où était Tarawa, tout comme elle auparavant. La Jeep contourna la bâtisse ténébreuse et pénétra dans la cour pavée, où la lumière était plus forte. Elle avait toujours aimé venir là, s'asseoir sur la véranda et regarder le coucher du soleil. Elle fit demi-tour et laissa le moteur tourner comme George avait dit. Elle prit son sac et glissa la main à l'intérieur. La crosse du Smith & Wesson lui remplissait la main. Elle la laissa à l'intérieur du sac pour ne pas inquiéter Lenna et se tourna vers elle. Toujours ce regard avide.

– Ça ne sera pas long, dit Ella. Tout ce que nous avons à faire, c'est prendre deux valises. Rien d'extraordinaire.

Ella consulta sa montre. Encore deux minutes. Elle se demanda si elle en serait capable, si elle aurait la force de partir en laissant George. Son estomac se crispa à cette pensée. Elle avait promis. Ça n'arrivera pas, se dit-elle. George allait revenir. Et s'il ne revenait pas ? Elle ne pourrait pas. S'il y avait des coups de feu, peut-être, mais s'il n'y avait que du silence, alors non. Elle attendrait un peu plus. Dix minutes. Et s'il ne se passait toujours rien ? Dans ce cas, elle irait voir, elle connaissait bien la maison. Et s'il y avait des coups de feu et *ensuite* le silence ? Pourrait-elle simplement s'en aller et peut-être abandonner George blessé ? George ne l'abandonnerait jamais, lui. Ils devaient être des partenaires sur toute la ligne. Elle ne pourrait pas l'abandonner. Mais elle était responsable de Lenna aussi. C'est George qui l'avait dit. Ella consulta encore sa montre, incrédule : il ne s'était écoulé que trente secondes.

– Ça va ? demanda Lenna.

Ella eut conscience que l'expression de son visage devait la trahir. Elle sourit.

– Oui. Je suis simplement un peu ankylosée après toute une journée de voiture. Je vais m'étirer un peu.

Elle ouvrit la portière et sortit, son sac à l'épaule et la main à l'intérieur. Aussitôt, elle se sentit mieux. La véranda de derrière était déserte. Au-dessus du ronronnement du moteur lui parvenaient le chant des oiseaux et le bourdonnement des insectes, rien d'autre. Elle consulta sa montre. Une minute. Elle pouvait attendre. Lenna ouvrit la portière de son côté et sortir. Ella se tourna.

Elle était sur le point de lui dire de rentrer dans la voiture quand Lenna posa les yeux sur quelque chose, en direction de la véranda, derrière elle. L'horreur lui pétrifia le visage.

– Donnez-moi le pistolet.

Sa voix était basse et insistante et ses yeux verts étaient devenus fous.

– Lenna, non, dit Ella.

Elle recula, sortit la main de son sac. Elle était paniquée. Elle leva l'arme et se retourna en la pointant en direction de la véranda. Elle se figea.

Sous l'avant-toit que formait le premier étage, une ombre immense se tenait en appui sur une béquille, une silhouette si décharnée que la béquille semblait être un os. L'ombre était coiffée d'un panama, elle leva un bras et ôta le chapeau. Quelques mèches de cheveux blonds se soulevèrent légèrement dans la brise du soir. Sa voix doucereuse traversa la cour.

– Bonjour, Ella.

La musique de cette voix fit monter aux yeux d'Ella une vague de chaleur.

– Charlie ?

– Laisse-moi te serrer dans mes bras.

– Charlie ? répéta Ella.

Elle avança dans la cour, accéléra le pas et s'approcha. C'était son visage, ce visage familier, mais si raviné et si creux qu'elle eût préféré que ce ne soit pas lui. Puis son regard se posa sur la jambe enflée enveloppée de linges puants et le pied tordu par ce qui ressemblait à des plaques de plastique rose fondu. Son corps tout entier tangua, elle comprit que cette métamorphose était la conséquence d'une souffrance énorme, car c'était bien lui : c'était Charlie. Charlie changé. Et Charlie souriait, malgré la souffrance, il souriait de ses os creux, il lui souriait.

À deux mètres derrière lui, une porte grillagée s'ouvrit et le canon d'un fusil surgit de l'obscurité, dirigé droit sur sa nuque.

– George ! Ça va.

Le souvenir des hommes abattus si rapidement la nuit précédente lui revint aussitôt. Il fallait que George comprenne qu'elle n'était pas en danger.

– C'est Clarence Jefferson.

Le canon du fusil ne bougea pas. Charlie était resté parfaitement immobile. La voix sèche de George lui parvint depuis la cuisine.

– Je partage votre avis au moins sur ce point, monsieur Jefferson : pour le choix du fusil, je préfère l'automatique au fusil à pompe, sans hésitation.

Charlie n'avait pas cessé de sourire à Ella. Il regarda le revolver qu'elle avait en main et le sourire se changea en grimace.

– Il semblerait que je sois dépassé par le nombre. À vous de jouer, monsieur Grimes.

– Le revolver que vous avez à la ceinture sous votre chemise, donnez-le à la dame. Vous savez comment.

Charlie remit son chapeau, son bras droit s'achevait sur un moignon noir, épais et tranché net, tel un tuyau de gouttière. Ella déglutit. De sa main gauche, Charlie extirpa de sous sa chemise hawaïenne un lourd revolver bleu-noir. Il le fit pirouetter, le rattrapa par le canon ventilé et le lui tendit. Ella s'avança. Comme elle prenait le revolver, Charlie fixa son regard sur Lenna à l'autre côté de la cour, avec une expression qu'elle ne put déchiffrer. Elle regarda derrière elle.

Lenna se tenait debout près de la Jeep, et elle soutenait le regard de Charlie. Ce regard disait qu'ils se connaissaient. Ils se connaissaient bien. Elle ressentit quelque chose d'étrange, elle ignorait quoi. De la jalousie. Elle sentit le poids des armes dans ses mains. Elle se retourna vers Charlie.

– Je savais que tu n'étais pas mort, dit-elle. Je le savais.

– C'est égoïste de ma part, je sais, mais je suis heureux que tu aies pu venir, répondit-il.

Sans hâte, aidé de sa béquille, Charlie parvint à s'éloigner de deux pas de la porte de la cuisine. Il se déplaçait encore avec cet immense mais calme pouvoir qu'elle avait toujours trouvé si rassurant. George était un vieux lion, dangereux mais vulnérable. Charlie, même réduit à l'ombre de lui-même, même mutilé, Charlie était une montagne.

– Vous ne venez pas vous joindre à nous, monsieur Grimes ? dit Charlie.

George émergea de la porte le fusil à l'épaule. Il l'abaissa à hauteur de ses hanches tout en le gardant dirigé vers le bas du dos de Charlie. Ella regarda George et vit qu'il lisait dans son regard son désir d'aller vers Charlie. Sa détermination glacée tiédissait un peu.

– Allez-y, dit George.

Ella posa les deux armes sur le plancher et monta les marches en courant. Jefferson écarta son bras mutilé et elle s'y précipita. Sous sa chemise, il était resté aussi démesuré, mais il avait dans le dos des os qui pointaient à des endroits où ils n'existaient pas auparavant.

– Comment va ma beauté ? demanda-t-il d'une voix douce.

– Bien, dit Ella.

Elle ferma les yeux un moment. Elle avait vécu bien des choses étranges depuis le concert au Factory – c'était il y avait moins de vingt-quatre heures – mais elle se sentait encore plus confuse maintenant. Des bouts de la lettre de Charlie qu'elle s'était efforcée de comprendre tout le jour tournaient et retournaient dans sa tête. « Il a eu plus que sa part de crimes, de tortures et de tout autres vilenies accessibles à l'homme. » Charlie était-il cet homme-là ? Elle recula. L'odeur qui émanait de lui était écœurante, mais elle ne voulait pas le montrer.

– Est-ce qu'on peut parler, toi et moi ? demanda-t-elle.

– Sûr, dit Charlie. On trouvera bien un moment.

Lenna s'était avancée jusqu'au perron. Stupéfaite, Ella découvrit de la colère sur son visage. Non, de la douleur aussi. Les deux. Lenna était jalouse. C'était indéniable, et pourtant impensable.

– Ella ? dit George. Il ne serait pas sage de nous laisser surprendre par la nuit. Je crois que nous devrions prendre ce que nous sommes venus chercher et partir.

– On peut emmener Charlie avec nous ?

– Non, c'est impossible.

C'était Lenna. Son visage était décomposé. Elle fit deux pas en direction des marches. Charlie la fixait du regard.

– Non, Lenna. Ce n'est pas le moment.

Lenna ne l'écoutait pas. Elle prit le revolver de Charlie, actionna le chien et pointa l'arme vers sa tête.

– Tu ne viens avec personne.

Lenna allait le tuer. Ella se plaça devant la bouche du revolver et marcha vers Lenna. Lenna cligna des yeux, elle voulut parler, mais elle ne put rien dire. Ce qu'elle éprouvait devait être terrible, Ella le savait et elle eut pitié d'elle, mais elle ne pouvait pas la laisser tuer Charlie. Autour d'Ella tout semblait s'être pétrifié.

– Lenna, George et moi vous avons dit que quiconque se dresserait contre vous se dresserait aussi contre nous, vous vous rappelez ?

Le tourment sur le visage de Lenna devint plus intense. Dans sa main, le revolver n'était plus qu'à quelques centimètres de la poitrine d'Ella. Elle semblait incapable de répondre.

– Eh bien, c'est pareil pour Charlie.

Les yeux de Lenna semblèrent s'embrumer, puis elle regarda le revolver et la cible vers laquelle il pointait.

– Oh, mon Dieu, dit Lenna, comme si on lui arrachait les mots. Oh, mon Dieu.

Tremblante, elle ferma les yeux.

– S'il vous plaît, dit-elle, prenez-le, je vous en supplie.

Ella tendit la main et, prudemment, saisit le revolver. Lenna décrispa le poing. Ella le lui ôta de la main, désarma le chien, et se pencha pour ramasser son propre revolver. Le silence retomba.

Lenna évalua la distance qui la séparait de la porte de la cuisine, se précipita et disparut à l'intérieur. La contre-porte claqua derrière elle. Ella entendit des sanglots étouffés. Elle était totalement abasourdie, mais elle sentit que Lenna avait besoin d'elle. Elle esquissa un pas pour la suivre.

– Ella, dit George, laissez-la une minute.

Il avait raison. Ella s'arrêta. Elle attendrait une minute, puis elle irait la voir, la prendrait dans ses bras. Elle seule pouvait le faire. Et elle chercherait à résoudre ce mystère qui explosait tout autour d'elle.

– Nous prendrons Charlie avec nous s'il désire venir, dit George. Lenna aussi. Et mon petit doigt me dit que nous devrions nous mettre en route le plus tôt possible.

– Vous avez raison, dit Charlie. Mais ce que vous êtes venu chercher n'est plus là. Le bon docteur vous a pris de vitesse. Votre fils. Il m'a demandé de vous dire de rester à l'écart de tout ça jusqu'à ce qu'il soit rentré.

George consulta Ella du regard.

– Qu'est-ce que vous en dites ?

– Allons-y. Je vais chercher Lenna.

George acquiesça. Comme Ella traversait le perron, elle s'immobilisa et tendit l'oreille. Aucun bruit ne provenait de la cuisine obscure. Lenna était maintenant silencieuse. Mais il y avait autre chose, très loin. Elle regarda George, puis Charlie.

– Vous n'entendez rien ?

Les deux hommes écoutèrent. La vallée semblait calme, mais le bruit devenait plus fort. Une vibration sourde, hachée.

– Vous entendez, maintenant ?

George et Charlie échangèrent un regard inquiet.

– Si nous parvenons à regagner la colline, dit George, nous serons à l'abri des arbres jusqu'à Jordan's Crossroads. S'ils nous surprennent en plein champ, autant dire que nous serons une cible aussi facile qu'une canette de bière sur une clôture.

– Vous avez raison, monsieur Grimes. Mais c'est trop tard.

Charlie pointa son moignon vers le ciel au-dessus de sa tête.

– Il va falloir les attendre ici.

Ella ne vit d'abord rien. Le ciel au-dessus des crêtes lointaines était vide. Et puis, là, sous la crête, un hélicoptère noir survolait la vallée et venait sur eux.

– Qu'est-ce que vous avez mis là-dedans ? demanda George derrière elle.

– Chevrotines double-zéro, répondit Charlie. Six charges.

– Si les femmes montent dans la Jeep et que nous attendons ici que l'hélicoptère se pose… commença George.

– Ils peuvent lâcher des hommes sans se poser, dit Charlie.

– Mais s'il se pose, on peut les occuper pendant qu'Ella et Lenna courent en direction de la colline.

Ella était paralysée. Non, elle n'irait nulle part sans eux. La contre-porte claqua. Lenna se tenait là, les yeux rivés à l'hélicoptère qui approchait.

– Je ne vais nulle part, dit Lenna.

– Mais pourquoi ? demanda Ella.

Lenna posa les yeux sur elle. Pour la première fois depuis qu'elles s'étaient rencontrées, les yeux de Lenna, même rougis, étaient parfaitement calmes. Ella frissonna.

– Parce que c'est pour moi qu'ils sont venus. C'est moi qu'ils veulent, et moi seule.

25

Rufus Atwater n'était jamais monté dans un hélicoptère. Il avait les fesses endolories, l'estomac retourné et les oreilles assourdies par le battement haché des rotors. Comme s'il était défoncé. Que ça vous plaise ou non, l'hélicoptère – un Sikorsky, lui avait-on précisé – vous portait sur le système et vous survoltait. Les cimes des arbres se pliaient sous leur ombre sur des milliers de kilomètres carrés et Atwater espérait que le latino dans le cockpit trouverait le bon chemin. Le soleil étant derrière eux, le pilote voyait où il allait. Et il y avait des cartes et des boussoles et toutes sortes de trucs auxquels Atwater ne comprenait rien. Il n'aimait pas trop dépendre des autres, surtout de Roberto Herrera, mais il n'avait pas le choix. Il avait beau être le chef officiellement, c'était pénible pour lui de se retrouver entouré d'une douzaine d'hommes armés s'exprimant délibérément dans une langue étrangère.

Filmore Faroe avait eu raison de les envoyer sur une simple intuition ; Cicero Grimes était bien à Jordan's Crossroads et il avait bien pris contact avec Holden Daggett. C'est lui, Atwater, qui avait eu l'idée d'envoyer Gough Lovett de Savannah sur la piste de Daggett. Lovett l'avait appelé une heure plus tôt : Grimes et Daggett s'étaient rendus dans une sorte de ferme délabrée, Grimes était entré à l'intérieur, mais il n'avait pas vu Parillaud. La ferme était située dans un triangle formé par deux routes départementales et la rivière Ohoopee, et il avait suffi de délimiter la zone sur ses cartes. Atwater sentit ses mains trembler légèrement, il baissa les yeux. Son portable sonna à nouveau. Atwater maudit le bruit des rotors et, un doigt enfoncé dans l'oreille gauche, alluma son téléphone.

– Oui ? hurla-t-il.

– Atwater ?

La voix de Lovett grésillait faiblement mais elle était reconnaissable.

– Oui, c'est moi.

– J'ai les valises.

– T'as les valises ? Quelles valises ?

– Grimes a quitté la ferme avec deux valises. Il fallait que je décide : le gars ou la marchandise. Je me suis dit que Grimes ne pourrait pas aller bien loin, alors j'ai pris la marchandise. C'est bon ?

C'était trop beau pour être vrai, nom d'un chien. Atwater se pencha en avant sur son siège. Les valises ? La marchandise ? Le butin de Jefferson ? Quoi d'autre Grimes serait-il allé chercher ? Le petit fils de pute. Atwater enfonça son doigt plus profond.

– Ouais, c'est bon, c'est parfait. Bonus pour toi. T'es où ?

– Dans le bureau de maître Daggett. Qu'est-ce que je fais ?

– Est-ce qu'on peut poser un hélicoptère près de cette ferme ?

– Sans problème. C'est aussi tranquille…

Le grésillement rendit la voix inaudible.

– Gough ? T'es encore là ? J'ai pas entendu !

– J'ai dit : la ferme est aussi tranquille qu'une tombe.

– Bon. Amène la marchandise à la ferme, dit Atwater. On se retrouve là-bas.

– Entendu. Et Daggett ?

– Amène-le. On peut installer notre base à la ferme et chercher Grimes et la femme plus tard. Compris ?

– Compris.
– On y sera dans… Attends.
Atwater se pencha vers Herrera assis sur le siège du copilote et hurla :
– Roberto ? Encore combien de temps, *amigo* ?
Herrera pointa son index en direction du sol.
– Nous venons de localiser la rivière. Je ne sais pas, dix minutes, plus ou moins.
Atwater se repencha au-dessus du portable.
– Plus ou moins dix minutes.
– Je vous retrouve là-bas.
– Cinq sur cinq.
Atwater éteignit son portable. C'est à peine s'il parvenait à déglutir. C'est à peine s'il parvenait à respirer. Avant la fin de la nuit, Mr Filmore Faroe lui lécherait les poils du cul. Il fallait encore retrouver Parillaud, mais elle devait être dans le coin, et Grimes aussi, prêts à être cueillis. Il commençait à éprouver une certaine sympathie pour Herrera ; après tout, ce type les avait menés à bon port. Herrera n'était pas vraiment chaleureux. Atwater se rappela que, après la défection d'Herrera à bord du Mig, les communistes avaient mis ses parents et sa sœur dans une sorte de prison et qu'il n'en avait plus jamais entendu parler. C'était peut-être ce qui expliquait sa froideur. Mais c'était très bien comme ça. Exactement l'attitude qu'on attendait d'un mercenaire.
Atwater jeta un coup d'œil au paysage qui défilait en dessous. Le jour déclinait, mais la rivière était là, sinueuse, bordée d'arbres maigres. Puis il ne vit plus qu'un brouillard vert et son esprit erra follement sur des paysages imaginaires de pouvoir, de richesse, de maîtresses en robes moulantes et de maîtres d'hôtel dont les doigts claquaient pour lui donner la meilleure table des restaurants dont il ne connaissait même pas le nom.
– La voilà ! cria Herrera.
Atwater s'efforça de revenir à la réalité. Il scruta la

campagne dans la direction qu'indiquait le doigt d'Herrera. Il ne voyait fichtrement rien. Et puis il l'aperçut : au milieu des champs qui ourlaient la rivière, un petit ensemble noir, qui, à mesure qu'ils approchaient, se révéla composé de deux éléments. Des bâtiments, sans aucun doute. Une ferme et une grange.

Rufus Atwater se tortilla sur son siège et se dit, ça y est, mon vieux. Cette fois, ça y est pour de bon, putain !

26

L'hélicoptère noir décrivit un large cercle au-dessus de la vallée à la recherche d'un endroit où se poser. George tira Ella vers la porte de la cuisine et fit signe à Lenna.

– Il vaudrait mieux rentrer.

Du regard, Ella consulta Charlie, qui boitait vers eux. Il lui fit un signe d'assentiment. Elle avait toujours du mal à penser à lui sous le nom de Clarence Jefferson ; Jefferson était l'homme dont elle ne savait rien, l'homme aux innombrables crimes que tout le monde redoutait. Elle ne voulait pas qu'il soit Jefferson. Charlie posa son bras mutilé autour de son épaule et la suivit. À l'intérieur de la cuisine, le fracas de l'hélicoptère paraissait plus proche que jamais. Ella était terrifiée et ne savait pas ce qu'elle devait faire. Le poids du Smith & Wesson dans sa main devint soudain plus réel. Elle ravala une vague de nausée. Partagée entre Charlie et Lenna dans un enjeu qu'elle ne comprenait pas, elle hésitait. George prit position près d'une fenêtre et tenta de regarder dehors. Elle décida de rester près de lui.

– L'endroit est trop difficile à défendre, trop grand, dit George en se tournant vers Charlie. Ils ont toute la couverture qu'ils veulent avec la grange et les annexes.

– Un homme sensé les laisserait d'abord entrer avant de commencer le bal, dit Charlie.

George posa son regard sur lui, puis sur le couloir, la porte d'entrée, et à nouveau sur Charlie.

– Ça me va. Vous surveillez devant, je les prends par ici. Du couloir.

Il se retourna vers la fenêtre.

– Il n'y a aucun sigle sur cet appareil. Vous avez une idée de qui sont ces gars ?

– Non, répondit Charlie.

– Dieu sait que je suis pas ami avec le FBI, dit George, mais c'est pas une raison pour les descendre sans sommation si ce sont des hommes du FBI.

– Écoutez-moi !

Lenna se tenait dans le crépuscule poussiéreux, les mains étroitement serrées devant elle. Son visage était livide. Elle plongea son regard dans celui de Charlie.

– Hier soir, Faroe s'est échappé de la Maison de Pierre.

– Filmore Faroe ? dit George. Je croyais qu'il était mort.

– L'hélicoptère, ça doit être les hommes de Faroe.

Ce n'était pas dans la nature de Charlie de montrer sa peur, mais Ella comprit que c'était la pire des nouvelles qu'on pouvait lui annoncer. Son visage était couvert d'une sueur grasse qu'elle n'avait pas remarquée dehors, il était malade, très malade. Il ne répondit pas à Lenna.

– Si je me rends, il n'y aura pas de problèmes.

– Lenna, ne sois pas naïve, dit Charlie.

– Faroe veut se réconcilier avec moi.

– Faroe veut se réconcilier avec le monde.

– Ils sont en train de sauter, dit George près de la fenêtre.

Ella sut, à la manière dont George serrait les dents, qu'il n'abandonnerait personne sans se battre. Sa voix se durcit.

– Mort ou pas, ce gars a sacrément envie de vous avoir.

Au milieu de la prairie, de l'autre côté de la cour pavée, l'hélicoptère noir flottait au-dessus de l'herbe couchée tandis que des soldats en sautaient, armés de fusils.

– Quatre, six, huit, dit George. Et vous aviez raison, monsieur Jefferson, il redécolle.

L'hélicoptère reprit de la hauteur. Les huit soldats se déployèrent à gauche et à droite, puis coururent, penchés au ras du sol, vers la cour pavée et la grange.

– Faroe est-il au courant ? demanda Charlie.

Lenna regardait Ella avec terreur, comme si la question de Charlie la concernait. Qui était Faroe ? Et de quoi était-il au courant ?

– Non, il ne sait rien. Personne ne sait, sauf toi et moi.

– Et le bon docteur Grimes, dit Charlie.

– Oui.

Ella était convaincue qu'ils parlaient d'elle.

– Qui est Faroe ?

Lenna posa sur elle un regard indéchiffrable. Charlie glissa son revolver dans sa ceinture et s'approcha d'Ella. Ni l'un ni l'autre ne répondaient. Charlie extirpa de sa poche une enveloppe en papier kraft et la glissa dans le sac à son épaule.

– Pour plus tard.

George s'écarta rapidement de la fenêtre et les poussa tous à l'intérieur du couloir. Charlie se posta à l'extrémité, près de la porte du salon, le revolver à la main. Derrière lui, la porte plus large ouvrait sur la vérandade devant. Lorsque l'hélicoptère passa en rugissant au-dessus de leurs têtes, la maison trembla. Ella sentit la main gauche de George se refermer étroitement sur son épaule. Son vieux visage d'aigle était tendu.

– Regardez-moi.

Ella obéit.

– Que cela vous plaise ou non, dit George, vous êtes la priorité ici.

Ella se sentit immensément seule.

– Dites : « Je comprends », lui ordonna George.
– Je comprends.
– Si vous n'acceptez pas cela, nous ne réussirons pas. Dites : « Je comprends. »
Un souffle :
– Je comprends.
– Ferez-vous ce qu'on vous demandera ?
Les yeux de George se mouillèrent de larmes. Pour elle. Cette fois, elle parla d'une voix forte.
– Tout. Tout ce que vous voudrez.
– Bien.
George se tourna vers Charlie.
– Dites-lui où se cacher.
Charlie, de son moignon, indiqua l'escalier.
– Le grenier. Tu te souviens ?
Ella fit signe que oui.
– Le réservoir d'eau près du chauffe-eau est vide. Glisse-toi à l'intérieur et referme le couvercle. Attends. Le premier qui l'ouvre sans se présenter : tue-le, puis tu sors, tu regardes autour de toi, si tu en vois d'autres, tu tires.
Ella hocha la tête. Soudain, Lenna, désespérée, se précipita en direction de la cuisine, en passant devant Ella et George. Mais George l'arrêta dans sa course et la repoussa contre le mur.
– Lenna, je sais ce que vous voulez faire, c'est courageux et c'est bien. Mais si nous nous rendons sans nous battre, ils vont se disperser dans toute la maison comme des fourmis et ils trouveront Ella. Si nous réussissons ne serait-ce qu'à les faire saigner du nez avant de nous rendre, ils seront plus enclins à penser qu'ils ont obtenu ce qu'ils cherchaient. Faites-moi confiance.
Ce que disait George paraissait logique. Lenna obtempéra.
– Emmenez Ella là-haut, dit George, et attendez sur le palier que les tirs cessent. George saisit Ella par la taille, l'attira à lui et l'embrassa sur la joue.

– Dieu te bénisse, ma fille, lui murmura-t-il à l'oreille. Et maintenant, allez-y. Allez !

Lenna prit la main d'Ella, l'entraînant vers l'escalier.

Ella entendit Charlie remuer dans le salon. Elle avait terriblement besoin de lui dire au revoir, mais elle devait rester calme. En grimpant les premières marches, derrière Lenna, elle vit George s'étendre de tout son long sur le sol du couloir sombre. Lui et son fusil étaient invisibles de la cuisine par la porte entrouverte. Pourquoi la terreur de les quitter était-elle plus forte que celle de mourir ? Elle ne comprenait pas. Lenna la tira par le bras, et elles parvinrent au palier où l'escalier se retournait sur lui-même en direction du premier étage. Elles s'arrêtèrent. Ella leva la tête. Le couloir du premier étage était obscur, à l'autre extrémité elle se souvenait de l'échelle rétractable qui donnerait accès à la trappe et au grenier. La pensée du réservoir d'eau la remplit de terreur. Sa résolution commença à fondre.

– Ella ? dit Lenna.

Elle regarda Lenna.

– Quand tout sera calme en bas, retournez en ville et retrouvez Grimes. Attendez-le au restaurant où nous nous sommes rencontrées. Il saura quoi faire.

– Comment vais-je le reconnaître ?

– Il est accompagné d'un chien noir.

– D'accord.

Lenna prit une profonde inspiration, et quand elle parla ce fut d'une voix tremblante, et ses mots jaillissaient avec violence comme s'il leur fallait franchir un étroit étranglement.

– Ella, dit Lenna, je ne vous reverrai plus et tout cela va vous paraître incompréhensible. Mais il y a quelque chose que je voudrais que vous emportiez d'ici, avec vous, pour moi. Vous voulez bien ?

Ella hocha la tête.

– C'est quoi ?

– Je vous aime, dit Lenna.

Lenna la regardait avec une telle intensité qu'Ella sut qu'elle était sincère. C'était désespéré et terrible, mais c'était vrai ; totalement vrai. Et à travers cette vérité, elle sentit que c'était elle – et pas Lenna, ni le butin de Charlie – qui était au centre de tout ce qui passait autour d'eux. Ella était au centre, elle et l'amour terrible qui se lisait dans le regard de Lenna.

– Vous voulez bien emporter cela pour moi ?

– Oui, dit Ella. Je l'emporterai pour vous. Et je le ferai mien.

Lenna se jeta au cou d'Ella et Ella la serra dans ses bras.

C'est alors que, d'en bas, parvint le fracas des armes.

Coups de fusil : l'un s'enchaînant à l'autre, trop vite pour qu'Ella pût les compter. Explosions d'armes automatiques en réponse. Au pied de l'escalier, en dessous, des éclats de bois et de plâtre jaillissaient des murs. Coups de revolver. Cris de douleur, éclats de voix en espagnol. D'autres coups de fusil. Et puis un hurlement bestial, la rage d'un homme qui veut donner la mort.

C'était George.

Ella se dégagea des bras de Lenna. Lenna voulut la rattraper, saisit la bandoulière de son sac. Ella se libéra, laissa son sac derrière elle, bondit dans l'escalier. Des nuages de fumée tourbillonnaient dans le couloir. Du salon lui parvint le bruit des chevrotines de Charlie. Ella plongea vers la cuisine où les coups de feu avaient cessé, la moelle figée par les cris de guerre déments que poussait George Grimes et qui se répétaient en écho dans le soudain silence des armes. Ella s'arrêta près de la porte de la cuisine.

Les dalles de pierre étaient inondées de sang. Des corps gisaient ensanglantés et agités de tremblements dans la poussière de cordite. George était sur le dos, luttant au corps à corps avec un soldat agenouillé sur lui. Le poing de George était refermé autour de son .45 mais il était immobilisé au sol par la main gauche du soldat. Le soldat frappait George au visage à coups de poing répétés, sauvages. George rugissait entre les coups, et les doigts de sa main gauche serraient la gorge du soldat, lui écrasant la pomme d'Adam et la trachée.

Ella voulut bouger mais elle en fut incapable. Incapable de marcher dans le sang.

Soudain, George fit glisser sa main de la gorge du soldat à son visage, enfonçant son pouce dans l'œil droit de l'homme, de plus en plus profond, pour le déloger. Le soldat se tortillait de douleur et de panique mais il ne lâchait pas la main armée de George. Il cessa ses coups de poing et chercha à tâtons au dos de sa ceinture. Ella aperçut la garde d'un couteau dans son fourreau, et les doigts frénétiques du soldat se refermer dessus.

Ella se força à avancer dans la pièce, dans le sang et dans la fumée.

À l'instant où il tirait son couteau, Ella enfonça le canon du .38 dans son aisselle gauche et lui tira deux balles dans le thorax. Le soldat cracha un soupir rouge et fut soulevé de côté ; comme il retombait, George libéra son bras, enfonça son .45 dans le cou du soldat et tira.

Ella recula en chancelant, en proie à la nausée, tremblante, les yeux à vif.

– Allez-vous-en !

Ella cligna des yeux. George réussit à s'asseoir, le mort en travers des genoux. Il avait un trou noir et humide en haut à droite du torse et son visage était éclaboussé de sang.

– Allez-vous-en ! Je ne veux pas vous voir !

Des mains lui saisirent les épaules par-derrière et la ramenèrent dans le couloir. C'était Lenna. Sans opposer aucune résistance, Ella se laissa entraîner au bout du couloir et vers l'escalier. Du salon, leur parvinrent des bruits d'éclats de verre et le crépitement des balles contre les murs. Lenna poussa Ella dans l'escalier sans parler, puis se précipita vers la porte d'entrée, qu'elle ouvrit à toute volée.

– Lenna ! cria Ella.

Lenna sortit et disparut.

Ella entendit des cris à l'extérieur. Les coups de feu cessèrent. Elle courut dans l'escalier, ramassa son sac sur le palier, remonta la deuxième volée de marches, décrocha l'échelle, la replia derrière elle et referma la trappe. Découpée dans l'un des pignons du grenier, une petite fenêtre donnait un peu de lumière. Sous les poutres, il y avait le chauffe-eau en cuivre et, à côté, le réservoir d'eau. Elle s'approcha et fit glisser le couvercle en bois. À l'intérieur, le réservoir était doublé de métal gris rouillé. Elle n'irait là-dedans que contrainte et forcée. À l'extérieur, elle entendit l'hélicoptère, tout près, très près. Depuis que Lenna était sortie, elle n'entendait plus de coups de feu. La fenêtre était trop haute pour lui permettre de voir dehors. Ella grimpa sur une caisse à thé scellée couverte de poussière. Mais elle ne voyait que du ciel. Elle s'agrippa à l'une des traverses entre les chevrons et se pencha.

L'hélicoptère s'était posé, les pales tournoyaient toujours. Ella attendit. Dans l'hélicoptère était accroupi un homme maigre à la tête longue et mince et aux cheveux roux. Il agitait le bras, faisant signe d'approcher. Il souriait. C'est alors que Lenna, George et Charlie apparurent, escortés par un groupe d'hommes armés. George et Lenna étaient menottés. Le grand maigre recula et les prisonniers furent poussés à l'intérieur. Les soldats grimpèrent derrière eux.

Peu après, l'hélicoptère décolla et disparut ; et Ella MacDaniels se retrouva seule.

27

Le visage fouetté par le vent, la masse noire de Gul pressée contre son ventre et son torse, Cicero Grimes fonçait dans le jour déclinant vers la plaine de l'Ohoopee.

Encadré par le guidon de la Harley, le crâne de Gul était une figure d'ébène à la proue d'un vaisseau païen. Gul n'était pas un chien comme les autres ; Grimes était fier de chevaucher la moto avec lui. Il avait besoin de ce sentiment, besoin de se raccrocher à quelque chose. Gul et lui réussiraient à mettre les autres en sécurité. Il le fallait.

Quand ils eurent atteint la route qui tournait à gauche vers la Vieille Maison, Grimes ralentit et laissa son pied frôler le bitume. Le virage était serré et il ne voulait pas perdre le contrôle. En se redressant, il accéléra pleins gaz et ce faisant il sentit une vaste colère lui gonfler le torse.

Trop de gens cherchaient à le baiser, et il commençait à se lasser. Il avait gardé la tête froide autant qu'il avait pu, il avait tout avalé sans perdre son calme : Jefferson, George, Atwater, Lenna, le connard de l'aéroport ; et maintenant ce bouseux de supporter de football qui voulait l'enculer. Grimes sentit ses dents grincer. Pas question. Ce qu'il voulait, c'était emmener Gul dans le Wyoming, au pied de la falaise de la Sweetwater, fumer ses cigarettes sans arrière-pensée, boire du whisky dans un hôtel miteux, faire l'amour avec une fille aux longues jambes et la regarder manger des pancakes au petit déjeuner, et ne plus jamais revoir aucun de ces enfoirés. Il serra les dents plus fort. Et se rappela sa propre décision de mener sans haine cette affaire à son terme.

Rien à foutre de sa résolution. Ils allaient voir ce que c'est que la haine. Ce que c'est que la rage.

Gul se tourna à demi et aboya.

Un peu plus haut sur la colline, la Lincoln Town Car beige de Holden Daggett papillotait sous les branches et le feuillage.

Ainsi donc, cet enfoiré en veste de satin vert était aussi à la Vieille Maison. Pourquoi ? Ils avaient leurs foutues valises ; que voulaient-ils de plus ? Un autre tour d'écrou dans le jeu de Jefferson ? Grimes avait été fou de lui faire confiance, de le laisser vivant. Il poussa la Harley. Si ses souvenirs étaient bons, ils ne devaient pas être à plus de deux, trois kilomètres de la vallée. Bientôt les arbres céderaient la place aux pâturages. Daggett ne roulait pas vite et il devrait pouvoir le rattraper. Mais à quoi bon ? Il songea brièvement à descendre le supporter des Falcons à travers la vitre. Mais il était quasi certain de finir dans un amas de tôles tordues sur le bas-côté de la route. Grimes garda ses distances. La Lincoln ne pourrait pas atteindre la Vieille Maison sans que George soit alerté, et George était un adversaire à la hauteur du Falcon. Peut-être qu'alors tout finirait bien : George récupérerait les valises et tous s'en sortiraient. Mais la question le taraudait : Pourquoi Falcon allait-il à la Vieille Maison et qui lui dictait ses ordres ?

La Lincoln franchit la côte et disparut. Un peu plus loin sur la gauche, Grimes vit une grosse masse noire s'élever lentement au-dessus de la ligne où les arbres se faisaient plus rares. Après une pause dans son ascension verticale, l'hélicoptère tourna dans leur direction.

Le bras de Filmore Faroe s'était étendu sur trois États pour s'abattre sur eux.

Abandonnant toute prudence, Grimes s'élança à la poursuite de la Lincoln. Le bruit de la moto et du vent qui sifflait à ses oreilles noya celui des pales de l'hélicoptère. Grimes sentit le revolver serré contre sa colonne vertébrale. S'il tentait de le prendre à cette vitesse, ils tomberaient. Il sentit les muscles de Gul onduler sous lui et un sentiment de puissance primitive monta du fond de ses entrailles. Il n'avait pas la moindre idée de ce qu'il faisait ; il ne voyait pas ce qu'il pouvait faire ; mais en lui, chaque cellule marquée du sceau audacieux de la vie le poussait paradoxalement vers la mort. Il ne ressentait aucun courage ; il ne ressentait aucune peur capable de donner de la substance au courage. Il ne ressentait qu'un délire atavique d'où toute pensée et toute moralité étaient exclues. Il avait envie de baiser quelqu'un à mort, il avait envie de sentir ses poings s'écraser sur ce visage-là. Il ouvrit la bouche et poussa un hurlement qui se perdit dans le vent.

Grimes franchit la crête de la colline et redescendit la pente en direction du couchant.

Dans le couchant, l'hélicoptère glissait en direction de la route.

Sur la route, la Lincoln de Daggett approchait de la lisière de la forêt. Grimes distinguait leurs têtes et leurs épaules.

Holden Daggett donna un violent coup de volant, fit faire à la Lincoln une embardée sur la gauche et fonça droit sur le tronc d'un peuplier.

Un grand bruit creux. Un fracas de tôle. Une masse verte passa à travers le pare-brise dans un nuage de verre pulvérisé et de feuilles et disparut dans la prairie. L'arrière de la Lincoln enfoncé se trouvait en travers de la route. Elle bloquait le chemin de Grimes.

Grimes freina à mort en s'efforçant de ne pas bloquer les roues et de contrôler la trajectoire glissante de la moto. L'épave se rapprochait. Crissement de caoutchouc. La moto ralentissait, ralentissait. Gul, tiens bon. Il restait encore une brèche, un bout de bitume d'un côté de la voiture ; il pouvait s'y engouffrer. Mais, à cent cinquante mètres du but, Grimes sentit la roue arrière se bloquer et il sut que la moto allait lui échapper.

Grimes jeta tout son poids en arrière et sur sa gauche. Toujours lancée, la Harley commença à pencher et à tomber. Grimes lâcha la poignée gauche, passa le bras sur l'épaule droite de Gul et le souleva de la selle. À l'instant où Gul disparut, Grimes sentit la roue arrière déraper et dessiner un arc fumant. Il lâcha prise, ferma les yeux et se souleva. Il serra les coudes autour de son crâne et remonta les genoux contre son torse. Il atterrit sur le dos. Une onde de choc parcourut tout son squelette. Un trou noir l'aspira, éclaboussé de jaune et de rouge. Son cerveau tangua dans une tempête de sons aigus. Et brusquement le vertige trépidant cessa.

Odeur d'essence dans les narines. Il ouvrit les yeux. Fumée. Dans la fumée : de l'herbe verte émaillée de fleurs sauvages. Il avait toujours le corps ramassé. Il tendit une jambe ; un bras. Il bougeait. Il ne sentait rien, mais il bougeait. Il se mit à quatre pattes. Quelque chose de chaud et humide passa sur sa joue et son oreille. Le museau de Gul s'enfonça dans son visage. Grimes secoua la tête et regarda au loin.

En grinçant, la portière de la Lincoln fumante s'ouvrit côté conducteur. La voiture avait heurté l'arbre de côté et l'avant droit était enfoncé jusqu'à l'aile. Holden Daggett défit sa ceinture et sortit en vacillant, visiblement étourdi, puis retrouva l'équilibre. Il regarda au-dessus de la voiture et s'avança d'un pas mal assuré.

– Daggett !

Grimes se remit sur ses pieds. Son corps était traversé de lances de douleur à trop d'endroits différents pour qu'il pût les identifier. De sourdes explosions battaient à ses oreilles, de plus en plus fort. Dans l'herbe, de l'autre côté de la route, apparut un visage ensanglanté, une veste verte éclaboussée de taches noires. Daggett se jeta sur lui. Près du visage lacéré, un pistolet pointé, un automatique.

– Gul !

Grimes déplia son bras :

– Attaque !

Grimes s'élança derrière Gul. Les coups de feu crépitèrent, rapides et désordonnés. Daggett s'apprêta à prendre le Falcon à la gorge, mais il se convulsa, se tordit et tomba, le dos de sa chemise se déchira et cracha des flots écarlates au passage des balles. Gul bondit, referma les mâchoires sur la main armée du Falcon et le traîna, hurlant, dans l'herbe. Grimes enjamba le corps de Daggett et frappa le type de toutes ses forces à la vessie, la pointe de sa chaussure s'enfonçant dans l'os pubien avec un terrible craquement. Le Falcon vola dans les airs et retomba au milieu des fleurs. Grimes s'avança pour frapper à nouveau, mais le temps de parvenir à sa hauteur, Gul était déjà en travers du corps habillé de vert et, en grondant, se gargarisait du sang qui se déversait des artères du cou.

Grimes ramassa l'automatique. Holden Daggett gisait sur le dos, le torse maigre troué et trempé. Daggett toussa, un liquide rouge inonda ses lèvres et son menton. Lâchant l'automatique, Grimes s'agenouilla près de lui, et le fit rouler sur le côté pour l'empêcher de s'étouffer. Daggett cligna des yeux et le regarda.

– Nom de Dieu, pourquoi avez-vous fait ça ?

De la langue, Daggett repoussa un flot de salive sanglante.

– J'ai toujours détesté recevoir des ordres.

Une nouvelle quinte de toux secoua ses poumons perforés.

Grimes commença à déchirer la chemise de Daggett.

– Vous avez une trousse de secours dans la voiture ?

Daggett lutta contre la toux.

– Ne me faites pas rire.

Les battements de l'hélicoptère pénétrèrent le cerveau de Grimes. Il regarda par-dessus son épaule. L'appareil ralentissait et descendait vers la route, en direction de la prairie, la queue en quête d'équilibre.

Daggett s'empara de l'automatique.

– Aidez-moi à me mettre sur le ventre, comme ça je pourrai les voir venir.

– On a le temps d'aller se mettre à couvert sous les arbres, dit Grimes.

La peau du visage de Daggett était fine comme du papier, mais il avait les yeux clairs.

– Quand vous verrez votre père, dites-lui que vous et moi nous avons parlé du bon vieux temps.

Le réservoir de Chosin. Grimes sentit la brûlure de la culpabilité. C'est lui qui avait entraîné Daggett dans tout ça. Mais c'était lui faire insulte ; il repoussa sa culpabilité.

– Promis, dit Grimes.

Il aida Daggett à se placer dans la position qu'il désirait. Daggett posa la tête sur son avant-bras. Ses forces déclinaient rapidement. Grimes regarda l'hélicoptère. Sur le côté, une porte coulissante s'ouvrit et un homme armé apparut. Grimes pressa l'épaule maigre de Daggett et se leva.

– Gul, appela-t-il.

Grimes s'élança en direction des arbres. Son genou gauche craquait et cédait à chaque pas, mais il tenait bon. Gul bondissait à son côté. Une pluie de balles s'abattit sur la carrosserie de la Lincoln et fit jaillir de l'arbre une gerbe d'écorce. Grimes se réfugia dans les ombres floues de la forêt. Il tendit un bras, saisit un tronc et, dans son élan, pivota et se fracassa de l'autre côté. Des douleurs lui transperçaient le torse. Il chercha sa respiration.

– Gul, ici. Assis. Au pied.

L'hélicoptère piquait vers le sol à bonne distance des arbres. Par la porte ouverte, Grimes voyait l'homme armé ; derrière lui se dessinaient des silhouettes indistinctes. Grimes attrapa son Colt sous sa veste. Il tremblait et dut guider son doigt sur la détente. Sur un côté du barillet, taché de sang, était collé un lambeau de peau provenant du dos de Grimes, arraché quand il avait glissé sur la route. Il leva la tête. L'hélicoptère se posait sur la prairie, trois hommes armés sautèrent et coururent en direction de la Lincoln. Grimes était à cinq mètres de l'épave. Dans l'hélicoptère, debout dans l'ouverture de la porte, un quatrième homme couvrait les arbres. Daggett gisait dans l'herbe. Comme les soldats s'approchaient, il se mit à tirer.

Au premier coup de feu, l'un des soldats chancela, porta la main à sa hanche et tomba sur le côté. Dans l'hélicoptère, l'homme armé tira une longue rafale. Les deux soldats firent feu aussi. Incapable d'entendre si Daggett réussit à tirer d'autres salves, Grimes vit les balles tailler son corps en pièces. Les fusils se turent. Les deux soldats s'accroupirent pour recharger leurs armes. Le blessé se releva et les rejoignit. Les trois hommes poussèrent jusqu'à la Lincoln.

Grimes rentra sa tête derrière l'arbre et pressa la crosse du Colt. Si ces salauds voulaient son sang, ils le mélangeraient d'abord au leur. Il pensa à Daggett et au réservoir de Chosin. Son père. Comment aurait-il agi ? À courte portée. Grimes les laisserait venir à deux mètres. Non, un. Il les prendrait par surprise afin que, dans la confusion, encombrés par leurs fusils, ils aient peur de s'entretuer, et il leur enfoncerait alors le Colt dans les tripes un par un. Et il y avait Gul ; il pouvait en prendre un, terroriser les autres. C'était un risque à courir ; mais seulement s'ils approchaient.

Grimes entendit un claquement métallique. Il risqua un regard. Deux des soldats se trouvaient derrière la Lincoln, leurs fusils balayant la forêt, tandis que le troisième sortait les valises de Jefferson du coffre. Ils savaient qu'elles se trouvaient là. Grimes recula, attendit. Il n'entendait que l'hélicoptère. Il regarda encore ; les trois hommes regagnaient l'appareil, deux à reculons afin de couvrir le troisième qui chancelait sur le sol meuble sous le poids des valises.

Grimes appuya le front sur le tronc. Ils ne chercheraient pas à le débusquer : ils avaient les valises et lui n'était pas un enjeu. Ses tripes se décontractèrent brusquement. Et se crispèrent à nouveau sous l'effet de l'angoisse : où était George ? Et Lenna et Ella ? Et Clarence Jefferson ?

Tués dans la ferme ou prisonniers dans l'hélicoptère. Que gagnerait-il à se rendre ? Il ne voyait pas. Il n'avait rien à échanger. Le niveau sonore des rotors augmentait. L'hélicoptère décollait. Il regarda.

L'appareil s'éleva au-dessus d'un disque d'herbe couchée. La porte latérale était toujours ouverte mais vide. À environ douze mètres d'altitude, il s'arrêta et plana. Une voix amplifiée se fit entendre.

– Dr Grimes ? Vous vous rappelez de moi ?

La bouche de Grimes s'ourla de mépris. Rufus Atwater. Atwater apparut dans l'encadrement de la porte muni d'un porte-voix.

– Rufus Atwater, hein ? Eh bien, on a votre père, Grimes, et les autres aussi. Mais votre papa est blessé. Grièvement blessé. Si je pouvais le soigner, hein ? Mais je n'y connais rien. Vous ne voulez pas essayer ?

Grimes sentit son ardeur se tarir. Le Colt faillit glisser de sa main. Il était sur le point de s'écarter de l'arbre lorsqu'une voix intérieure lui dit : *Fais-le, mais souviens-toi que tu le fais pour toi, pas pour lui.* Grimes ne bougea pas. La voix disait vrai. Il imagina ce que son père devait ressentir à cette minute même : il devait prier le ciel pour que son fils n'ajoute pas à sa douleur en se rendant. Grimes serra le revolver. Il ne trahirait pas son sang. Il resta immobile.

– Écoutez, dit Atwater. Il veut vous parler. J'vous le dis, Doc, il a sacrément besoin de vous.

Dans l'ouverture de l'hélicoptère apparut une large silhouette aux cheveux gris acier, les poignets menottés. Il semblait plié en deux sous l'effet de la douleur. Puis il écarta fermement les pieds et carra les épaules, avança le menton et regarda au-dessus des arbres.

Grimes se mit à trembler. Les yeux lui piquaient. Ils n'avaient pas le droit de traiter cet homme ainsi. C'était son père. Grimes serra les dents. C'était son père. Mais la terreur qui s'emparait de lui ne se réduisait pas à la peur de le voir mourir. George pouvait étreindre la mort avec plus de courage que les plus braves d'entre eux et il semblait à Grimes qu'il lui devait de ne pas avoir peur. C'était la dernière chose que George aurait voulue. La terreur de Grimes était le fruit de son échec coupable en tant que fils, et cette vérité le transperçait maintenant sans pitié. Grimes se rappela quand il s'était dressé contre George et qu'il l'avait blessé, quand il avait évité de le voir alors qu'il aurait pu transformer en or des heures stériles ; les précieuses histoires qu'il lui avait racontées mais qu'il avait oubliées ; les souvenirs qu'il avait de George essuyant sa sauce, si peu de souvenirs alors qu'il aurait pu en avoir – qu'il aurait dû en avoir – tant d'autres ; et sa lutte fratricide avec Luther, que George avait transcendée. Toutes ces pensées et de nombreuses autres envahirent chaque cellule et chaque synapse de Grimes, il savait que son destin lui avait échappé et qu'il était déjà perdu.

Grimes s'efforça de trouver une issue. Il lui fallait aller dans l'œil du cyclone. Il savait qu'il ne ferait jamais défaut à George. Bien que George fût sur la potence, Grimes se tenait devant le juge, c'est-à-dire devant sa propre conscience. Toutes ces années, il avait eu honte de son amour pour son père. Il ignorait pourquoi. Maintenant, la honte de cette honte le paralysait. C'était sa dernière chance de la renier, mais il ignorait comment. Ses tripes lui dirent : *Montre-toi à lui.*

Grimes s'écarta de l'arbre et marcha en direction du champ. Quand il pensa que George pouvait le voir, il s'arrêta. Il sentit Gul contre sa jambe. Il leva la tête.

Il ne voyait pas les yeux de George, mais il les sentait posés sur les siens, et une immense fierté lui gonfla le cœur. Grimes s'accrocha à ce sentiment, et à son tour carra les épaules : à cet instant, si c'était possible, il voulait que son père, également, soit fier de lui. Et dans les yeux qu'il ne voyait pas, mais qui plongeaient au centre de son être tout entier, Grimes déversa son cœur afin qu'il pût guérir. Il ne pouvait pas aider son père, mais son père pouvait encore l'aider. *Je suis avec toi, sacré vieux bonhomme. Je t'ai maudit et je t'ai défié. Je t'ai haï et je t'ai blessé, mais je suis avec toi. Je l'ai toujours été. Et je n'aurai plus honte de t'aimer.*

Là-haut, dans l'hélicoptère, George Grimes souriait.

C'était la chose la plus difficile qu'il eût jamais faite ; mais Cicero Grimes lui sourit en retour.

Rufus Atwater tendit le bras et tint le micro devant la bouche de George.

Grimes attendit.

La voix de George lui parvint, ferme et farouche.

– Gene ? Tu feras ton devoir, comme tu l'as toujours fait, et je ferai le mien, comme je l'ai toujours fait. (Il marqua un temps d'arrêt.) Dis seulement à Ella que j'ai été fier de faire un bout de route avec elle. Et souviens-toi de cette tâche dont nous avons parlé, toi et moi.

George sourit à nouveau et les mots résonnèrent dans la tête de Grimes : *Quelque noble tâche peut être encore entreprise, qui ne déparerait pas les hommes qui ont marché aux côtés des dieux.*

Rufus Atwater, furieux, fit un geste du bras, une

silhouette accroupie apparut soudain et le canon d'un fusil pointa hors de la porte.

Sans cesser de sourire, George Grimes se baissa comme pour soulever une caisse et réussit à passer ses bras menottés au cou de la silhouette. Le fusil tomba. Puis George se jeta du haut de l'hélicoptère, entraînant la forme qui se débattait avec lui, les précipitant tous deux vers le sol.

Grimes leva son Colt et aussitôt Atwater disparut. Grimes faillit tirer, vider le cylindre, mais Lenna était là-haut. Il ne tira pas. L'hélicoptère plongea, puis tourna et s'éleva dans le ciel, hors d'atteinte. Grimes abaissa son revolver et regarda disparaître l'appareil. Une brise s'était levée. Le visage de Grimes était froid et humide. Il l'essuya sur sa manche déchirée. Puis, en silence, il traversa le champ en direction de son père.

Grimes vit les épaules de son père se soulever et retomber lentement. Il était emmêlé au corps du soldat. Grimes s'agenouilla près d'eux. Enserré par la chaîne, le cou de l'autre homme s'était brisé net comme celui d'un volatile. Grimes dégagea les bras de George et les sépara l'un de l'autre.

Pour la première fois de sa vie, les réflexes cliniques de Grimes lui faisaient défaut. Son père était inconscient, son corps était brisé, mais Grimes ne se demandait pas comment il allait pouvoir le recoller. Les instruments étaient là, dans son esprit : il aurait pu examiner la position des os fracturés et l'angle de pénétration de la balle dans sa poitrine ; il aurait pu chercher d'où provenaient les hémorragies, leur importance, comment les arrêter ; il aurait pu trouver un moyen de le maintenir en vie ; mais Grimes ne fit rien de tout cela. Il délaça la fine cravate nouée au cou de son père et redressa ses membres tordus.

Puis il sortit un mouchoir blanc de sa poche et essuya le sang sur son visage. À certains endroits, le sang était frais, à d'autres il formait une croûte dure et Grimes dut mouiller le mouchoir avec de la salive, comme George l'avait fait quelquefois quand Grimes était petit garçon. Le visage de George semblait sculpté dans du calcaire mais, au toucher, la peau était fragile, et Grimes eut peur de frotter trop fort et de la déchirer. Il rendit au visage sa propreté, sa fermeté et sa beauté. La respiration de George s'était ralentie et, entre chaque bref flux et reflux de l'air, il y avait une longue pause au cours de laquelle il ne bougeait plus du tout. La pause se prolongeait peu à peu. George n'ouvrit pas les yeux et Grimes n'essaya pas de le réveiller. Au milieu de cette prairie de douleurs, George avait trouvé une sorte de paix et Grimes y pénétra et se l'appropria. Il regarda le visage pâle, les paupières parcheminées, les lèvres minces et les mâchoires d'acier couvertes de barbe naissante. Il chercha des pensées, des mots, mais il n'en avait pas. Grimes s'abandonna au moment, à ce qu'il était, à lui-même et à la vallée gagnée par le crépuscule : un discours d'adieu muet à un homme qui entreprend son dernier voyage.

À présent, la poitrine de George ne se soulevait plus et ses lèvres étaient bleu foncé ; mais Grimes savait qu'il n'était pas encore parti. Il attendit. Brusquement, George inspira – une inspiration profonde, plus profonde que toutes celles qu'il avait prises auparavant – et expira dans un grand soupir. Son esprit le quitta dans ce soupir et Grimes en sentit le souffle. Et, comme il le savait dans le fond de son cœur, la musique de ce dernier soupir était douce, et valait la peine d'être entendue.

Grimes se leva. Il ferma les yeux un moment. Il baissa la tête.

Dans la mort, George semblait un roi écarlate.

Un bruit tout près mit Gul en alerte. À quelques mètres, il vit une jeune femme noire, belle, le visage ruisselant de larmes. Ella MacDaniels, l'enfant conçue dans la passion et née dans la nuit et la souffrance. Ses yeux exprimaient une douleur insondable. En eux, il reconnut Lenna Parillaud. Il se retourna vers son père. Il s'agenouilla et, glissant un bras sous l'épaule de George et l'autre sous ses genoux, il le souleva. Il se leva et marcha en direction d'Ella.

– Ella ?

Ella détacha son regard de George et hocha la tête. Elle semblait incapable de parler.

– George m'a demandé de vous dire qu'il avait été fier de faire un bout de route avec vous.

Ella recommença à pleurer.

Grimes devait se concentrer sur l'aspect pratique des choses. Il regarda vers la route. La Lincoln était hors d'usage. La Harley semblait en bon état. Il faudrait la rendre avant que le gosse n'appelle les flics. Puis gagner l'aérodrome et retrouver Titus Oates.

– Ella ? Est-ce que nous avons une voiture en état de marche ?

Ella s'essuya le visage et hocha la tête.

– Je dois m'occuper de Lenna. Je veux que vous restiez avec un ami, Titus Oates. Il vous mettra en sécurité.

Ella le regarda avec une colère qui le laissa interdit.

– George et moi étions de vrais partenaires. Il me laissait décider toute seule. Il était comme ça.

Inutile d'argumenter, Grimes avait peu de chances de l'emporter. Inutile aussi d'insulter son intelligence en lui détaillant les dangers.

– Oui, il était comme ça.

– Où allez-vous ? demanda Ella.

C'est alors que Grimes dut se rendre à l'évidence : même si elle ignorait son existence – sans parler de ce qu'il représentait –, Ella allait devoir retourner sur le théâtre de ses moments les plus noirs.

– Il y a un endroit qui s'appelle la Maison de Pierre. C'est là que nous allons.

Une question s'esquissa sur son visage ; mais elle ne

la formula pas. Ella commença à rebrousser chemin à travers le champ en direction de la ferme. Au bout de quelques mètres, elle se mit à courir.

Grimes marcha jusqu'à la route avec son père dans les bras. Ses muscles ployaient sous leur fardeau, mais il ne voulait pas le poser. La douleur était juste. La route filait vers l'ouest, et il faisait presque noir, mais au-dessus de l'horizon les nuages indigo étaient déchirés par le chaos pourpre où se mourait la lumière.

Et Grimes se rappela les paroles de Jefferson.

La plaine de l'Ohoopee était un bon endroit pour mourir. Et au coucher du soleil, avec un peu de chance, elle semblait noyée dans le sang.

TROISIÈME PARTIE

La maison de pierre

L'obèse a soif.

La langue lui brûle, sa gorge est sèche.

Mais il n'a pas soif que d'eau ; il n'a pas soif que de sang. L'obèse a soif de vie ; quelques gouttes de plus, une gorgée ; c'est tout. Et il devine là quelque chose de paradoxal, d'illogique, qui le trouble. Il sent tout autour de lui le tremblement et le battement de l'acier bien forgé : les pales laborieuses de la machine en suspens. L'obèse est couché sur le sol de la machine et il a été battu : par les bottes qu'il aperçoit à travers ses yeux enflés, par des crosses et des poings ; par l'outrage de la défaite. Pendant des heures, ils ont martelé sa carcasse et leurs coups l'ont conduit aux portes de la mort – il sent cela –, d'où le paradoxe. Car l'obèse n'admet nul adversaire dans l'arène de la virilité intellectuelle et il sait depuis longtemps – et depuis longtemps il affirme – que la mort n'est que la plus généreuse des faiblesses de la vie. Pourquoi, dans ce cas, aspire-t-il à une dernière miette quand c'est le banquet lui-même qui l'attend ?

La machine plane, descend et se pose, on l'enchaîne, poignet gauche à la cheville droite, et on le traîne et on le jette au sol, devant une maison en pierre grise.

L'obèse gît là, brisé et faible ; le puissant privé de puissance. Seule sa soif demeure, mais celle-ci le trouble. La mort est la jeunesse du monde, il sait cela parfaitement.

C'est une vérité si fondamentale qu'elle défie l'ignorance la plus aveugle : la plus simple des lois naturelles. La vie est le jaillissement illimité qui se consume soi-même, un éternel tumulte dont la liberté ne dépend que d'une chose : que l'organisme épuisé et détruit cède la place, le moment venu, au nouveau – aux nouveaux organismes, aux nouvelles effusions de turbulences incontrôlables, qui entreront dans la danse avec de nouveaux pas et de nouveaux partenaires, et avec des forces nouvelles, des forces inimaginables.

L'obèse est entré dans cette danse dès sa naissance. Dans une vie de luxuriante prodigalité – d'excès en toutes choses, et surtout d'angoisses ; et là, au dernier sommet de l'extravagance et de l'audace, il avait su que la mort – sa mort – était le raffinement ultime et destructeur de toute son œuvre. Il était malvenu de le refuser. L'idée même l'offensait. Et cependant, il voulait une dernière bouchée. Il demandait au destin, au risque de perdre son honneur, de lui donner une dernière carte, habilement tirée de sous le jeu.

Et c'est alors qu'il comprit pourquoi.

Car, si l'obèse était prêt à exhaler son dernier souffle, il n'était pas seul. Un autre demandait sa part de nourriture luxuriante : et l'obèse ne pouvait pas nier la légitimité de cette exigence. Il y en avait d'autres, certes : Ella et Lenna ; et le bon docteur Grimes ; mais ils ne vivaient pas dans sa chair pour imposer leurs requêtes. L'autre, si. Il l'avait gardé en vie ; et il exigerait de l'obèse sa part.

Il ouvrit les yeux et vit le pied botté qui allait le jeter – quelque temps – dans le fleuve de l'oubli. Et, tandis que la botte descendait, il promit à son compagnon que leur soif serait étanchée et que leur carte serait tirée. Car l'obèse ne pouvait pas manquer à sa parole.

Donnée au ver vivant dans sa jambe.

28

Le Beaver De Havilland baptisé *Le Dernier des Indépendants* faisait route sud-sud-ouest dans un ciel sans nuage au-dessus d'une terre plongée dans les ténèbres. Comme au premier voyage, Grimes était assis avec Gul dans la soute, veillant le corps de George Grimes qui gisait par terre, enveloppé dans une bâche. À l'arrière de la soute, des caisses d'alcool de contrebande étaient solidement arrimées. Les vibrations des caisses et de la carlingue faisaient un contrepoint au bourdonnement étouffé de la grosse hélice à l'avant. Ella se trouvait dans le cockpit avec Titus Oates et Grimes était soulagé : il aurait été incapable du moindre effort de conversation.

La douleur s'étendait à tout son corps, mais le genou gauche, les côtes gauches et le bas de son dos se manifestaient avec plus d'acuité. S'il avait pu, il se serait accordé le luxe de déprimer ; il opta pour l'épuisement. Il ferma les yeux et tenta de se reposer, mais il ne parvint qu'à cet état de demi-conscience à la limite du sommeil. Il finit par ouvrir les yeux et se frotta le visage en réfléchissant à ce qu'il devait faire à présent.

D'une façon générale, Grimes estimait que la civilisation était une bonne chose. Il aimait à penser que nul, à l'intérieur de certaines vastes limites, n'avait le droit de venir lui exploser les couilles, et que, si un événement aussi malheureux devait se produire, il y aurait toujours la possibilité que le coupable soit châtié par la justice.

Mais, au final, la justice n'était rien d'autre que la menace, ou le fait de se trouver à la merci d'un pouvoir violent plus fort que soi – des hommes avec des armes au poing. S'il existait un pouvoir plus grand que la justice – plus d'hommes avec plus d'armes au poing –, celle-ci était alors d'un faible secours ou bien inutile. De même, la justice exigeait que le crime fût porté à son attention, sinon le crime n'existait pas. Filmore Faroe n'était pas, en dernière analyse, plus fort que la loi ; mais il possédait toutes les ressources nécessaires pour dérober nombre de choses à la connaissance de la justice. À la place de Faroe, Grimes aurait souhaité la mort d'Ella, de Lenna, de Jefferson et de Grimes : peut-être pas tout de suite, mais sûrement avant que l'un ou l'autre pût ouvrir la bouche.

Grimes pourrait rapporter à la police les événements de ces dernières vingt-quatre heures. Même si les flics croyaient à son histoire et entamaient une enquête, ils seraient tellement ralentis par la bureaucratie que Faroe aurait tout le temps de faire le ménage avant qu'ils aient trouvé quoi que ce soit. Il fallait six mois pour inculper quelqu'un qui avait pissé sur le trottoir, et en dix minutes Faroe disposerait d'une douzaine d'avocats galvanisés par ses millions. Tandis que ses mercenaires, nullement gênés par la Déclaration des droits de l'homme, jetteraient les membres de Lenna dans le golfe du Mexique dans des sacs lestés. Grimes en conclut qu'il fallait tuer Filmore Faroe et que c'était à lui que revenait cette tâche.

Et il faudrait également abattre Rufus Atwater.

Il ne lui restait plus qu'à trouver comment.

Ella vint le rejoindre dans la soute. Gul se réveilla, se redressa et s'ébroua. Elle s'assit près de Grimes et regarda les trous dans son costume.

– Ça va ? demanda-t-elle.

– En pleine forme.

Gul s'insinua entre les jambes de Grimes et il le caressa.

– J'ai beaucoup de peine pour George, dit Ella.

– Oui, fit Grimes.

– Je ne le connaissais pas depuis longtemps, hésita-t-elle. Mais j'ai eu le temps de le connaître.

– Merci, dit Grimes.

Ella ne dit rien pendant un moment.

– Je sais que ce n'est pas le bon moment mais, si ce n'est pas trop dur pour vous, il y a des questions que je voudrais vous poser.

Grimes s'y attendait, bien qu'il ne l'accueillît pas de gaieté de cœur.

– Allez-y.

– Est-ce que Charlie, enfin, est-ce que Clarence Jefferson est mon père ?

– Non, répondit Grimes.

Il ne put affirmer si ce qu'il lisait sur son visage était de la déception ou du soulagement. Peut-être un mélange des deux. Il se demanda ce qu'elle savait de la vie du Capitaine. Très peu de choses, probablement. Il était évident qu'elle éprouvait beaucoup d'affection pour lui. Grimes ne voyait pas ce qu'il aurait à gagner à lui ôter cela. Lui-même n'était pas entièrement indifférent.

– Jefferson s'est occupé de vous du mieux qu'il a pu, mais il n'est pas votre père.

– C'est un mauvais ou un bon ?

Un court instant, Grimes fut effaré par cette brusquerie.

– Je ne sais pas, répondit-il. Jefferson a une définition peu orthodoxe de ces concepts.

– Êtes-vous son ami ?

– Disons que nous sommes proches.

Grimes tâta ses poches et trouva un paquet de Pall Mall froissé. Ella demeurait pensive. En lutte avec une tristesse qu'elle ne comprenait pas.

– Si Clarence n'est pas mon père, reprit Ella, hésitante, en regardant Grimes droit dans les yeux, Lenna est donc ma mère.

– Oui, elle est votre mère.

Ella détourna le regard et sa tristesse grandit. Un minuscule trait humide et brillant souligna ses yeux.

– Comment l'avez-vous deviné ? demanda-t-il.

Ella déglutit, puis inspira profondément.

– Avant de nous quitter, elle m'a dit qu'elle m'aimait.

Ella dissimula son émotion en plongeant la main dans son sac, elle ne trouva pas ce qu'elle cherchait.

– Je peux vous prendre une cigarette ?

– Bien sûr.

Ella gardait les yeux fixés sur la plaque d'acier entre ses pieds.

– Je sais que cela peut paraître une faiblesse, mais… (Elle s'interrompit, chercha ses mots.) Mais pourquoi Lenna n'a-t-elle pas voulu de moi ? Je veux dire, bien sûr, je peux deviner, mais, je veux dire…

– Lenna vous a désirée, corrigea Grimes. Personne n'a jamais autant désiré un enfant.

– C'est idiot de vouloir savoir d'où je viens ?

– Non, c'est votre droit le plus strict.

Il tira une bouffée de sa cigarette et chercha les mots pour le dire. Ella paraissait du genre à vouloir tout entendre sans détour, mais tout de même. Pour lui déjà, la vérité avait été difficile à entendre. Il souffla la fumée.

– Quand Lenna avait à peu près votre âge, elle a épousé un homme appelé Filmore Faroe, un homme riche, et elle est allée vivre à Arcadie, sa plantation.

– Est-ce qu'elle l'aimait ? coupa Ella.

– Je ne suis pas en mesure de répondre. Cela dit, à Arcadie, Lenna ne menait pas une existence heureuse. Faroe ne lui faisait aucun mal, à ce qu'elle raconte, mais il ne lui laissait aucune latitude pour vivre sa vie. Au bout de quelques années, Lenna a senti que sa vie lui filait entre les doigts et elle a craqué. Elle avait passé trop de temps à vouloir satisfaire les autres. Elle s'est alors rendue en ville. C'est là qu'elle est tombée vraiment amoureuse.

Ella leva les yeux et les plongea dans ceux de Grimes. Il voulut les détourner mais c'était impossible. Il voyait combien ces paroles lui étaient nécessaires, et plus encore qu'il fallait qu'il les dise d'une certaine façon et pas d'une autre.

– Ce fut une grande passion, une passion réelle, un tourbillon, un envoûtement fatal. La passion de toute sa vie. Son amant s'appelait Wes Clay.

Ella cligna des yeux. La cigarette trembla entre ses doigts. Elle la jeta par terre et l'écrasa sous sa botte.

– Wes était musicien, un trompettiste…

Les larmes se mirent à rouler sur les joues d'Ella. Grimes redoutait de perdre ses mots et de la décevoir. Il se rappelait le visage d'Ella sur l'affiche du club et eut conscience que ce qu'il révélait de Wes pouvait signifier pour elle.

– C'était un soir d'été et c'est sa musique qui l'avait appelée, attirée, c'est pour cela qu'elle est descendue dans ce petit club de jazz. Lenna n'était jamais allée dans ce genre d'endroit. Wes Clay s'est comporté en homme parmi les hommes, et je crois que c'est ce qu'il était. À l'instant où leurs regards se sont rencontrés, le sort en était jeté. Lenna a tout abandonné, elle a voulu devenir celle qu'elle était. Et durant trois jours, ils ont ri, ils ont fait l'amour et ils ont partagé leurs rêves. C'est au cours de ces trois jours qu'ils vous ont conçue.

Ella poussa un soupir tremblant. Elle ferma les yeux, des larmes s'échappèrent, s'accrochant à ses cils. Grimes attendit, la laissant retenir ce qu'elle voyait dans son esprit aussi longtemps qu'elle voulait.

– « Dans notre jeunesse, nous avions le cœur enflammé. »

À son tour, le cœur de Grimes se serra quand il reconnut la voix de son père.

– Oui. Leurs cœurs étaient enflammés.

Ella prit le temps qu'il fallut, respira plus librement, rouvrit les yeux.

– À ce moment-là, Lenna avait été portée disparue, présumée enlevée. La police l'a retrouvée dans le club et l'a ramenée chez elle.

Grimes vit Ella tressaillir, déçue.

– Elle n'avait pas le choix. Pour elle-même, elle aurait tout risqué, mais pas pour Wes Clay. Elle savait qu'en restant avec lui elle le condamnait à mort. L'épouse d'un grand manitou comme Faroe, quittant son mari pour un noir : il n'aurait jamais toléré une telle humiliation.

– Mais elle a gardé… hésita Ella. Mais Lenna a gardé l'enfant.

– Lenna m'a dit que, en dépit de tout le chagrin et de la douleur, elle n'a jamais regretté d'avoir aimé Wes Clay. Jamais. Et elle n'a jamais regretté de vous avoir donné la vie.

– La douleur ? dit Ella.

– Quand Lenna n'a plus réussi à cacher sa grossesse, elle a laissé croire à Faroe qu'il était le père. C'était possible, mais Faroe en savait plus qu'elle ne croyait. Il avait dû découvrir l'histoire avec Clay. Pour l'accouchement, il l'a isolée dans un lieu secret. Quand vous êtes née, et qu'il était évident que vous n'étiez pas l'enfant de Faroe, on vous a enlevée à elle. Lenna n'a rien pu faire.

– Vous voulez dire qu'ils m'ont enlevée à elle, comme ça, physiquement ?

– Oui. Lenna ne vous a jamais cherchée parce qu'elle vous croyait morte. Faroe avait donné l'ordre de vous tuer.

– C'est Charlie – Clarence Jefferson – qui m'a enlevée, n'est-ce pas ?

Grimes hocha la tête.

– C'était lui qui devait me tuer ?

– Oui.

Ella prit le temps de coller les morceaux du puzzle.

– Jefferson n'a donc jamais dit à Lenna que j'étais vivante ?

– Non, il ne l'a pas fait. Je ne peux pas vous dire pourquoi. Clarence Jefferson est sur une autre longueur d'onde.

– Et l'endroit secret où je suis née, où est-ce ?

Grimes fut saisi de panique à l'idée de lui répondre.

– Vous êtes née dans ce que Lenna appelle la Maison de Pierre.

– Et c'est là que nous allons.

– Je pense que c'est là que Faroe va enfermer Lenna.

– Comment le savez-vous ?

– Parce que Lenna l'avait transformée en geôle et y a gardé Faroe prisonnier pendant treize ans.

Ella était abasourdie. Et puis, comme si un rideau s'ouvrait devant elle, elle dit :

– Un tigre qui se mord la queue finit par se dévorer lui-même.

Grimes acquiesça. Il connaissait lui-même cette obsession noire, alimentée par les blessures qui l'avaient poussé à se faire le chasseur de son propre frère. Il n'avait pas le droit de juger quiconque, et il ne jugeait pas.

– Faroe a emmagasiné beaucoup de haine, tout ne finira qu'avec sa mort. C'est à nous d'y veiller.

– Ne risquons-nous pas de devenir tigre nous-mêmes ?

– Quand je me suis trouvé mêlé à cette histoire, je me suis juré de ne jamais laisser la haine me dicter mes actes, de ne faire que ce qui devait être fait.

Il baissa les yeux sur le corps enveloppé dans la bâche.

– C'est l'unique réponse que je puisse vous donner.

Ils demeurèrent silencieux un moment.

– Mon père… Wes Clay… Il est mort, pas vrai ?

– Oui.

– Est-ce Clarence Jefferson qui l'a tué ?

– Non, dit Grimes en secouant la tête. Non, c'est Faroe lui-même qui l'a tué.

Grimes sentit qu'elle avait besoin de rester seule. Il se leva sous le prétexte de parler à Oates.

– Vous voulez bien surveiller Gul ?

Ella tendit les bras vers l'animal, qui vint s'y blottir. Grimes se glissa vers l'avant et prit le siège du copilote. Titus Oates était assis de toute sa masse aux commandes, comme si c'était là sa place favorite.

– Est-ce que je vous ai dit, Doc, que je veux me convertir à l'islam ?

– Non, je ne crois pas.

– J'étudie le Coran en ce moment. C'est une sacrée putain de religion, mon pote. Et, en plus, vous devez porter ces chiées calottes et vous choisir un nom d'enfer.

– Bonne chance, dit Grimes. On est loin de La Nouvelle-Orléans ?

– Vingt-cinq minutes.

– Je suis déjà votre débiteur, Titus…

– Laissez tomber.

– Je vais vous demander autre chose.

– Accouchez.

– Les gens qui ont tué mon père, ils ont pris Lenna et ils vont lui faire du mal, beaucoup de mal. Ella est sa fille.

Titus Oates tourna vers lui son visage rougeaud. Derrière la barbe, il ressemblait à un chérubin un peu toqué. Il se tortilla sur son siège et regarda, derrière lui, Ella qui les écoutait. Son expression s'assombrit.

– Mmm.

De la poche de poitrine de sa veste, Oates tira un gros joint. Il le fourra dans sa bouche, l'alluma à la flamme d'un Zippo et inhala profondément.

– Nom de Dieu. Hydroponique d'Alaska. Je vous dirais

bien d'en prendre une bouffée, mais je voudrais pas être responsable.

Oates aspira à nouveau et parla sans laisser la fumée s'échapper.

– Vous avez des gros calibres ?

– Nous avons deux revolvers, dit Grimes.

Oates grommela comme si cela ne faisait pas du tout l'affaire.

– Alors dites-moi.

– J'ai besoin de savoir si vous éprouvez un attachement particulièrement viscéral pour cet avion.

– C'est un Beaver De Havilland 1967, mon vieux. Le dernier des indépendants.

– Je sais.

– Mmm, dit Titus Oates.

Cette fois, on aurait cru entendre Gul. Il tira à nouveau sur son joint.

– Et si vous me mettiez vraiment au parfum ?

29

La grosse masse grise se détachait, menaçante, contre l'horizon uniformément noir. Lenna n'avait jamais vu la Maison de Pierre de nuit. C'est elle qui avait fait construire ce lieu isolé, destiné à des actes à la fois secrets et obscènes – et c'est peut-être cette pensée, plus que toute autre, qui à présent lui glaçait le sang.

– Nous y voilà, Magdalena, dit Filmore Faroe, derrière elle. Bienvenue à la maison.

Lenna ne se retourna pas. Quoi que son visage exprimât, elle ne voulait pas le montrer à Faroe. Dans la cour devant elle, inerte – le poignet gauche attaché à sa cheville droite par une chaîne –, gisait Clarence Jefferson. On avait ôté les menottes à Lenna. Elle regarda Jefferson.

À intervalles réguliers, Jefferson avait été battu à coups de crosse et de bottes par les hommes de main d'Atwater, qui l'avaient réduit à l'état de sac de viande crue. Il avait tout subi sans un murmure. Lenna ne le voyait pas respirer. Et, face à son corps mutilé, elle ne ressentait plus le mal – ni le dégoût de soi – qui l'avaient trop longtemps liée à lui. Elle ressentait de la compassion, une compassion qui la transperçait violemment, l'étouffait. Au milieu des tourments qu'elle avait portés sur les épaules de sa haine, elle n'avait rien ressenti d'aussi douloureux, ni d'aussi salvateur, que cette souffrance – cette compassion – qui l'envahissait. Car elle lui rendait sa liberté.

Sa haine avait disparu.

Elle cherchait en elle et ne la trouvait pas.

Elle avait disparu. Elle s'était glissée hors d'elle à son insu. Depuis qu'elle s'était rendue à Atwater, elle n'était plus habitée que par une émotion, un sentiment, une image qui la comblait entièrement : le visage d'Ella, son regard plongé dans le sien, disant : « Je le prendrai, et je le ferai mien. » C'est à ce moment-là que ses chaînes avaient cédé. Son cœur n'était plus de pierre ; il semblait aussi fragile et ouvert que celui d'un nouveau-né. Elle était capable d'éprouver pour Clarence Jefferson de la compassion et plus encore – elle devait le reconnaître malgré la honte – elle éprouvait de l'amour.

Deux hommes d'Herrera passèrent derrière elle, fusil à l'épaule. Chacun s'empara d'un pied de Jefferson et ils le traînèrent sur le bitume vers la maison des Jessup. Faroe apparut à côté d'elle. Elle ne le regarda pas. Il tendit le bras.

– Puis-je ?

Évitant toujours son visage, elle posa la main sur le bras. Ensemble, ils marchèrent jusqu'aux portes d'acier et entrèrent.

Lenna sentit un battement sourd dans sa poitrine. Les lumières fluorescentes étaient blanches et sans vie. De l'autre côté des barreaux de fer s'élevait la Maison de Pierre originale, la vraie Maison de Pierre, la cabane en bois qu'elle avait transplantée à la perfection, comme un objet surréaliste, dans l'enceinte de cette geôle. Leurs pas claquaient sur le sol carrelé. Quand Lenna s'arrêta devant la porte de la maison, elle découvrit au bout du compte qu'elle ne craignait plus d'y pénétrer.

La cabane n'avait pas de lumière, une porte s'ouvrait sur les ténèbres intérieures, maintenue par des charnières en cuir. Lenna n'y était pas entrée depuis la nuit où, vingt ans auparavant, fuyant les lieux ensanglantés, elle s'était traînée dehors et avait hurlé sous la pluie jusqu'à perdre conscience. Elle n'y était retournée que dans ses rêves, toujours à regret, et toujours pour se perdre dans un brouillard d'horreur si intolérable qu'elle en perdait le souvenir. En l'amenant ici, Faroe imaginait sans doute lui infliger un peu de cette horreur, mais il se trompait. Ce n'était plus qu'une hutte d'agriculteur, où elle mettrait enfin un terme au cycle dont elle avait si longtemps parcouru la roue. Elle voulait pénétrer dans la cabane.

Lenna regarda Filmore Faroe. Il se tenait à sa droite et il sourit en voyant son expression. Sans doute croyait-il lire de la peur. Mais Lenna n'avait pas peur. Elle ne craignait pas la mort : ne l'avait-elle pas tant de fois appelée de ses vœux ? Tout ce que Faroe déciderait de lui faire subir, elle le subirait à présent que cette image était imprimée dans son esprit. Ella était sauve et Faroe ignorait son existence. Et Ella savait que Lenna l'aimait. Rien d'autre n'avait d'importance. Faroe pouvait croire ce qu'il voulait.

Lenna le regardait et ne ressentait rien. Elle voyait une épave bouffie, aux membres chétifs, qui s'était rasé le crâne pour impressionner ses mercenaires. Elle voyait le spectre d'un homme qui avait été beau, le sourire crispé d'un homme infecté par la rage qui allait le torturer et le réduire pour toujours en esclavage. Elle voyait un roi déchu, fouillant les ruines en quête d'une couronne dérisoire. Elle n'avait aucune compassion pour lui, certainement pas d'amour, mais elle ne le haïssait plus. Elle savait maintenant que quelque chose en elle, une sagesse, avait attendu ce moment. Car sa mort l'aurait condamnée à une haine éternelle ; comme Faroe s'apprêtait à se condamner lui-même.

– Que veux-tu faire, Fil ?

Le calme de sa voix sembla le déconcerter. Il tendit la main en direction de la cabane.

– Nous allons entrer là, Magdalena. Rien que toi et moi.

Lenna grimpa les marches. Devant la porte, elle s'immobilisa et tendit l'oreille. Elle entendit la pluie sur le toit. Elle entendit ses cris haletants. Elle sentit une contraction dans son ventre. Et puis elle entendit des bruits dont elle écartait le souvenir depuis le premier jour où elle les avait entendus : les premiers cris de la vie. Les cris avaient été exilés dans un territoire perdu où elle n'avait pas osé poser le pied ; maintenant, ils étaient là. Le visage d'Ella, ses yeux, sa main, le souvenir des cris d'Ella bébé lui tiendraient compagnie dans ce qui allait advenir. Lenna franchit le seuil de la cabane.

La cabane était telle qu'elle était restée dans sa mémoire. Un lit couvert de draps froissés, une commode, une table, des chaises et, contre un mur, un poêle en fonte. Les traces de sang étaient toujours là, des éclaboussures sur les murs et le sol, délavées par le temps, pâles et décolorées, mais noires comme le péché. Lenna s'avança jusqu'à la table. Faroe franchit le seuil d'un pas hésitant. Il vit qu'elle l'observait et, avec une grimace de mépris, marcha jusqu'à elle.

– Es-tu jamais entré ici, Fil ?

– Je ne m'en souviens pas.

Faroe s'assit en face d'elle.

– Alors tu vas m'enfermer ici pour toujours, Fil ?

– Non. Seulement jusqu'au procès.

– Jusqu'au procès ?

– Quand je serai plus fort, quand je serai prêt à reprendre ma place, je te dénoncerai à la justice. Tu seras jugée pour tout ce que tu m'as fait. Une femme complice d'un policier corrompu pour s'emparer de la fortune de son mari, je doute que le jury hésite à te condamner.

– Et les meurtres dont tu es coupable ?

– L'infirmière et le médecin ? Il n'y a jamais eu de preuves de leur existence. Quant à Wes Clay, ce pauvre nègre danseur de claquettes ? Magdalena, voyons.

Il sourit devant la douleur qu'elle avait dû trahir.

– Non, non. Je ne crois pas qu'il soit nécessaire de rendre publics ces faits regrettables. Qu'en dis-tu ?

– Je serai punie comme je le mérite. Et je répondrai aux questions qui me seront posées.

– Je serai couvert d'opprobre, mais je survivrai. Je préférerais l'éviter, naturellement. Et toi aussi, je pense. Après tout, ne dois-tu pas protéger ta fille ?

Lenna sentit sa gorge et son visage se paralyser.

– Et tu pourrais t'inquiéter de sa sécurité.

Muette, Lenna le fixait du regard. Son cerveau s'était vidé de toute substance. Elle n'avait qu'une pensée : *Il sait qu'Ella est vivante.*

– Tu ne te sens pas bien ? dit Faroe.

De sa poche, il extirpa une feuille de papier. La lettre de Clarence Jefferson. Une nausée la saisit. Elle ferma les yeux. Hier soir. La conversation avec Grimes. La robe bleue. Les somnifères. Bobby Frechette venu la réveiller. Le tailleur noir. Et puis Bobby abattu, Faroe faisant irruption. Elle avait laissé la lettre dans sa chambre, dans sa robe. Toute cette confusion, elle avait… Elle cessa de chercher des excuses. La lettre. Jefferson ne donnait pas le nom d'Ella. C'est Grimes qui le lui avait dit, elle en était sûre. Elle s'en souvenait parfaitement. Elle ouvrit les yeux. Faroe, de l'autre côté de la table, savourait sa détresse.

– Je dois reconnaître que le Capitaine est fort, dit Faroe. C'est un chef-d'œuvre.

Il agita la lettre.

– Il n'indique pas le nom de ta bâtarde de négresse mais, si nous lancions un avis de recherche au tribunal, je suis sûr qu'elle est du genre à courir pour venir au secours de sa mère.

Sa respiration était haletante, son corps, raide. Lenna s'obligea à inspirer profondément, une seule fois, pour retrouver la force de parler.

– Je ferai et je dirai ce que tu voudras.

– Évidemment.

Faroe replia soigneusement la lettre dans sa poche.

– Tu sais, je perds la mémoire parfois. Ici, j'ai vécu dans les fantasmes et les rêves. Alors, dis-moi, est-ce que je t'ai déjà battue, Magdalena, je veux dire physiquement. Je veux la vérité.

– Non. Jamais.

– Il m'est souvent arrivé d'imaginer, ici, dans ta Maison de Pierre, que cela me procurait du plaisir.

– Pourquoi ne le fais-tu pas ?

Faroe la frappa sur la bouche. Le coup l'étourdit, mais il était faible. Elle était plus forte que lui, elle pourrait peut-être le terrasser. Mais elle ne parviendrait sans doute pas à l'étrangler avant l'arrivée de ses gardes. Il lui faudrait encaisser. Jusqu'à ce qu'elle en sache plus, il lui faudrait encaisser. Assise sur la chaise, elle le considéra avec dégoût.

– J'avais raison, dit Faroe, ça fait du bien.

Des bruits de pas sur les marches parvinrent de derrière la porte. Herrera apparut, un téléphone à la main.

– Monsieur Faroe ?

– Quoi ? fit sèchement Faroe en se retournant.

– C'est Atwater. Des ennuis à la maison.

– Des ennuis ?

Les nerfs de Lenna hurlaient. Elle s'efforça de se calmer. Il n'était pas impossible que les ennuis fussent en rapport avec Ella. Elle était trop loin. Elle était hors d'atteinte. Le seul devoir de Lenna était de faire en sorte que les choses restent ainsi, de la protéger du danger. Elle ne pouvait pas laisser tuer sa fille à nouveau.

– Monsieur Atwater insiste pour vous parler, dit Herrera. Il a l'air fou. Ou alors ivre.

– Réglez ça vous-même.

– Monsieur ?

– Réglez ça vous-même. Restez ici. Envoyez l'hélicoptère avec quelques hommes. Faites votre travail.

Filmore se retourna vers Lenna.

– Lève-toi.

Lenna obtempéra.

– C'est étrange, tu sais, à quoi on peut se raccrocher pour rester en vie. Te souviens-tu, Magdalena, de la comptine qui m'a tenu compagnie durant mon exil ? Cette petite chanson d'enfant ?

Dans son regard se lisaient le mal et la colère, toute l'horreur qu'elle lui avait infligée et qu'il avait endurée. Elle ne baissa pas les yeux. Elle avait fait ce qu'elle avait fait.

– Faute d'un clou, le fer fut perdu.

Il la frappa au ventre, le coup était plus fort, plus déterminé que le premier. Faroe l'obligea à se redresser. Cette fois, il chuchota :

– Faute d'un fer, le cheval fut perdu.

Faroe serra le poing et la frappa, au ventre encore. Lenna tomba à genoux. Elle entendit sa voix au-dessus d'elle, hurlant :

– FAUTE D'UN CHEVAL, LE CAVALIER FUT PERDU !

30

Rufus Atwater était légèrement ivre. Il était assis dans le bureau de Filmore Faroe, sur le fauteuil présidentiel, les pieds croisés sur la table, un verre de champagne à la main et un seau à glace par terre. C'était un vieux champagne français, et pour la première fois de sa vie, Atwater comprenait pourquoi les gens en faisaient si grand cas et pourquoi ils le payaient la peau des fesses. Il but une gorgée. Il avait également appris qu'on buvait le champagne dans de longues flûtes étroites, et non pas dans les coupes rondes et plates comme Cary Grant au cinéma. Dorénavant, il en serait ainsi. Plus de drogués puants rendant leurs tripes sur ses souliers et suppliant qu'on leur donne de la méthadone. Plus de minables victimes de viol refusant de témoigner la veille du procès et sapant tout son travail. Plus d'engueulades chez le D.A. Il avait réussi le grand chelem : Lenna Parillaud, les valises explosives et, petit bonus, le Capitaine Clarence Jefferson en personne. Mr Filmore Faroe était puissamment satisfait. Seul le docteur Grimes avait échappé aux mailles du filet, mais Faroe avait le bras long. Grimes était un homme mort, comme son taré de père. Atwater reprit une gorgée de pétillant.

Il était une *éminence grise*, enfin.

De l'autre côté du bureau, les deux valises en cuir brun n'avaient pas encore été ouvertes. Faroe, impatient d'emmener Parillaud jusqu'au hangar de béton, avait dit qu'elles pouvaient attendre. Herrera et la plupart de ses hommes étaient avec lui. Atwater avait Arcadie pratiquement pour lui tout seul. Il brûlait de connaître le contenu des valises – avec l'espoir d'y découvrir quelque chose de particulièrement compromettant sur son chef, le D.A., par exemple un cliché de lui se faisant enculer par un âne – mais il n'osait pas regarder. Jefferson était capable de les avoir piégées, et il ne voulait pas qu'on lui reproche d'avoir saboté quoi que ce soit.

Quant à ce que Faroe pouvait faire avec Parillaud dans la Maison de Pierre, Atwater s'en foutait. Il se sentait trop bien pour se mêler à des querelles émotionnelles ; c'était pour ça que Faroe avait merdé dès le départ ; c'était pour ça qu'Atwater avait réussi de façon aussi spectaculaire. Lui était un homme de glace. Les autres laissaient les émotions gauchir leurs perceptions des choses, pas lui. Les amphétamines et la rage avaient rendu Faroe à moitié cinglé. Atwater était inquiet pour lui, mais putain, ce type-là avait été encagé pendant une décennie, et ce n'était que les premiers jours. Il avait bien le droit de lâcher un peu de vapeur. Il n'allait pas tarder à se calmer. Alors Atwater mettrait Herrera hors circuit. Certes, il avait été utile, mais on avait fini de jouer à la guerre et les types comme lui étaient un poids mort. Le marteau-pilon, à présent, c'était Atwater : la ville avait un nouveau capitaine, et plus tôt cela se saurait, mieux cela vaudrait pour tout le monde.

Un avion passa en grondant. Atwater fronça les sourcils : il n'y avait pas de couloir aérien par ici. Il tendit l'oreille. Un avion privé. Hé, et s'il passait sa licence de pilote ? Il vida son verre, le posa et contourna la table pour s'accroupir devant les deux valises pansues. Elles semblaient bien ordinaires, mais pourquoi pas. La tentation était forte. Il y avait sans doute là-dedans un petit quelque chose qu'il pourrait garder pour lui sans en parler à Faroe, à titre de garantie personnelle. Non. Jusque-là, il avait joué son rôle à la perfection. Que Faroe ouvre les valises ; il aurait plus tard l'occasion de se servir.

L'avion passa à nouveau. Cette fois, il volait à si basse altitude que les fenêtres tremblèrent dans leurs châssis.

– Qu'est-ce que c'est que ce bordel ?

Il alla regarder à la fenêtre.

– Nom de Dieu !

31

Ella avait bien envie de tirer une bouffée du joint de Titus, mais elle craignait de ne plus être capable de faire ce qu'on exigeait d'elle. Un cinglé comme Oates pouvait sans doute se battre même stone, mais pas elle. Et pourtant l'herbe l'aurait réconfortée. Certes, apparemment, elle gardait son calme – l'habitude de lutter contre le trac – mais à l'intérieur elle n'était que de la bouillie liquide. C'était comme si tous ses os s'étaient dilués.

Pourtant, dans cette bouillie, il y avait quelque chose de dur, dur et fort, mais chaud. Toute sa vie, son cœur avait abrité une question sans réponse, rien d'inquiétant, une vague incertitude. C'était comme si le fait de savoir d'où elle venait, comment ou pourquoi, n'avait aucune importance. Elle était qui elle était, non ? Mais tout avait changé avec les paroles de Grimes ; elle était différente ; elle était la même et une autre en même temps. Et cette autre était la proie d'une tristesse douloureuse et d'un amour violent pour Lenna. L'amour pouvait-il être violent ? Oui. Sa violence était aussi élémentaire que celle d'un ouragan, dépourvue de mauvaises intentions ou de haine, et elle espérait que Grimes avait raison, que George avait tort. Elle ne voulait pas haïr pour faire ce qui était juste. Et elle avait beau avoir peur, elle savait qu'il était juste d'aller vers Lenna. Si elle n'essayait pas, l'identité issue de cette force et de cette chaleur ne lui appartiendrait jamais vraiment. L'ouragan était sans compromis. Telle serait sa ligne de conduite. Dans le cockpit, elle entendit Titus Oates l'appeler.

– Ella ?

Elle se tourna et vit la barbe noyée de fumée et la casquette enfoncée. Sous la visière, une paire de grands yeux fous indéchiffrables. Elle avait le sentiment qu'Oates était capable de mourir pour vous ou de vous tuer selon qu'il était ou pas de votre côté. Ce qui faisait pencher la balance restait probablement une énigme pour Titus Oates lui-même.

– Ella, vous êtes une nana intelligente, dit Oates en pointant sa barbe vers Grimes. Mais vous suivez ce connard ?

– Sur toute la ligne, répondit Ella.

Oates regarda Grimes comme si cette réponse sous-entendait un profond mystère.

– Alors comme ça, de but en blanc, vous me demandez de me faire tuer et de détruire mon gagne-pain – et un putain de chargement du meilleur whisky que j'aie jamais vu –, et tout ça pour rien.

– Quel profit un homme peut-il retirer d'être le maître du monde, s'il y perd son âme immortelle ?

Oates éclata de rire tel un Père Noël psychopathe.

– Je vous l'ai dit, Doc, j'ai de sérieux doutes sur le christianisme.

– Je peux vous payer, dit Ella.

Oates cessa de rire. Grimes et lui se retournèrent vers elle d'un seul mouvement. Ella prit son sac et sortit l'enveloppe que Jefferson lui avait donnée. Pour une raison inconnue, depuis que Grimes lui avait raconté l'histoire de Lenna – et la sienne –, elle n'éprouvait plus aucune difficulté à penser à Charlie sous le nom de Jefferson. De l'enveloppe, elle extirpa deux minces portefeuilles en plastique et quelques papiers, qu'elle tendit à Grimes.

– C'est Jefferson qui me les a donnés.

Grimes les inspecta brièvement, puis les remit à Oates. Les yeux de celui-ci s'agrandirent.

Les portefeuilles contenaient deux livrets de dépôt, l'un domicilié aux Bahamas, l'autre dans les îles Caïman. Ils étaient au nom d'Ella et représentaient deux millions sept cent cinquante mille dollars, un chiffre qui dépassait totalement son imagination. Grimes reprit les portefeuilles et les rendit à Ella. Elle les remit dans le sac.

– Nous sommes d'accord ? demanda-t-elle.

– Le Coran, dit Oates, nous enseigne que « la persécution est pire que l'assassinat ». M'est avis que ce gros bonnet d'enfoiré de Faroe est coupable des deux.

Il tira sur sa barbe.

– Le livre dit encore : « tu ne les combattras pas dans la mosquée sacrée tant qu'ils n'y viendront pas mais, une fois là, s'ils t'attaquent, tue-les. »

Il examina Grimes par-dessous la visière de sa casquette.

– « Tel est le châtiment des incroyants. »

– C'est d'enfer ! s'exclama Ella.

Grimes la regarda comme s'il la croyait devenue folle.

Oates hocha la tête et fouilla dans sa poche.

– Je suppose que ces hommes des bois devaient avoir une raison pour me donner ce petit souvenir.

Oates ouvrit la main et découvrit une grosse cartouche avec une balle aussi épaisse que le pouce.

– Pour chasser le cerf. Sous ce siège, j'ai un Remington 870 scié dix-sept pouces. Sécurité.

Il remit la cartouche dans sa poche.

– De toute façon, je n'ai jamais pu résister à une bonne occasion de rigoler. C'est où exactement ?

Grimes regarda par-dessus le cockpit et posa la main sur le bras d'Oates.

– C'est là. C'est Arcadie.

– Vous voulez dire que c'est là qu'on atterrit, Doc ?

Ella tendit le cou à l'intérieur du cockpit et suivit leurs regards. En dessous s'étendait un vide immense et noir.

En plein milieu se détachait un bassin de lumière jaune. Comme ils approchaient, elle put distinguer un bâtiment à la façade illuminée qui ressemblait à un palais de justice ou à une banque. Devant le bâtiment se déroulait un ruban de route éclairé.

– Vous avez de la lumière et l'allée mesure trois ou quatre cents mètres, dit Grimes. Nous ne pourrons pas arriver plus près. Et il y a de fortes chances pour que Faroe soit à l'intérieur en ce moment.

Titus Oates fronça le nez. Sans rien dire, il prit une paire de lunettes Aviator et les chaussa.

– Là où la route semble finir, en partant de la maison, cela donne dans un bouquet d'arbres.

– Dans ce cas, faut être prêt et ouvrir la porte arrière, dit Oates.

– Pourquoi ? demanda Grimes.

– Si on s'écrase, pour pas être pris au piège.

Grimes grimpa dans la soute, réussit à déverrouiller la porte arrière et la fit glisser. Le vent s'engouffra. Grimes bloqua la porte en position ouverte puis s'attacha près d'Ella. Il était pâle.

– Ça va ? demanda Grimes.

– Impeccable, dit Ella.

– On peut encore renoncer.

– C'est ce que vous voulez ?

– Mieux vaut ne pas poser la question.

Grimes se retourna :

– Gul !

Gul s'éloignait du fond de la soute où il était occupé à flairer. Il s'arrêta devant la porte ouverte et regarda au-dehors. Ella fut saisie de panique.

– Gul ! cria-t-elle.

Gul revint sur ses pas et s'approcha de Grimes. Il l'attira entre ses jambes puis referma les bras autour du poitrail de l'animal.

L'appareil plongea.

Ella se pencha en avant et serra les coudes le long de ses cuisses. Elle entendit Grimes murmurer à l'oreille de Gul.

– Reste avec moi, mon vieux, et tout ira bien.

Ella ferma les yeux.

Et Titus Oates beugla :

– Car Allah est grand et puissante est son épée !

32

Par la porte de la soute, Cicero Grimes voyait filer les cimes des arbres, quelques centimètres à peine sous le ventre du De Havilland. Titus Oates braillait des insultes dans le cockpit. Il y eut un plongeon brutal et Grimes crut qu'il allait vomir, puis la secousse d'un violent impact ébranla sa colonne vertébrale et il pensa que sa ceinture de sécurité allait s'arracher de la cloison. Il s'agrippa à Gul. La tête sur l'épaule de Grimes, l'animal ne fit aucun bruit.

Un grondement emplit les oreilles de Grimes. Ses os enregistrèrent un mouvement différent. Des roues. Les grosses roues en caoutchouc freinaient sur l'allée. Ils avaient atterri. Le fuselage entier tremblait de l'effort nécessaire pour s'immobiliser. Un brouillard gris, et l'instant d'après une explosion assourdissante frappa les tympans de Grimes. L'avion se cabrait et vibrait. Métal hurlant. À toute allure, le sol se souleva vers la porte, l'avion bascula puis se rétablit. Plus lentement à présent. Grimes regarda Ella : elle était recroquevillée contre lui, les yeux fermés. Grimes se pencha en avant pour regarder par-dessus l'épaule d'Oates : devant le cockpit se dressaient les colonnes doriques et le vaste portique d'Arcadie.

Ils fonçaient droit dans le portique.

Grimes reprit sa position initiale et se tint prêt. Un instant plus tard il quittait son siège, et la ceinture de sécurité faillit le couper en deux quand l'avion fonça sur les marches. Il y eut un gigantesque fracas de métal et de pierre. Les lumières de la cabine s'éteignirent. Tout vola en éclats contre la cloison, un épais nuage de vapeurs d'alcool pénétra dans ses narines.

Et tout s'arrêta.

La vision de Grimes était floue et il faisait noir. Dans ses bras, Gul haletait.

– Bon chien, dit Grimes.

Grimes lâcha Gul. Il défit sa ceinture de sécurité et se tourna vers Ella. Elle bougeait, mais il ne distinguait pas son visage. La voix de la jeune femme parvint, à peine audible, jusqu'à ses oreilles commotionnées.

– Ça va ?

C'est donc qu'elle allait bien.

– Oui, répondit-il.

Il se leva, chancelant. Le visage d'Ella lui apparut plus clairement. Du cockpit, il entendit du remue-ménage puis des bruits de pas écrasant lourdement des débris de verre. Titus Oates apparut, les joues et le front constellés de coupures. Il tenait le Remington à canon scié. Un verre de ses lunettes Aviator était cassé.

Grimes s'accroupit devant le corps de son père.

– Laissez-le, dit Oates.

Grimes leva la tête. Oates retira ses lunettes et les jeta.

– Nous avons une telle quantité de produit inflammable avec un moteur chauffé au rouge, dit Oates. Je suis désolé, mon vieux.

Oates glissa une cartouche dans le Remington et alla à la porte. Grimes écarta un pan de la bâche, découvrant le visage de son père. Les joues étaient creuses et grises.

– Ella, dit Oates.

Grimes vit qu'Ella regardait George au-dessus de son épaule.

– Adieu, dit Ella à George.

Elle suivit Oates. Grimes s'attarda un moment. Il ne savait pas pourquoi.

– *Doc ! Nom de Dieu !*

Grimes rabattit la bâche sur le visage de George et se leva. Sur le seuil de la porte, Gul l'attendait, la queue frétillante. Entre la porte et la paroi intérieure du portique, il y avait un trou de soixante centimètres masqué par un nuage de poussière.

– Allons-y, mon vieux, dit Grimes.

Gul sauta et Grimes le suivit. À gauche, l'entrée d'Arcadie était bloquée par des gravats et les lames tordues de l'hélice. La carlingue de l'avion avait une grande déchirure là où l'aile avait été arrachée. Sur les pelouses, de part et d'autre de l'allée, les deux ailes gisaient au milieu des restes des statues de marbre qui les avaient fauchées.

– Par ici !

Titus Oates, flanqué d'Ella, désignait à Grimes l'une des élégantes baies vitrées de la maison. Grimes s'élança vers eux avec Gul. Derrière lui monta un vrombissement assourdi : un tourbillon de feu s'échappa de la soute.

Ella et Oates brisaient les carreaux et les cadres en bois de la baie vitrée. Oates acheva son travail à coup de crosse de Remington, se baissa et pénétra à l'intérieur, suivi de Grimes et Ella. La pièce ressemblait au salon où il avait rencontré Lenna pour la première fois. Oates ouvrit une porte et inspecta soigneusement le couloir.

– Quelqu'un sait où on va ?

Grimes chercha à s'orienter. Le bureau était un bon point de départ. Il les précéda dans le couloir et se laissa conduire par son instinct vers le hall principal. Comme ils approchaient, un nuage de fumée les arrêta. La porte sculptée du hall gisait sur les carreaux où elle avait été projetée, arrachée à ses gonds, par le nez de l'avion. Le nez en question était en flammes.

– Je ne connais pas d'autre chemin.

– Alors, vite.

Ils traversèrent en courant le hall enfumé et passèrent devant les murs tapissés de tableaux conduisant au bureau. Les doubles-portes étaient fermées. Gul flaira l'embrasure et émit son doux grondement mortel. De l'intérieur parvenait une voix étouffée mais indiscutablement paniquée. Grimes examina les poignées. Saisissant Gul par le collier, il l'obligea à reculer. Gul insistait pour rester devant les portes.

– Titus, ouvrez-la, ordonna Grimes.

Oates pointa le canon scié à hauteur des poignées et fit exploser les portes.

Grimes lâcha Gul, qui s'élança dans un rugissement sauvage, Oates derrière lui, fusil à l'épaule. Grimes vit Rufus Atwater grimper d'un bond sur la table gainée de cuir, propulsé par la peur. Gul plongea et referma les mâchoires sur sa cheville. Le cri d'Atwater fut noyé par le craquement des os. Sans effort, Gul le fit basculer sur le sol. Quand Atwater s'écrasa par terre en glapissant, Gul lâcha prise et se prépara à bondir à nouveau.

– Gul ! ordonna Grimes. Ça suffit !

Gul s'immobilisa mais resta à proximité du procureur qui geignait. Grimes s'approcha et vit l'automatique sous le bras d'Atwater. Il le sortit de son étui et le lança à Oates. Il saisit Atwater par les revers et le hissa en position debout. Atwater haletait de terreur. Ses yeux, quand ils plongèrent dans ceux de Grimes, exprimaient une supplique désespérée. Grimes pensa à son père. Il se souvint de garder le cou souple afin d'agir avec la vitesse de l'éclair, puis donna un coup de boule sur l'arête du nez d'Atwater. Atwater s'effondra en gémissant, pitoyable, le sang ruisselant de ses narines. Grimes était aveuglé par la rage. Mais il ne fallait pas le massacrer. Il cracha au visage d'Atwater. Atwater eut un mouvement de recul. Grimes l'empoigna et l'attira contre lui.

– Est-ce que vous vous rappelez, monsieur le procureur, ce qui est arrivé aux couilles de Jack Seed ?

Atwater hocha la tête. Il ne respirait plus. Grimes pressa un peu plus.

– Répondez.

– Oui, croassa Atwater.

– Parfait. Où est Lenna ?

Atwater agita vaguement la main vers la fenêtre. Grimes enfonça le genou dans l'entrejambe d'Atwater et le fit mettre à genoux.

– Gul !

– Elle n'est pas là, hurla-t-il. Les péquenots. Les péquenots. La Maison de Pierre.

– Et Clarence Jefferson ?

– Lui aussi, et Faroe aussi.

– Il nous faut un véhicule, dit Grimes.

Grimes remit Atwater debout et le poussa vers la porte. Il trébuchait, et le sang qui coulait de sa cheville se répandait sur sa chaussure. Gul le maintenait contre le mur.

Grimes perçut un mouvement dans le couloir. Sans réfléchir, il appuya la crosse contre sa hanche et visa l'embrasure de la porte. Lorsqu'un homme en treillis apparut, Grimes pressa la détente et le coup le projeta contre le mur du couloir. Comme l'homme se repliait sur ses tripes qui jaillissaient, des pas claquèrent dans le couloir. Quelqu'un prenait la fuite. Oates sortit son automatique, examina le couloir, puis se pencha sur le corps éventré. Il se releva armé d'un second automatique.

Grimes eut soudain conscience qu'il venait de tuer un autre homme. Il rechargea le fusil. Cela faisait du bien. Il regarda Atwater.

– La voiture.

Atwater boita jusqu'à la porte et passa devant le soldat tué. Avec Gul et Ella, Grimes le suivit, s'arrêtant à bonne distance du hall d'entrée. Parvenu au bout du couloir, Atwater jeta un œil dehors.

– La voie est libre, dit-il.

Grimes le poussa en avant avec la crosse du fusil. Il n'y eut pas de coup de feu.

– Les autres. Combien ? demanda Grimes.

– Je ne sais pas. Personne ne me dit rien, putain.

– Où est Titus ? demanda Ella.

Grimes regarda derrière. Oates sortit, chargé des deux valises comme s'il portait des sacs de bonbons.

– Et s'ils t'attaquent, tue-les, fit Oates en éclatant de rire.

Atwater les mena dans une immense cuisine puis dans une buanderie jusqu'à une porte de sortie donnant sur l'arrière du bâtiment. Grimes ouvrit prudemment. Dehors, il y avait un fourgon bleu foncé, un Dodge Tradesman.

– Gul, dit Grimes. Va voir.

Tandis que Gul se glissait dehors, Grimes entraîna le procureur derrière lui. Atwater avança en clopinant douloureusement et retomba contre le fourgon. Grimes observa Gul aller et venir. Il n'y avait pas de danger. Atwater fit coulisser la porte. Le fourgon était vide. Grimes se tourna vers Ella, elle semblait tenir le coup au moins aussi bien que lui, peut-être mieux.

– Je vais prendre le volant, dit-elle.

Grimes acquiesça. Il n'y avait pas de siège à l'arrière et pas de vitres, à part celle du hayon arrière. Grimes poussa Atwater à l'intérieur et Oates chargea les valises. Grimes prit place près d'Ella tandis qu'Oates s'installait près de la porte ouverte, un genou au sol.

Gul sauta à l'arrière et s'assit, les yeux rivés à Rufus Atwater.

Comme ils s'engageaient sur l'esplanade de gravier, une partie du fourgon fut soulevée par l'onde de choc d'une explosion. Grimes baissa la tête : la vitre à côté de lui venait de se casser à grand bruit, sans voler en éclats. Des débris tombèrent en pluie sur le pare-brise, enfonçant la carrosserie, ricochant dans la porte ouverte.

Ella fit une embardée sur la gauche, monta sur la pelouse, et reprit le contrôle.

La façade palladienne d'Arcadie était en feu. Des flammes noires et orange léchaient et ravageaient les belles pierres blanches, l'incendie faisait rage dans la carlingue de l'avion, et le splendide portique était effondré : ses longues colonnes, son orgueilleux fronton n'étaient plus qu'un tas de gravats et de poutres fumantes.

– Vous savez quoi ? dit Oates Je n'ai jamais eu le cœur aussi brisé.

Grimes se tourna. Titus Oates, à genoux devant la portière, contemplait son avion immolé. Il regarda Grimes.

– Au moins, votre père se sera envolé comme il le méritait.

– Oui, dit Grimes. Je crois qu'il ne se plaindrait pas.

Arcadie dans les flammes lui rappela les paroles de son père à propos des Faroe : « Une lignée qui méritait de mourir. » Mais ils n'étaient pas encore parvenus à leur terme.

– Les voilà, cria Oates.

De l'autre côté de la maison en feu, une voiture dérapait sur le gravier et fonçait droit sur eux. Des vitres baissées dépassaient des bras armés de pistolets et deux canons de fusil. Il y eut un éclair et un crépitement d'arme automatique. Ella plongea sous les arbres et leurs poursuivants disparurent de leur vue. La route cahotait dans la lumière des phares. Gros troncs noirs d'où pendaient des spectres de mousse espagnole. La grille. La grille en fer forgé.

– Ella, dit Grimes. Juste après les arbres, la route continue sur une centaine de mètres et il y a une grille.

– Quel genre de grille ?

– Double, en fer forgé, plus de trois mètres de haut, encastrée dans le mur. Probablement verrouillée.

– Qu'est-ce que je dois faire ?

– Titus ? demanda Grimes.

– Enfoncez-la. Pas trop lentement, pas trop vite. À quarante-cinq. Visez juste à côté du centre.

– D'accord, dit Ella.

– Gul, appela Grimes.

Gul grimpa devant et Grimes le tint étroitement serré sur ses cuisses. Les balles sifflaient sans atteindre le fourgon.

– Amateurs, railla Oates.

Il se tourna vers Rufus, lui planta sa barbe dans le nez et lui rugit au visage :

– Amateurs !

Oates fouilla les poches d'Atwater, d'où il sortit deux chargeurs, puis le prit par les cheveux et le jeta face contre terre, derrière les sièges avant. Il le bloqua avec les deux valises, s'assit contre elles et se cala entre les parois du fourgon.

Dans le rétroviseur latéral, perçant au loin l'obscurité totale, Grimes vit les lumières de la voiture qui les poursuivait. Ella fixait les yeux droit devant elle, dans une concentration totale. Elle savait ce qu'elle faisait. Les chênes qui bordaient la route se firent plus rares. La route était dégagée. Il regarda le compteur de vitesse : l'aiguille descendait à quarante-cinq. La route formait un coude et, à la limite des phares, les pinceaux de lumière rencontrèrent un morceau de mur en brique rouge. Une fraction de seconde plus tard, les hautes grilles surgirent.

– Accrochez-vous ! cria Ella.

Grimes se sentit plongé dans le noir et frappé en pleine poitrine. Une pluie de verre lui lacéra le visage. Ils s'étaient arrêtés net. Gul se débattait dans ses bras. Grimes ouvrit les yeux. À quelques centimètres de son visage, les barreaux en fer forgé de la grille pendaient au-dessus du toit de la cabine et sur le capot du fourgon. Ils étaient coincés : la charnière inférieure de la grille droite avait été arrachée, mais le haut avait tenu bon. Ella fit redémarrer le moteur et passa la marche arrière.

– Maintenant, *dehors* ! Tout le monde ! beugla Oates. *Dehors. Tout le monde descend !*

Grimes ouvrit la portière et Gul bondit. Grimes sauta. Son genou céda, il tomba. Des coups de feu claquaient depuis les briques derrière lui. Il était ébloui par les lumières. Il plongea dans l'herbe pour leur échapper, roula, s'immobilisa sur le dos, sortit le revolver de sa ceinture, se retourna sur le ventre et resta immobile.

Les balles commencèrent à trouer le fourgon. Où était Titus ? Par la portière de côté, Grimes aperçut les grosses semelles de ses bottes tournées vers le siège avant. Son corps était invisible. Grimes pensa : *Il est mort*. Une violente envie de tirer en direction de la voiture le saisit. Non. Il braqua son Colt et attendit. Plus près.

Comme la voiture s'immobilisait, le hayon arrière du fourgon s'éleva et une arme déchargea une rafale de coups de feu rapides entrecoupés du claquement du levier d'armement. La voiture se métamorphosa en un lieu de carnage où le verre explosait, où les corps étaient criblés de trous et les visages hurlaient. L'arme se tut. Une voix gronda de l'intérieur du fourgon.

– *Que personne ne bouge.*

Le fourgon vacilla et Titus Oates sauta de l'arrière, un automatique dans chaque main. Il brandit les revolvers en dessinant des angles étranges, telle une gigantesque mante religieuse, s'écarta de la lumière des phares et marcha prestement jusqu'à la voiture transformée en passoire. Il enfonça une de ses armes dans la cabine fumante. On entendit quatre coups de feu irrégulièrement espacés. Grimes se releva. Il trouva Gul debout à côté de lui.

– Ella ! appela-t-il.

Une portière claqua.

– Ici.

Ella était installée au volant de la Dodge. Elle recula davantage pour se dégager des grilles.

– Attendez, cria Oates.

Grimes alla le rejoindre à l'arrière du fourgon. Oates prit le fusil. De sa poche, il sortit la cartouche de chasse. Comme il la glissait dans le magasin, Grimes regarda derrière lui la voiture criblée de balles. Une légère fumée s'élevait des vitres ouvertes et dessinait des volutes dans la lumière. Oates surprit son regard.

– Y a rien à faire pour eux, Doc.

Oates sourit. D'un mouvement de tête, il indiqua les grilles et Grimes le suivit. Oates braqua le canon sur la charnière supérieure de la grille, à l'endroit où elle était scellée dans les briques. Il fit feu et arracha la charnière. Les grilles s'affaissèrent, oscillantes. Grimes et Oates les dégagèrent sur le côté et s'engouffrèrent dans le Tradesman. Derrière les valises, Grimes entendit Rufus Atwater renifler.

La tête de Titus Oates apparut au-dessus de l'épaule de Grimes.

– Je voulais juste vous dire que cette femme est une championne toutes catégories. La dernière fois que j'ai vu quelqu'un conduire avec autant de sang-froid, c'était à Colorado Springs en 1986.

– Que s'est-il passé à Colorado Springs ?

– Pour un récit objectif des événements, il faudrait retrouver les journaux.

Pendant un moment, tous retombèrent dans le silence. Ils traversaient la plantation, des hectares de terres éclairées par la lune, de marais couverts d'herbe argentée qui valsaient et chuchotaient dans le vent. Et cette danse chuchotante avait quelque chose de serein et d'inquiétant, comme si les longues feuilles d'herbe tournoyaient au rythme du chant de la terre. *Tout cela aussi passera.*

– Écoutez.

Au-dessus de l'immensité plate, Grimes entendait le battement sourd d'un hélicoptère.

– Hé ! dit Oates. Personne ne m'a parlé d'un Sikorsky.

33

Malgré lui. À tout prix.

Ils frappent, ils frappent.

Les coups pleuvent, plus légers maintenant.

Ils volent – rien de plus – hors du cercle de la connaissance.

La douleur portée par les coups, il ne pouvait plus en juger. Parvenu à ce point, aux confins du *continuum*, il ressentait l'extase de l'ultime définition. Là – en pleine célébration orgiaque de la mort de Dieu, de la mort de la mort, de la dissolution de l'intériorité –, le tourment psychologique des âges était métamorphosé en brèche béante entre *l'un* qui était un et *l'autre* qui était sensation. Et dans cette brèche il dansait, sans témoin ni partenaire pour partager son vin capiteux, ses pas légers et tournoyants, sa grâce dissolue. Il était poncé jusqu'au spectre d'une ombre, dénudé jusqu'à un écho impersonnel, à une rognure d'ongle à peine du néant.

Malgré lui.

À tout prix.

Oh, oui.

Il s'était frotté à ce plus-grand-que lui, ce plus-grand-qu'il-n'était *malgré lui*, ce quoi-que-ce-fût qui à tout prix ne devait pas être ; ce moment auquel il avait aspiré de toutes ses forces, et que pourtant, de toutes ses forces, il avait voulu repousser.

Miracle.

Dissolution.

Extrémité.

Joie.

Les foyers où l'on n'écrit jamais et les serments qui ne sont jamais tenus.

Ils frappent, ils frappent.

Il remuait dans la fange des porcs, sans plus sentir l'odeur de sa propre décomposition. Elle lui manquait. Le bruit battait contre sa tête. Non, contre les os minuscules et les membranes tendues de ses oreilles. C'était le bruit qui rebondissait sur ses organes sensoriels, ni les crosses de fusil ni les pieds.

Il pensa : *La machine qui plane prend son envol.*

Le Capitaine ouvrit les yeux. Leurs fentes tuméfiées scrutèrent l'obscurité. Les carreaux glissants d'une porcherie. La lourdeur et les grognements de beaux porcs gras aux soies douces et aux robes tachetées. Le Capitaine sourit. Ils n'avaient donc pas trouvé mieux ? Ce mince filet d'inquiétude trop anémique pour mériter le nom de peur ? Croyaient-ils que les porcs auraient le pouvoir de l'effacer de la sauvagerie inexplorée du monde ? Non. La viande mûrissante du Capitaine était bien trop faisandée pour les palais délicats de ces braves bêtes. Beauté, rire et immondices n'avaient nuls droits de rétention sur la raison frissonnante, quels que fussent les efforts de celle-ci pour jeter sur eux son filet. C'est dans la capitulation que se manifestait la suprématie du mal. Il ne s'inclinerait pas devant ce cosmos servile, encore moins devant ses lâches esclaves. Il étancherait sa soif à leur reddition. Que la plénitude de l'horreur et de la félicité soit une. Que l'irréductible chaos commence. Une force d'éruption incontrôlable ouvrit plus grandes les fissures de son immobilité.

Le Capitaine, cliquetant, se dressa.

Entravé.

Au travers des fentes, il vit une chaîne argentée, à

maillons, petits mais solides. Une barre de bois. Un triangle de métal : cheville, traverse, poignet. Il leva son moignon et brisa la traverse. Il avança. Les carreaux glissants cédèrent la place au gravier, qui s'enfonçait doucement, puis au béton, puis à des planches. Il ouvrit une porte qui donnait sur la lumière et sur un visage aussitôt tourné, surpris, lèvres entrouvertes. Les lèvres embrassèrent son moignon durci et crachèrent leurs petits os blancs. Sa main gauche se remplit d'air. Sa droite, contondante, visa juste une fois encore, entre les gencives gémissantes, et au fond. Tout au fond. De pauvres serres contre son torse. Et plus au fond. Le clac de la mâchoire disloquée. Encore un centimètre, un autre. La gorge, étouffée par le moignon, cessa ses mouvements spasmodiques et se figea. Il fouilla dans les vêtements. Une clef. Une clef qui lui échappa des mains, qu'il retrouva, introduisit, tourna, qui fit un bruit sec. La chaîne retomba sur le sol. Il prit un couteau, sa lame de boucher presque effacée par la pierre à aiguiser. Il la posa sur sa langue ; le goût amer d'un tranchant bien effilé. Dans ma poche, beauté. Un revolver ? Inutile. Ils le prenaient pour un fou ?

Parfait.

Car le Capitaine les connaît tous.

Et *malgré lui* et *à tout prix*, la grande nuit l'appelle.

34

Ella éteignit les phares du fourgon. Quelques nuages passaient devant la lune. De part et d'autre de la route défilaient les ruisseaux plus sombres des fossés d'inondation, et elle craignait de tomber dedans. Le bruit de l'hélicoptère se rapprochait. Elle baissa brièvement la main sur son ventre : le Smith & Wesson était là, chargé, glissé dans la ceinture de son caleçon. Elle se tourna vers Grimes.

– Il faut descendre l'hélicoptère, dit-il.

– C'est pas possible, Doc, répondit Oates. Pas avec l'artillerie qu'on a.

– Au prochain carrefour, prenez à gauche, indiqua Grimes.

Elle hocha la tête. Grimes passa par-dessus son siège et alla derrière.

– Écoutez, Atwater, dit-il avec une douceur surprenante. J'ai mes raisons d'être ici et vous avez les vôtres. Exact ?

Silence.

– Répondez au docteur, gronda Titus Oates.

– Exact, bredouilla Atwater. Exact.

– Mais savez-vous pourquoi monsieur Oates est ici ?

– Non, monsieur.

– Dites-lui, Titus.

– Parce que, dit Oates, dans ce pays, nous avons le droit d'avoir et de porter des armes. Ce qui signifie que, pour preuve, nous pouvons tuer le premier putain de procureur qui nous tombe sous la main. Et vous savez quoi encore ? C'est pour ça que le reste du monde a peur des États-Unis. Vous avez peur, monsieur le procureur ?

Oates se tut et Ella regarda par-dessus son épaule. Atwater pleurait, en silence, frappé de stupeur et de terreur.

– Parfait, Rufus, dit Grimes. Maintenant vous allez faire exactement ce que vous dira monsieur Oates. Est-ce que vous pouvez faire ça pour moi ?

– Oui, monsieur.

Ella sursauta. Une rafale de coups de feu s'abattait, les balles frappèrent la route puis crépitèrent sur le toit du fourgon. Elle se baissa. Les rafales cessèrent. Au carrefour, elle écrasa la pédale de frein et tourna le volant. La route devant elle pencha sur le côté. Elle tourna le volant dans l'autre sens. Le fourgon se rétablit et elle appuya sur l'accélérateur. Pendant un moment, le bruit des rotors diminua, l'hélicoptère avait continué après le carrefour. Elle regarda sur le côté : au-dessus des champs, l'appareil piquait et dessinait un grand cercle.

– Ella, je vais sauter par l'arrière, d'accord ?

Elle hocha la tête.

– La prochaine fois qu'ils tirent, je veux que vous ralentissiez. Diminuez votre vitesse de moitié. Mais attendez qu'ils nous tirent dessus. Compris ? Après ça, conduisez comme si vous aviez perdu le contrôle. Zigzaguez, ralentissez, et jetez le fourgon dans le fossé gauche.

– Dans le fossé ?

– Le fossé à gauche de la route. Les deux roues gauches dedans. Le poids ne posera pas de problème, vous verrez. Le fourgon va se renverser sur le côté. Et là, vous ferez ce que dira Titus. Vous avez tout compris ?

– J'ai tout compris.

Il lui pressa l'épaule, puis disparut. Elle se concentra. La route était plus sombre que jamais, mais elle distinguait les rubans noirs que dessinaient les fossés de part et d'autre. Les rotors se rapprochaient à nouveau. Elle regarda le compteur. Soixante-quinze. Elle entendit un crépitement sourd et faillit lâcher l'accélérateur. *Attendez qu'ils nous tirent dessus.* La route. Les fossés. Les roues gauches. Elle n'entendit aucun tir : rien qu'un brusque fracas de fer et d'acier. Elle freina de toutes ses forces. Inutile de faire semblant de perdre le contrôle du véhicule : son corps bondit en avant et le volant lui échappa. Le bord du fossé venait sur elle du côté droit. Elle serra le volant, le tourna avec force et lâcha l'accélérateur, tandis que les balles faisaient jaillir la poussière de la route devant. Le compteur : trente. Un autre roulement de tambour sur le capot. Elle braqua le volant à gauche, puis à droite, faillit quitter la route, puis à gauche à nouveau, freinant, ralentissant – *les deux roues gauches* – et de nouveau dans l'autre sens, en légère diagonale, en direction du grand ruban noir du fossé : *Maintenant.*

L'essieu situé en dessous d'elle frappa violemment l'accotement. Son épaule s'écrasa contre la porte. Vitesse, grincements, craquements. Seule la roue avant était dedans, l'arrière étant sur le point de déraper sur la droite et de les entraîner dans un tonneau. Elle braqua le volant dans le sens des aiguilles d'une montre, roulant toujours, entendit un bruit de lutte rageuse derrière elle, un autre coup violent au moment où l'arrière s'affaissait. Et le monde se mit à pencher, tandis que le fourgon roulait toujours et que les herbes et la boue lui fouettaient le visage. Elle ferma les yeux. Ils s'arrêtèrent. Elle se retrouva roulée en boule.

– Ella, venez derrière, la tête baissée.

C'était Oates. Le fourgon était aux deux tiers renversé sur le côté, la porte droite ouverte sur le ciel, le plancher presque perpendiculaire à la route. À l'arrière, elle vit un tronçon de route et un fossé rempli d'eau. Grimes et Gul avaient disparu. Atwater était recroquevillé sur lui-même. Titus plaça les valises l'une derrière l'autre près du hayon arrière. Ella rampa jusqu'à lui.

– Vous avez le revolver ?

Elle le chercha. Le revolver avait glissé à l'intérieur de sa ceinture. Elle le sortit, le vérifia.

– Bien, dit Oates. Mettez-vous derrière ces valises.

Il avait dressé une barricade devant le hayon arrière.

– Ouvrez l'œil. Ne vous préoccupez pas de moi. Si quelqu'un vient de ce côté, vous ne bougez pas jusqu'à ce que son corps bloque la porte et là, vous leur envoyez trois de vos balles. Est-ce que vous pouvez faire ça ?

– Je peux, oui.

– Je m'occupe du reste.

Ella se blottit derrière les valises. Mais ça n'allait pas. Elle en poussa une sur une dizaine de centimètres pour aménager, entre le bord de la valise et l'encadrement de la porte, une ouverture lui permettant de voir et de faire feu. Elle se concentra sur le bruit de l'hélicoptère : il provenait de l'autre côté de la route et le rythme des rotors avait changé. Il devait atterrir dans le champ.

Titus Oates s'était accroupi, le dos appuyé contre le plancher incliné. Devant lui, à genoux, Rufus Atwater.

– Quand vos potes vont se pointer, vous allez leur parler très gentiment et leur dire exactement ce que je vous dirai.

Atwater hocha la tête.

– Ensuite, vous allez sortir, bien calmement, et là il va y avoir du pétard.

Atwater déglutit.

– À partir de maintenant, vous allez répéter tout ce que je dis.

Atwater acquiesça et attendit.

Brusquement, Oates prit la tête d'Atwater et enfonça les pouces dans ses narines pleines de sang. Atwater émit des grognements de stupéfaction et de douleur.

– Obéis-moi, ordure, murmura Oates. Répète tout ce que je dis.

– Obéis-moi, ordure, fit Atwater. Répète tout ce que je dis.

Satisfait, Oates lâcha prise. Deux automatiques apparurent à ses poings. Il les vérifia rapidement. Ils attendirent.

L'hélicoptère faisait moins de bruit et à un rythme constant. Il devait être posé au sol. Les secondes passaient. Ella s'efforçait de faire le vide dans son esprit. Tout près, une rafale de coups de feu laboura le dessous du fourgon. Elle fit le dos rond derrière les valises. Les tirs cessèrent. Ses oreilles bourdonnaient. Il n'y avait rien dans son champ de vision.

Derrière elle, Atwater cria :

– *Muchachos !* C'est moi ! Atwater ! Ne tirez pas !

Elle ne put s'empêcher de tourner la tête. Atwater avait levé les deux mains au-dessus de lui dans l'ouverture de la porte et se levait lentement, les revolvers d'Oates braqués sur son entrejambe.

Oates dit doucement :

– Les autres sont grièvement blessés. Je crois qu'ils sont morts.

Tandis que la tête et le torse d'Atwater libéraient la porte, il lança d'une voix flûtée :

– Les autres sont grièvement blessés. Je crois qu'ils sont morts.

Ella entendit une voix répondre :

– Combien ?

Oates murmura :

– Deux seulement. Est-ce que je peux sortir ?

– Deux seulement. Est-ce que je peux sortir ?

Ella regarda à nouveau vers l'arrière : toujours rien d'autre que le fossé, la route, le ciel.

– Lentement ! lança une voix, plus près que tout à l'heure.

Oates dit :

– Je suis content de vous voir, les gars.

– Je suis content de vous voir, les gars !

Ella s'obligea à monter la garde pendant qu'Atwater sortait. Fossé, route, ciel. Soudain le fourgon fut ébranlé par une fusillade enragée. Elle tourna vivement la tête.

– Dans l'os ! brailla Titus Oates.

Titus, debout, lançait des deux poings des salves de feu. Son corps sursauta. Il ne cessa pas de tirer. Ella sentit des picotements dans la nuque. Elle se retourna.

Dehors, une forme noire plongea dans le fossé en soulevant une gerbe. Elle visa et tira. La forme eut un mouvement spasmodique. Un papillotement de flamme. Quelque chose s'abattit contre les valises devant elle. Elle visa et tira encore deux fois. La forme s'écroula dans la tranchée et ne bougea plus. Elle regarda en arrière : les revolvers d'Oates étaient silencieux. Oates baissa la tête et regarda vers elle, hochant la tête.

– Belle fusillade. Maintenant, voyons comment le docteur s'en est tiré.

35

Faire le mort sur la route, c'était le plus bel exploit réalisé par Cicero Grimes de toute la journée. Il s'était roulé en boule derrière le Tradesman en attendant que les balles frappent et qu'Ella ralentisse, puis il s'était laissé tomber. Il avait le corps si endolori qu'il ne craignait même plus le choc de la chute. Il demeura inerte un moment. Il aurait pu y rester pour de bon, mais Gul s'approcha de lui et enfonça sa langue dans son oreille gauche. Grimes leva la tête à temps pour voir le fourgon verser dans le fossé, sur le flanc. Le Sikorsky planait au-dessus du champ, à droite de la route, et se préparait à se poser.

Grimes était en retard.

Il se remit debout et commença à courir. Il sauta dans le fossé de droite et avança dans la boue amoncelée par les pluies de la nuit dernière. Chaque pas ébranlait son genou, sa colonne vertébrale, sa tête. Gul trottait devant lui, lui donnant le rythme. Comme en transe, Grimes gardait les yeux fixés sur les eaux boueuses et ne pensait qu'à sa respiration. Il entendit l'hélicoptère descendre. Il regarda à droite : au-dessus des herbes, la forme noire se dirigeait vers le sol. Il allait se poser à une vingtaine de mètres. Grimes avançait péniblement. La boue du fossé exigeait de lui deux fois plus d'énergie. Mais les hommes qui étaient à bord de l'hélicoptère ne s'occupaient probablement pas de lui. Il se rapprocha du fourgon, d'où aucun signe de vie ne se manifestait. Un autre regard vers la droite : l'hélicoptère avait disparu, mais il en sentit le souffle. Les hommes allaient surgir devant lui, sur la route. Idéalement, Grimes devait atteindre le Sikorsky une fois que les troupes auraient évacué le champ et avant que Titus n'ouvre le bal. Soudain, Gul accéléra sa course.

– Gul ! appela Grimes d'une voix sifflante.

Gul s'arrêta net. Dans les herbes – à cent cinquante mètres à peine de là où il était – éclata une rafale d'armes automatiques dirigée sur le Tradesman. Grimes plongea dans le champ, il tomba sur les genoux, se releva et recommença à patauger, plié en deux, dans les herbes qui lui montaient à hauteur du torse. Les tirs cessèrent. Il n'entendait plus que les rotors. Il ne voyait plus Gul. Il approcha du Sikorsky, s'arrêta, les bras en appui sur ses genoux pour reprendre sa respiration. Le pilote disposait-il de rétroviseurs ? Y avait-il un angle mort ? Il aurait dû interroger Titus Oates. Mais quelle importance ? Il voulut prendre son Colt : il n'était pas là. Il chercha. Il avait dû le perdre dans sa chute. Merde. L'intérieur du Sikorsky était sombre. Avaient-ils laissé un homme dedans ? Il redoutait ce qu'il risquait d'y trouver. Gul réapparut. Grimes le bénit.

– Gul.

Le chien tourna la tête. Grimes lui indiqua l'hélicoptère.

– Cours !

Gul s'élança, bondit et disparut dans la bouche noire de la porte. Grimes crut entendre des tirs du côté de la route. Il longea le fuselage de l'hélicoptère en s'aidant de l'épaule droite, regarda à l'intérieur : l'arrière de la cabine, la queue raidie de Gul, rien d'autre. Il tendit le cou, inspecta l'arrière de l'habitacle : rien. Il entendit d'horribles grognements et une longue plainte de terreur. Il espéra que le pilote n'avait rien fait d'imprudent. Grimes grimpa dans l'hélicoptère et passa la tête dans la cabine de pilotage.

Le pilote était replié en une boule tremblante. Gul regarda Grimes et aboya, satisfait de son travail. C'était plus calme ici que dehors.

– Toi, quel est ton nom ? dit Grimes.

Le pilote ne répondit pas.

– *Su nombre ?* dit Grimes.

– Mariano.

Grimes s'assit dans le siège du copilote. C'était si confortable qu'il doutait de pouvoir le quitter un jour. Il écarta Gul de quelques centimètres.

– Mariano, détendez-vous, dit Grimes en espagnol.

Mariano se déroula. Il posa sur Gul des yeux de lapin.

– Il vaut mieux ne pas le regarder, dit Grimes.

Mariano tourna son regard vers Grimes.

– Quand je vous dirai de décoller, vous vous exécuterez. Compris ?

Mariano posa les mains sur les commandes.

– Combien sont-ils dans la Maison de Pierre ?

– Quatre, je crois, avec le colonel Herrera.

– La femme est-elle à l'intérieur ?

Mariano hocha la tête.

– Seule ?

Mariano fit signe que non.

– Avec le chef et le colonel Herrera, peut-être un autre, ou plus, je ne sais pas.

La Maison de Pierre était une forteresse. Grimes se rappelait l'antichambre blindée de la cage. Même un homme seul pourrait tenir le siège jusqu'au jugement dernier. Le pilote était-il en mesure de les persuader de se rendre ? Cela semblait peu probable. Faroe était-il prêt à discuter ? Il y avait les valises. Grimes se dit que Faroe était allé trop loin pour faire marche arrière. S'ils ne parvenaient pas à l'acheter, ils perdraient le bénéfice de la surprise. Mais comment entrer ?

Grimes regarda en direction de la route. Il ne voyait

pas le fourgon. Il se tourna et scruta la cabine vide derrière lui.

– Est-ce que vous avez une corde ? demanda-t-il.

– Oui, dit Mariano, en montrant une boîte à outils vissée à la paroi.

Grimes regarda à nouveau dehors. Une silhouette maigre apparut au bout du champ. Grimes attendit. Une autre : il ne pouvait pas ne pas reconnaître la casquette de base-ball et la carrure. Puis Ella. Elle agita le bras. Grimes s'arracha du siège et se montra à la porte. Les autres avançaient dans l'herbe. Ella grimpa à l'intérieur, tendue mais saine et sauve.

– Allez vous asseoir à l'avant, dit Grimes.

Atwater marchait péniblement, les jambes ployant sous le poids des valises, suivi par Titus Oates, avec son fusil. Quelque chose de sombre luisait à la main droite de Oates. Sa manche était trempée. On lui avait tiré dessus.

– Appelez le colonel Herrera, dit Grimes au pilote. Dites-lui que vous avez les prisonniers, ainsi que Mr Atwater, et que vous venez avec eux.

Grimes prit l'un des écouteurs et le posa contre son oreille. Quand Herrera demanda combien de prisonniers, Mariano consulta Grimes du regard. Grimes lui montra Ella et lui : il voulait que Faroe soit content.

Mariano parla dans le micro :

– Deux. Un homme et une fille.

Herrera raccrocha. Le canon du fusil d'Oates se posa contre le crâne de Mariano.

– Si vous voulez vous débarrasser de Paco tout de suite, je peux piloter l'oiseau.

Grimes laissa Mariano prier un moment avant de répondre.

– Non, j'ai besoin de vous derrière.

Oates manifesta sa déception en grognant et disparut à l'arrière.

– *A la Casa de Piedra !*

36

– Faute d'un cavalier, la bataille fut perdue.

Elle pouvait encaisser.

– Faute d'une bataille, le royaume fut perdu.

Elle pouvait encaisser.

Il y eut une pause dans le cycle des cris et des coups.

Lenna attendit.

Si le temps et le destin lui avaient donné plus que sa part d'épreuves, Lenna n'avait, jusque-là, jamais été physiquement agressée. Elle se pelotonna, bras et genoux repliés, tandis que les spasmes qui agitaient son corps diminuaient et qu'elle retrouvait son souffle. Elle avait du sang dans la bouche. Faroe dirigeait tous ses coups de pied et de poing, avec une précision perverse, sur son ventre. Elle se taisait. Elle ne désirait pas nourrir sa fureur plus qu'il ne l'alimentait lui-même de son chant rythmé. Son esprit flottait étrangement au-dessus de la nausée et de la douleur. Elle avait abandonné son corps ; elle l'avait métamorphosé en marchandise. Elle l'échangerait contre la colère de Faroe et pour un peu de temps gagné. Si elle parvenait à concentrer cette colère sur elle, il en aurait moins à diriger contre Ella ; si le temps gagné était suffisant, elle serait peut-être sauvée. Malgré tout, la colère de Faroe la remplissait de dégoût, tout comme son pâle crâne rasé et ses yeux luisant de plaisir, sa bouche humide, ses bras grêles et ses épaules sans force, pas même celle de la tuer. Tout à l'heure, Faroe avait commencé à défaire sa braguette lorsque Herrera l'avait appelé. Il allait revenir.

Elle pouvait encaisser.

Son corps ne lui appartenait plus. À chaque coup, elle avait senti la transformation qui s'opérait en elle, éprouvé la plus petite cassure de ce qui restait d'elle pour elle. Ce n'était pas les meurtrissures infligées à sa chair. C'était comme si elle était poussée pas à pas dans un tunnel, au bout duquel une cellule se refermerait sur elle pour l'éternité et lui ôterait toute possibilité de contact et de confiance. Le contact et la confiance dont elle avait ressenti la nostalgie si profondément, et si brièvement, dans les bras de Cicero Grimes ; et dans les bras d'Ella. Quand Faroe sortirait son sexe pour se branler devant elle ou pour le lui enfoncer, la porte de cette cellule se refermerait-elle ? C'était sans importance. Du moment que dehors – très loin – Ella, Grimes et le monde trouvaient leur tout petit reste, peu importait qu'elle perde le sien. Après tout, elle avait volé celui de Faroe. Elle n'était pas en droit de réclamer de la pitié et elle n'en réclamait pas. Elle leva la tête à l'instant où Faroe regagnait la pièce. Il la regarda sans sourire.

Les pales d'un hélicoptère battaient dehors.

– Je l'ai, Magdalena.

Faroe leva brièvement les yeux vers le plafond.

– J'ai ta fille. Elle aussi est revenue à la Maison de Pierre.

Pas de temps gagné. Et la porte de la cellule se fermait. Lenna posa un pied sous elle, bien à plat sur le sol. Les muscles de son ventre se crispèrent. Elle regarda Faroe. Il avait beau tenir le monde dans ses mains, il paraissait plus cassé que jamais. Elle n'allait pas le haïr à nouveau. Elle ne mourrait pas avec une infime quantité de son poison, ou du sien, dans le cœur. Elle pensa à Ella qu'elle aimait.

– Aide-moi, dit-elle d'une voix calme.

Faroe cligna des yeux, perplexe. Il fit un pas en avant et tendit la main. Lenna la prit et se mit debout.

Elle pensa à Ella qu'elle aimait.

Puis elle se jeta sur Faroe et planta les dents dans ses lèvres. Fermant les yeux pour ne pas voir son visage, se bouchant les oreilles pour ne pas entendre ses cris, elle se retira dans un espace sans bornes qu'elle remplit de son amour. Et quelque part, à l'extérieur de cet espace, ses dents étaient serrées et bloquées sans vouloir lâcher prise et ses mains, à tâtons, cherchaient et trouvaient le cou chétif et serraient. Elle mordait, elle serrait, et elle aimait. Il y eut un brusque éclair, une absence. Puis elle tomba dans le noir et entendit un fracas cotonneux. Elle reconnut le bruit de sa mort et, dans le centre silencieux de ce bruit, Lenna s'entendit crier : *Je l'aime.*

37

Grimes fixait la flaque de sang par terre. Dans le De Havilland, tandis qu'il s'éloignait de la plaine de l'Ohoopee, il n'avait pas imaginé qu'il faudrait en verser autant ni qu'il serait plongé dedans à une telle profondeur. Le sang en tant que tel ne lui posait pas problème ; sur la table d'opération, il avait passé des milliers d'heures les bras rougis jusqu'aux coudes. Là, c'était différent. Cette flaque de cellules et de plasma signifiait autre chose.

La plupart de ceux qui avaient perdu la vie étaient morts inutilement. Grimes aurait pu laisser Lenna aux mains de Jack Seed. Il aurait pu abandonner son père au sort qu'il n'avait pu changer. Quelle importance si certains mouraient pour le pouvoir ou l'argent et d'autres pour leur foi ? Les premiers pousseraient-ils donc toujours les derniers vers cette issue ? Hormis George et Holden Daggett, il ne pleurait pas ceux qui étaient tombés ; ils avaient fait leur choix, tout comme lui. Mais voilà qu'une succession de décisions hasardeuses et irréfléchies l'avaient poussé là, avec plus de vies encore placées dans la balance de sa volonté. S'il annonçait à Titus Oates, dont le sang se répandait sur le sol, qu'ils renonçaient et rentraient à la maison, il protesterait mais s'inclinerait. Ella aussi. Et Lenna, si elle vivait toujours, ne le remercierait pas pour ce qu'il s'apprêtait à faire. Les valises près de lui ne signifiaient rien pour lui ; la mort ne leur donnait aucune valeur. Et Clarence Jefferson, le joueur : pourquoi Grimes éprouvait-il tant d'affection pour lui ? Le poids de l'obèse pourrait-il peser en sa faveur dans la balance ?

Tu es cassé, épuisé, et terrorisé. Retourne dans ton trou, dans le tas d'ordures qui est ta vraie patrie.

Mais il n'en avait plus envie.

S'il était éclaboussé de sang à présent, c'était parce qu'il avait d'abord refusé la balance que Jefferson lui avait placée entre les mains. Il entendait encore les arguments mielleux évoquant la civilisation, le savoir inoffensif et avantageux, bourdonner dans les membranes extérieures de son cerveau. Il n'y attachait plus aucune importance. Il n'y avait plus de logique possible concernant la justice, le bien ou même la meilleure façon de se protéger de la fureur de Filmore Faroe. Il ne restait plus qu'un déséquilibre primaire qui exigeait un retour à l'équilibre : une correction de l'échelle jamais calibrée ; un jugement demandé à une cour ancienne. Si cela était la justice, très bien, quel réconfort ; sinon – si c'était plutôt autre chose, plus près de la soif de sang –, il en serait ainsi et il en serait toujours ainsi, réconfort ou pas.

Il se demanda comment il s'arrogeait le droit de penser en ces termes. Dans la fraîcheur matinale, la civilisation le condamnerait ; et peut-être aussi se condamnerait-il lui-même. Mais ils se trouvaient dans la chaleur d'une monstrueuse nuit. Il ne pouvait plus s'abriter sous les palmes du débat éthique. Ici, il ne pouvait qu'agir : et, une fois de plus, mettre leurs vies en jeu ; et porter, maintenant et plus tard, le poids de l'issue de ce jeu. Ou pas, selon son bon vouloir. *Car les deux entreprises exigent que du sang soit versé : le sang qui coule de la veine ou le sang qui coule de l'âme ; le tien et celui des autres.*

Telles étaient les pensées qui tournoyaient dans l'esprit de Cicero Grimes tandis qu'il fixait le sang sur le sol.

– Elle est prête, dit Titus Oates.

Grimes leva la tête. Oates se balançait à la corde qu'il avait attachée à la barre au-dessus de la porte ouverte.

Grimes se pencha plus avant dans le cockpit. À travers la bulle de verre, il vit la masse grise de la Maison de Pierre s'avancer vers eux sur la plaine sans lumière.

– Vous savez ce que vous devez faire ? demanda Grimes au pilote.

Mariano acquiesça sans quitter sa cible des yeux.

– Grimes, dit Ella. N'y allez pas.

Le visage d'Ella était tendu. C'était la première fois qu'il la voyait effrayée.

– Je n'ai pas envie d'y aller, dit-il.

Il lança un regard à Gul qui était assis entre ses cuisses.

– Accrochez-vous à lui, dit Grimes. Il est connu pour se conduire parfois comme un crétin.

La Maison de Pierre n'était plus qu'à une centaine de mètres. Grimes se retourna et s'approcha d'Oates. Parvenu tout près, il baissa la voix.

– Titus, je dois encore vous demander un service.

– Doc ? Vous êtes sacrément gonflé pour un mec qui m'a foutu dans la merde.

– Quand j'aurai fini, je veux que vous emmeniez Ella loin d'ici.

– Pas question, mon vieux.

– Vous avez les valises. Si vous avez vraiment envie de botter le cul de quelqu'un, jetez un œil à l'intérieur. Ella sait ce qu'il faut faire.

Oates fit une grimace.

– Et comme j'aime à penser que je suis un type qui paie son billet, reprit Grimes, vous pouvez garder Gul aussi. S'il veut bien de vous.

– Voilà qui réglera notre contentieux.

Oates sortit un de ses automatiques et le glissa dans la veste de Grimes.

– Glock. Dix-sept coups. Il n'y a qu'à dégainer, il tire tout seul.

Le Sikorsky planait et n'avançait plus. Grimes posa la

main sur la barre et regarda droit en bas, vers une vaste tache fluorescente. À deux mètres, sur la pente ouest du toit de la Maison de Pierre, se trouvait une large lucarne en verre sablé. Grimes enfila des gants en cuir et se tourna vers Oates.

– N'oubliez pas, ce que je veux c'est le chaos.

Oates regarda Atwater d'un air menaçant.

– Vous l'aurez.

Grimes saisit la corde de ses mains gantées.

– Vous êtes fou, dit Rufus Atwater derrière lui.

– Ravi d'avoir votre avis. Parce que vous venez avec moi.

Il détourna la tête du visage livide d'Atwater et fit signe à Oates.

– Tel est le châtiment des incroyants.

– Amen, dit Titus Oates.

Sur quoi il passa son fusil à l'épaule et tira deux rafales de chevrotines dans la lucarne.

Grimes sauta par la porte et se laissa glisser.

Ses tripes dans sa gorge. Brûlure intense des paumes. Lumière vive. Barreaux d'acier. Chute. Trop rapide. Pression. Brûlure. Les yeux braqués vers le bas.

Métal rouillé venant vers lui. Genoux pliés. Pression. Ses pieds touchent le métal, les jambes se replient. Sa hanche. Son épaule. La respiration coupée. La brûlure apaisée. Glissade, le dos entortillé. Le bord du métal. Pression violente.

Un choc blanc à l'arrière du crâne. Balancement. Glissement. Le bout de la corde. Les paumes brusquement vides. Chute de deux mètres sur une plate-forme en bois, réception sur les genoux et l'épaule, roulade. La plate-forme disparaît. Il se fracasse contre du carrelage. Souffle coupé. Il ouvre les yeux.

Devant lui, béante, la structure de soutènement de la plate-forme. Il roula, resta immobile, cherchant sa respiration. Ses oreilles tintaient. De sa poche, il sortit le

Glock. Ses doigts étaient trop épais. Il arracha le gant droit avec ses dents. Le goût amer du cuir redonna un peu de vie à ses sens. Le bruit du rotor : il diminuait légèrement. Sa position : couché, tête dirigée vers l'arrière du bâtiment.

Donc, derrière lui devrait se trouver le mur de la cage. À l'autre bout de la cabane, au-dessus de lui, une porte permet d'y entrer. Il regarda du côté du mur de la cage. Sa vision était bloquée par la plate-forme. Sol et mur en béton, rien d'autre. Il regarda sous la plate-forme : trop de supports et de poutrelles, un piège fatal ; impossible d'aller de ce côté. Il entendit des cris sauvages en espagnol. Des pas de course se répercutèrent sur la plate-forme. Derrière lui, à l'autre bout, l'extrémité de la cage. La terreur le saisit. Où était son chaos ? Il roula sur le dos. *Pense.* Les pas de course cessèrent. *Ils ne savent pas où tu es. Que ferais-tu, toi ?* Une image surgit devant lui : quelqu'un passant la tête à l'angle de la cabane. *Laisse-les venir tranquillement.* Il déporta son poids sur le coude droit, Glock au poing. De la main gauche, il saisit une planche du bord de la plate-forme. Il compta jusqu'à trois. *N'hésite pas. Vise et tire.*

Quelque part au-dessus de la deuxième lucarne explosa une décharge de chevrotine.

Grimes prit appui sur la planche, réussit à sortir et à se soulever. Il vit une silhouette, le visage tourné vers le fracas au-dessus de sa tête. À trois mètres. Grimes visa et tira – la main de la silhouette lança un éclair – tira et tira encore. Cinq coups. La silhouette projetée contre le mur de la cabane tomba à genoux. Grimes se hissa de sous la plate-forme, pistolet braqué sur l'homme à genoux, et se mit debout. Une rafale parvint de la seconde lucarne. Grimes – pistolet braqué – s'approcha de l'homme à genoux. Derrière : la cage ; le vide. L'homme à genoux se tourna et Grimes tira, un seul coup. La tête se fracassa contre la cabane et retomba, laissant des fragments d'os incrustés dans le bois brut. Les coups de feu au-dessus cessèrent. Grimes leva la tête en direction d'un cri perçant.

Les membres brassant l'air, Rufus Atwater plongeait en hurlant, il traversa le toit et s'écrasa à l'autre bout de la cabane, disparaissant de la vue.

Comme les rotors s'éloignaient, Grimes recula vers l'arrière de la pièce, couvrant le fond de la cage de son pistolet, et surveillant ses arrières. Parvenu au coin de la cabane, il jeta un coup d'œil derrière : personne. Il avança vers le côté opposé, s'arrêta, tendit l'oreille. Des bruits étouffés, probablement des voix. Il regarda : entre là où il était et la porte fermée du mur de la cage, il n'y avait aucun signe de vie. Il marqua un temps d'arrêt, hésitant.

Lenna devait se trouver à l'intérieur de la cabane. Faroe aussi.

Il attendit.

Il se demanda s'il laisserait mourir Lenna, afin de tuer Faroe. Non. Dans un monde différent de celui-ci, c'était une femme qu'il aurait pu aimer ; et qu'il aurait été honoré d'aimer. Peut-être l'aimait-il déjà. Il se demanda ce qu'aurait choisi Lenna. Avant de pouvoir répondre, il entendit du remue-ménage à l'intérieur de la cabane et il s'accroupit derrière le bord de la plate-forme, le Glock braqué vers la porte.

Lentement, le visage de Lenna apparut. Sa tête était tirée en arrière par ses cheveux. Elle ne le voyait pas. Un revolver surgit, posé contre sa joue gauche. À sa droite, un autre revolver contre son autre joue. Une paire d'yeux noirs se posèrent sur Grimes. Sans doute le colonel Herrera. Lenna avait les bras repliés derrière elle, elle était prise en sandwich entre Herrera et Filmore Faroe.

Ce ne pouvait être que lui : à l'instant où le regard de Faroe croisa le sien, Grimes vit qu'il avait affaire à un homme à l'esprit égaré au-delà de toute raison. La moitié de sa lèvre supérieure exhibait une morsure sanglante, en forme de croissant denté, qui laissait voir sa mâchoire. Grimes et Lenna se regardèrent.

– Tuez-le, dit-elle.

Grimes cligna des yeux.

– Grimes, tuez-le tout de suite.

Herrera accentua la clef de bras. Lenna serra les dents. Grimes regarda Faroe.

– Le bon docteur Grimes.

Malgré la douleur de la blessure à sa bouche, Faroe parlait d'une voix calme et claire.

– Vous savez, Docteur, il y a beaucoup de questions que j'aimerais vous poser. À mon sujet. J'imagine que, avec le temps que j'ai passé dans ce logis et les conditions dans lesquelles j'y ai survécu, je suis un cas passionnant.

Sa bouche s'ourla en un sourire grotesque. Grimes se demanda si une réponse méritait le souffle nécessaire.

– Nous pouvons nous asseoir dès maintenant si vous voulez.

– Une autre fois, peut-être, dit Faroe. Voudriez-vous nous laisser passer, docteur ?

George, son père, l'aurait fait : il aurait tiré sur Faroe tout de suite et risqué dix pour cent sur la survie de Lenna. Mais, pour le pire ou le meilleur, Grimes n'était pas son père.

Herrera descendit les marches le premier, entraînant Lenna avec lui, le revolver toujours braqué sur sa tête, et Faroe derrière. Quand il eut atteint le sol carrelé, Herrera détourna son arme du crâne de Lenna. Grimes attendait ce moment, et plongea derrière la cabane. La balle fit jaillir un nuage d'éclats de bois. Leurs pas s'éloignèrent. Le bruit de l'hélicoptère lui parvenait toujours du dehors : Oates et Ella n'étaient pas descendus comme il l'avait demandé. Il s'écarta de la cabane.

Lenna et ses ravisseurs allaient parvenir à la grille.

Grimes s'élança derrière eux.

De sous la plate-forme une paire de bras lui encerclèrent les jambes ; mais trop faiblement pour le jeter au sol. Grimes chancela. Un visage meurtri et couvert de bosses apparut à la hauteur de sa taille, bafouillant d'incohérentes paroles de haine. Des mains désespérées remontant sur sa veste, cherchèrent sa gorge à tâtons. Grimes entoura le torse d'Atwater de son bras gauche, le soulevant à demi, et pressa. Les côtes déjà cassées s'enfoncèrent. Une salive pourpre jaillit de la lèvre inférieure d'Atwater, éclaboussant les revers de Grimes qui, ayant perçu un cliquetis à la grille, regardait au-dessus de l'épaule d'Atwater.

Herrera ouvrit la grille et Faroe poussa Lenna de l'autre côté de l'enceinte de la cage. Avant de les suivre, Herrera retira la clef de la serrure. Ils allaient l'enfermer à l'intérieur.

– Lenna ! cria Grimes.

Grimes braqua le Glock sur la tête dodelinante d'Atwater et, sans le lâcher, lui explosa le crâne. Son menton retomba sur l'épaule gauche de Grimes.

Emmenant Faroe avec elle, Lenna s'écarta d'Herrera et de la ligne de tir.

Grimes fit feu deux fois au-dessus du corps d'Atwater ; il manqua sa cible.

Herrera dans l'embrasure de la porte riposta aux tirs.

Grimes sentit des coups sourds contre le corps accroché à son bras droit.

Grimes visa soigneusement la forme dans l'embrasure de la porte, tira deux autres coups.

La jambe d'Herrera céda sous lui et il tomba sur un genou.

Grimes se débarrassa du corps d'Atwater et chargea, le Glock pointé mais sans tirer, bruits de pas claquant sur les carreaux. Herrera relevait son arme. Grimes attendit ; un mètre de plus ; un autre ; il ouvrit le feu. Courant, tirant, réduisant la distance.

La rate et les ventricules d'Herrera se désintégrèrent dans une explosion violente. Il bascula en avant et se vida de son sang sur le carrelage.

Le pistolet de Grimes cliqueta : vide. Il le jeta.

Faroe le visa une fois, le manqua. Son revolver braqué sur sa tête, il entraîna Lenna dans l'antichambre. Ils disparurent.

Grimes s'élança, passa devant le corps d'Herrera en marchant dans le sang. Comme il pénétrait dans l'antichambre, une balle ricocha sur les murs. Il s'arrêta à l'entrée ; plus de tirs. Il s'élança au milieu des caisses, se fraya un chemin vers la sortie : la porte était grande ouverte sur la nuit et la cour. Il marqua un arrêt sur le seuil, les oreilles sifflantes, clignant des yeux pour se déshabituer de la lumière vive qu'il laissait derrière.

Devant la porte, à ses pieds, gisait un cadavre en treillis, la gorge tranchée jusqu'à l'os. Quelques mètres plus loin, à droite, un autre était étalé, tué de la même façon. À l'extrême gauche de la cour se dressait la maison des Jessup ; entre elle et la Maison de Pierre s'étendait un champ ; en face de Grimes, il y avait la ligne de bouleaux ; à sa gauche, le chemin de terre. Au centre de la cour, immobile, était posé l'hélicoptère noir et, à ce qu'il pouvait voir, vide. Un silence impossible régnait sur la nuit. Et puis, au milieu du silence, lui parvint un léger bruit de pattes capitonnées.

Gul se détacha de la ligne de bouleaux et, traversant la cour, trotta vers Grimes. Grimes sortit. Gul se plaça tranquillement à son côté. Tournant sur sa gauche, Grimes les vit.

Debout au bord du champ, Filmore Faroe tenait le canon de son arme enfoncé sous la mâchoire de Lenna, le bras gauche glissé sous le bras de son otage qu'il maintenait d'une clef au cou. Ses yeux de paranoïaque furetaient çà et là ; sa lèvre inférieure tremblait. Il paraissait perdu dans d'infernales ténèbres. Il se tourna, regarda Grimes, puis Gul, puis Grimes.

Grimes commença à marcher vers lui.

Il espérait que Titus Oates était dans les arbres. Il espérait qu'Oates avait une arme braquée sur la tête de Faroe. Il espérait que Faroe, paniqué, tirerait sur lui. Ou sur Gul. Il espérait que la balle de Titus Oates atteindrait son but la première. Mais Faroe ne bougeait pas, Faroe n'esquissait pas le moindre geste. Il se contentait de regarder Grimes fixement, les yeux incrustés dans son crâne rasé telles des billes inertes. Et tandis qu'il réduisait la distance qui les séparait, Grimes se demandait ce qu'il ferait une fois là-bas. Rien ne pouvait représenter une menace pour Faroe. L'homme n'avait plus rien à perdre. Quand Grimes fut à trois mètres de lui, une voix s'éleva d'entre les bouleaux.

– Monsieur Faroe !

Grimes s'arrêta. Gul l'imita. C'était la voix d'Ella. Tout demeura silencieux et suspendu pendant un moment. Faroe cligna des yeux, comme si la voix l'avait extrait d'un autre monde et qu'il était perdu.

– Qui est là ? dit-il alors.

Ella sortit des arbres. Les mains vides. Le visage solennel mais calme.

– Je suis Ella MacDaniels. Je suis la raison pour laquelle nous sommes tous ici.

Le brouillard, dans les yeux de Faroe, se dissipa, cédant la place à une intense lueur de curiosité.

– J'ai pensé, dit Ella, que nous pourrions parler.

Grimes se mordit la langue.

Lenna se débattit. Faroe la ramena sauvagement à lui.

– Lenna, s'il vous plaît, dit Ella.

Lenna cessa de lutter.

Ella s'avança vers eux, traversant la cour. Faroe la regardait fixement, comme hypnotisé. Ella soutint son regard. Elle s'arrêta à trois pas. Elle posa les yeux sur

Lenna un moment. Des larmes roulèrent sur ses joues ; elle ne bougea pas. Ella tourna alors son regard noir et franc sur Faroe.

– Lenna est ma mère, dit-elle simplement.

Les rides qui soulignaient les yeux de Faroe se creusèrent.

– Je n'ai pas eu de père. Mais d'une certaine façon, ou à ma façon, j'en ai eu beaucoup. J'en ai connu certains, d'autres pas. Certains sont en vie, d'autres sont morts. Vous êtes l'un d'eux, monsieur Faroe.

Les muscles du visage de Faroe tressaillirent, de stupéfaction et de terreur mêlées.

– Je suis l'enfant que vous avez voulu tuer.

Grimes eut froid dans le dos. Faroe chercha à éviter son regard ; impossible.

– Vous auriez pu m'empêcher de naître. Mais vous ne l'avez pas fait, n'est-ce pas ?

Faroe ne répondit pas. Sur le visage d'Ella se lisait quelque chose qu'il n'aurait pu lire sur aucun autre visage : de la pitié. Pas une pitié méprisante mais une pitié où se lisait la tristesse : à cause de l'incommensurable cruauté que Faroe, lui aussi, avait subie.

– Vous m'avez voulue, dit Ella. N'est-ce pas la raison pour laquelle vous m'avez laissée naître ?

Faroe ouvrit la bouche mais il ne pouvait toujours pas répondre. C'était comme si tout le mal qui exsudait de ses pores était repoussé par l'innocence nue d'Ella. Faroe semblait sur le point d'exploser. Grimes n'osait pas faire un geste. Gul, près de sa jambe, était tendu comme un arc, prêt à attaquer. Il n'osait pas parler.

– Vous m'avez voulue et vous auriez pu m'aimer. Je le sais.

Faroe secouait la tête, hébété, comme s'il tentait de nier une vérité qu'il ne pouvait soutenir.

– Parce que je n'étais pas votre enfant, vous avez décidé de me tuer. Voulez-vous toujours me tuer, monsieur Faroe ?

Faroe parvint enfin à cracher quelques mots :
– Que voulez-vous de moi ?
– Je veux que vous partiez.
– Que je parte ? fit Faroe d'une voix rauque. Pour aller où ?
– Où vous mène votre devoir. Le choix vous appartient.
Ella regarda brièvement le visage strié de larmes de Lenna.
– Autrefois, vous l'avez aimée aussi.
Faroe la dévisagea longuement. Ce qui lui traversa l'esprit, Grimes n'aurait pu le dire. La douleur de la trahison, la torture de l'isolement, les crimes qui avaient accompagné la venue au monde d'Ella. Des pensées terribles, des pensées amères, des pensées tristes : ces pensées inconnues et peut-être, même en lui, un petit vestige d'autres pensées : des pensées plus immortelles que les autres. Faroe prit soudain une profonde inspiration.
– Et tout cela, faute d'un clou au fer du sabot du cheval.
Faroe a perdu la tête. Vas-y, se dit Grimes. *Lâche Gul sur lui et repose-toi sur les réflexes de Faroe, il détournera son arme de Lenna.*
Mais soudain Faroe baissa le bras, et son revolver. Il relâcha Lenna et recula. Son arme tomba sur le sol. Filmore Faroe regarda Ella une dernière fois, avec une expression que Grimes se rappellerait toujours mais ne comprendrait jamais, pivota sur ses talons et s'enfuit en trébuchant dans l'obscurité du champ noyé d'ombre derrière lui.
Lenna se jeta dans les bras d'Ella.
Faroe avait disparu.
Grimes s'approcha, avec Gul, de Titus qui émergeait d'entre les arbres. Un M16 pendait au bout de son bras. Du pouce, il indiqua les fourrés.

– Ça veut sans doute dire que je dois laisser partir Paco.

Grimes hocha la tête :

– Ne pas le faire serait manquer de générosité.

Oates baissa les yeux sur Gul.

– Et dans cette histoire je perds aussi mon putain de clebs, dit-il en jetant à Grimes un regard furieux. Vous étiez censé vous faire descendre, mon pote.

Grimes s'accroupit et glissa les doigts dans la fourrure de Gul.

– Écoute, mon vieux. Si tu veux rester avec moi, je ferai mon possible, mais il faut que je te dise que Titus vaudrait mieux que moi comme partenaire. Tu comprends ?

Gul cligna des yeux.

– C'est toi qui décides, dit Grimes.

Gul leva les yeux vers Oates. Oates lui tendit sa main droite.

– Alors ? C'est quoi ton problème, mon vieux ?

Gul lécha la main d'Oates. Oates adressa un sourire à Grimes.

– Désolé, cousin.

– Vous avez du sang sur cette main-là.

– Hé, Mme Oates n'a pas élevé ses gosses pour en faire des abrutis.

– Rappelez-vous, Gul a l'intention de se rendre à Washington DC avec certaines valises.

– Mmm, grommela Titus Oates. Si lui et moi devons être partenaires, je crois que je n'ai pas intérêt à faire l'impasse sur le premier marché que nous avons conclu.

– Prenez bien soin de lui, dit Grimes.

Il s'éloigna vers Lenna et Ella. Gul jappa. Grimes se retourna. Gul le regarda, mais resta aux côtés d'Oates.

– Sois sage.

Gul jappa à nouveau et Grimes, ravalant l'émotion qui l'étreignait, marcha jusqu'aux deux femmes.

– Dites-lui, Grimes. Dites-lui qu'elle doit venir avec nous.

Lenna le regarda. Grimes comprit que, quoi qu'il dise, il ne parviendrait pas à la convaincre.

– Je reste ici, dit Lenna.

Grimes attendit.

– Tout ceci m'appartient. Tout ceci, ainsi que les événements qui se sont produits.

– Pas tout à fait, dit Grimes.

– Presque tout, concéda Lenna. Je n'ai jamais rien assumé comme j'aurais dû. Cette fois, je vais le faire. Nul n'a besoin de savoir quel rôle vous ou Ella avez joué.

– Nul n'est obligé de s'accuser à ma place, dit Grimes.

– C'est ce que je veux, dit Lenna. Je vous le demande.

Elle se tourna vers Ella :

– Je vous le demande à tous les deux.

Dans l'expression de Lenna, dans le regard qu'elle posait sur sa fille, Grimes vit que c'était le moyen pour elle d'être ce qu'elle avait toujours le plus désiré : la mère d'Ella. C'était peut-être son unique moyen.

– Bonne chance, dit Grimes.

Lenna lui sourit et son sourire le bouleversa.

– Croyez-vous pouvoir vous contenter de cela ?

Grimes la prit dans ses bras et l'embrassa. Ses lèvres, sa peau, sa chevelure étaient douces ; et excitantes. Le baiser avait le goût de tout ce qu'il savait d'elle, de tout ce qu'il ignorait d'elle et voulait connaître ; mais ne connaîtrait jamais. Pas dans ce monde-ci. Ses limites avaient déjà été inscrites, et fixées, avant leur rencontre.

Alors, pas dans ce monde, mais dans un autre.

Son imagination le connaissait bien.

Grimes s'écarta et regarda Ella. Elle était hésitante. Il tendit le bras et elle vint l'étreindre. Doucement, il lui dit à l'oreille :

– George vous a laissée choisir, nous devons bien cela à Lenna. Et je veux dire… Moi aussi, je suis fier d'avoir fait un bout de chemin avec vous.

Un long cri terrifiant s'éleva au-dessus de leur tête dans la nuit.

Le cri appelait Grimes ; et lui seul.

Le souvenir qui l'avait hanté et le hantait encore.

Grimes se tourne vers la vaste nuit et court. Il court dans l'herbe, dans les roseaux et dans les mottes d'argile. Il court et s'élance dans une brume obscure. Et il bute sur un corps gisant sur les terres en friches, aux membres grêles et au cou béant.

Le corps a perdu sa tête rasée.

Grimes regarde au nord, à l'est, à l'ouest, et il ne le voit pas. Il scrute la nuit. Et il ne le voit pas. Le ciel est plus grand que la portée de son regard, et les terres aussi ; et, dans la nuit, les terres et le ciel ne font plus qu'un. Grimes ne le voit pas.

Et soudain, un éclair déchire le ciel et inonde la plaine nocturne d'une blancheur fluorescente : il est là.

Et il court aussi.

Avec son moignon, sa pourriture et ses forces qui le quittent : il court. Un ver dans la jambe.

Et la terre ne peut l'arrêter, ni ses dieux, ni les âmes des morts dont le vent emporte la plainte. Et, dans ses bras, il tient, serré, un paquet emmailloté de chiffons.

Et tandis que l'incandescence s'efface et qu'un coup de tonnerre roule la nuit sur elle-même, Grimes imagine qu'il voit l'obèse *sourire*.

Et Cicero Grimes sourit à son tour. Car dans son cœur il sait : l'obèse les aime.

Il les chérit.

Épilogue

Titus Oates et Gul, son partenaire, emportèrent le *corpus delicti* du policier dont ils avaient hérité à Washington DC, où Titus sépara le *corpus* en deux moitiés. La première fut remise au *Washington Post* ainsi que l'avait suggéré Cicero Grimes et ainsi que Gul le lui avait rappelé. Mais comme Titus ne faisait confiance au *Post* qu'à demi, étant donné qu'ils étaient, selon lui, guidés par certains principes en contradiction avec son idée de la liberté, il remit l'autre moitié au magazine *Soldier of Fortune*. Aucun des deux organes de presse ne les déçut. Le tohu-bohu que le policier avait prédit éclata et l'enclume de la justice résonna haut et fort dans tout le pays. Oates devint un homme célèbre et fêté, plus encore lorsqu'il fut jugé pour une multitude de délits dans les États de Louisiane et de Géorgie. Oates ne nia pas les faits – en réalité il embellit ses exploits, les enroba dans ceux de Cicero Grimes –, et son histoire fit de lui un si grand héros et sa démonstration du bien-fondé de ses actes fut si irrésistible, que les douze citoyens désignés par les deux cours l'acquittèrent de toutes les charges au motif que la Constitution l'autorisait à défendre sa vie et celles d'autres personnes vulnérables de la manière qu'il jugeait la mieux appropriée. Le procès terminé, Oates prit le nom de Hajj Dha Bah, ce qui signifie « le pèlerinage du meurtre rituel » et disparut avec Gul dans les terres lointaines et infertiles du Canada afin de parcourir les contrées septentrionales.

Dans quel but exactement, et en quête de quoi, nul ne le sait.

Lenna Parillaud fut également jugée et déclarée coupable des accusations que Filmore Faroe avait décidé de porter contre elle eu égard à son enlèvement, à sa séquestration et à l'usurpation de sa fortune. Elle n'évoqua jamais le fait qu'Ella était encore en vie, elle ne parla pas de Grimes, et tous deux respectèrent sa volonté. Elle purge à présent vingt-cinq ans d'emprisonnement au pénitencier de femmes de l'État de Louisiane et, quand Ella lui rend visite, ou qu'elle écrit à Grimes, Lenna répète qu'elle ne se plaint de rien. L'examen de son appel et de la situation complexe de ses biens est en cours.

Ella MacDaniels a retrouvé la ville et sa vie a en apparence peu changé. Elle écrit des chansons et chante toujours. Elle refuse de se servir de l'argent laissé par Jefferson, parce qu'elle pense que ces sommes ont été amassées grâce à des crimes dont elle ne veut rien savoir. Elle écrit aussi à Grimes. Il a appris qu'elle négocie actuellement un contrat d'enregistrement avec un label indépendant de la ville et a pris un amant dont elle dit qu'il la traite bien.

Cicero Grimes est retourné dans son trou où il a longuement fait le deuil de son père George. Il a compris qu'il était destiné à la roue orphique comme les autres et que, tout compte fait, il avait gagné le droit de se tenir près de son père parmi les rois écarlates. Il a mis de l'ordre dans ses affaires, ce qui fut vite réglé, et a quitté la ville. Il a chargé dans son Oldsmobile 88 tout ce qu'il voulait emporter, il a pris la route du Sud, du Mexique profond, où l'air est sec, les journées longues, et où il parle espagnol. On le regarde comme quelqu'un d'étrange parce qu'il est un gringo et non parce qu'il est vrai qu'il est étrange.

Là, dans le village de montagne où il a choisi de vivre, il a recommencé à pratiquer la médecine et ses mains ont repris vie. Que cela ait changé les choses ou pas, il a néanmoins le sentiment, et l'espoir, que c'est une tâche noble. Il pense avoir redécouvert ainsi une part de ce qui lui avait été le plus précieux et qu'il avait cru perdu.

Souvent, dans la chaleur de la nuit, et parfois dans la fraîcheur du matin, Grimes rêve de Clarence Jefferson. Et dans ses rêves, l'obèse a du sang sur les mains. Et ce n'est que justice. Car s'il est un démon, il est aussi un roi : d'un royaume aux mystères insondables, aux terres sauvages et infinies. Et l'obèse court. Il court encore. Dans les ténèbres éternelles de la nuit. Vers un rendez-vous auquel il ne se dérobera pas. Vers un face-à-face avec les ombres rassemblées des rois écarlates.

Table

RÉALISATION : PAO ÉDITIONS DU SEUIL
IMPRESSION : CPI BRODARD ET TAUPIN À LA FLÈCHE
DÉPÔT LÉGAL : MARS 2009. N° 99349 (51258)
IMPRIMÉ EN FRANCE